Sonata de Pólvora

Primeiro Movimento:
O Mestre dos Monstros

Sonata de Pólvora

Primeiro Movimento:
O Mestre dos Monstros

KAI SODRÉ

Copyright © 2024 por Lura Editorial.
Todos os direitos reservados.

Gerente Editorial
Roger Conovalov

Coordenador Editorial
Stéfano Stella

Diagramação
André Barbosa

Revisão
Gabriela Peres/Izabela Joana Souza

Ilustração de Capa
G. Pawlick

Ilustração
Kai Sodré/Julia Cascaes/
Neon Jess/Fernanda Fernandez

Todos os direitos reservados. Impresso no Brasil.

Nenhuma parte deste livro pode ser utilizada, reproduzida ou armazenada em qualquer forma ou meio, seja mecânico ou eletrônico, fotocópia, gravação, etc., sem a permissão por escrito do autor.

Dados Internacionais de Catalogação na Publicação (CIP)
(Câmara Brasileira do Livro)

S679s

Sodré, Kai

   Sonata de pólvora: o mestre dos monstros / Kai Sodré; Ilustrações de Gessony Pawlick, Julia Cascaes, Neon Jess, et al. – 1ª ed. – São Caetano do Sul-SP : Lura Editorial, 2024.

   Outra ilustradora: Fernanda Fernandez.

   (Primeiro movimento, V. 1)

   352 p.; 15,5 x 23 cm

   ISBN: 978-65-5478-157-2

   1. Ficção. 2. Literatura brasileira. I. Sodré, Kai. II. Pawlick, Gessony (ilustrador). III. Cascaes, Julia (ilustradora). IV. Jess, Neon (ilustradora). V. Título.

CDD: 869.93

   Índice para catálogo sistemático
   I. Ficção : Literatura Brasileira
   Janaina Ramos – Bibliotecária – CRB-8/9166

[2024]
Lura Editorial
Alameda Terracota, 215. Sala 905, Cerâmica
09531-190 – São Caetano do Sul – SP – Brasil
www.luraeditorial.com.br

Para cada antagonista que já foi chamado de vilão
por divergir da maioria.
Para cada pessoa que também é diferente e,
por isso, já se viu como um inimigo.

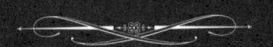

"A nação da prosperidade ronca seus motores de aço. As estradas de Spiral, como as veias de um gigante, levam os inventores e os alquimistas sequiosos por aplausos.

Aos pés da Bastilha da Guerra, ouve-se a marcha de corações sincronizados, deslumbrados pela esperança de grandeza. Os soldados são os maestros da canção da fronteira: uma sonata de pólvora e munição.

No entanto, é nos salões áureos de Esplendor, por trás das baforadas intensas de luminóxido ferroso, que a mão sangrenta da nobreza se estende. Sob a desculpa de que estão unidos por uma mesma terra, a fidalguia fica de consciência limpa ao semear sua ganância. Todos tão obcecados pela fraqueza. São uma reunião de tolos injustificáveis.

A sede insaciável não está nas gargantas dos Carnífices, mas no ego desses aristocratas, ansiosos pelo prestígio que suas valiosas mercadorias podem conceder. Os iludidos pela bandeira que saudamos desejam seguir apenas o caminho com mais sangue em suas margens. E mesmo os conscientes não podem se desviar.

Na Saxônia, nós estamos presos. Nossa única liberdade é tão irônica, tão desprezível, tão hipócrita:

A liberdade para destruir o descendente de outra bandeira, até que não reste mais nenhum."

V. Ashborne

SAXÔNIA

- Lakewell
- Larkin
- Spiral
- Bellfleur
- Chiseon
- Távora
- Esplendor
- Hawthorne
- Ashborne
- Aberdeen
- Hill
- Yohe
- Shivade
- Benton
- Soleil

Capítulo 1

Assistir a seus antigos pertences sendo embalados e entregues para outro dono era um processo extremamente desgastante. A mansão de Ashborne estava leiloada e não tinha mais volta. Maximilian assinava os papéis de venda com desgosto.

O comprador era um nobre desconhecido, que nem sequer tinha se dado ao trabalho de aparecer pessoalmente, o que só tornava toda a situação ainda mais irritante.

As carruagens aos poucos iam ficando abarrotadas. Relógios de parede, peças de vitrais, autômatos de enfeite e até tubos de metal eram empilhados no fundo das cabines, que soltavam um denso vapor branco, proveniente do maquinário utilizado para aliviar a pressão do peso dos itens sobre os cavalos que movimentavam o veículo. Sem Carnífices para ajudá-los, apenas criados humanos e animais tinham que dar conta do que deveria ser transportado na mudança.

Apesar de ter vendido quase tudo que existia na casa, Maximilian conseguiu manter parte de seus pertences. Dentre eles, seu título de nobreza. Ainda que com menos terras para administrar e poucos subordinados sob suas ordens, ele permanecia como Barão de Ashborne.

Na corte, sua reputação sempre fora bastante fragilizada. Ele era um homem muito jovem, solteiro e de notoriedade questionável e, portanto, sua decisão de converter propriedades e empregados em valores guardados em cofres tinha gerado um falatório interminável entre a alta casta. Mesmo com tudo isso, o Barão de Ashborne estava seguro de sua escolha e acreditava ser uma questão de tempo até que pudesse comprar sua mansão de volta.

Dois empregados se aproximavam, carregando uma pintura arabescada, onde estava desenhado o retrato de seu pai. Expuseram a peça para que o Barão decidisse o que fazer. Mesmo portando uma bela e valiosa moldura de ferro polido, aquele quadro não fora arrematado no leilão, já que a figura estampada no centro estava malfalada havia anos.

Maximilian encarou a pintura por alguns segundos, indiferente ao esforço dos criados em segurá-la. Os olhos azuis na tela o confrontavam como se tivessem consciência própria, e o Barão desafiava silenciosamente aquele homem esboçado a criar vida e sair do quadro para vir reparar os danos causados à sua família. Valentin, o pai de Maximilian, fora acusado de assassinar seu avô no mesmo dia em que morreu tragicamente dentro da maior mansão dos Ashborne, no coração da Saxônia.

Aquela história, repleta de controvérsias, causava um remorso inexplicável no Barão, de modo que evitava ao máximo pensar sobre o assunto. Com um gesto simples, Maximilian indicou aos criados que deixassem o quadro para quem quer que fosse o novo dono de sua antiga casa.

A maioria dos objetos estavam prontos para serem despachados. A família Ashborne e os empregados que restaram se mudariam para uma casa menor na província próxima ao Canal da Água Negra, terra de origem da família.

Apesar das armaduras metálicas que reduziam o impacto da corrida nas patas dos cavalos, um cocheiro ainda era necessário para viagens de longas distâncias, e foi ele quem veio abrir a porta da carruagem para Maximilian. O rapaz se sentou na banqueta à frente de sua mãe, que aguardava sem saber exatamente o que estava acontecendo. Camélia cobria os ombros com um capuz preto para fugir do frio. Ambos trajavam a mesma cor escura e pareciam estar de luto por sua antiga morada.

O casaco comprido apertava a cintura fina do Barão, demarcando seu corpo esguio e pouco atlético. Maximilian ostentava uma postura elegante e airosa. Mesmo treinando frequentemente a montaria, não tinha muitos músculos aparentes.

Ele cruzou as pernas ao se sentar, despontando o bico fino do sapato preto e bem polido. Ergueu os olhos sob a aba da cartola que usava e encarou a mãe logo à frente. Camélia fitava a paisagem pela pequena janela lateral conforme a carruagem partia.

— Estamos viajando? — Sua voz era fraca e sempre muito baixa.

— Vamos nos mudar, mãe. Estamos indo para a casa na colina. Lá será melhor para a senhora. — O rapaz tinha um tom quase analítico, testando para ver o que ela responderia.

O silêncio pairou entre os dois por um momento muito longo, até o assunto ser quase esquecido. Porém, antes que o último lapso de conversa fosse inundado por outros pensamentos, a voz de Camélia surgiu trepidante por suas cordas vocais.

— Mudar? — A pergunta era retórica e reflexiva. — E se o seu pai retornar? Como vai nos encontrar? Ele não iria para aquela casa.

Maximilian sabia que era inútil convencê-la da morte de Valentin. Fazia anos que ela se acomodava na cadeira de balanço perto da porta e adormecia, esperando que seu marido voltasse como uma sombra pela noite e a salvasse da insanidade. Porém, era exatamente esse pensamento que a afundava cada vez mais na própria mente.

— Não se preocupe — o rapaz respondeu a mãe apenas para acalmá-la.

O Barão não tinha memórias concretas do incidente trágico que resultou na ruína dos Ashborne, já que era muito jovem quando tudo aconteceu, mas as histórias ainda circulavam fortemente na corte, mesmo depois de tanto tempo.

Segundo os boatos, era noite e um famoso Conde Ainsley Aberdeen visitava a mansão dos Ashborne para fazer negócios. A família Aberdeen vinha de uma poderosa linhagem militar e esbanjava riquezas, então, todos os queriam como companhia.

O vinho era servido para todos e Valentin apontou seu próprio pai, instigando-o a fazer as honras. O velho Yvon bebeu o primeiro gole. Mal teve tempo de baixar o copo para a mesa.

Em segundos, os lábios dele se arroxearam.

Aos berros, o negociante Aberdeen acusou Valentin de assassinato e puxou a pistola que trazia escondida no casaco. A visão da arma causou uma comoção entre os criados, e o caos se instaurou.

Yvon desfaleceu por completo e o Conde de Aberdeen se desesperou para não se misturar no confronto do homem que morreu envenenado pelo próprio filho. Deu um tiro para o teto e a bala perdida acertou o lampadário, fazendo as luminárias explodirem ao despencarem sobre os dois homens da família Ashborne.

Maximilian era recém-nascido, mas a memória das súplicas de agonia de seu pai parecia real em sua mente, mesmo depois de tantos anos. Por um milagre, o bebê e a mãe sobreviveram ao incidente.

Ainsley foi embora intacto e declarou ao mundo que tinha se livrado de um parricida corrupto e inescrupuloso. Tornou-se um herói perante a corte e a reputação dos Ashborne foi por água abaixo.

O silêncio pairava pelas longas horas de viagem, enquanto o Barão refletia sobre o passado infame de sua família. A carruagem deixava uma densa trilha de fumaça conforme seguia por uma estradinha estreita no meio das florestas da Saxônia. O rapaz checava seu relógio de bolso e acompanhava o progresso da viagem pelos ponteiros, temendo que a noite chegasse antes que a comitiva alcançasse seu objetivo.

Ao longe, era possível ouvir um som muito distante de explosões. A colina reverberava a música da guerra na fronteira da Saxônia e, por mais que estivessem distantes da linha de batalha, o soar dos canhões era audível.

Maximilian puxou seu pequeno caderno de páginas amareladas. Com uma caneta de bico fino já previamente embebida em tinta, fez algumas anotações. Os cálculos estavam todos ali. Após algumas noites de jogos bem-sucedidos entre os nobres da corte e a venda de seus pertences, tinha conseguido uma boa quantia para financiar seu projeto. Não podia falhar, ou teria perdido para sempre a última riqueza da família e seria incapaz de sustentar seu título de nobreza.

Na época anterior à briga de Valentin e Yvon, os Ashborne, mesmo sendo uma família pequena, detinham títulos altos, influência militar e grandes fortunas. Após a morte dos dois homens, Camélia e Maximilian se afastaram dos eventos sociais e se mudaram para uma casa menor. Essa reclusão impactou nos outros membros do clã Ashborne, que foram se desfazendo do sobrenome, se vinculando a outras casas. Aos poucos, Maximilian e a mãe foram obrigados a liquidar os pertences da família. A insanidade consumiu Camélia, deixando-a incapaz de administrar tudo o que tinha. Maximilian, em sua infância, não era experiente o suficiente para entender a situação e ficou de mãos atadas. Muitos nobres se aproveitaram dessa vulnerabilidade e os exploraram ao máximo, deixando os Ashborne enterrados em dívidas.

Com um gesto da cabeça, o Barão quis espantar aquelas preocupações. Guardou as anotações no bolso do casaco e passou a observar o lado de fora, como a mãe fazia. Os enormes pinheirais cercavam a colina feito ervas daninhas, sugando a umidade da terra e impedindo que qualquer outra vegetação vigorasse. A estrada cheia de pedras pontiagudas balançava a carruagem de um jeito incômodo.

Chegavam ao alto da montanha e o ar era incrivelmente gelado. O estrondo das bombas permanecia audível, muito longe dali, e ecoava pelas pedras, se confundindo com o som dos cascos dos cavalos no chão.

Depois de um tempo, os pinheiros afiados se tornaram mais esparsos e, logo, a paisagem ficou limpa. Era possível ver uma planície e o pôr do sol no horizonte. A luz incomodou os olhos de Maximilian, que tratou de desviá-los. A mãe, por sua vez, permanecia imóvel, encarando o cenário do lado de fora.

As carruagens pararam ao chegar ao destino, desligando os exaustores e deixando de produzir fumaça. A primeira e última casa dos Ashborne se localizava próxima de um grande penhasco ao pé da encosta. O barulho das águas do Canal acertando as pedras não trazia nenhum tipo de sentimento para Maximilian, já que ele raramente visitava aquele lugar. Entretanto, sua mãe estava perdida nas sensações.

Camélia caminhava na direção do abismo de pedras pontiagudas na beirada da colina. Os empregados a acompanhavam, temendo por sua sanidade. A mulher, contudo, apenas se pôs a contemplar o horizonte, ouvindo o ressoar das explosões além da fronteira e o rumorejar das águas escuras que açoitavam fortemente o rochedo. De cima do penhasco era possível ver o Canal da Água Negra. Um rio largo, incrivelmente profundo e de ondas escuras. Ao pé dele, onde o barro começava, erguia-se uma imensa Bastilha de ferro e concreto, separando as duas nações eternamente divorciadas. De um lado jazia a Saxônia, terra dos humanos, lar do desenvolvimento e da prosperidade. Do outro, a Francônia escura se ocultava sob as sombras das nuvens, com sua vastidão árida e misteriosa. Aquela era a terra dos Carnífices.

A mãe de Maximilian se prolongou ao olhar a paisagem, encarando ao longe a nação inimiga da sua. Aos poucos a carga era levada para dentro e os criados guiavam os dois nobres aos seus aposentos.

O jovem Barão adentrou a casa e se deu conta de que não era tão ruim quanto ele se lembrava, apesar de toda a poeira e de algumas tábuas despregando do assoalho.

Era uma construção grande e com diversos ambientes. O rapaz respirou fundo, mas acabou tossindo da poeira levantada conforme os empregados removiam os antigos tecidos que cobriam os móveis. Maximilian olhou em volta e viu que a madeira do batente estava mofada. Sobre o chão, na porta de entrada, um tapete de cartas de cobrança se estendia para dentro do cômodo. O Barão fez uma expressão de desgosto e prosseguiu pelo casarão.

A sala contava com uma grande mesa redonda e algumas cortinas de veludo já bastante desgastadas. Poltronas e cadeiras de tecido amarrotado adornavam o ambiente esquecido pelo tempo. Os empregados eram poucos, então corriam de um lado para o outro, abrasando a lareira, espantando algumas mariposas e espanando as teias de aranha.

Pelo corredor simples, o dono da mansão passou, acendendo os escassos castiçais de velas comuns, já sentindo falta das luminárias elétricas. Não havia sinais aparentes de modernidade naquela casa congelada no passado.

Maximilian seguiu para o quarto principal, onde uma enorme cama de casal o aguardava para passar a noite. Ela estava coberta com panos brancos, assim como a poltrona de leitura e a escrivaninha. Alguns papéis antigos e empoeirados estavam empilhados em um canto, perto da estante de livros, repleta de títulos que ele desconhecia. O lustre do quarto era pouco melhor que o da sala, já que possuía lamparinas a gás.

Próximo da escrivaninha, o Barão reparou no que parecia ser uma fiação. Chegou perto para observar e notou que era um antigo fio de telefone. Mesmo sem nenhum aparato ou maquinário naquele local afastado do centro do país, o rapaz se deparava com resquícios de uma instalação tão rara. Porém, o aparelho não estava mais no lugar. Enquanto refletia, Maximilian observou o cabo rompido. Ligações telefônicas eram incomuns e apenas feitas com o auxílio de uma central. Ele não fazia ideia de onde aquele fio se conectava.

As dúvidas rondavam a mente do jovem à medida que prosseguia com a exploração do seu novo quarto.

Alguns baús estavam fechados com enormes cadeados, mas ele não sabia o paradeiro das chaves. Outros caixotes estavam destrancados, mas seu conteúdo era desinteressante. Maximilian encontrou o que supostamente era a alavanca de um telégrafo quebrado e descartou o objeto.

Dentro do cômodo, uma outra porta levava a um pequeno lavabo de piso feito em louça branca e dourada. O jovem nobre viu a banheira de ferro tingido e se animou com a perspectiva de um banho quente. Contudo, precisava dar tempo para os criados se estabelecerem.

Removeu os panos da cama e exibiu os lençóis escuros. Sentou-se e retirou a cartola. Descalçou as luvas, depois levou as mãos até a gravata, a afrouxando. Sua respiração formava uma fina camada branca na frente do rosto, condensando por conta do frio. Seria um trabalho árduo se acostumar àquele lugar.

Logo à frente da cama, um quadro enorme estava pendurado, coberto por outro pano claro, protegido da poeira. Maximilian foi até lá e puxou o tecido, exibindo uma pintura com o rosto de Yvon. O homem estava encostado em um aparador, desenhado no auge de sua juventude, com as vestes cor de vinho e uma capa preta sobre os ombros.

Yvon tinha os mesmos olhos azulados herdados por seu filho e neto. Na pintura, o homem parecia observar o jovem Ashborne, a quem o quarto passara a pertencer. A antipatia transparecia no rosto de Yvon, e Maximilian tinha certeza de que o detestava. Não sabia o motivo real de seu pai tê-lo assassinado, também não tinha certeza se Valentin era realmente culpado do atentado, mas sabia que, se pudesse estar cara a cara com aquele homem, diria uma centena de coisas a ele.

O jovem se deitou na cama, sem deixar de encarar o quadro. Yvon fora próspero em seu tempo. Riquíssimo, bem-visto, imponente e poderoso, exatamente como Maximilian almejava ser. Porém, sua expressão desdenhosa, retratada com tanta fidelidade pelo pintor, enchia o jovem Ashborne de um desgosto inexplicável. Em silêncio, Maximilian decidiu desafiar seu falecido avô. Ali, naquela posição desconfortável, dentro do quarto gelado, o Barão de Ashborne selou uma promessa.

Ele se levantou e apanhou um abridor de cartas afiado que estava disposto sobre uma das mesas. Foi até o quadro e fez um vinco na moldura de madeira. Aquele risco indicava o dia presente, o início de seu projeto. A cada dia que se passasse, ele faria uma nova marca na moldura e, quando os vincos dessem a volta completa e alcançassem o primeiro, seu nome deveria estar de volta nas graças da casta da nobreza. Caso não conseguisse, Maximilian prometeu à pintura que tiraria a própria vida.

Capítulo 2

Acostumar-se com a rotina daquela casa se mostrava mais fácil do que Maximilian havia previsto. A vida longe da corte era calma, e a sensação de controle sobre seus bens apaziguava seu coração. Se não estivesse tão determinado a reviver o nome da família, o Barão sentia que poderia ficar naquela colina para sempre, sem jamais voltar a pisar nos palácios requintados da alta casta. Entretanto, era breve o seu tempo de paz e, logo mais, teria que socializar novamente com os outros nobres.

Maximilian vinha para seu quarto, segurando um pé de cabra nas mãos despidas. Seus dedos finos e longos não pareciam próprios para manejar aquele tipo de aparato, mas ele sabia como utilizá-lo. As calças de pernas curtas terminavam nas canelas, numa altura própria para montaria, e os sapatos baixos deixavam os tornozelos expostos. As roupas casuais lhe caíam tão bem quanto as requintadas.

A forma como caminhava, movia as mãos e se virava para olhar transparecia a classe impregnada em seu berço nobre, mesmo que ele estivesse com os primeiros botões da camisa abertos de forma desleixada e com aquele pedaço de ferro pesado nas mãos. Maximilian dificilmente conseguiria enganar alguém, se precisasse se passar por um aldeão. Havia uma delicadeza refinada em seus gestos, e sua postura inspirava liderança.

Ele apoiou o pé de cabra entre as travas do cadeado de um dos últimos baús que faltavam abrir e checar.

Por conta da largura do metal e da qualidade da forja, o nobre teve que tentar mais de uma vez. Precisou usar o peso do próprio corpo para fazer a trava ceder, e quando o cadeado finalmente se quebrou, o rapaz foi ao chão junto com a ferramenta, os restos do ferro e vários objetos que estavam no interior do baú tombado.

O Barão ficou de joelhos, xingando baixo, um pouco ofegante com a força que fizera contra o metal. Os cabelos compridos caíam lisos sobre o rosto, despenteados, conferindo-lhe um ar momentâneo de selvageria.

Ele passou os dedos pelos fios, voltando-os para o lugar, enquanto olhava aquele monte de bugigangas espalhadas no chão.

À primeira vista, suas impressões foram desagradáveis. Achou que não tinha valido o esforço de quebrar aquela fechadura. Avistou vários papéis antigos, empoeirados, amassados e mal organizados. Alguns livros, cadernetas e documentos estavam espalhados de maneira confusa. Além disso, vários objetos aparentemente estúpidos e velhos jaziam no chão.

Maximilian chutou um pequeno parafuso para fora do caminho, depois apanhou alguns dos papéis, lendo o conteúdo. Encontrou cálculos e considerações financeiras irrelevantes. A grafia, datando de anos antes, estava manchada em alguns pontos, e os papéis tinham vastos borrões amarelados causados pelo envelhecimento.

O Barão tornou a xingar, frustrado com a descoberta do conteúdo descartável daquela urna. Continuou vasculhando, por esperança e, talvez, um pouco de tédio.

Encontrou uma pequena fotografia de seus pais quando eram jovens. Os dois sorriam para a câmera, de braços dados. O Barão viu um caderno de receitas e alguns folhetins exaltando as invenções de Valentin Ashborne.

O pai do jovem Barão tinha sido um cientista, o único de sua família. Segundo os boatos que Maximilian ouvira, porém, o homem era fracassado e frustrado, quem sabe até insano, pois diziam que tentara destruir sua maior invenção.

No fundo do baú, um xale preto parecia ser a única coisa com uma textura diferente dos papéis amontoados. Maximilian apanhou o tecido e puxou.

Dele, algo se desenrolou e caiu no chão, a seus pés. Era um livro grosso, com capa de couro e páginas surradas.

Na capa, três olhos iguais estavam dispostos, organizados na estrutura de um triângulo. Um no topo e dois mais abaixo. As íris estavam pintadas com uma tinta fraca e gasta, difícil de identificar. Maximilian se abaixou para apanhar o livro e observar mais de perto.

O olho no topo tinha uma cor acinzentada, embaçada pelo tempo. Sob ele, lia-se a palavra "Luger", que não significava nada para Maximilian. Na esquerda, o olho desenhado parecia quase roxo e, abaixo dele, estava a palavra "Saiga". Ao lado havia um terceiro olho, formando o último vértice do triângulo. A cor era esverdeada e a palavra sob ele era "Hetzer".

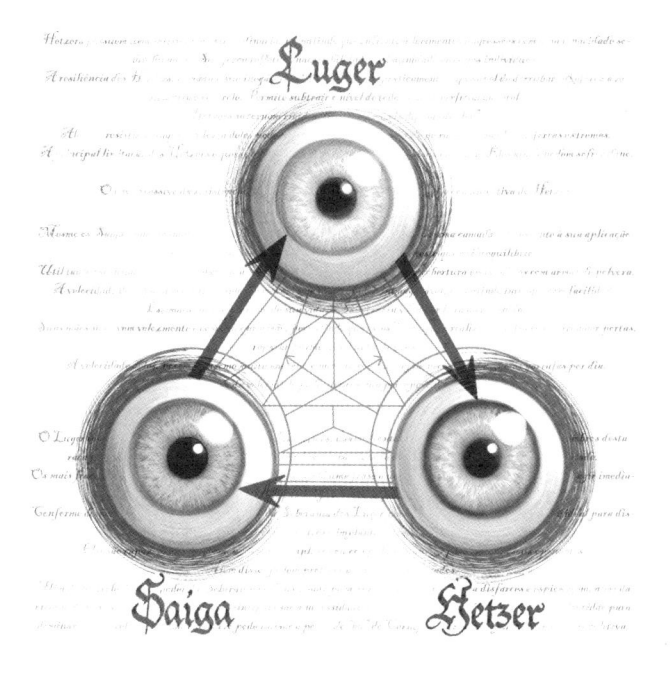

O Barão caminhou até a cama e se sentou com o livro no colo, observando a capa enigmática. Já conhecia alguns detalhes sobre as raças dos Carnífices, e imediatamente acreditou que se tratava daquilo, mesmo que as cores estivessem envelhecidas.

Essas criaturas tinham grande valor entre os nobres e garantiam muito status.

A guerra ruidosa que o Barão era capaz de ouvir de sua janela resultava na captura de Carnífices que residiam na nação vizinha, inimiga da dele. Maximilian sabia que as tropas militares rendiam esses selvagens na fronteira e os entregavam à Coroa, onde eram adestrados e vendidos em leilões entre os nobres. Carnífices eram a principal fonte de entretenimento da Saxônia.

No livro que Maximilian segurava, Valentin tinha feito anotações de suas pesquisas sobre as raças das bestas que os humanos gostavam de colecionar.

O Barão folheou as páginas, encontrando mais matemática que não lhe interessava, desenhos de maquinaria e muitas anotações que pareciam ser uma espécie de código para enviar mensagens, além de coordenadas de lugares que ele não sabia onde ficavam.

Os dedos dele passavam as páginas com um ar de urgência, vendo inúmeros desenhos e rascunhos, retratos e considerações, mas apenas a imagem triangular na capa realmente o cativava.

Maximilian deslizou até a beirada da cama e encostou os pés no chão. Com paciência, encarou as primeiras laudas que narravam um pouco sobre as habilidades de força dos Carnífices da raça Hetzer. Nas folhas seguintes, viu comentários sobre a velocidade dos Saiga, mostrando números impressionantes e até assustadores.

Encontrou uma anotação genérica sobre os Stier, a raça mais comum e menos poderosa de Carnífices. Sem tanta força quanto os Hetzer e sem a velocidade sobrenatural dos Saiga, os Stier eram quase como os humanos. Apesar disso, ainda detinham um pouco mais de vigor que homens comuns, por isso eram úteis em plantações e para empurrar carruagens, mas os leilões quase não davam valor a eles, e os saxões que os compravam raramente os ostentavam nas festas.

O Barão passou direto por aquela informação, procurando algo relacionado aos Carnífices do terceiro olho indicado na capa, que até então lhe eram desconhecidos.

Não demorou para encontrar páginas rasgadas. No topo de uma delas, havia restado metade da palavra Luger. Contudo, a informação não existia. As folhas tinham sido arrancadas propositalmente.

A apreensão no olhar do Barão ficou evidente, pois não sabia da existência de uma terceira raça de Carnífices nobres. Maximilian voltou até o baú, procurando pelo restante dos papéis, mas não os encontrou. Sacudiu o pano onde o livro estivera enrolado e ouviu um som metálico atingir o tecido. Ao ver um pequeno aro de ferro, abaixou-se para pegar. Tocou no objeto e notou que era um bonito anel de prata, com uma delicada pedra de lápis-lazúli polida, clara e brilhante. Era uma joia simples, mas bela.

O Barão a colocou e percebeu que era grande demais para seus dedos finos, porém, se afeiçoou ao objeto. Se estava guardado junto do precioso livro sobre Carnífices, então provavelmente era um item de valor para seu pai.

Depois de guardar a joia entre seus pertences, ele voltou para a cama. Sentou-se e se dedicou a ler o livro, em busca de mais informações sobre os Luger. Ao longo dos dias seguintes, o caderno de anotações de Valentin se tornou um bom entretenimento para o Barão.

O tempo passava e o quadro de Yvon começava a acumular tracejados em sua moldura. Bolsas de dinheiro estavam trancadas em alguns baús do quarto de Maximilian. Todas as noites, o rapaz conferia cada uma delas, para ter certeza de que seus investimentos estavam seguros. Até que, finalmente, chegou o momento de viajar.

No meio da madrugada, o nobre se levantou, esperando que um criado viesse atendê-lo. Um empregado o ajudou a se banhar e trocar as roupas. Pouco a pouco, Maximilian era arrumado, enquanto se encarava no espelho. O empregado o guiava para dentro das calças feitas do mais delicado tecido. Trespassava as mangas do casaco de linho preto pelos braços do Barão, abotoando-o sobre a camisa da mesma cor. Ajustou-lhe a gravata cinzenta e o chapéu arredondado, tão escuro quanto o restante da roupa. Estava vestido para um funeral, com a classe de um príncipe.

As velas tremulavam e ele praticamente desaparecia entre as sombras. Seus cabelos caíam soltos pelos ombros, os anéis prateados e decorados de safira estavam gelados em seus dedos, mesmo escondidos sob as luvas de couro que usava. Os sapatos brilhantes de bico fino faziam um som oco a cada passo, toda vez que tocavam a madeira. Os criados seguiam seu nobre cavalheiro, prontos para levá-lo ao seu destino.

A carruagem o aguardava na saída. Maximilian assistia enquanto os baús eram carregados para dentro dela. Dois pistoleiros subiram no teto da cabine. Os cavalos de pelagem negra eram da cor do veículo, assim como tudo o que circundava o senhor daquela casa. Sua existência sem cor parecia sugar tudo para um vazio nefasto.

Logo, o cocheiro tocou os cavalos e a comitiva partiu no meio da noite, desaparecendo na escuridão. A viagem até Esplendor era longa e ainda mais complicada durante a madrugada. Era necessário ter cautela para prosseguir, e isso custou várias horas de tensão ao Barão.

Quando finalmente chegou na capital da Saxônia, o sol já tinha raiado.

A carruagem escura trafegava pela multidão, entre alguns carros e bicicletas.

A recente invenção da buzina deixava Maximilian profundamente irritado.

Nobres passavam, exibindo seus veículos motorizados que ganiam quando as válvulas liberavam vapor e enchiam o centro de fumaça. Os condutores apertavam as cornetas, que emitiam um som agudo e perturbador.

As bicicletas passavam próximas da cabine escura do Barão, também soando sinos, esses bem mais agradáveis aos ouvidos.

A comitiva sombria dos Ashborne era inconfundível, e não demorou para Maximilian ouvir três batidas na madeira pelo lado de fora da janela. Ao puxar a cortina, o sol iluminou seus olhos azuis, causando-lhe um breve incômodo.

Uma garota bem pequena e de roupas sujas parecia analisar a carruagem, mas reparou que ele abriu a cortina, então estendeu o jornal dobrado para o nobre.

— Ashborne, certo? O senhor pediu o jornal? — A voz dela era certeira, como tinha que ser a de uma comerciante. As mãos estavam levemente manchadas de cinza pelo contato constante com a tinta impressa do material que vendia. — Só um Gear.

O Barão a encarou por um momento. Os cavalos estavam parados, pois a rua abarrotada impedia a passagem. Ele enfiou a mão no bolso do casaco e retirou uma moeda de cobre com uma engrenagem desenhada sobre a imagem da antiga rainha. Estendeu para a menina, mas, antes que ela pudesse pegar, puxou-a de volta para si.

— Está com a minha resposta? — perguntou calmamente.

A menina pareceu um pouco intimidada pela reação e seu olhar perfurante.

— São dois, senhor — respondeu ela, sem expressar nenhuma emoção. — Um de olhos verdes e um de olhos lilás estranhos.

— Estranhos como?

— Ninguém soube dizer. Talvez claros demais? — conjecturou a menina, esticando a mão para pegar a moeda. — Ande logo com meu pagamento.

Maximilian observou os olhos apressados daquela criança. Por fim, deu a ela o Gear. Enfiou a mão no casaco novamente e retirou uma pequena bolsa de moedas, que também entregou para a garota. Depois, apanhou o jornal e fechou a cortina enquanto a menina fugia para se embrenhar na multidão.

O Barão desdobrou os papéis impressos e os apoiou sobre as pernas cruzadas. Passou a ver as notícias sem pressa, já que não tinha muito o que fazer.

Tantas explosões na linha de frente da guerra. Declaravam que a faixa de conflito se estendia lentamente para dentro da Saxônia, mas as prestigiosas famílias militares asseguravam que eram capazes de resolver em nome do Rei.

O detentor do trono da Saxônia, com idade avançada e cuja única filha tinha uma saúde delicada, reinava sobre uma camada frágil, apoiado por um finíssimo piso de vidro na forma do ilustre Arquiduque Julian Hawthorne, o qual Maximilian via estampado na matéria do jornal. Indicado para a posição de Regente, o esposo da Princesa era também um grande pacifista, o que desagradava por completo os clãs militares. A alta casta não desejava uma trégua, e sim uma vitória contra seus inimigos bárbaros.

Maximilian passou a página e encarou a foto impressa de um dos militaristas que, por sinal, ele odiava. Nicksen Aberdeen, neto de Ainsley Aberdeen, era o Conde herdeiro da família que havia desgraçado a dele. O homem sorria na foto e brandia um troféu ao lado da Carnífice loira que lhe garantira um grande prêmio pela segunda vez. Era insuportável encarar aquele rosto, mesmo que por uma folha de papel. O Barão virou a página, suspirando em busca de paciência.

Passou mais algumas horas em profundo tédio na carruagem escura, debaixo do sol e em meio aos irritantes sons de comerciantes, quinquilharias e dançarinos. Do lado de fora, supostos inventores davam cordas em animais mecânicos que apitavam e batiam pratos de ferro para alegrar as crianças que corriam em volta dos círculos de fumaça formados pelas ventoinhas dos motores. Aparatos imitavam vozes humanas e falavam tão mal que não era possível compreender o que diziam, mas arrancavam aplausos do público menos abastado que caminhava pelo centro de Esplendor. A cidade fervilhava quando as carruagens e carros dos nobres se abarrotavam na Capital.

Metro a metro, os cavalos envoltos em armaduras de metal escuro arrastavam a carruagem sombria do Barão, soltando fumaça. Alcançaram uma enorme construção com colunas elevadas, arcos abaulados e arabescos que quase lembravam um bolo confeitado. O prédio era decorado em metal fino retorcido, formando desenhos de formas orgânicas e delicadas.

Logo na entrada do edifício, um belíssimo jardim de pedras preciosas em formato de flores contava com uma fonte de água cristalina e uma imensa estátua de bronze da louvada Theodora Gear, a Rainha responsável por colocar o mundo da prosperidade no lugar onde ele estava.

Apenas nobres bem-vestidos desembarcavam na calçada de aço polido, vários acompanhados de seus Carnífices, sempre exibindo as roupas mais bem trabalhadas. Alguns usavam cores exóticas e acessórios em excesso, procurando captar a atenção dos demais. Os atendentes e empregados da Coroa vinham servir os convidados, recolhendo qualquer objeto incômodo de carregar e auxiliando as damas de vestidos armados e os mestres com suas bengalas polidas a subirem os poucos degraus do portal de entrada.

Maximilian desceu da carruagem, sem nenhuma companhia. Seus trajes visivelmente fúnebres atraíram os olhares incertos. Um dos empregados hesitou em atendê-lo, mas foi empurrado pelo outro, que o obrigou a caminhar até o Barão. Por mais estranho que fosse, ainda se tratava de um nobre que deveria receber a presteza da Coroa.

O rapaz de cabelos compridos não se abalou com a indisposição dos empregados. Adentrou sozinho o salão principal e olhou ao redor, vendo o imenso corredor de estátuas e pinturas, com paredes em afresco e janelas compridas como as de uma catedral. A expressão do nobre permanecia neutra. Estava acostumado com a corte, e aqueles candelabros brilhantes de cristal eram apenas uma amostra do que os nobres tinham.

Os sapatos lustrosos do jovem Barão seguiram pelo chão de mármore repleto de ranhuras, como se as veias da pedra o guiassem para o auditório principal, no coração do edifício.

As escadas baixas davam acesso a uma centena de cadeiras acolchoadas, enfileiradas e numeradas. O atendente que o seguia entregou-lhe uma ficha de cobre, onde se lia 28F. Estava locado na última fileira, no canto, quase no fim. Um gosto amargo subiu pela boca do Barão, mas ele não deixou nenhuma emoção transparecer. Não era como se não soubesse que isso lhe aconteceria. Sem um bom título e nenhum Carnífice, não tinha como receber uma cadeira melhor. Sentou-se em seu lugar e cruzou as pernas, observando impacientemente os outros nobres ao redor.

Nicksen Aberdeen entrou pelo portal do salão. Estava cercado de outros nobres que o aplaudiam pelo último torneio. Sua Carnífice o acompanhava e ele sorria, dispensando os cumprimentos, ao mesmo tempo que os instigava a continuar. Desceu a escadaria até a primeira fileira e se sentou lá, bem no campo de visão de Maximilian. O Barão rangeu os dentes, em silêncio. Por sorte, ninguém o enxergava ali, no fundo do salão, parcialmente oculto pela iluminação escassa.

A luz elétrica piscava mais que o tremular das velas, mas era considerada um avanço magnífico. O palco já estava preparado e as cortinas eram puxadas sem maiores cerimônias. Não era uma peça teatral e não havia razão para um espetáculo. Aquelas pessoas estavam ali para fazer negócios e, em geral, não tinham humor para desperdiçar.

Uma mulher familiar de vestido longo, bufante e enfeitado, entrou no centro da iluminação, postando-se atrás de uma decorada mesa de oratória. Ela bateu um martelinho de madeira sobre a superfície.

— Boa tarde, Damas e Cavalheiros — começou, a voz amplificada por um microfone redondo, largo e de grades trançadas localizado próximo ao rosto. — Estamos aqui reunidos para dar início ao Leilão Anual do Ouro Vermelho. — A oradora fez uma pausa, depois arrumou alguns papéis. — Ficamos imensamente felizes em vê-los presentes, cada vez em maior número.

Os nobres pareciam empolgados, um murmurinho começou a crescer entre a plateia. A oradora de cabelos amarronzados bateu o martelinho respeitosamente na madeira, mais uma vez, como que pedindo atenção. A audiência se calou.

— Eu trago a vocês a ilustríssima presença do nosso querido e mais importante Líder. Sua Majestade, meu pai, Maxwell de Hermon. — A Princesa oradora reverenciou enquanto saía do caminho. Ao fundo vinha o Rei, acompanhado do Arquiduque Julian Hawthorne e seu Carnífice de cabelos vermelhos.

A vestimenta real era deslumbrante. Uma enorme capa azul-marinho bordada de diamantes que remetia a um céu estrelado. O brasão da Saxônia, composto por uma coroa com uma engrenagem, estava estampado no peito. O símbolo decorava o paletó branco, adornado com medalhas e correntes prateadas nos botões.

O Rei ajeitou a faixa azul que indicava seu posto e arrumou as mangas trançadas com fios de prata da veste que usava. Ele exibia uma barba grossa e grisalha e, como sua filha, tinha a pele retinta.

Os olhos castanhos passearam pela plateia, que o aplaudia ininterruptamente, e ele sorriu com lábios largos para agradecer aos cumprimentos.

— Boa tarde, meus caros! — O Rei tomou o lugar da Princesa, perto do microfone. — Eu os recebo com muita alegria para que possamos desfrutar dos louros de mais uma vitória de nossa nação contra os bárbaros da Francônia! A cada dia que passa, estamos mais perto de vencer essa guerra!

Os nobres não aguentaram as poucas palavras do seu monarca e uma nova onda de aplausos inundou o lugar. Maximilian descruzou as pernas e tornou a cruzá-las, inquieto. O Rei prosseguiu com seu discurso.

— É com grande honra que eu os presenteio com o que há de mais fino e caro em matéria de serventia. Eu lhes entrego a besta domesticada. Hoje, os que arremataram os espécimes saberão o que é ser um verdadeiro cidadão da Saxônia — o Rei falava com vigor. Mesmo com a idade, sua voz saía forte e imponente. — Nós jamais sucumbiremos aos domínios destes devoradores de gente! Estas criaturas abissais são incapazes de raciocinar sem o nosso auxílio e devem se curvar aos nossos desejos! A Saxônia seguirá firme e tomará todo aquele território bárbaro, levando cultura e civilidade para aquelas pobres criaturas. Nós vamos prevalecer!

A plateia entrou em êxtase novamente. Muitas palmas, alguns gritos e, aos poucos, os nobres perdiam suas pompas. Todos eram efervescidos pela guerra e alimentados pelo furor da pátria que amavam. As pessoas presentes naquele salão pertenciam à classe mais agraciada pelos conflitos. Para eles, a Francônia era uma terra de bestas que precisavam urgentemente de domesticação, e todos estavam dispostos a trabalhar nisso.

— Por isso, meus caros nobres, hoje eu lhes ofereço o mais aprimorado mecanismo de controle — continuou o Rei, dando um passo para o lado em seguida. — Deixarei que meu querido genro, Julian, o apresente em detalhes, para os senhores e senhoras.

Sua Majestade se colocou próximo à Princesa e logo lhe trouxeram uma magnífica poltrona de veludo para que se sentasse. Depois de desatarem-lhe a capa, o Rei ficou confortável em um canto do palco, como espectador. Julian tomou o lugar e apanhou um aparato que estava sobre a mesa. A peça tinha o formato de um grilhão, mas parecia mais leve e mais fino. Em sua lateral, a fechadura era feita por um mecanismo pequeno que se assemelhava a um relógio. De longe, Maximilian não conseguia enxergar qualquer detalhe, mas podia ver que o objeto era infinitamente menor do que os outros demonstrados antes.

— Esse é o Supressor Alfa. Ele funciona como uma bomba relógio. — Julian virou o mecanismo e mostrou o medidor. — Ele se carrega com uma grande quantidade de energia elétrica. — Depois, o Arquiduque exibiu os dois espetos que ficavam nas laterais, pela parte de dentro do grilhão. — Essas agulhas ficam fixas dentro da pele do Carnífice, coletando as informações do sangue. Ao menor indício de ataque, a descarga é acionada — ele falava com simplicidade, sorrindo como se fosse uma coisa corriqueira.

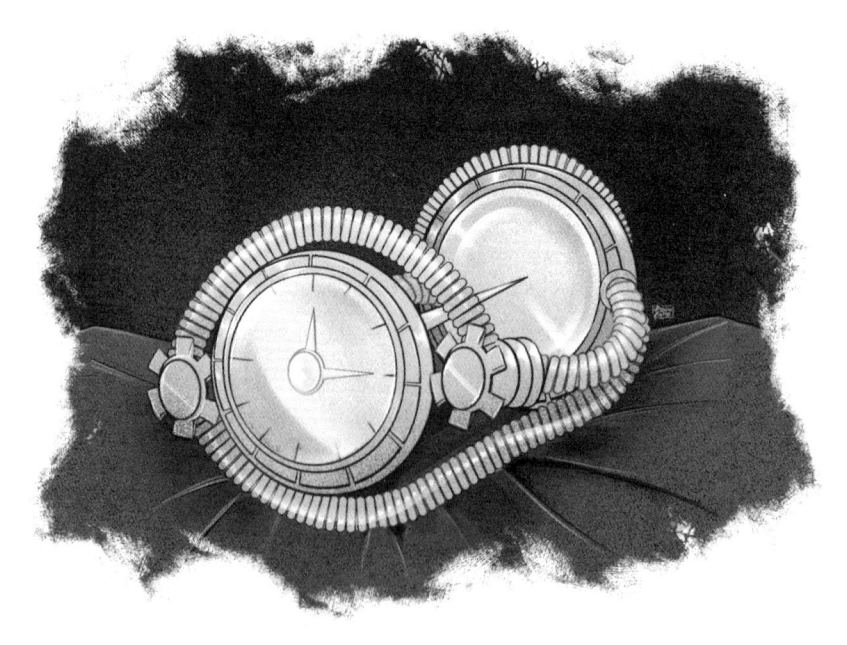

Os nobres pareceram animados. Julian chamou seu Carnífice de cabelos avermelhados e mandou que erguesse as mangas da roupa enfeitada para mostrar a todos que estava usando os novos supressores. Em seguida, fez um gesto, ordenando que ele o atacasse.

O Carnífice de Julian era um rapaz aparentemente bem jovem e magro, porém, todos sabiam que ele era incrivelmente habilidoso. Tinha a pele marrom, similar à do próprio Rei, o que lhe conferia um tom de superioridade em relação aos outros Carnífices.

Seus olhos de cor lilás eram astutos e observavam tudo. Ele obedeceu ao comando de Julian e avançou em ofensiva, fazendo os cabelos longos voarem pelo ar, mas os supressores reagiram de imediato. A descarga elétrica o fez cair no chão, grunhindo como um bicho ferido e se contorcendo levemente. As partes metálicas das roupas largas e requintadas soltaram um pouco de fumaça.

Para Julian, era inevitável não ficar apreensivo com a força daquele choque, já que ele era bem apegado ao seu Carnífice, mas o nobre fazia o que era necessário. A plateia não percebeu a pena que o Arquiduque escondia em seu olhar. Pelo contrário: os nobres estavam extasiados e começaram a gritar. Alguns até ficaram de pé.

Julian sustentou seu sorriso calmo. Quando Hex, seu Carnífice, conseguiu se levantar, o Arquiduque agradeceu a atenção e se retirou para a poltrona menos decorada, ao lado do Rei, mas ainda sobre o palco. A Princesa retornou à mesa de oratória, sorrindo de um jeito animado. Todos tinham perdido a seriedade do começo do leilão, de repente pareciam prontos para dar tudo o que tinham nos Carnífices.

— Damas, Cavalheiros, todos que arrematarem qualquer Carnífice hoje receberão o novo Supressor Alfa. Então, estejam cientes de que nosso Rei deseja o melhor para esta nação. Tudo isso só é possível graças a ele! — A Princesa finalizou as honras e deu início ao leilão.

Naquela noite, os cabelos cheios da oradora estavam adornados por um lenço, dando a ela uma aparência muito mais orientada aos negócios do que à exuberância.

Durante algum falatório sobre regras, os empregados começaram a entregar plaquetas vermelhas para os nobres na audiência. Quem as levantasse primeiro daria o lance. Maximilian tinha que saber muito bem o que estava fazendo, ou arriscaria perder todo o dinheiro que conseguira.

Os leiloeiros trouxeram o primeiro Carnífice. Era uma mulher jovem, de cabelos ondulados e olhos amendoados. Ela vinha séria, sem tentar brigar, usando a roupa padrão que todos os Carnífices trajavam no leilão, que consistia em uma calça longa, preta e uma bata cinza de mangas curtas. Os olhos dela eram amarelos, mas bem vibrantes. No pescoço, usava uma plaqueta com o número um.

Maximilian sabia que o brilho dos olhos também influenciava o preço dos Carnífices, já que indicava a quantidade de poder deles. Mesmo os de olhos amarelos e sem berço nobre, chamados de Stiers, eram mais valiosos quando seus olhos tinham cores vibrantes, uma vez que podiam chegar até um nível bom, se bem treinados. Até era possível fazer algum dinheiro com eles, mas não parecia ideal. Então, o Barão de Ashborne manteve sua plaqueta abaixada enquanto esperava os outros nobres que podiam se dar ao luxo de gastar com serviçais para a casa.

O segundo Carnífice também tinha olhos amarelados, esses mais opacos e sem vida que os da primeira. Seus lances começaram baixos e ele foi vendido para um outro Barão de uma planície distante de Esplendor. O homem pareceu feliz com a compra, mas os outros nobres fofocavam na fila da frente.

Depois veio o terceiro, e então o quarto. Nada que servisse ao Barão camuflado no escuro. A ansiedade estava deixando Maximilian nervoso, de modo que tornou a cruzar e descruzar as pernas. A quinta Carnífice foi vendida para uma nobre famosa chamada Margoreth Larkin.

O sexto Carnífice finalmente surgiu. Era alto, de nariz protuberante, com uma vasta cabeleira clara e olhos esverdeados. A audiência imediatamente se atiçou. Ele tinha músculos definidos e o porte de um campeão. Maximilian engoliu em seco, encarando o homem de longe.

Havia chances de aquele ser o seu voto de ouro, mas antes precisava ter certeza se depositaria todo o seu dinheiro naquela criatura. Os lances começaram, muito mais altos do que os anteriores. O primeiro nobre ergueu a plaqueta e dobrou, o segundo, triplicou. Maximilian sentiu o nervosismo despontar na boca do estômago.

Leilões tinham muitas semelhanças com jogos de cartas, mas era mais difícil blefar. Ele sabia da necessidade de esperar para ver o que os outros tinham, antes que pudesse agir. Então, assistiu quieto ao terceiro lance e depois ao quarto. A Princesa começou a contar e o Barão cerrou os dentes. Fechou a mão contra o cabo da plaqueta e estava prestes a erguê-la, mas não foi rápido o suficiente. A leiloeira deu a vez para outra pessoa.

— Conde de Aberdeen, quinhentos mil! — anunciou. Outro nobre aumentou em cem mil, mas Nicksen levantou o braço mais uma vez.

— Um milhão e quinhentos mil Gears! — declarou o Conde de Aberdeen com a voz firme, triplicando o valor.

A plateia começou a cochichar. Aquela quantia era exorbitante até mesmo para um Carnífice nobre com porte de campeão. Maximilian sentiu um frio no estômago.

— Nicksen Aberdeen, um Quilogear e meio! Dou-lhe uma... — a Princesa começou a contagem.

Tudo o que o Barão de Ashborne tinha eram oitocentos mil Gears, então não seria capaz de sobrepor aquele lance desmedido do Conde. Rapidamente, se lembrou da informação que tinha comprado na rua. O leilão contaria com dois Carnífices nobres, um de olhos verdes e um de olhos lilás ditos "estranhos". Era muito inseguro acreditar naquilo, mas Maximilian preferiu acatar e acalmar seu espírito.

Se Nicksen gastasse tanto naquela primeira compra, certamente não atrapalharia o Barão a arrematar o próximo Carnífice, já que não teria mais dinheiro disponível.

A contagem finalizou e Nicksen Aberdeen venceu a compra do Carnífice de olhos verdes. Maximilian só podia rezar para que um outro igualmente bom estivesse disponível nos lances seguintes, ou teria que esperar mais um ano até o próximo leilão, o que poderia ser fatal para suas finanças.

O sétimo Carnífice veio. Mais um homem de olhos amarelos opacos. Dessa vez, Maximilian não conseguiu engolir a frustração e tirou o chapéu que lhe cobria os cabelos, penteando os fios para trás com os dedos enluvados. Dificilmente se arrependia na vida, mas estava certo de que tinha feito uma péssima escolha em não tentar arrematar o Hetzer comprado por Nicksen.

Chegava a ser incômodo ouvir os lances baixos dados para comprar o Stier. A Princesa leiloeira andou rápido quando outro provinciano cuidou em ficar com esse Carnífice por preço de banana.

O Barão colocou o chapéu de volta em seus cabelos. Partiria após ver o último Carnífice. Não aguentaria a festa e a falação. Novamente, Maximilian agradeceu por estar alocado na última fileira e ter certeza de que poucos o tinham visto ali.

Foi quando trouxeram o número oito.

Capítulo 3

De longe, os olhos com cor de vidro do Carnífice de número oito pareciam a ponta de um iceberg traiçoeiro, pronto para afundar a mais resistente das embarcações. O Barão sentiu seu próprio sangue gelar.

Os nobres pareceram confusos. Ninguém nunca tinha visto um Carnífice de olhos como aqueles. Não sabiam dizer à qual raça pertencia, se é que tinha uma. Ao menos, o brilho das íris era vívido. Ele tinha uma boa estatura, mas não era forte como o número seis. O rosto parecia inexpressivo demais e os cabelos pendiam nos ombros, sombreando-lhe a face, agravando o ar de indiferença em seu olhar gelado. Era jovem e bonito, mas nada em suas feições indicava um gladiador.

A Princesa iniciou a venda com um valor mediano e os nobres hesitaram em dar lances. Porém, o excêntrico Clement Benton aumentou um pouco a oferta, iniciando a disputa.

Benton era famoso por gostar de coisas pouco usuais e vestia sempre roupas berrantes com estampas confusas. Ele parecia animado com aquele Carnífice diferente e instigou a competição. Outro nobre, um velho fanfarrão chamado Bram Hill, melhorou o lance. Estavam em cem mil Gears quando Aberdeen ofereceu duzentos. Maximilian franziu o cenho, indignado. O restante da audiência brincou com ele e Aberdeen sugeriu que aquele era o último e, por isso, precisava de mais emoção.

Mais alguém aumentou o lance. Foram para quatrocentos mil, e Bram Hill tornou a aumentar. A Princesa começou a contar e os nobres faziam chacota.

Maximilian ergueu a plaqueta que segurava.

— Ora, temos alguém ali atrás. Senhor? — A jovem leiloeira não conseguia vê-lo com perfeição.

— Ashborne. — Maximilian falou lá do fundo, e Nicksen quase se levantou para olhar. — Seiscentos mil. — O Barão deu o lance e assistiu enquanto Aberdeen trincava os dentes.

— Seiscentos mil para o Barão de Ashborne, tenho seiscentos e cinquenta? — A Princesa pediu, mas ninguém se manifestou. — Dou-lhe uma... dou-lhe duas...

— Seiscentos e cinquenta! — exclamou o Conde de Aberdeen, erguendo a própria plaqueta. Estava irritado, com ar de quem achava que tinha perdido alguma coisa.

— Seiscentos e cinquenta para o Conde de Aberdeen! — A Princesa começava a segurar o riso, vendo a rixa entre os dois.

Estava na hora de blefar como em todo jogo. Maximilian respirou fundo.

— Oitocentos mil. — O Barão rezou para que Aberdeen não conseguisse bater esse valor ou que, pelo menos, não quisesse, por medo de Maximilian aumentar ainda mais e humilhá-lo.

— Oitocentos mil?! Isso daí nem é um Carnífice de raça pura! — Nicksen se indignou, mesmo depois de pagar uma quantia copiosa no campeão de olhos verdes que tinha arrematado. O Conde se virou na poltrona para encarar o Barão sentado no fundo do salão. — Foi para isso que vendeu sua casa, Ashborne?! — As provocações fizeram as mãos de Maximilian gelarem, mas ele ficou quieto.

— Oitocentos para o Barão de Ashborne! Oitocentos mil! Dou-lhe uma... dou-lhe duas... — A Princesa contava e Maximilian assistia enquanto Aberdeen trincava os dentes a ponto de quase quebrá-los. — Dou-lhe três! Vendido para o Barão de Ashborne!

O som do martelinho batendo na mesa ecoou pelo lugar. Maximilian percebeu que não estava respirando quando ouviu a voz da leiloeira declarar que o Carnífice lhe pertencia. Sua mão apertava a plaqueta com tanta força que os dedos ficaram dormentes. Ele não fazia ideia do que estava comprando, mas esperava ao menos recuperar o que tinha gastado.

Deixou-se relaxar na cadeira por um instante. As palavras do encerramento do leilão passaram batidas por ele. Quase não ouviu nada do que foi dito e aplaudiu por inércia, quando todos o fizeram. Ele se levantou, ouvindo um dos empregados da Coroa chamá-lo para que fosse até o salão reclamar seu trunfo. Agradeceu ao homem e o acompanhou até a sala de prêmios, onde ficavam os Carnífices leiloados.

Nicksen já estava lá, acompanhado de sua antiga Hetzer, além de seu novo guerreiro. Outros nobres os rodeavam e bajulavam o Conde de Aberdeen por sua nova aquisição.

O grupinho encarou Maximilian assim que o avistou. O Barão acenou com a cabeça para todos eles, em um sinal respeitoso e educado. O Conde de Aberdeen abriu um sorriso falso.

— Finalmente resolveu arrumar um Carnífice, Ashborne? Já era tempo de parar de andar sozinho. Eu nunca sei se você é um nobre ou um servente — falou Nicksen e alguns riram, outros permaneceram em silêncio.

— Fico feliz em saber que você adquiriu um novo guerreiro. Animado para o próximo torneio, Aberdeen? — comentou Maximilian, inabalado com as provocações. Tinha um constante ar de superioridade que feria o orgulho do Conde de um jeito quase visível.

— Nem pense em tentar entrar no torneio, peste. Você não tem chance — Nicksen o ameaçou e Maximilian apenas continuou com seu meio sorriso de escárnio.

Resolveu ignorá-lo e acenou para os outros, saindo de perto. Dirigiu-se para o local onde receberia o pertence no qual tinha acabado de investir todo o dinheiro de sua família.

O Carnífice viu seu comprador e o encarou de maneira ainda mais fria do que fizera do palco. Era quase como se não estivesse preso por grilhões prontos para lhe darem uma descarga elétrica. Ele o olhava de igual para igual.

Por ser um pouco mais alto que Maximilian, precisava abaixar levemente a cabeça para encarar o rapaz que o havia comprado. O Barão erguia o rosto também, mas não parecia ver problema nisso. Admirava a expressão intocável do Carnífice e observava os cabelos que caíam na lateral da face, ocultando o semblante sombrio e contrastando com os olhos incrivelmente claros. O nobre reprimiu um sorriso de ansiedade.

De perto, o Carnífice encarava Maximilian intensamente. Estreitou o olhar intrigado, como se notasse algo em seu comprador, porém, o Barão não reparou a mudança sutil em seu semblante. Estava ocupado demais admirando a cor azul rara nos olhos do Carnífice.

— Então você é um Luger, não um Saiga. — O Barão falava em um tom baixo, apesar da empolgação curiosa. Lembrava-se dos termos anotados no Grimório de seu pai. A expressão do prisioneiro, por sua vez, permanecia séria e concentrada, mesmo após o comentário sobre sua raça.

Um empregado do leilão se aproximou, interrompendo a encarada mútua e entregando ao Barão de Ashborne os papéis de compra que oficializavam a transação. Havia lacunas em branco e muitas coisas para preencher. Maximilian parou para analisar algumas araras que ficavam recostadas ali, cheias de roupas disponíveis. Escolheu uma vestimenta para seu Carnífice e deixou que os funcionários levassem sua compra para se trocar. Um baile aconteceria em seguida e, mesmo que quisesse retornar para casa, o jovem nobre acreditava que a necessidade de socialização se fazia presente naquele momento.

Em pouco tempo, os funcionários retornaram com o Carnífice bem-vestido e pronto para acompanhá-lo. Seus cabelos eram pesados, lisos e escuros. Vestia as roupas escolhidas por Maximilian, que eram bem-feitas e decoradas, mas preservavam uma simplicidade, deixando claro que se tratava da indumentária de um serviçal. As únicas joias que usava eram brincos nas orelhas, bem simples e pequenos. O nobre fez questão de ter seu novo Carnífice todo de preto, como ele mesmo estava.

— Barão, precisamos de mais uma coisa. — Uma das funcionárias se dirigiu ao jovem com cortesia, se curvando brevemente. — Só vai levar um minuto.

Maximilian assentiu e seguiu a moça. Foram até uma saleta privativa, onde outros dois homens de jalecos cor de creme trabalhavam. Um deles segurava uma enorme seringa de ferro cinza-escura, com sua mão enluvada.

A luz fraca não permitia ver detalhes, mas uma bonita poltrona de couro estava no centro do cômodo. As paredes eram decoradas com brasões e um enorme quadro de Vossa Majestade, Theodora Gear, a Rainha mais próspera da Saxônia. A pintura mostrava seus cabelos castanho-avermelhados, volumosos e encaracolados, a pele cor de areia e os olhos claros como um lago. A expressão serena no desenho não parecia fazer jus à sua fama. Os exuberantes trajes em azul-marinho deram origem à cor da atual bandeira e à sugestão estética de que apenas a família real deveria vestir aquela cor. O Barão se perdeu ao olhar o quadro e precisou que a funcionária o guiasse até o assento.

— Só levará um minuto, senhor — repetiu um dos homens de jaleco, ao tempo que o outro mostrava a poltrona preta de couro, com rebites dourados.

Maximilian concordou, se sentando e cruzando as pernas para tentar demonstrar calma. Não estava verdadeiramente nervoso, ou, ao menos, achava que não. A visão daquela seringa de agulha imensa e nada fina não parecia algo muito convidativo. Enquanto esperava, um dos homens tirou a medida de seu dedo e depois partiu para uma sala isolada nos fundos. — E você aí, pode se ajoelhar. — O funcionário que permaneceu no cômodo se dirigiu ao Carnífice, que obedeceu, baixando o corpo sobre os joelhos, de frente para a poltrona onde se sentava seu novo dono.

O Servo de Sangue ergueu a cabeça para encarar aquele que o controlaria por tempo indeterminado e seus olhos encontraram os dele novamente.

Se houvesse algo capaz de se equiparar à cor e frieza dos olhos do Carnífice, seria uma tempestade de neve. O azul límpido quase cinzento mostrava uma infinidade distante e gelada. Maximilian o encarava porque era incapaz de quebrar aquela conexão. Seu cérebro parecia embaralhar os pensamentos e ele se via isolado no meio do vazio.

O nobre engoliu em seco, tentando afastar aquela solidão estranha que o invadia apenas por encarar os olhos do Carnífice. A sensação era de que o tempo tinha parado para os dois, como se eles se perdessem numa imensidão eterna.

As íris do Barão também eram azuladas, mas de um jeito vibrante, cheio de energia e vontade. Lentamente, ele cedia à visão afiada do rosto pálido que o encarava. Maximilian entreabriu os lábios sem perceber e soltou o ar pela boca. Achou que sua respiração sairia condensada, como se estivesse na noite mais longa do inverno, mas isso não aconteceu.

Feito uma estalactite mortal, Maximilian sentiu o frio perfurá-lo de maneira dolorosa e angustiante. Um som de dor escapou dos seus lábios e ele franziu as sobrancelhas.

— O que está fazendo? — murmurou o Barão para a criatura à sua frente.

— Só mais um instante, senhor. — Contudo, quem respondeu foi o funcionário de jaleco, e sua voz abalou o transe que prendia o Barão. Maximilian piscou algumas vezes e fitou o próprio braço.

Os funcionários haviam erguido a manga de seu casaco e amarrado seu antebraço com uma cinta de couro. As veias estavam saltadas e a enorme agulha de ferro desaparecia dentro da sua pele. O jovem nobre sentiu angústia ao ver aquilo, contudo, estava mais intrigado com o fato de que se perdera no olhar do Carnífice ao nível de não ter percebido toda a movimentação.

Um dos uniformizados puxou o êmbolo da seringa de ferro na tentativa de trazer o sangue do nobre. A pressão fazia o êmbolo retornar para baixo e a dor invadia o braço do rapaz. Maximilian cerrou os dentes quando o homem movimentou a agulha de um lado para o outro, procurando pela veia que parecia ter se retraído sob sua pele, provavelmente por conta do frio imaginário.

— Desculpe, senhor. Prometo que será rápido — pediu o funcionário, mas ele mesmo parecia nervoso.

— Só ande logo com isso — o nobre o repreendeu, sem querer encarar seu Carnífice novamente.

Cada puxão no êmbolo da seringa fazia uma pressão desagradável. Maximilian sentia como se a agulha fosse atravessar seu braço por completo. Engoliu a vontade de xingar e fechou a mão, mantendo-se o mais firme possível, até que a agulha acertou o lugar desejado e a pressão se afrouxou na seringa, permitindo que seu sangue fosse puxado para dentro do invólucro de metal.

— Tudo certo. — O homem de jaleco sorriu, com a testa suada de nervosismo. Quando acabou, removeu a seringa do braço do nobre e o enfaixou com uma tira de pano branco. A atadura se manchou de vermelho imediatamente. — Agora, só falta o mais simples. Mostre os pulsos, Carnífice.

A ordem não demorou a ser atendida e o homem de olhos de gelo desatou os laços das mangas da própria camisa, erguendo-as um pouco para exibir os supressores fincados em seus pulsos.

Os grilhões eram incrivelmente justos na pele. Feitos sob medida, contavam com agulhas de ferro na parte de dentro das pulseiras de metal. Serviam para recolher informações diretamente do sangue do servo. Cada supressor se alimentava da energia do próprio Carnífice e era capaz de descarregar eletricidade em voltagens suficientes para paralisá-lo por longos períodos.

Ao ver as pulseiras de metal, Maximilian sentiu um desconforto. Se aquela simples agulhada o tinha deixado tão agoniado, nem conseguia imaginar a sensação de ter duas dessas coisas enfiadas em cada pulso, permanentemente. Contudo, era necessário, já que os rumores contavam como muitos Carnífices atentavam contra seus donos sempre que tinham oportunidade.

O homem de jaleco abriu uma fina tampa de metal no grilhão de um dos braços. Ali, era possível ver um pequeno furo, bem profundo. Ele inseriu a agulha da seringa que continha o sangue do nobre e deslizou até o final do buraco, que seguia para dentro do braço do Carnífice.

O funcionário empurrou o êmbolo, depositando o sangue de Maximilian no interior do supressor.

Injetou uma pequena quantidade, depois o mandou girar o braço, mostrando a parte de cima dos pulsos. Abriu outra tampinha e revelou mais um buraco. Inseriu o sangue nas quatro agulhas cravadas na pele do Carnífice. A expressão do homem de olhos de gelo não se alterou em absolutamente nada.

Assim que terminaram, os empregados pediram para ver a papelada e fizeram algumas anotações burocráticas.

— Já sabe como vai chamá-lo, senhor? — perguntou a funcionária que assinava os documentos, para já preencher alguns campos.

Maximilian encarou a mulher por um tempo, evitando olhar para o seu Carnífice. A verdade era que não tinha interesse real em nomeá-lo. Apenas queria que ele servisse para o propósito que deveria, já que tinha gastado tanto dinheiro com ele.

Deixou a mente vagar um pouco nos nomes que conhecia. O pai de Maximilian teve um Carnífice antes de falecer, mas o Barão não lembrava de conhecer o nome dele. Porém, entre as páginas do livro com a imagem dos três olhos na capa, havia o desenho de um homem que, de certa forma, lembrava o Carnífice que Maximilian tinha adquirido. Sob o retrato, um nome estava listado, mas o Barão não se lembrava. Demorou algum tempo, então acenou com a cabeça, satisfeito.

— Arthur — disse, soando tranquilo. O Carnífice o olhou brevemente, sem movimentar a cabeça, apenas virando os olhos cor de gelo na direção do nobre que o comprara.

— Arthur? — Quem o questionou foi o homem de jaleco, erguendo as sobrancelhas para ver o Barão. — Mas é um nome tão imponente para um Carnífice. Arthur é um nome nobre.

— Algum problema? — Maximilian parecia entediado.

— Não, senhor. Só acho que não é pertinente. — A voz do funcionário foi se tornando mais baixa conforme a frase se formava, porque não deveria questionar a decisão de um nobre, por menor que fosse seu título.

— Sua agulhada falha também não é pertinente. Depois que aprender a fazer o seu trabalho, pode vir me ensinar a fazer o meu — retribuiu Maximilian, sem paciência.

O empregado apenas encolheu os ombros, enquanto a funcionária preenchia rapidamente o nome do Carnífice nos papéis e os dados daquele que o tinha comprado. Terminou de fazer as anotações e enrolou tudo, prendendo com uma fita e o selo da Família Real.

— Seu processo de compra está finalizado, Barão de Ashborne. Receba este anel. — O funcionário que tinha saído para o outro quarto já estava de volta e entregou uma joia de ouro branco para o nobre. No centro, brilhava uma linda pedra que correspondia à cor dos olhos do Carnífice. Contudo, a pedra do anel de Maximilian era lilás, e não azul, como deveria. — Nós... não estamos certos da raça do seu Servo de Sangue... — Ele hesitou no meio da frase, mas reverenciou o Barão ao entregar o anel junto com os documentos. Maximilian o encarou com desgosto.

— Isso ao menos serve para o que precisa? — questionou o nobre, colocando a joia em seu dedo. Cabia perfeitamente.

— Sim, senhor. Se a pedra for pressionada, acionará os supressores do seu Carnífice, liberando a descarga elétrica quando o senhor desejar. Esse é o controle manual. O sangue que injetamos nas agulhas serve para que seu Carnífice seja repreendido pelo choque se tentar atacar o senhor. Porém, se precisar pará-lo por qualquer outro motivo, ou até para fins de adestramento, o senhor poderá usar o botão na pedra do anel e a descarga elétrica se liberará normalmente — explicou o homem de jaleco, sem deixar a pose de reverência de antes.

O Barão suspirou, se conformando com a cor errada da pedra. Ele mesmo não sabia nada sobre os Luger, nem tinha certeza se seu Carnífice era mesmo um, ou se aquela raça realmente existia. A única pista era o desenho no caderno de seu pai, então, não tinha como reclamar. Maximilian virou o anel com a pedra voltada para a palma da mão, que era como os nobres usavam seus controles quando estavam em público, já que poderiam precisar acionar o choque rapidamente, a qualquer momento. Depois, se retirou sem olhar para nenhum dos funcionários e seu Carnífice o seguiu. Finalmente, o projeto de ascensão do Barão de Ashborne estava, oficialmente, iniciado.

Capítulo 4

Maximilian partiu do edifício do leilão e seguiu a comitiva dos outros nobres até a construção mais importante da Capital.

Aos poucos, várias carruagens chegavam ao imenso Palácio de Vapor. Os serviçais descarregavam objetos a mando dos seus senhores e os quartos iam se ocupando na corte, conforme o indicado por Julian.

A fortaleza de vidro tinha cômodos no andar mais inferior para acomodar os nobres de menor título, como Barões e Baronetes, e até alguns Cavaleiros que tinham permissão para estar ali. Os pisos superiores eram reservados aos Duques, Marqueses e Viscondes.

No topo de tudo, os aposentos da realeza contavam com imensos quartos para descanso tanto do Rei quanto da Princesa, já que ambos eram pouco saudáveis e necessitavam de bastante espaço e privacidade. Algumas paredes de vidro transparente exibiam a tubulação de gás que corria pelo interior da estrutura, majestosamente decorada em dourado, cobre e pedras preciosas. Os tubos com válvulas resistentes e medidores de pressão exalavam vapor quente por dentro da estrutura, deixando uma névoa densa presa atrás do vidro, ocultando o interior dos aposentos, mas permitindo que a luz de fora entrasse. Aquele vapor aquecia o interior dos quartos de maneira agradável.

Além da realeza, o marido da jovem Princesa também residia no andar superior.

Julian Hawthorne havia sido apontado pelo Rei como futuro Regente, e o fruto de seu casamento deveria suceder ao trono. O casal, contudo, ainda não tinha gerado qualquer herdeiro do sangue real, de modo que a pressão sobre eles era imensa. A gentileza do olhar calmo de Julian não inspirava a autoridade desejada pela maioria dos nobres, por mais que ele tivesse boa articulação com as palavras e se fizesse presente em todos os eventos de maneira eficiente e adequada. Aquele era um momento bastante delicado para a estabilidade política da Saxônia.

Era o próprio Julian quem recebia os convidados e designava seus aposentos. Ao ver o jovem Barão, sorriu de um jeito especial.

— Max! — chamou-o, em meio a uma expressão calorosa de animação.

— Arquiduque de Hawthorne. — O Barão o tratou com formalidade, apenas acenando com a cabeça, o que pareceu chatear Julian de alguma forma. Mesmo assim, o futuro Regente não deixou de sorrir.

— Estou imensamente feliz que tenha ido ao leilão! Mais ainda por ter adquirido esse Carnífice! Espero que ele te sirva bem! — O Arquiduque fez um sinal bem superficial de cortesia para o Servo de Sangue que acompanhava o Barão, o que era incomum, já que nobres não cumprimentavam Carnífices. — Deixarei que durma no segundo andar, ao lado de Margoreth Larkin. — Julian foi dando espaço para que entrassem e Maximilian fez um gesto de desinteresse.

— Meu lugar é no primeiro andar, com os outros Barões.

Quando ele se pôs a entrar no Palácio, Julian se aproximou, falando sobre o seu ombro.

— Aproveite a oportunidade.

— Eu não quero e não vou ser protegido por você. Me dê um quarto no lugar onde devo ficar ou arrumarei um sem a sua indicação — insistiu o jovem nobre, franzindo o cenho para o amigo, que estava muito mais alto na escala da nobreza.

— Sua mesquinhez ainda será sua ruína — avisou o Arquiduque, mas indicou ao serviçal que o levasse ao quarto mais isolado do andar inferior, para que, ao menos, tivesse um pouco mais de privacidade.

Os quartos ali eram menores e contavam apenas com uma mesa de escrita, um pequeno guarda-roupa e uma cama para uma pessoa. As paredes eram de concreto comum, ao contrário dos belos vitrais recheados de vapor límpido dos andares superiores.

Os serviçais passaram a descarregar as roupas do Barão de Ashborne, alinhando-as dentro do móvel. Depois, deixaram papéis e tinta para ele, junto de uma caneta e uma garrafa de vinho na pequena escrivaninha.

Alguns dos livros do Barão tinham sido levados para a viagem, incluindo o volume com o desenho dos três olhos coloridos. Quando tudo ficou pronto, os serviçais deixaram o lugar. A partir de então, era dever do Carnífice atender a qualquer outra coisa que o nobre desejasse.

O Servo de Sangue, porém, manteve seus olhos cor de neve momentaneamente sobre o livro na escrivaninha, percebendo o desenho, mas sua expressão continuava a não indicar nada, agindo como se fosse apenas parte da mobília.

— Não me diga que não sabe servir. Achei que todos os Carnífices passavam por treinamento básico antes do leilão — reclamou o Barão audivelmente, removendo as luvas e jogando-as sobre a cama.

De um jeito desinteressado, Arthur se virou para ele, erguendo os dedos para tocar os botões do seu casaco. Maximilian bateu em sua mão antes que pudesse tocá-lo.

— Não vai dizer nada? — Praticamente rosnou a frase, desgostoso do servo que tinha comprado. Estava convencido de que ele era absolutamente incompetente.

— O que deseja que eu diga? — Finalmente, algo saiu dos lábios do Carnífice, que olhava de volta para o nobre. Maximilian encarou seus olhos gelados novamente.

— O que você é?

— O que o senhor comprou. — Mais uma vez, as íris de estalactite do Carnífice pareciam tentar invadir a alma de Maximilian.

— Um Carnífice de raça nobre?

— Sim. — A voz do homem era pesada e grave. Ele falava baixo, mas era perfeitamente ouvido. Contudo, a sensação de estar ao redor dele era incômoda e Maximilian quis se livrar daquilo.

— Ande logo. Vista-me.

O Carnífice assentiu, o despindo do casaco. Depois, afrouxou a gravata do nobre, soltou os botões do colete e da camisa. Deixou todas as peças de roupa sobre a cama. Suas mãos eram incrivelmente frias e provocavam arrepios na pele do rapaz. Mesmo assim, Maximilian se mantinha impassível, aguardando o outro terminar sua tarefa.

Arthur desatou a bandagem manchada de vermelho no braço do Barão, que o olhava atentamente. Carnífices se alimentavam de sangue humano e existiam muitas histórias de ataques. Contudo, o nobre estava curioso para ver se aquele homem inexpressivo demonstraria alguma reação.

O Carnífice não se alterou ao ver o sangue. Foi ao guarda-roupa buscar as novas vestes e voltou para a frente do nobre, olhando-o de cima.

— Deseja que eu faça um novo curativo? — Arthur perguntou. A dobra do braço de Maximilian mostrava tons de vermelho e roxo devido às falhas tentativas dos funcionários de perfurar as veias com a agulha.

— Não tem necessidade.

Então, o Carnífice passou a vesti-lo, obedientemente. Deslizou a camisa branca de tecido leve pelos braços do jovem e abotoou as mangas. Vestiu-o com o colete e a pequena fita que adornava a gola. Depois, abaixou-se para trocar as calças do rapaz e deixou que ele usasse seu ombro de apoio. Quando terminou, o jovem Ashborne estava impecável.

A última peça era o casaco, e Maximilian rejeitou o escolhido, apontando para outro mais no canto, escondido em meio às outras vestes.

— Arthur, eu quero aquele ali. — Finalmente testou a sonoridade do nome que tinha dado ao Carnífice.

Tratava-se de um sobretudo de linho azul-marinho. Parecia ter sido feito por um alfaiate experiente, já que seus bordados brancos na barra e nos punhos eram perfeitamente simétricos e belíssimos. Seria a primeira vez que usaria aquele casaco em público.

O Carnífice estreitou o olhar brevemente. A cor era a mesma da bandeira da nação humana e, convencionalmente, designada para a Família Real da Saxônia, embora não houvesse nenhuma lei que proibisse outras pessoas de a usarem. Um pacto silencioso mantinha o azul-marinho como exclusividade do Rei e de seus descendentes. Previamente, Arthur sabia disso. Sem dizer nada, o Carnífice virou as íris claras para o rapaz, num ar de julgamento.

— Algo errado? — Maximilian percebeu sua hesitação e sorriu com alguma perversidade.

O Servo de Sangue desviou o olhar e retirou a peça de roupa do cabide. As decisões tomadas por Maximilian não eram da conta dele. Por isso, levou o casaco até o nobre, vestindo-o e arrumando seus cabelos soltos sobre os ombros como uma cortina sombria, sem nenhum fio fora do lugar. Maximilian parecia um verdadeiro príncipe. As joias em seus dedos brilhavam e disputavam a atenção com seus olhos vívidos e, assim, ele seguiu para o baile com a expressão mais altiva que conseguia sustentar.

O Salão da Bastilha era um lugar repleto de obras de arte. Quadros retratavam batalhas famosas e mesas de jogos ficavam dispostas em meio aos pedestais com bustos de heróis mártires e membros da realeza.

Os nobres se divertiam e bebiam, já acostumados com a beleza daquelas pinceladas clássicas que quase pareciam fotografias. Porém, era inegável que todos admiravam a pintura que deu origem ao nome do salão.

Ao fundo, um enorme afresco cobria a parede, do chão até o teto, com o desenho de uma gigantesca muralha que separava a Francônia da Saxônia. Chamada de Bastilha da Guerra, a imensa parede de pedras polidas ganhara sua alcunha após o final da batalha em que a Rainha Theodora Gear vencera a nação Carnífice, protagonizando um massacre honroso. No dia da inauguração do muro, todos os donos de Carnífices levaram seus Servos de Sangue para fora de casa e os executaram, clamando por vitória na guerra e vida longa à Rainha. Esse dia se tornou um feriado nacional, conhecido como Trono da Liberdade.

Por um momento, Maximilian observou a magnífica e imponente parede de tijolos vermelhos, pintada em tinta a óleo no fundo do salão. O baile estava cheio de pessoas para cumprimentar e conversas para ouvir. O Barão de Ashborne não era do tipo que gostava de se engajar nos boatos, mas sabia bem quando isso era necessário. Mesmo assim, sempre se mantinha discreto.

Nesse tipo de lugar, se tornava claro como todos conheciam seu nome, fosse para falar bem, ou mal. Era inegável que Maximilian estava sempre circulando pelos assuntos da corte. Principalmente naquele baile em que ele trajava um belíssimo casaco azul-marinho.

— O que é aquilo? — comentou uma das senhoras por trás do leque que usava para se abanar.

— Quem ele pensa que é? — respondeu a outra, se aninhando para fofocar.

Os olhos de todo o salão se dirigiram a ele, com desaprovação. O Barão caminhava entre as pinturas, exibindo sua veste de cor real e seu novo Carnífice. A calma no semblante do jovem era digna de um monge e a imponência, de um general. No canto dos lábios, o sorriso exibia uma nota superficial de zombaria. O caos era tão simples de se instaurar, bastava apenas uma peça fora do lugar. Sua audácia em circular diante da pintura da Bastilha trajando azul-marinho, como se fosse a própria realeza, agitava os frágeis alicerces da nobreza.

Arthur o seguia com uma postura imperial, não muito diferente do próprio Barão de Ashborne. Maximilian não deixou de notar que absolutamente todos os Carnífices presentes no aposento estavam com os olhos fixos no Servo de Sangue que o acompanhava.

Apesar das vestes de qualidade inferior e pouco pomposas, Arthur tinha uma presença esmagadoramente forte, difícil de ignorar. Ele mantinha a cabeça erguida, o semblante sério e, mesmo exibindo os supressores elétricos atados em seus pulsos, não demonstrava a postura de um serviçal. Juntos, o nobre e seu Carnífice compunham uma maravilhosa cena teatral.

O som da banda que tocava abafava os cochichos, mas Maximilian captou o comentário de uma Condessa que demonstrava seu pesar ao tão jovem Barão, largado com o infortúnio de sua família, fadado a administrar um título falido, com um brasão manchado por um assassinato e a reputação totalmente desagradável. Com apenas a pouca experiência que tinha, ousava dar as caras ali e exibir o que não possuía.

Em outra roda de conversas, relembravam do incidente da morte de Yvon e Valentin, ressaltando que o pai de Maximilian havia atentado não só contra a vida de Yvon, mas também contra o patriarca dos Aberdeen ao servir o vinho envenenado para todos que se sentaram à mesa do fatídico jantar sanguinário.

Por anos, o neto dos Aberdeen, Nicksen, inflamou a própria fama apenas por depreciar a família de Maximilian. Afinal, o ódio sempre fora um fator de união para a raça humana, especialmente quando esse ódio encontra um denominador comum.

O jovem Ashborne, no entanto, estava determinado a se reerguer, ainda que lentamente. Mal esperava a hora de levar Duques e Marqueses para jantar à sua mesa, compartilhar conversas nas rodas de jogos e rodopiar com as Damas solteiras pelos salões dos bailes do Rei.

Algumas fofocas acertavam que havia muito potencial no garoto apadrinhado pelo Arquiduque de Hawthorne, o que despertava o interesse de uns e a inveja de outros.

Maximilian encarou Arthur por um momento, já que seu sucesso dependia unicamente daquele Carnífice de expressão indecifrável. Os dois cruzavam olhares com frequência, como se tentassem conversar em silêncio, mas não havia conexão nenhuma entre eles. As perguntas que um queria fazer ao outro eram diferentes, complicadas e sem sincronia, embora parecessem perfeitamente ensaiados com toda aquela pompa lauta e majestosa.

A entrada de Julian no salão atraiu os olhares dos nobres presentes, e os instrumentos de corda fizeram uma pausa para que o Arquiduque pudesse falar.

— É uma honra recebê-los aqui esta noite, meus caros. Venho me desculpar por antecedência em nome de minha esposa e de Vossa Majestade, já que ambos se encontram indispostos para circular pelos salões, mas adianto que estão gratos pela presença de todos. — Sua voz era sempre controlada e gentil em demasia. Os nobres o aplaudiram. — Por favor, divirtam-se! — Acenou e a banda voltou a tocar uma melodia suave que o falatório dos nobres tentava sobrepor.

O Barão puxou uma cadeira de madeira decorada, perto da mesa mais conveniente para ele. Sentou-se com as pernas compridas cruzadas, como de costume. Ele se juntou ao jogo que acontecia ali e ninguém demonstrou objeção, já que a maioria das pessoas sentia até um certo medo de arrumar confusão com aquele rapaz. Porém, o olhar fuzilante de Nicksen Aberdeen não escondia a vontade de humilhá-lo, e se perguntava internamente por que aquele pequeno desgraçado havia escolhido sua mesa para se sentar.

O Conde de Aberdeen estava acomodado na cadeira que ficava frente a frente com a escolhida por Maximilian. Os dois Carnífices que acompanhavam Nicksen eram Hetzers, sendo Jade sua antiga campeã, detentora de duas vitórias de torneio, e o recém-adquirido Chrome, um homem de ombros largos, postura imponente e olhar sarcástico. Ambos os Servos de Sangue eram loiros como seu dono, no entanto, Chrome tinha uma mecha cor de chumbo adornando a franja de seus fios dourados enormes, o que atraía o olhar.

Maximilian não perdeu muito tempo notando as nuances na aparência dos Carnífices. Em vez disso, suas mãos ágeis esticavam os dedos longos para puxar cartas de baralho de um monte enquanto seus olhos cor de fogo-fátuo analisavam cada um dos jogadores. Ele empurrou uma pequena bolsa de moedas em direção ao centro da mesa.

— Ainda tem dinheiro para apostar, Barão de Ashborne? — Margoreth Larkin sorriu em empolgação. — Achei que tinha gastado tudo no leilão. Nunca vi dar tanto em uma coisa dessas. — Ela apontou Arthur enquanto ria. A mulher tentava esconder a respiração brevemente acelerada, prensada pelo apertadíssimo espartilho que usava.

O Barão estudava suas bochechas coradas com perspicácia. Estavam jogando, e aquele arfar ansioso demonstrava que ela tinha medo da aposta.

O anonimato da expressão de Maximilian era altamente incômodo para os outros jogadores. Os cabelos negros caíam como vultos escuros ao redor de seus olhos, que pareciam duas luas cheias. O Barão fazia questão de demorar, só para tornar a jogada ainda mais difícil.

O Duque de Chiseon devolveu as cartas para o monte, fugindo da partida. Seu bigode cheio balançou ao balbuciar alguma coisa ininteligível. Clement Benton, com seu terno cor de abacaxi, também se retirou da aposta.

— Não é possível que vai ganhar de mim duas vezes no mesmo dia, Ashborne — reclamou Benton, cruzando os braços após largar as cartas sobre a mesa. — Comprou o Carnífice em que dei o lance e agora quer o dinheiro de volta nas apostas? Não vai levar meus Gears.

Maximilian olhou brevemente para ele, sorrindo de um jeito cínico, mas não disse nada para não gerar assuntos indesejados. Enquanto isso, as bochechas coradas da Condessa de Larkin denunciavam seu nervosismo, e ela encarava o Barão de longe. Apenas Margoreth e Nicksen continuavam com Maximilian na aposta.

O Conde de Aberdeen era um homem mais experiente, apesar de ainda ser jovem. Ele mantinha os cabelos cor de ouro amarrados com uma fita, para que não atrapalhassem a visão, mas uma mecha caía charmosamente na frente do rosto. Suas sobrancelhas cheias e arqueadas pareciam eternamente fixas numa expressão de irritação. O Barão agora mantinha seus olhos na curvatura dos lábios finos de Nicksen Aberdeen. O mais sutil dos movimentos poderia denunciar uma possível perda. Maximilian viu quando o Conde ergueu uma das mãos para sua Carnífice, que se curvou para ouvir.

— Traga a bebida mais forte da casa. Essa vitória vai ser comemorada com maestria — ordenou Nicksen, empunhando uma expressão sábia e segura.

Em seguida, dobrou a aposta do Barão de Ashborne. Duas bolsas de ouro sobre a mesa se somavam às moedas daqueles que já tinham fugido da jogada. O homem deu uma tragada em seu cachimbo de vidro transparente. Era possível ver o líquido rubro luminescente borbulhando por uma ventoinha mecânica enquanto vaporizava e seguia pela piteira, na direção dos lábios do Conde. Ele tragava luminóxido.

A Serva de Sangue de olhos verdes encarava Arthur o tempo todo, com uma expressão séria, beirando a tensão. Ao lado dela, o novo campeão aparentemente indestrutível, adquirido por Nicksen no leilão, também encarava o Carnífice, mas seu olhar tinha uma pitada de riso e escárnio. A mulher de cabelos loiros, que tinha recebido a ordem de buscar a bebida, partiu para atender ao pedido de Nicksen.

Maximilian notava parcialmente a interação silenciosa dos Servos de Sangue e via o semblante cínico do Hetzer que permanecia ao lado do Conde de Aberdeen. Mediante a visão do bolo de ouro que se formava na mesa, o Barão de Ashborne afiava sua estratégia de jogo. Margoreth, por sua vez, minguou, acreditando não ter boas cartas. Ela devolveu sua jogada para a pilha, num muxoxo de chateação. O Barão de Ashborne acenou de forma educada, falsamente lamentando a saída da Condessa de Larkin. Nicksen Aberdeen estendeu uma das mãos na direção da mesa, como quem espera uma reação.

— Vai dobrar, Barão? Acho que tem mais do que aparenta, já que deu tanto dinheiro nessa quinquilharia estranha. — O Conde soprou a fumaça rosada e densa enquanto apontava o Carnífice de Maximilian em provocação.

A postura do jovem Ashborne se mantinha ereta e esguia. Ele estava sentado elegantemente sobre a cadeira, frente a frente com um dos homens que mais odiava em toda a corte. Em outra mesa, uma pequena plateia feminina observava o Barão a estudar seu adversário. A atitude rebelde e ambiciosa do jovem Ashborne atraía olhares de várias mulheres interessadas em sua natureza indomável. Maximilian era solteiro, mas sempre ignorava qualquer sugestão matrimonial e permanecia focado em seu objetivo de resgatar seu prestígio. Se fosse crescer, seria pelo próprio mérito, e não apoiado por Julian ou por qualquer casamento valorizado.

— Mostre suas cartas, Aberdeen. — A voz do Barão de Ashborne era baixa, controlada e limpa, como o jovem em plena idade que era. Algumas das espectadoras não conseguiam conter os suspiros quando o ouviam falar.

Certo de sua vitória, Nicksen se adiantou em um sorriso debochado. Pegou a bebida das mãos de sua Carnífice e deu um longo gole, depois bateu o copo meio cheio sobre a mesa. Puxou as cartas que estavam por cima do baralho de descarte e exibiu o jogo abandonado da

Condessa de Larkin. Ali tinha um par de reis. Maximilian apertou as sobrancelhas em um breve sinal de desconforto.

— Por que fugiu do jogo, Margoreth? Um par de reis vale muitos pontos. Essa peste não tem cartas melhores que isso. — Nicksen ameaçou o Barão, enquanto mostrava o descarte para toda a mesa.

— Isso é contra as regras, Aberdeen. — A voz veio por trás do bigode do Duque de Chiseon.

— Não seja por isso. O jogo está acabado. — Nicksen segurava o cachimbo com o canto dos lábios, quase mascando a piteira. Abaixou as próprias cartas, esbanjando seu par de damas. — Dois reis estavam com Margoreth, um com Milton de Chiseon e o outro com Benton. O que você tem, criança? — O Conde ameaçou Maximilian, que suspirou aliviado.

— Eu fico feliz que você realmente seja tão estúpido quanto aparenta. — O jovem Ashborne virou as próprias cartas, mostrando o rei e o ás que tinha, ambos do naipe de Espadas. — Chiseon tinha um dos reis, mas eu tinha o outro. Agora, vamos ver o que o jogo vai nos mostrar. Pode fazer as honras, Senhor Benton? — Maximilian pediu ao homem de terno amarelo.

Ambos esperaram Clement Benton dar as cartas na mesa. A tensão pairava no ar. Era visível a perturbação no rosto de Nicksen, mas Maximilian não transparecia tanto o próprio nervosismo. A primeira carta era a dama de Espadas. Com isso, Nicksen tinha três cartas casando entre si e uma chance muito maior de vitória. Ele abriu um sorriso glorioso, já sentindo que lucraria, não só o dinheiro, mas também o poder de humilhar aquele garoto na frente de todos.

A segunda carta foi tirada, o dez de Espadas. Os outros nobres ficaram tensos. Margoreth começou a se abanar com o leque de penas. Maximilian ainda transparecia calma, mas sentiu um gelo na boca do estômago. A terceira carta foi revelada e eles viram o dois de Copas. Maximilian permaneceu inabalado, mas as chances de vitória agora eram ínfimas. Nicksen tirou o cachimbo dos lábios e gargalhou alto, sentindo o gosto da superioridade. A quarta carta era o seis de Paus. O Conde de Aberdeen se levantou, já pronto para pegar todos os Gears que estavam na mesa, mas Maximilian acenou.

— Calma, Conde. Está com pressa? — O jovem ergueu a mão de dedos enluvados calmamente. — A última carta, por favor, Senhor Benton — pediu com gentileza, mas sua voz era afiada como uma faca.

Nicksen tinha duas damas e a mesa tinha uma, o que já dava a ele os pontos de um *Full House*. Maximilian tinha um rei e um ás, ambos de Espadas e a mesa tinha uma dama de Espadas, o que lhe dava uma sequência de três em ordem, mas não era suficiente para vencer o *Full House* de Nicksen.

Benton engoliu em seco. Não queria ser o culpado daquele massacre com Maximilian. Era desagradável humilhar aquela pessoa de olhar tão firme, e Nicksen já estava fazendo uma cena enorme sozinho. Internamente, Clement Benton desejava que Maximilian apenas cedesse sem ver o fim do jogo. Contudo, o olhar afiado do Barão o incitou, e Benton puxou a última carta, como se arrancasse um curativo. Jogou na mesa sem olhar a imagem final da aposta. Os nobres ficaram sem fôlego. O rosto de Nicksen se tornou imediatamente pálido e o sorriso se apagou de seus lábios como se nunca tivesse existido. Na mesa estava um valete de Espadas, formando um belíssimo *Royal Flush* para o Barão, que consistia em uma sequência do número dez até o ás, todos do naipe de Espadas. Era a maior pontuação do jogo e, também, a mais difícil de se obter.

Como uma besta, Nicksen bateu na mesa, fazendo as cartas se espalharem pelo chão. Bronco como sua criação militar o ensinou a ser, o Conde se levantou e deu a volta com passos pesados, se descabelando um pouco com a correria. Puxou o Barão pelas vestes de veludo, o erguendo da cadeira.

— Como você fez isso? Hein?! — pressionou-o, em um tom de ameaça enquanto os outros nobres murmuravam. As mesas ao redor pararam suas conversas para assistir à briga. Margoreth arfava novamente. Tentou chamar pelo Conde, mas foi ignorada. Nicksen continuou com a agressão. — Escória! Você gosta de humilhar os outros!

Chrome, o Servo de Sangue de Nicksen, deu um passo à frente quando o Conde o chamou com um gesto da cabeça. O olhar de gelo de Arthur se dirigiu ao Hetzer, que o encarava de volta, como se os dois estivessem prontos para um confronto em nome de seus mestres. A tensão ao redor se condensou tão violentamente que era quase possível cortá-la com uma faca.

Num empurrão, o Conde de Aberdeen quebrou a antecipação da briga. Ele jogou Maximilian contra o chão e o rapaz caiu sem resistir, em um desalento ensaiado e destrutivamente teatral. O Barão de Ashborne se postou maravilhosamente abatido pelo carrasco de Aberdeen. Lançado ao chão com aquele casaco exuberante na cor azul-marinho, ele causava um furor no olhar dos presentes. Em todo o salão, ninguém além de Maximilian e Julian usava vestes de tal tonalidade.

Aquele circo se inflamava de forma bastante conveniente para o Barão, já que os convidados do baile se viam condicionados a ansiar pelo bem-estar dele, como se quisessem proteger a imagem da própria bandeira. Destratar o azul-marinho era ofensivo para qualquer nobre. Nicksen agredia não só o Barão, mas também o símbolo da Saxônia e a presença do próprio Julian.

O Conde de Aberdeen, porém, estava alheio a essa informação. Imerso no próprio ódio, tornava a puxar o Barão pelo casaco e a jogá-lo. O jovem rapaz caía tragicamente contra o carpete, dando corda para a selvageria daquele homem dentro do Palácio de Vapor.

Os nobres se adiantaram para segurar Nicksen, que ainda teve tempo de desferir um chute no rosto de Maximilian. O cômodo mergulhou em puro silêncio. Algumas das damas se aproximavam para acudir o Barão em apuros. Os homens seguravam o colete e os braços do Conde de Aberdeen enquanto Maximilian voltava a ficar de pé com a ajuda das mulheres, que só queriam a chance de tocá-lo. Um pouco atrás, Arthur ainda encarava o campeão Hetzer de Nicksen e, de alguma forma, o impedia de deixar o posto onde estava e interferir na briga dos humanos. Uma vez que não tinha sido ordenado a nada, o próprio Arthur escolheu se manter distante.

Entretanto, um silêncio baixou por ali. Os passos característicos e respeitosos do Arquiduque estavam se aproximando e ele não parecia nada contente.

— O que está acontecendo?! — Era raro vê-lo tão imponente, ainda que tivesse um tom quase paterno. Seus olhos cor de mel pairaram sobre a briga num visível ar de julgamento. — Conde, por que está agredindo o Barão?

Finalmente, Arthur se desviou da encarada intensa e se aproximou, entregando um lenço ao jovem Ashborne. O Arquiduque repreendia Nicksen audivelmente e Aberdeen cerrava os dentes com uma raiva borbulhante, mas não ousava erguer a voz para Julian.

Por fim, Nicksen foi dispensado da festa e saiu aos resmungos, irritadiço, acompanhado de seus Servos de Sangue. O Arquiduque habilmente dispersou a multidão e todos voltaram a suas diversões.

— Você está bem? — A voz tranquila de Julian parecia colocar um pano sobre a tensão que tinha se formado.

— Sim. Já esperava isso do Conde. Ele é um selvagem — reclamou Maximilian, usando o lenço de Arthur para limpar o sangue que escorria pelo canto do lábio. — Não sabe perder um jogo.

— Ora… Você ganhou muito dinheiro, Max. — O Arquiduque sorriu, apontando a mesa. O ouro todo da aposta estava ali. — Deve ter deixado Aberdeen bastante estarrecido.

O jovem Ashborne observou o dinheiro, com os lábios levemente entreabertos, ainda secando o pequeno corte. Alguns Carnífices faziam força para olhar para o chão, longe da visão do líquido rubro. O Barão ergueu os olhos para Arthur, vendo novamente que ele não parecia abalado com o sangue.

— Ainda assim, não existe justificativa para esse tipo de comportamento. — O Barão passou a arrumar as próprias vestes, vendo o sorriso do Arquiduque. — Está rindo de quê, Julian?

— Se deixássemos, ele te daria uma bela surra. — Não pôde evitar de zombar do amigo.

Maximilian ergueu as sobrancelhas em uma óbvia expressão indignada. Depois, fez um gesto para que seu Servo de Sangue apanhasse as moedas da mesa.

— Claro. Fico feliz que esteja se divertindo à minha custa — alfinetou o Barão, penteando os cabelos com os próprios dedos. — Agora que já expulsei Nicksen da festa, posso continuar a jogar. Divirta-se, Arquiduque.

Em um gesto distante e educado, Maximilian se curvou para Julian em respeito e visível mesquinhez. Virou-se para sair, mas foi interrompido.

— Max. — Julian chamou-o pelo apelido, fazendo com que se virasse novamente. — Por que está usando esse casaco? — Não conseguiu evitar de perguntar. Ele sabia que o Barão não fazia nada por descuido.

— Você gostou? — O jovem nobre apenas sorriu, sutilmente, quase com ironia. — É uma cor muito bonita. — Deixou a frase no ar, fitando os olhos amarronzados do Arquiduque.

Julian suspirou, um pouco ansioso. Não sabia se interpretava aquilo como uma ameaça ou uma provocação. Queria entender aquele gesto como a vontade do seu amigo de vir para o seu lado. Era incapaz de acreditar que Maximilian atentaria contra ele, mas os outros nobres certamente poderiam acreditar que o Barão de Ashborne preparava um golpe, o que deixava o Arquiduque aflito. Com aquelas roupas, era possível que Maximilian transparecesse alguma intenção de trair a Coroa, e Julian ficaria encurralado caso esse tipo de fofoca se espalhasse. Por isso, o homem de cabelos loiros e ondulados se aproximou do jovem Barão, colocando a mão em seu ombro.

— Cuidado — falou baixo, num tom tranquilo e sem ameaça. Era visível que estava preocupado. — Nem todos aqui são meus amigos, tampouco seus.

— Divirta-se. — Maximilian terminou a conversa no mesmo tom de ironia de antes. Apenas tocou educadamente a mão do amigo em seu ombro e se afastou dele, voltando ao baile.

Capítulo 5

De volta à província de Ashborne, Maximilian estava contente por ter feito bastante dinheiro em apostas nas mesas de jogos da corte. Seu pequeno baú de riquezas começava a se encher novamente.

Após uma tarde agradável de montaria e um jantar simplório, mas apetitoso, o nobre pediu por um banho morno. Arthur o acompanhava como sempre, com a postura correta e até denotando certa nobreza. Enquanto ele preparava o banho, o Barão se sentou na beirada da cama para observar a pintura de seu avô. Nunca sabia o que pensar sobre ele. Algumas vezes desejava tê-lo conhecido melhor, outras, só agradecia pelo fato de que ele deixara sua vida logo cedo. Na moldura, os vincos tornariam a se acumular, já que estava de volta em casa e pronto para dar continuidade ao seu projeto.

Arthur retornou do lavabo, mas não chamou o nobre. Em vez disso, também parou para observar o retrato de Yvon. O olhar intrigado do Carnífice passeava pela pintura, até que o Barão percebeu sua presença de volta no cômodo.

— Terminou de preparar o meu banho? — O tom de Maximilian era impaciente. Levantou-se da cama e começou a desabotoar as próprias roupas.

— Sim. — O Servo de Sangue se aproximou para auxiliá-lo, mas o nobre afastou suas mãos educadamente.

— Fora da corte, não precisa disso, eu sei me despir — disse e depois partiu para dentro do lavabo.

Não deu chance para que o Carnífice o seguisse. Fechou a pesada porta de madeira na frente dele. Ansiava por estar sozinho.

O fogareiro de metal estava aceso e esquentava o cano que bombeava água. O barulho da lenha queimando era agradável, e o rapaz testou a temperatura com a mão. Entrou na banheira e sentiu os pés se aquecendo agradavelmente. Abaixou-se e deixou o corpo ser coberto pelo amornado que quase remetia a um abraço confortável.

Encolheu-se dentro da água, sem se lembrar da última vez que fora abraçado por alguém. Não recordava da sensação de um corpo unido ao seu. Via-se sempre rodeado de nobres, empregados e conhecidos, mas nunca estava verdadeiramente acompanhado. Envolveu a si mesmo, tentando simular algo, mas não sentiu nada. Balançou a cabeça, rejeitando os próprios pensamentos, e se ocupou em lavar o corpo.

A marca da agulha que colhera seu sangue no dia da compra de Arthur ainda estava enorme. A mancha esverdeada o decorava como uma doença, e Maximilian evitava olhar para ela. Não queria imaginar que aqueles homens o tinham ferido de propósito, mas não achava impossível. Ele tinha consciência do ódio que os rumores eram capazes de suscitar.

Maximilian deixou as angústias correrem pelo ralo junto com a água morna e saiu da banheira.

Enrolou-se num pano felpudo para se secar e encarou a porta fechada. Arthur estaria do lado de fora, parado como uma estátua, aguardando para servi-lo. Momentaneamente, o rapaz odiou a ideia de ter investido em um Carnífice. Era detestável saber que seus dias de quietude estavam condenados. No mínimo, teria que se ocupar em treinar aquela criatura tão expressiva quanto o carvão seco da lareira. Entretanto, era necessário.

Respirou fundo, erguendo a mão para a porta, mas ela se abriu sozinha. Arthur puxava a argola de ferro para que o Barão pudesse sair, denunciando que conseguia ouvir seus passos sutis dentro do lavabo, o que só causou ainda mais raiva. Maximilian, porém, entrou no quarto sem demonstrar irritação.

O tecido macio estava enrolado em sua cintura e as pontas dos seus cabelos caíam molhadas nas costas. O rapaz viu a bata longa e a calça confortável separadas para que ele vestisse e sentiu ainda mais nervosismo. Não entendia como aqueles nobres conseguiam ter vários desses Carnífices intrometidos mexendo nas coisas e os seguindo por todo canto. Era quase como se Arthur tivesse algum controle sobre ele, mesmo que apenas o estivesse servindo.

O Barão engoliu o aparente surto de ódio e caminhou até as roupas, respirando profundamente. Parou na frente de Arthur, esperando que o homem iniciasse suas atividades servis com agilidade, mas o Carnífice permaneceu estático, olhando em sua direção.

— Não vai fazer nada? — Maximilian questionou, pronto para ser atendido de uma vez.

— Disse que sabia se despir, acreditei que sabia se vestir também. — Arthur não mudou a expressão, apenas continuou com o olhar distante e desinteressado.

O Barão encarou o Carnífice, totalmente incrédulo. Não era possível que tivesse ouvido algo do gênero. Ergueu as sobrancelhas.

— É claro que eu sei me vestir — falou, procurando um argumento válido em sua mente. Arthur não respondeu e deu tempo para Maximilian articular sua tréplica. — Mas eu paguei por um servente, espero que ele me sirva. — Acabou contradizendo o que tinha dito mais cedo, quando dispensou a ajuda do Carnífice.

Alguma coisa no olhar de Arthur parecia estudá-lo, e era aquilo que mais irritava. A expressão distante tinha um tom de análise perturbador. Maximilian se sentia uma cobaia, uma criança.

O Servo de Sangue assentiu, apanhando a bata sobre a cama, e o ajudou a se vestir. Depois, estendeu as mãos até a toalha de pano atada na cintura de Maximilian, que encarou aqueles olhos de gelo. Arthur o fitava de volta, soltando o nó do tecido e o deixando cair. Os dois se observaram por mais um instante, até que o Carnífice finalmente pegou a calça do Barão e deixou que ele se apoiasse em seu corpo para colocá-la. Em seguida, afastou-se do rapaz.

— Pode ir embora agora. — O jovem soou nervoso. Puxou os cobertores aconchegantes da cama e depois se sentou no colchão. Arthur apenas concordou com um gesto muito superficial e fechou a porta ao sair.

Só então Maximilian percebeu o quanto estava tenso. A presença daquele homem o transtornava de uma maneira inexplicável. Mesmo depois que Arthur já tinha ido embora, o Barão ainda via a imagem perfeita de seu rosto estampado em sua memória como uma cicatriz. O nobre suspirou pesadamente, erguendo os olhos para ver novamente a pintura de Yvon, procurando outro fantasma para assombrá-lo. Pegou o punhal que guardava na gaveta da escrivaninha e foi até o quadro. Cravou o vinco ao lado da fileira que se formava, adicionando mais um risco para a coleção.

Deitou-se para dormir, esticando a mão para a válvula de gás e apagando a lamparina. Não demorou muito para ser levado pelo sono, já que estava cansado, mas sua noite começou infestada de sonhos estranhos e inexplicáveis.

Ele se via sentado no meio da neve, abandonado em uma completa solidão de inverno. Vagava pela paisagem branca, olhando ao redor e sem ver ninguém. Não havia nenhuma árvore, nem mesmo seca. Não via pedras ou animais, somente uma imensidão pálida. A neve não caía do céu, apenas revestia o chão, e o vento soprava fraco, frio e incômodo. Os pés dele afundavam sob a manta congelada conforme avançava.

No alto não tinha lua ou estrelas, era só uma vastidão escura e distante. Maximilian tentou alcançar o céu e o medo do vazio o preencheu. Ele fechou os olhos dentro do sonho, querendo acordar, mas não conseguia. Tentou gritar e não tinha voz. A agonia o invadia, preso naquele desamparo monocromático, sem conseguir sentir os próprios pés.

Correu para qualquer lugar, buscando se libertar. Seu coração palpitava e seus olhos se enchiam de lágrimas. Foi quando viu alguém ao longe.

Com todas as suas forças, seguiu na direção daquela pessoa. Porém, quanto mais corria, mais distante parecia ficar. Caiu sobre a neve e tentou se arrastar. Com as mãos no chão, puxava seu corpo como se subisse uma colina, mas a neve cedeu.

Na sua frente, um imenso penhasco se abriu. As pedras rolavam com um estrondo tenebroso, semelhante ao de um trovão. As trevas surgiram na frente do seu corpo no formato de um abismo aterrorizante.

Ficou estático onde estava. Tinha medo de se mover e provocar mais um desabamento. O rapaz tremia de frio e pânico, por mais que sua consciência estivesse alerta o suficiente para saber que aquilo tudo não passava de um sonho.

Ergueu a cabeça, percebendo que a outra parte da terra não se encontrava tão distante, e era justamente onde a pessoa que ele perseguia estava parada. O rapaz subia as vistas, reparando na silhueta ao longe. Viu botas militares pesadas, um par de calças de brim de uma cor tão preta que parecia absorver toda a luz. Continuou subindo os olhos pela figura.

— Maximilian.

Alguém o chamava e ele não conseguiu terminar de ver a imagem. Balançou a cabeça em seu devaneio, concentrando sua atenção na pessoa imaginária logo adiante. Tornou a enxergar as botas e tentou apressar os olhos para reparar no restante, mas o sonho o obrigava a ver bem devagar.

— Maximilian.

Ele viu mãos com luvas escuras e a barra das mangas com botões prateados. Tinha também um símbolo bordado, mas estava embaçado.

— Maximilian, acorde.

Os olhos dele se abriram de uma vez e o sonho desapareceu. Ele viu primeiro um borrão e notou que seu corpo estava paralisado. Tentou se desvencilhar, enquanto encarava um monte de sombras disformes. Alguma coisa fazia barulho, mas seu cérebro estava em pane. Aos poucos, as manchas foram tomando a forma do teto de sua casa. Seu rosto suava levemente e a respiração estava acelerada. Ficou parado por alguns segundos, tentando recobrar a sanidade.

A voz que o chamava era irritante e ele franziu o cenho em desaprovação. Resmungou alguma coisa ininteligível enquanto se sentava no colchão e, de repente, encarou o rosto ansioso de sua mãe.

— Maximilian... — ela começou a falar, mas foi interrompida pelo rapaz.

— Se disser meu nome mais uma vez, eu juro que vou colocá-la para fora. — O jovem Barão sentia dor de cabeça. — O que a senhora quer? Que horas são?

— Pouco depois das seis da manhã — a mulher respondeu, encolhida atrás do xale que usava. Por baixo do tecido era possível ver partes da sua camisola. As meias cobriam-lhe os pés calçados com sapatos de pano. — Você tem que devolver o Carnífice antes que seu avô o veja — balbuciou, com os olhos pequenos e meio marejados.

O rapaz encarou a mãe presa em sua própria loucura. Ele já tinha perdido as contas de quantas vezes havia tentado convencê-la de que seus parentes estavam mortos. Por isso, apenas balançou negativamente a cabeça.

— Meu avô não vai fazer nada com ele, mamãe. — O rapaz começou a se levantar. Ainda não tinha amanhecido, mas ele não achava que conseguiria permanecer na cama.

— Se ele vir aquele Carnífice, vai entregá-lo para a Rainha... — A voz de Camélia era murmurada. — Devolva.

O Barão buscava paciência dentro de si. Passou a guiar a mãe para fora do quarto e acenou para um dos criados no corredor, pedindo que a levasse de volta aos próprios aposentos. Porém, a mulher o segurou pelo braço.

— Devolva, meu filho. Seu avô está contra nós — ela dizia em tom de alerta, puxando suas roupas.

— Tudo bem, mamãe, eu vou devolver — respondeu, apenas para acalmá-la. Soltou-se dela e deixou que o empregado a acompanhasse.

Camélia seguiu pelos corredores pouco iluminados, murmurando frases sem nexo. Maximilian suspirou, massageando as próprias têmporas para tentar afastar a leve enxaqueca.

Foi se virar para retornar ao quarto, mas alguém estava parado logo atrás. Com o coração acelerado, ele travou no lugar, sentindo todos os músculos tensionarem. A cabeça latejou com um incômodo irritante pelo corpo todo.

Ao perceber que a sombra sinistra à sua frente era Arthur, o Barão sentiu um ódio sem precedentes, mas manteve a compostura. Passou direto pelo Carnífice e voltou ao seu próprio quarto, infelizmente, acompanhado pelo Servo de Sangue.

Dessa vez, Maximilian não se opôs ao auxílio do outro. Ficou pronto e foi para a sala desjejuar. As janelas de vidro permitiam que ele visse o amanhecer, que começava belíssimo do lado de fora.

O Barão iniciou a refeição com uma farta taça de vinho. À frente dele, uma bandeja de frutas foi servida, junto com um pão quente e um pote com sopa para acompanhar.

Ele ergueu as mãos e tirou as luvas de montaria, depois apanhou uma ameixa. Nada ali era tão saboroso quanto na corte, mesmo assim, ele apreciava.

— Não vai comer? — perguntou ao Carnífice, que estava parado atrás de sua cadeira. Maximilian sabia que o homem se alimentava apenas de sangue humano, mas quis ouvir sua resposta.

— Há ordens para que eu coma apenas uma vez ao dia — o servo respondeu, também com o olhar voltado para o horizonte, fitando os raios de sol.

— Então, venha se sentar. Coma comigo. — Não era um pedido e Maximilian fez um gesto para um dos criados que estava no canto do cômodo.

Logo, trouxeram uma garrafa esverdeada de vidro, fechada com uma rolha e estampada com um rótulo que exibia o selo da Coroa. A garrafa era bem simples, como as que circulavam nas tavernas dos vilarejos, contudo, o selo da Coroa provava que não era bebida própria para o consumo das pessoas. Aquilo era sangue engarrafado para servir aos Carnífices dos nobres.

A rolha estava suja, como se fosse reaproveitada. O criado trouxe um copo de ferro escurecido e depois se afastou. Arthur se sentou quando o nobre apontou a cadeira ao seu lado e serviu um pouco do sangue no copo.

O conteúdo tinha uma cor enegrecida e uma consistência viscosa, lembrando uma pasta ou gelatina. Não parecia mais com sangue recém-extraído de uma veia. A massa vermelha caía quase que por inteiro de dentro da garrafa, mesmo que ainda fosse mais líquida do que sólida. Os olhos de Maximilian estavam fixos naquilo e Arthur percebeu, mas não disse nada.

O Servo de Sangue ergueu o copo, assistindo enquanto o nobre entreabria os lábios sem perceber. Arthur tomou um gole do suco morto e viu o Barão estreitar os olhos, em uma leve expressão de agonia.

— Hoje começaremos o seu treinamento. Usei o restante dos meus investimentos para adquirir máquinas especializadas. Espero que você não me decepcione. — O jovem nobre iniciou o assunto, desviando as vistas e evitando o próprio vinho por ora, enquanto comia um pedaço do pão morno.

Não houve resposta por parte do Carnífice, que continuava com aquele olhar fixo e analítico. Arthur se sentava à mesa com a postura exemplar. O copo velho e sem adornos parecia quase ofensivo em sua mão pálida de ossos marcados e veias aparentes. Ele tinha um porte clássico e bonito, ainda mais quando estava arrumado em suas vestes cinza-escuras e com os cabelos atados em um rabo baixo, rente à nuca, com apenas alguns fios charmosamente fora do lugar. Maximilian se perdia na aparência dele, questionando silenciosamente muitas coisas sobre sua origem.

Logo, o Barão voltou a si e não se demorou em sua refeição. Quando terminou, seguiu para fora da casa, vendo que seus empregados tinham preparado tudo para sua cavalgada matinal.

Maximilian montou em seu corcel de pelagem escura e corpo avantajado. Gostava da própria imagem sobre o animal. Inspirava elegância.

O colete preto delineava a cintura do nobre, exaltando sua silhueta ágil e vantajosa na equitação. As calças marcavam alguns poucos músculos, seguindo pelas pernas até sumir dentro do cano alto da bota de couro. Com as luvas de volta nos dedos, o Barão tomou as rédeas e o chicote em vareta.

— Vamos nos aquecer. Quero que você corra comigo. — Depois de dar a ordem para Arthur, o nobre virou o cavalo na direção da planície à sua frente.

A casa ficava na beira de um penhasco, mas o outro lado era um campo com árvores mais adiante. O vento batia forte por estarem no alto de uma colina.

Ao longe, o rapaz notou uma comitiva simplória, com poucos membros, tocando uma carruagem toda fechada e sem símbolos. Não havia mercadores por aquelas bandas, tampouco pessoas com poder aquisitivo suficiente para portar uma carruagem de teto coberto como as dos nobres. A cor do veículo era acinzentada, se camuflando facilmente com a paisagem, o que dava o tom de um carro militar.

Os viajantes cruzavam a estrada rumo ao sopé da colina, onde desaguava o rio de águas escuras que sediava a fronteira das duas nações inimigas. Era possível ouvir o ruído das bombas ao longe.

Apenas o exército ou os próprios Ashborne atravessavam aqueles caminhos e, apesar da cor camuflada, o veículo clandestino não tinha marcações de qualquer batalhão, o que tornava tudo um tanto suspeito.

— Senhor, o corcel e o Carnífice estão prontos, pode partir. — Um dos empregados o chamou, fazendo o rapaz acordar de suas reflexões. Maximilian deu uma última olhada na comitiva, percebendo que seguiam por um caminho distante de sua casa, o que era reconfortante.

Resolveu deixar o assunto de lado. Tocou o cavalo e saiu em alta velocidade pelo campo aberto. Seus cabelos presos em um rabo voavam como uma corda escura. Arthur o seguiu, em passos firmes e rápidos, sem ser deixado para trás.

Os dois correram pelas planícies. A floresta vinha logo adiante, mas eles não diminuíram o passo. Maximilian impulsionou o cavalo, ultrapassando o Carnífice e adentrando o pinheiral. Mesmo sem ser da raça dos Saiga, Arthur era veloz e alcançou o Barão.

Maximilian precisou desviar de uma árvore larga e seu cavalo fez um som incômodo, mas continuou correndo. Arthur seguia em passos largos. Cada impulso que dava no chão era o suficiente para que seu corpo avançasse alguns metros até que precisasse tocar a terra novamente.

O jovem nobre grunhiu, determinado a não perder aquela corrida sem linha de chegada. Avançou mais, emparelhando com o outro. Jogou sua montaria contra o corpo de Arthur, fazendo com que o Carnífice precisasse desviar da trombada e de uma árvore logo adiante. Ele ficou para trás e Maximilian sorriu, apertando os pés contra o cavalo, o fazendo acelerar ainda mais, se é que era possível. Seus cabelos planavam já sem tocar suas costas e ele estava praticamente de pé sobre os estribos.

Como uma sombra, Arthur surgiu bem ao lado do Barão, fechando a passagem com o próprio corpo, forçando-o a reduzir a velocidade, mas Maximilian não o fez. Em vez disso, puxou as rédeas para o lado, tirando o cavalo do caminho.

Um tronco de árvore estava caído adiante e pegou Maximilian de surpresa. Não teria tempo suficiente para parar e o cavalo já estava arisco, fincando os cascos no chão para não cair. O rapaz fez um som rosnado, sem conseguir pensar em nada que remediasse aquela situação. O corcel freou com tudo, jogando as patas de trás para cima, arremessando o Barão pelo ar. Maximilian arregalou os olhos ao ver o tronco de madeira passando por baixo de si conforme voava. Bem à frente estava o chão e ele sentiu a dor por antecipação. Fechou os olhos com toda a força que tinha.

Porém, a dor não veio. Sentiu apenas um impacto leve na lateral do seu corpo e perdeu um pouco a noção da queda. Ficou estático onde estava, sem entender de imediato o que tinha acontecido. O vento ainda incidia em seu rosto, mas dessa vez, em outra direção. Algo o segurava e ele abriu os olhos.

Arthur corria com o Barão nos braços, carregando-o com uma das mãos embaixo das pernas e a outra nas costas. Foi reduzindo a velocidade até parar. Olhou para o nobre em seu colo, vendo que ele ainda tinha uma expressão de choque, como se não compreendesse muito bem o que acabara de acontecer. Encararam-se, em silêncio.

Maximilian apoiou a mão sobre o peito de Arthur para ser colocado de volta no chão. Ficou de pé, sem saber o que dizer. Acreditava que não precisava agradecer, já que a obrigação do outro era protegê-lo, mas também admitia para si mesmo que não estava esperando por algo assim, tampouco tinha ordenado ou pedido ajuda. Soltou o ar que estava preso em seu peito, puxando a fita que lhe atava os cabelos, já bagunçados.

— Obrigado — acabou falando, já que não conseguiu pensar em nada melhor para dizer, mas não quis encará-lo. Virou-se rapidamente, caminhando de volta para o cavalo. Arthur fitou as costas do Barão.

Ao longe, o animal não tinha se ferido, mas bufava bastante irritadiço. Maximilian ergueu a mão para pegar as rédeas e o bicho levantou as patas da frente, ameaçando pisoteá-lo. O Barão foi para trás, chiando entre os dentes, tentando acalmar o corcel. Entretanto, a dose de adrenalina tinha sido forte e ele ainda tremia um pouco da queda. Não inspirava muita confiança daquele jeito, e o cavalo hesitava em obedecer.

Arthur se aproximou, capturando os olhos do animal com os seus. O corcel amansou imediatamente, como se fosse mágica. O jovem nobre não havia notado o Carnífice atrás de si, então estreitou as sobrancelhas, confuso com a reação repentina de sua montaria, mas foi logo segurar as rédeas.

O homem de olhos de gelo entrou no campo de visão, indicando que ajudaria o nobre a subir. Mesmo com medo, Maximilian aceitou o impulso, voltando a se acomodar sobre a sela.

Já montado, o rapaz podia ver Arthur segurando as rédeas do animal, que antes parecia uma fera, mas de repente se mostrava totalmente manso. O Barão ficou desconfiado, pois cresceu acreditando que Carnífices eram bestas irracionais e sem capacidade de comunicação. Em suas expectativas, um Servo de Sangue era dez vezes mais arisco que seu cavalo assustado e a tarefa de domesticá-lo soava como um desafio fatigante. Contudo, Arthur se mostrava perfeitamente civil e educado, e tudo parecia fácil demais.

Continuou pensando até que retornaram aos arredores do casarão. Pararam perto dos estábulos e os empregados se aproximaram para recolher a montaria do Barão e acompanhá-lo ao galpão de treinamento.

Numa área vizinha ao local de armazenagem de suprimentos, erguia-se um enorme galpão de madeira e ferro, menor que o casarão, mas grande o suficiente para parecer imponente.

Maximilian entrou no lugar, acompanhado de alguns serviçais e de seu Carnífice. Uma grade de metal presa por um pesado cadeado e correntes grossas dividia o ambiente em dois. Em um dos lados, onde as paredes eram de metal, era possível ver máquinas de vários tamanhos. Uma mulher os saudou.

— Muito boa tarde, Barão. — Ela tinha o rosto sardento e um sorriso de dentes bonitos. — Você parece assustado, aconteceu alguma coisa? — Seu jeito sempre intrometido já era conhecido pelo nobre. A moça caminhava pelo galpão, apanhando algumas peças. Seus passos rangiam por conta das calças de couro que usava sob os vestidos. Suas mãos tinham luvas e as galochas eram de cano alto, marrom-escuras, como as de um jardineiro.

— Boa tarde, Hawkes. Eu estou bem — respondeu o Barão com indiferença. A jovem sorriu para ele.

Na cabeça, ela usava óculos de proteção que quase funcionavam como uma tiara, segurando seus cabelos ondulados e volumosos para trás. O cinto apertava o tecido da saia ao redor de seus quadris largos e sustentava bolsas de cortiça com diversas ferramentas. No pescoço, repousava uma máscara de couro com um pequeno respirador, esperando para ser usada. A moça se abaixou atrás de uma enorme máquina.

— Estamos prontos para começar o treinamento.

Com um semblante bastante empolgado e o rosto arredondado sujo de fuligem, a jovem puxou um tubo de gás da parte de trás do maquinário, enfiando em um encaixe. O medidor rapidamente mostrou o nível máximo e apitou como uma chaleira, soltando uma densa fumaça pelas chaminés. Luzes vermelhas se acenderam por todo o galpão.

Capítulo 6

As máquinas estavam a todo vapor. Os servos se adiantaram, trancando o cadeado da grade do galpão. O Barão gesticulou para Hawkes, indicando qual aparato queria usar primeiro.

— Essa não é das mais avançadas no treinamento de Carnífices, mas espero que sirva para Arthur — falou com a jovem, mas os olhos de Maximilian estavam no Carnífice, como se estivesse lhe dando um presente. O Servo de Sangue costumeiramente não mudou sua expressão. — Fique parado ali. — O dono da mansão indicou o local com um gesto, e Arthur foi.

Antes que pudesse entender como funcionava o treinamento, os empregados vieram prender suas mãos contra poderosas garras de ferro.

Os ganchos da máquina eram como as garras de uma ave de rapina, apertando os pulsos eternamente doloridos de Arthur, pressionando sobre os supressores fincados em sua pele. Ele era obrigado a ficar com os braços abertos e o peito exposto. Mesmo com aquele desconforto, o Carnífice não emitiu nenhum som, mas apertou as sobrancelhas, encarando diretamente o rosto do Barão. Era a primeira vez que

Maximilian o via reagir a alguma coisa, e o nobre acabou puxando um leve sorriso na lateral dos lábios.

— Essa máquina vai segurá-lo e você deve tentar se soltar. Não se preocupe, ela não vai danificar com os seus puxões, é feita para isso. As molas nos grilhões vão ceder se você tiver força o suficiente e a máquina se abrirá sozinha — explicou o Barão conforme caminhava para outra imponente peça de ferro logo na frente de Arthur. — Eu vou sentar aqui e programar a escopeta para atirar.

Maximilian subiu no banco de controle da outra máquina. Basicamente, o equipamento se assemelhava a uma metralhadora de longa distância. Porém, o comprimento do cano não era tão longo e a maquinaria não disparava vários projéteis. Era uma escopeta de um único tiro, controlada com uma mira precisa e um manche similar ao de um carro. O Barão posicionou a mira para o ombro de Arthur, aguardando enquanto a senhorita Hawkes ajustava a potência dos parafusos. Um empregado se aproximou do jovem nobre, que abaixou a cabeça e deixou que ele colocasse em seu rosto uma máscara encouraçada com filtros laterais, que cobria os olhos, o nariz e a boca.

Não demorou até que os dois aparatos soltassem uma densa fumaça que fez os olhos de Arthur arderem um pouco. As garras passaram a apertar mais os pulsos do Carnífice, fazendo as agulhas dos supressores se movimentarem sob a pele, por entre as veias. Ele grunhiu. A força do aparelho era esmagadora. O Servo de Sangue puxava os próprios braços, mas não era capaz de se soltar.

Os serviçais de Ashborne saíram da área de treino e foram para trás de uma porta de ferro, onde era o limite de segurança. Somente Arthur, Maximilian e a senhorita Hawkes permaneceram dentro da grade. Mesmo assim, a moça se mantinha afastada. Os demais serventes assistiam enquanto o Barão engatilhava a escopeta e o barulho de um relógio começava a soar em um tique-taque assustador. O contador da máquina estava acionado e Arthur continuava puxando os braços, tentando se desprender, sem êxito.

— Vamos. — Maximilian encorajou, mas sua voz foi tão baixa que o Carnífice não seria capaz de ouvir. O relógio da escopeta girava os ponteiros, na contagem regressiva para o tiro. — É só se soltar.

Arthur rosnou, colocando toda a força que tinha em uma das mãos e um pouco de sangue escorreu, oriundo da agulha fincada em sua pele, por baixo do supressor. O aparato de ferro fez um leve estalo e os olhos do Barão se arregalaram um pouco, acreditando que ele tinha conseguido se livrar, mas o Carnífice apenas grunhiu audivelmente quando a máquina fez ainda mais pressão sobre seus pulsos.

A trava da escopeta se soltou e o som do disparo ecoou pelo salão. Maximilian encolheu os ombros de leve, cerrando os dentes. O cheiro de pólvora subiu em meio à fumaça e os aparelhos assoviaram, aliviando a pressão das molas. Os servos tornaram a abrir o portão e entrar. Um deles segurava um pano grande e o abanou no meio da sala, espantando a fumaça.

O Barão desceu do banquinho em que estava sentado e olhou Arthur, ainda em pé, mas um pouco ofegante. Ele permanecia preso pelas garras de ferro do maquinário, ostentando um furo no ombro direito, onde o projétil da escopeta o tinha atingido. A bala era comprida e grossa, então o furo era largo, e o sangue manchava suas roupas. Maximilian suspirou pesadamente com o treino falho.

— Está tudo certo com essa máquina, Hawkes? — O Barão estava contrariado.

— Eu realizei todos os testes. Não há nada de errado. — A moça comparou o relógio de um dos aparelhos com seu próprio, depois fez anotações em um livro amarelado.

O jovem nobre balançou a cabeça, desacreditado do resultado. Virou-se para o Carnífice, olhando-o dos pés à cabeça.

— Então você não é forte o suficiente — disse o Barão ao se aproximar. Ergueu as mãos e soltou as travas da máquina, libertando os braços de Arthur. Percebeu que o supressor de um dos pulsos também sangrava e ficou apreensivo. — Vamos ter que tentar outra coisa.

Afastou-se enquanto os servos trocavam as máquinas de lugar. A senhorita Hawkes atendeu ao ferimento do Carnífice, usando uma pinça longa para remover o projétil alojado na pele de Arthur, que cerrou os dentes.

Um empregado acompanhou o Barão para fora das grades, enquanto os outros empurravam uma metralhadora para uma das paredes. Dessa vez era de fato uma máquina de disparos velozes, com cerca de cinco canos e incontáveis cartuchos de bala. A artilharia tinha inúmeros medidores de pressão e válvulas de ajuste. Novamente, a jovem inventora checou os relógios.

— Você tem que fugir dos tiros agora, Arthur. Dê o seu melhor — falou o Barão de longe, por trás da máscara de couro.

Os olhos de Arthur estavam fixos em Maximilian. O Servo de Sangue parecia ofendido, ou traído. Algo em sua expressão indicava descrença, mas, como sempre, ele não dizia nada.

Os criados erguiam pesadas placas de ferro na frente da grade. Não eram altas o suficiente para impedir a visão do que acontecia no outro lado, mas serviam como proteção, caso a metralhadora sofresse alguma pane.

— Tudo certo, Barão. Podemos começar — anunciou a senhorita Hawkes, puxando uma das alavancas, que fez a máquina tornar a encher o galpão de vapor.

A moça de cabelos enrolados puxou os óculos para os olhos e a máscara para o rosto. Em seguida, acionou um dos controles e os discos de munição começaram a girar, carregando a arma. Uma luz vermelha acendeu na máquina e eles ouviram um som semelhante ao apito de um bule.

O aparato iniciou os disparos. O corpo de ferro se movia da direita para a esquerda, soltando cinco projéteis por vez, consecutivamente, em um intervalo de tempo mínimo. Eram quase dez tiros por segundo, e Arthur precisava se esquivar de todos eles.

O Carnífice sumiu no meio da fumaça e apenas o barulho da metralhadora era audível.

Passado um minuto, eles ouviram outra buzina, dessa vez alta e grave, como o alarme de um carvoeiro. A luz vermelha se apagou e o vapor acalmou. O silêncio retornou ao galpão e os servos foram trabalhar. Removeram as placas de ferro, depois abriram o portão da grade. O homem com o pano abanou a fumaça e Maximilian viu a parede atrás de Arthur repleta de sangue. Ele estava com um dos joelhos no chão, ferido em vários lugares, e ofegava bastante. A reação do Barão não foi de susto, mas de pesar. Maximilian retirou a máscara e caminhou na direção de seu Carnífice gravemente ferido.

— Não é possível — declarou, incrédulo ao vê-lo tão cansado. — Qualquer Carnífice de olho lilás faz essa tarefa facilmente. — O nobre segurou o rosto de Arthur, vendo que tinha sangue ali, de um tiro que passou de raspão, mesmo que as máquinas estivessem calibradas para dar disparos mais rasteiros.

— Ansioso para o torneio, Barão? — Uma voz invadiu o lugar e Maximilian olhou por cima do ombro.

Julian, sempre pomposo, entrava no galpão acompanhado de seu Carnífice menos arrumado e de um empregado desesperado por não ter conseguido anunciar a chegada do Arquiduque a tempo.

— O que está fazendo aqui? — O jovem Barão se irritou. Entregou a máscara que segurava para um de seus serviçais e caminhou na direção do recém-chegado.

— Ouvi dizer que iniciaria seus treinamentos hoje, fiquei curioso para ver. — Julian sorriu. Seus cabelos compridos e cheios acompanharam o movimento de aceno.

— Ouviu dizer? — Maximilian estreitou o olhar.

— Regente! — A senhorita Hawkes se aproximou, com um sorriso no rosto. Curvou-se dramaticamente para Julian, que balançou a cabeça em negação.

— Não me chame assim, Emmeline, eu ainda não fui nomeado Regente. — Apesar do que disse, o Arquiduque não deixou de sorrir. O Barão, por sua vez, girou os olhos. Porém, Julian continuou com o assunto. — Como vai o treinamento?

— Veio da Capital até aqui só para me fazer essa pergunta? Por que não esperou outra carta de Emmeline com todos os detalhes? — Maximilian alfinetou, num tom raivoso e irônico.

— Ora, Max. Nós três somos amigos de infância. Não precisa falar assim. Fico feliz que Emmeline continue me escrevendo. — Julian falava com toda a calma do mundo.

— Já que está aqui, seja útil. — O Barão abriu espaço entre seus serventes, caminhando na direção de Arthur, que ainda estava com o joelho no chão e a cabeça um pouco baixa, se recuperando dos tiros. — Ele não foi capaz de se soltar da manilha. Também não conseguiu desviar dos disparos dessa atiradora. Não sei o que fazer.

Os dois nobres e a moça pararam para observar o Carnífice no chão. O Servo de Sangue de Julian estava logo atrás, também olhando para o homem ferido. O Saiga de cabelos ruivos tinha o semblante disfarçado, mas cerrava os dentes em uma leve aflição. Mesmo assim, não disse nada, como era esperado, e rapidamente voltou a expressão para a neutralidade que a maioria dos Carnífices exibia no olhar. Apenas Arthur reparou na mudança de semblante do Servo de Sangue de Julian, já que o encarava de volta. O Arquiduque balançou a cabeça, pensativo.

— Que coisa. Devo confessar que nunca vi nenhum Carnífice como ele. De começo, esses olhos podem passar a impressão de que são lilás. Mas ele não é um Saiga, é? — conjecturou Julian, colocando uma das mãos na cintura.

— Não sei. — Maximilian se aproximou de Arthur, erguendo o rosto dele novamente. Viu outro corte ensanguentado, dessa vez na lateral da testa. O líquido rubro manchava-lhe o rosto, assim como várias outras partes do seu corpo. — Esses olhos são azuis… completamente azuis — declarou, sentindo uma coisa estranha dentro de si, como acontecia com frequência quando olhava para as íris do outro.

— Posso ter errado na configuração das máquinas. — Emmeline Hawkes checava os medidores, com seu livro aberto.

— Bobagem, você não é de errar essas coisas. Já testamos esses aparelhos várias vezes. — O Barão soltou o rosto de Arthur e se virou para a mulher, antes que ficasse preso naquele olhar novamente.

— Mas nunca testamos com Carnífices, Max. — Ela fechou o livro.

A relação de Emmeline com o Arquiduque e o Barão sempre tinha sido muito próxima, então ambos permitiam tratamento informal vindo da moça, ainda que ela não tivesse nenhum título de nobreza. No passado, a família Hawkes ficou famosa por suas invenções e se tornou uma grande aliada dos Ashborne e dos Hawthorne. O pai de Emmeline trabalhou na produção, manutenção e aperfeiçoamento dos supressores que existiam na época, assim como das máquinas de treinamento. Porém, com o escândalo dos Ashborne e a morte do pai da jovem, o nome da família Hawkes foi esquecido.

Emmeline tinha estudado cada um dos projetos que herdou e se mostrava uma inventora competente. Assim como Maximilian, estava determinada a reassumir o prestígio da família. Não acreditava que os Ashborne eram corruptos e assassinos. Ela tinha jurado permanecer ao lado do Barão durante o tempo necessário para que ambos atingissem seus objetivos.

A moça se aproximou de Julian e apontou com a caneta bico de pena para Hex, o Carnífice ruivo de Julian.

— Podemos testar com ele? — pediu, abrindo uma página de seu livro e riscando algo ali, mas a tinta não era suficiente e ela se frustrou, guardando suas anotações mais uma vez.

— Sim. Essa máquina é simples para ele. No Palácio de Vapor temos uma atiradora de dez canos. — O Arquiduque fez um gesto para que Hex acompanhasse a jovem.

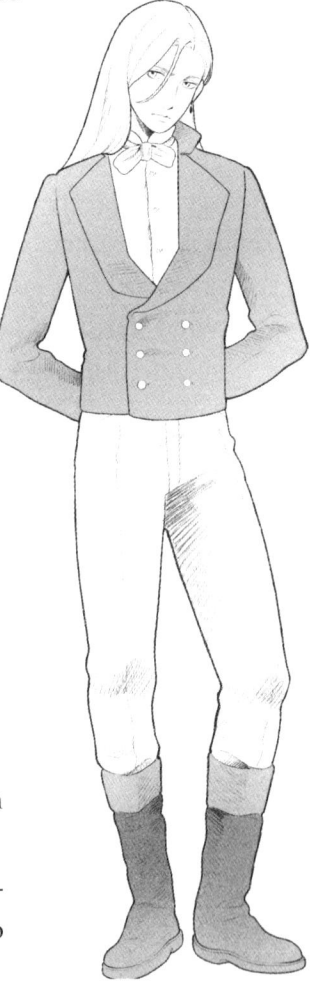

Os serviçais vieram auxiliar Arthur a deixar o alvo de tiro. Levaram-no para fora do portão. Emmeline foi programar a máquina enquanto Maximilian se afastava. Dispensou a máscara dessa vez. Os criados trouxeram mais um equipamento de proteção para o Arquiduque, que vestiu, cobrindo o rosto.

Hex se posicionou na marca, onde o chão estava manchado com o sangue de Arthur. Olhava para os canos da metralhadora, inabalado. Emmeline puxou a alavanca e o vapor tornou a subir. Os empregados se ocuparam em repor as placas de ferro e Julian gritou para seu Carnífice, por trás da máscara.

— Sabe o que fazer, não sabe? Tome cuidado!

O Barão deu o sinal para a inventora e ela soltou as travas da atiradora.

O som alto invadiu o ambiente e logo os tiros começaram a disparar.

Era impossível ver Hex com precisão enquanto corria. Apenas rastros borrados de sua imagem apareciam. Ele era um Saiga de olhos intensos e conseguia se movimentar bem mais rápido do que a visão humana era capaz de focar.

A atiradora parou depois de um minuto. Soltou o vapor de resfriamento e os empregados prosseguiram com a rotina de afastar a fumaça e retirar as placas. Logo, conseguiram ver todos os projéteis no chão, organizados em fileiras lineares. Hex estava íntegro. Seu rosto afilado e seu corpo ágil não tinham sofrido um arranhão sequer. A pele âmbar não derramava nem uma gota de suor. Ele permanecia com a expressão séria.

— Muito bem! — Julian sorria por trás da máscara e era possível perceber pelo tom de sua voz. Foi retirando a proteção do rosto e caminhando para seu Carnífice. Afagou-o nos cabelos vermelhos, fazendo com que soltasse um resmungo de desconforto. Hex era consideravelmente menor que Julian, estava sempre com as roupas um pouco desalinhadas e tinha o jeito que lembrava o de um bichinho arisco, porém, jamais ousava desobedecer ao Arquiduque.

Maximilian suspirou em descontentamento. Ao que parecia, a máquina funcionava e a última fortuna da família Ashborne tinha sido mal investida naquele Carnífice sem força nem velocidade. O Barão tentou manter a compostura para não demonstrar tanto sua frustração, mas era fácil perceber, ainda mais para pessoas que o conheciam desde a infância.

— Max, seu Carnífice certamente tem suas qualidades. — Julian vinha caminhando com Hex, ambos passando para fora do portão. Os empregados começaram a arrumar tudo. — Eu já vi histórias de Carnífices de olhos amarelos que venceram torneios no passado. Você vai recuperar seu dinheiro. Além disso, você é muito bom no jogo! Pode passar alguns dias na corte e fazer uma pequena fortuna...

— Já chega, Julian — Maximilian o cortou, em tom de aviso. — Não precisa ter pena. Eu vou me virar. — Começou a sair do galpão, acompanhado por dois de seus empregados, enquanto os outros auxiliavam Emmeline com as máquinas ou apoiavam Arthur para levá-lo para dentro.

— Espera, vamos conversar! — Julian chamou, mas o Barão apenas ergueu a mão para cessar o assunto e se retirou.

Não viram o rosto de Maximilian novamente naquele dia. Mais tarde, um jantar foi servido para o Arquiduque e Emmeline, que eram obrigados a passar a noite ali, já que o sol se punha e as viagens eram longas até suas residências.

O Barão não compareceu.

No quarto, o jovem Ashborne dispensou os empregados. Lavou-se sozinho e se aprontou para dormir. Estava incrivelmente perturbado pelo azar com o leilão, sentindo-se estúpido. Acreditava ser um dos melhores na arte da aposta, mas essa, com certeza, não tinha sido uma cartada de sorte.

As horas passavam e ele não conseguia relaxar. Estava sentado na cama, bebendo vinho ininterruptamente. Três pequenas garrafas de vidro se amontoavam na lateral do móvel e seus lábios já estavam arroxeados. Os olhos pesavam, mas ele não tinha sono. Cerrava os dentes quando começava a pensar em suas falhas e bebia mais um pouco, tentando engolir junto a frustração. Estava sem coragem até de erguer as vistas para encarar o quadro de Yvon e fazer um novo vinco em sua moldura.

Por fim, se levantou e caminhou para a porta. Os empregados não tinham dado notícias de Arthur e, mesmo que fosse completamente incompetente, aquele Carnífice tinha custado toda a sua fortuna. O Barão não podia se desfazer dele tão facilmente.

Maximilian andou no escuro. Fazia isso facilmente, mesmo sem ter uma vela. Não esbarrou em nada e passou pela porta da cozinha. Era raro que fosse até ali, já que normalmente apenas os serviçais circulavam nessas partes do casarão.

Em seu devaneio alcoolizado, o rapaz desceu por uma longa escadaria para um porão escuro e úmido. Dava para ouvir um gotejar distante, alguns ratos rastejando pelos cantos. O corredor escuro parecia infinito. Na verdade, Maximilian não sabia se estava com os olhos abertos ou fechados, mas caminhou mesmo assim.

Como se acordasse de um sonho, ele se deteve no lugar, piscando algumas vezes. Olhou ao redor e percebeu que o ambiente parecia uma espécie de masmorra. Celas de ferro dividiam pequenos cubículos inabitados. Um dos ratos passou perto dele e o Barão deu um passo para o lado. As paredes tinham musgo e algumas teias de aranha. Aquele porão parecia abandonado e estava imundo em contraste com o restante da casa.

Na última cela, uma vela acesa tremulava. Maximilian caminhou para lá, vendo a porta de ferro fechada por um cadeado pesado. Na parede da frente, as chaves estavam penduradas.

As barras da cela eram repletas de limo e, do lado de dentro, Arthur estava sentado na bancada de pedra que deveria servir de cama, sobre cobertores sujos e ensanguentados. Ele olhava o Barão parado do outro lado.

O jovem nobre perdeu alguns segundos o encarando à meia-luz. O Carnífice parecia mais assustador assim. De toda forma, Maximilian alcançou as chaves, destrancou a cela e entrou.

— Não acredito que os empregados não cuidaram de nada. — O Barão notou que os ferimentos do outro ainda estavam abertos. A expressão de indiferença de Arthur tinha sido substituída por uma seriedade sinistra. — Eu vou tirar as balas de você.

O Barão se sentou ao lado do Servo de Sangue, sobre a coberta puída que ficava em um bloco de concreto na parede. Maximilian estava meio desajeitado por conta do vinho que tinha bebido. Ergueu os dedos para o ombro dele, querendo retirar os poucos fios de cabelo do Carnífice que caíam por cima do ferimento mais visível, mas Arthur se afastou um pouco.

— Já removi todas as balas — falou, reprimindo a agressividade. Claramente indicava que não queria ser tocado. — Não recomendo que fique aqui. — Seu tom ainda era perfeitamente controlado, mas ele olhava diretamente dentro dos olhos de Maximilian.

— Não recomenda? O que vai fazer? Me atacar? — O Barão questionou, perto demais do outro. Arthur ouviu o que ele disse e sua expressão se tornou mais irritada.

A presença sinistra do Carnífice pareceu puxar todo o ar que existia dentro dos pulmões de Maximilian, que rapidamente desviou as vistas, incapaz de encará-lo. Não queria demonstrar que tinha medo. Na realidade, estava incerto se realmente o temia, mas alguma coisa o impedia de manter a atenção no semblante de Arthur. Era como se fosse repelido por ele de um jeito quase físico, mesmo que o Carnífice sequer tocasse no jovem.

— Por que está me olhando desse jeito? Ainda não testei os supressores em você — Maximilian avisou, tentando voltar a encará-lo para impor a própria dominância. Foi Arthur que desviou os olhos dessa vez, mas não de um jeito servil. Apenas voltou a ficar indiferente, como de costume. — Eu vim vê-lo e é assim que me agradece? Quanta educação.

O Barão forçou um tom exagerado de desapontamento. Sentia-se culpado por o Carnífice estar naquele estado, mas sabia que todos os Servos de Sangue treinavam de forma semelhante. Acreditava que Arthur tinha sorte por ele não ser extremamente exigente, ou já estaria morto. Além disso, o Barão achava que tinha agido com preocupação e isso deveria ser apreciado por um ser bestial como aquele. O jovem nobre se levantou, caminhando para o outro lado da grade, fazendo Arthur olhá-lo, sem dizer nada.

No porão, dentro de uma das celas abertas, estava um estoque repleto de caixas de madeira. Maximilian se debruçou dentro de um dos caixotes, quase tocando um rato que correu com a sua presença. Apanhou uma garrafa de vidro esverdeada, com o selo da Coroa, e caminhou de volta para a cela de Arthur. Encostou-se nas grades pelo lado de dentro, olhando para ele, girando o líquido que tinha dentro da garrafa.

— Minha generosidade me trouxe até esse ninho de ratos para alimentar o rei deles. — O Barão ergueu os olhos para Arthur, repuxando um sorriso no canto dos lábios. Estendeu-lhe a garrafa, mas, quando o Carnífice foi pegar, Maximilian puxou de volta, sem deixar que ele a tocasse. — Eu gastei muito dinheiro em você. É bom arrumar um jeito de me pagar de volta — avisou, ao finalmente entregar-lhe a garrafa.

Arthur suprimia a própria impaciência. Só queria saber do seu alimento e rapidamente pegou o recipiente de vidro, abrindo a rolha e esvaziando metade do conteúdo em um único gole.

Abaixou a garrafa e passou as costas da mão nos lábios. O sangue gelado descia pela garganta e era velozmente absorvido por seu corpo. Arthur bebeu o restante e, aos poucos, seus ferimentos paravam de sangrar.

Maximilian ficou encostado na grade, de braços cruzados, vendo como o outro se regenerava rápido. Porém, aquilo era facilmente feito por qualquer Carnífice bem alimentado. Não havia especialidade naquela regeneração. O Barão suspirou no ápice da própria frustração, se sentindo ainda mais derrotado. Virou-se para sair.

— Eu não posso vencer máquinas, mas posso vencer outros como eu — Arthur falou, observando as costas do nobre.

Maximilian parou onde estava e o espiou por cima do ombro.

— Como espera que eu acredite nisso?

Não houve resposta. Arthur fez um gesto com a cabeça, como quem admite que não pode provar. O Barão tornou a suspirar, chateado.

— Eu não posso confiar em você. — O nobre passou os dedos nos cabelos. Ainda estava de costas.

— Então eu deveria tê-lo deixado cair do cavalo hoje mais cedo? — O Carnífice mantinha a costumeira expressão de vazio.

— Deveria? — Maximilian se virou totalmente para o outro, o olhando de cima, já que o Carnífice estava sentado. — O que você ganharia se tivesse um senhor aleijado?

O Servo de Sangue fez o mesmo gesto de indiferença de antes.

— Nada mudaria para mim. A não ser que a queda o impedisse de falar tanto.

Um silêncio amargo pairou entre os dois. A insolência do Carnífice era quase palpável para o nobre, que sentia os músculos retesarem em um medo irracional de ser rebaixado por ele, ainda que estivessem sozinhos naquele porão sujo, onde ninguém jamais os ouviria.

— Você se acha muito esperto, não acha? — O Barão o ameaçou, aproximando o corpo um pouco mais. — Eu te controlo, sua besta irracional.

— Mas não pediu ajuda quando caiu. Salvá-lo não era minha obrigação. — Arthur permanecia inabalado, vendo a visível perturbação do nobre.

Maximilian avançou, segurando-o pela gola da camisa rasgada dos furos das balas do treinamento.

— Eu controlo você — insistiu, enfaticamente. Olhava nos olhos dele, como se precisasse afirmar sua dominância.

— Não. Quem me controla é isto. — Arthur ergueu a mão, mostrando o supressor para ele. — Eu impedi que se machucasse porque eu quis. Mas já me arrependo.

O Barão olhava de um olho cor de gelo para o outro, encurralado pela verdade inquestionável. Cerrou os dentes, o empurrando para trás, quando soltou a gola de sua camisa. Contudo, o corpo de Arthur nem se moveu com o empurrão.

— Alimente-se e durma. Vamos treinar de novo amanhã.

Essas frases encerraram o assunto e Maximilian deixou a cela, trancando-a quando saiu. Pendurou as chaves de volta e foi caminhando pelo corredor, na direção das escadas. Dessa vez, o Barão precisou acender uma vela na cozinha para enxergar o caminho até o quarto.

Antes de dormir, infligiu seu costumeiro golpe contra a moldura do quadro de Yvon, marcando o vinco mais profundo que já tinha feito, descontando sua frustração e falta de ânimo naquela peça. Olhou para o punhal, acreditando que, se tivesse que cumprir a promessa que fizera ao quadro, seu fim estava mais próximo a cada dia.

Capítulo 7

Mais uma vez, Maximilian se levantou antes que o sol nascesse. Estava com uma enorme dor de cabeça e se sentia miserável. Chamou um dos seus criados para ajudá-lo a se trocar e pediu por água gelada para lavar o rosto.

O Barão ficou pronto e caminhou até a sala. Estava usando a mortalha de sempre, com a veste justa e escura e o casaco da mesma cor. As mãos sem luvas exibiam os anéis bonitos que sempre usava.

Sentou-se, cruzando as pernas e aceitando um jornal que um dos empregados lhe entregou. Passou a ler as especulações sobre o torneio e os novos equipamentos de treinamento disponíveis no mercado. Além disso, encontrou depoimentos dos Aberdeen e dos Chiseon sobre como a Saxônia seguia vitoriosa na guerra graças às suas famílias no comando do exército e, por fim, os pronunciamentos costumeiros do Rei Maxwell de Hermon.

As palavras do Rei ocupavam grande parte das páginas e frequentemente não diziam nada de importante. A ladainha sobre a família real sempre envolvia as minúcias do dia a dia de Vossa Majestade, com detalhes tão dispensáveis como descrições de suas roupas casuais, as visitas que receberam e o que comeram no almoço. Parágrafos extensos narravam as vezes que Julian e a Princesa passearam pelo jardim do Palácio. Nenhum fato passava despercebido e suas vidas eram mapeadas no bico das canetas dos redatores. Maximilian suspirou, entediado.

 Lia sobre como a Princesa era afeiçoada a vestidos de tecido leve quando ouviu uma voz o cumprimentando.

 — Muito bom dia, Barão. — Emmeline Hawkes sorria amigavelmente. Ela estava com uma saia bem limpa de barra longa ajustada às pernas. O pano era um pouco bufante na parte de trás, dando um ar mais formal. O Barão acenou com a cabeça, mas continuou com os olhos no jornal, passando uma das páginas. — Acordou tão cedo — a moça emendou, se sentando mesmo sem ser convidada. Sua vestimenta era toda na cor marrom-claro e combinava com o tom dos cabelos acobreados. Ela usava luvas nas mãos calejadas de tanto rosquear peças de metal. — O que vamos comer? — perguntou, notando que nada tinha sido servido ainda, além de uma jarra de vinho e outra de água. Porém, as louças já estavam no lugar.

 — Estou sem fome — retrucou ele, sem prestar muita atenção. Quando virou a outra folha, viu a si mesmo estampado em uma matéria. A imagem era uma pintura mais antiga, de quando ainda tinha um rosto bem infantil. Fotografias não eram tão comuns e os jornais provavelmente não possuíam nenhuma imagem recente de seu rosto. O Barão estreitou as sobrancelhas. — Maldito — falou sozinho, chegando o jornal mais perto dos olhos. A matéria explicava sobre como Maximilian havia extorquido Nicksen nos jogos da corte. — "A notícia que não envelhece é a corrupção e enganação dos Ashborne" — leu, rapidamente.

— O quê? Onde está isso? — Emmeline se inclinou para ver. Os criados serviam a mesa com pães e frutas enquanto os dois se amontoavam sobre o jornal.

— Nicksen teve a audácia de chafurdar no meio dos redatores para isso?! — Maximilian exclamou, batendo o jornal na mesa. — Eu não roubei nada daquele infeliz. Se ele não sabe apostar, não é minha culpa.

— "Ashborne trajava, dramaticamente, as cores do nosso estandarte. O veneno maculado do Barão faz efeito aos poucos, nos enganando sob nossos próprios olhos." — Enquanto lia, Emmeline ergueu as sobrancelhas. — "Não apenas causou a expulsão do ilustríssimo Conde de Aberdeen daquela festa, como esbanjou seu escárnio, tratando toda a nobreza como meros fantoches." — A inventora acabou arregalando os olhos. — Pela Rainha, Maximilian! Esse homem te detesta demais! Ainda bem que é só sensacionalismo.

O Barão estava ardendo em ódio. Se tivesse o poder de atear fogo nas coisas, a casa inteira estaria em chamas. Apanhou a garrafa de vinho e bebeu diretamente do gargalo, um longo gole, depois jogou o jornal no chão, determinado a ignorar a existência de Nicksen permanentemente.

— Ele ainda terá muito o que falar sobre mim — declarou, pegando uma maçã da bandeja. Mordeu-a com agressividade, deixando o suco escorrer pelo canto da boca.

— Por que vocês estão tão agitados? — A voz calma de Julian invadiu o ambiente.

Ele vinha caminhando, com seu casaco de pele branca e sua camisa azul-marinho atada com um laço dourado. Foi se sentar com os outros dois, parecendo um raio de sol iluminando toda a amargura do Barão.

— Os Aberdeen ainda não se cansaram de difamar o Marquês das Cinzas. — Emmeline explicou, erguendo os olhos para Maximilian, que bebia outro gole de vinho.

— Barão — ele mesmo a corrigiu, apanhando um guardanapo para limpar os lábios, depois de engolir a fruta e a bebida como um selvagem. — Você nos eleva antes da hora, Emmeline. Julian não é Regente e eu não sou Marquês. Não conte vantagem tão cedo. Se você ficar falando essas coisas, só dará força para discursos ignóbeis como os de Nicksen.

Ele acredita que quero usurpar o poder a todo custo, quando meu título é tão baixo que mal posso adentrar os bailes.

— Não há nada de errado com o que eu disse — a moça respondeu, apanhando um pedaço de pão. — Seus antepassados sustentavam o título de Marquês e eu cresci acreditando nisso. Para mim, você sempre será um Marquês. — Ela fez uma pausa, olhando o nobre encher mais o copo de vinho. — Exceto quando come e bebe feito um soldado. — Não segurou a risada e o Barão revirou os olhos, sem paciência.

— Maximilian tem razão, Emmeline. — Julian também a repreendeu, se servindo de um pouco de chá que tinha acabado de ser preparado. — Não pode nos chamar assim publicamente. Então, o melhor é não se acostumar — acrescentou, com um sorriso tão doce quanto os cubos de açúcar que adicionava à bebida. — É um desrespeito com Vossa Majestade que você me nomeie Regente antes dele. Também, não quero que meu Rei pense que tirei sua credibilidade. Ele ainda governa soberano sobre todos nós. Não há autoridade alguma em mim.

— Tudo bem, tudo bem — concordou ela, erguendo as mãos como quem pede paz. Seus cabelos caíam sobre os ombros como um bonito boá alvoroçado. — Já entendi. Não trocarei seus títulos, senhores, podem ficar despreocupados.

Julian riu baixinho, tornando a conversa sempre bem agradável. Eles se limitaram a desjejuar por um instante, sem trocar palavras. Maximilian comia algumas castanhas quando, de fato, reparou na presença do Arquiduque ali.

— O que ainda faz aqui, Julian? Vão sentir sua falta na corte. Não quero nenhum redator vindo até minha casa procurar pelo Arquiduque desaparecido. — O Barão ergueu o copo de vinho para apontar para o amigo. Julian pareceu se lembrar de alguma coisa e apontou para ele de volta, com a faca que segurava, casualmente. Terminou de mastigar antes de falar.

— Já estava de saída, mas pedi que meu Carnífice fosse ver o seu. Espero que esteja tudo bem — disse Julian, depois tomou um gole de chá.

Não era muito costumeiro que senhores deixassem seus Carnífices juntos sem supervisão. Nunca se sabia como eles se comunicavam ou o que falavam quando estavam sozinhos. Era possível ouvir sussurros muito distantes aqui e ali, mas, de um modo geral, viviam em silêncio com os outros da própria espécie. A humanidade temia um motim ou uma rebelião, por isso os mantinha sempre bem afastados e incomunicáveis. Entretanto, Julian tinha uma relação bem diferenciada com seu Carnífice. Fora das vistas da corte, era comum ver o Arquiduque pedindo permissão para realizar algumas ações, procurando a opinião do Servo de Sangue ou deixando que tivesse tempo livre para fazer o que quisesse. Todas essas atitudes eram altamente incomuns entre os donos de Carnífices e fortemente julgadas, por isso, Julian as evitava em público. No entanto, o Barão de Ashborne era próximo o suficiente para vê-las acontecer diversas vezes.

— O que pretende com isso? — Maximilian perguntou, limpando os lábios novamente e largando o guardanapo sobre a mesa, deixando que seus criados retirassem a louça.

— Não sei exatamente, mas acredito que Hex possa conseguir fazer o seu Carnífice se sentir mais acolhido. Ou talvez disposto a nos contar sobre a raça dele. — O Arquiduque deu de ombros, como se aquilo lhe parecesse óbvio.

— E o que te faz achar que Hex nos contaria o que conversou com Arthur? — O Barão apoiou os cotovelos sobre a mesa, despojadamente.

Julian não sabia responder, mas não via como algo nocivo. Falava como se acreditasse que um cão mais velho precisava receber o mais novo para que ambos se sentissem em casa. Por isso, apenas negou com a cabeça, esperando que o Barão não o repreendesse e, de fato, Maximilian não disse mais nada.

Um tempo depois de finalizarem suas refeições, Julian se levantou, cumprimentando os dois com um aceno de cabeça. O Carnífice Saiga retornava da cozinha, acompanhado de Arthur, que estava vestido de maneira correta, com um sobretudo preto que se fechava até o alto do pescoço e ocultava quase todas as marcas dos ferimentos do treinamento, que já estavam praticamente cicatrizados. Sua figura era uma sombra, a não ser pelo rosto pálido, que exibia aqueles olhos límpidos e amaldiçoados.

— Eu devo partir, minha viagem é longa, mas estou imensamente feliz de fazer parte do seu treinamento. — Julian cumprimentou Maximilian mais uma vez e, depois, se aproximou do amigo. — Honestamente, gostaria que viesse comigo. Sei que você prefere ficar longe da corte e dos redatores, mas sinto que seria muito produtivo se fosse estudar em nossa biblioteca. — Ele apanhou a mão do Barão enquanto falava, cobrindo com sua outra.

— Não tenho nenhum interesse nos ensinamentos da realeza, Julian — o jovem nobre comentou, desgostoso do pedido.

— Você sabe que tem, Max. Não seja presunçoso — respondeu o Arquiduque em um tom confidente. — Estou, mais uma vez, te oferecendo a oportunidade de usar minha posição de prestígio para conseguir algo que você deseja. Não vou estudar por você, nem me prender em leituras infinitas entre as escadarias da biblioteca apenas para decifrar os mistérios de um Carnífice que não me pertence, mas posso oferecer a oportunidade de fazer isso, por você e não por mim.

— Ora… — Maximilian não conseguiu esconder um sorriso, quando ouviu o outro falar. — Quem está sendo presunçoso agora? — perguntou, se aproximando mais do amigo. Havia alguma diferença de altura entre eles, além disso, o porte físico do Barão era mais esguio e magro, menos vigoroso que o de Julian. — Você também está curioso sobre a raça de Arthur. Talvez até mais do que eu — declarou, estreitando as pálpebras analiticamente. — E você sabe que, se eu não for até a biblioteca pesquisar, você mesmo terá que decifrar os mistérios de um Carnífice que não te pertence e todos sentirão falta do adorado Arquiduque desaparecido dos holofotes.

— Você é uma pessoa horrível, sabia? — Julian não resistiu a um sorriso de canto.

— Eu te conheço tão profundamente que beira a tristeza. — O Barão tirou a mão que estava entre as do Arquiduque. — Pois bem, para resgatá-lo da entediante missão de estudar assuntos interessantes e para permitir que o senhor possa continuar ditando as tendências da moda no Palácio de Vapor, eu aceito seu convite.

— Maravilha. — Julian sorriu, animado. Adorava ter a companhia de qualquer um que dispensasse tratamentos formais e o fizesse esquecer da pompa em que vivia diariamente. Além disso, gostava do calor e da adrenalina que a presença de Maximilian sempre causava. — Vá se arrumar, minha carruagem estará pronta em breve.

— Não vou partir com você. Seguirei de noite — avisou o Barão, se afastando do Arquiduque. — Prefiro não ser visto quando chegar. Aliás, se for possível, prefiro não ser visto nunca. — Ergueu os olhos para o amigo. — Esse é meu único pedido, que mantenha as atenções distantes de mim. Se Nicksen souber que estou visitando o Palácio, usará qualquer argumento para me denunciar.

— Mas não existe nada de errado em estudar na biblioteca do Palácio, ela está disponível para todos os nobres. — Julian ergueu as sobrancelhas em ar de confusão.

— Mas Nicksen fará parecer que existe alguma trama nisso. Ele arrumará um jeito, não duvide. — Maximilian suspirou, passando os dedos nos cabelos soltos, empurrando os fios lisos para trás. — Por favor, só me prometa que vai manter todos distantes.

— Sim, isso não será problema — confirmou o Arquiduque, voltando a sorrir.

Emmeline ficou observando a conversa dos dois durante todo o tempo. Ela se entristecia por não poder acompanhá-los. Sabia que não tinha permissão para adentrar o Palácio, tampouco poderia ser vista nas redondezas sem ter que dar uma explicação. Por mais que desejasse ser útil para a aparente missão, não se sentia à altura de oferecer qualquer ajuda.

— Emm — chamou Maximilian, virando-se para ela. — Pode ficar aqui enquanto eu estou fora? Alguém precisa vigiar minha mãe e a propriedade.

A moça sorriu ao ouvi-lo falar. Certamente era muito mais agradável passar um tempo residindo na mansão de um nobre do que no sobrado que tinha na cidadela ao redor de Spiral. Além de tudo, seu diminuto espaço estava abarrotado de livros e papéis. Pedaços de maquinaria e sucata rolavam por todos os lados, a impedindo de dormir e comer direito. Não queria se livrar de nada que amontoava em casa, então deixava de lado suas necessidades básicas em prol da paixão que sentia pelos estudos. Mas, na mansão do nobre, teria espaço de sobra.

— Fique livre para mexer em todas as máquinas, o quanto quiser. Faça do galpão seu local de trabalho — completou o Barão, arrancando um sorriso ainda maior dos lábios de Emmeline.

— Será um prazer — respondeu a mulher, se curvando um pouco para cumprimentá-lo.

Assim decidido, Maximilian se retirou para seu quarto, depois de se despedir de Julian. O Arquiduque partiu logo em seguida e Emmeline foi para o galpão checar a maquinaria por pura diversão.

Ao entardecer, os preparativos para a viagem se concluíram. Emmeline se despediu de Maximilian e o Barão seguiu para dentro da carruagem.

O vento frio empurrou seu casaco preto de pelos grossos e Maximilian ergueu a mão para impedir que o chapéu voasse, mas seus cabelos se espalharam pelo ar. Ele apoiou o cajado que segurava sobre o piso da cabine assim que ela começou a se mover. Arthur estava junto dele, sentado logo à frente.

O veículo balançava e fazia Maximilian querer entrar naquele estado de relaxamento, ouvindo o som constante dos cascos dos cavalos e da madeira rolando sobre a terra úmida. A janelinha estava aberta, acentuando o resvalar tempestuoso das bombas na fronteira que, aos poucos, ficava mais distante. A paisagem passava ao longe, com um belíssimo pôr do sol. Contudo, Arthur estava ali e o encarava daquele jeito intenso de sempre, deixando o Barão desconfortável.

Logo, entraram na densa floresta de pinheiros e a vista do sol desapareceu. A cabine ficou escura e o Carnífice ergueu a mão, girando o botão da lamparina para acender uma luz fraca.

Maximilian fechou a janela. Sentia um pouco de angústia de olhar para fora enquanto o mundo se tornava uma bola de trevas. Ergueu os olhos para o Carnífice sentado de maneira ereta e perfeita, como um verdadeiro nobre de muita etiqueta. As mãos de Arthur estavam pousadas sobre o próprio colo, e ele permanecia com aquele olhar sério e fixo.

— Eu não esqueci o que você disse ontem — falou o jovem nobre num tom baixo. Não houve resposta, como o esperado, de modo que ele continuou. — Então eu tomei uma decisão. — Cruzou as próprias pernas, esperando mais um momento para ver se o outro diria algo, mas quando Arthur continuou em silêncio, Maximilian ergueu um pouco a cabeça. — Farei com que me veja como mais que um par de supressores. É inquestionável que os braceletes exerçam controle sobre você e nisso você tinha razão, Arthur... — Ia falando, de um jeito analítico, olhando para o outro, tentando estudar sua expressão distante. — Eu o controlo porque você está preso, mas sei que posso ser digno da sua real devoção. Quero saber que você se ajoelharia para mim, mesmo que não fosse obrigado. — O Barão descruzou as pernas, chegando o corpo um pouco para a frente na banqueta onde se sentava. Ergueu o cajado, tocando a pedra de ônix no queixo de Arthur. — Quero ser o primeiro a ter um Carnífice totalmente livre, que me segue por vontade própria.

A expressão de indiferença do outro era lentamente substituída por um pouco de interesse. Passou a olhar Maximilian mais diretamente, como se estivesse disposto a ouvir suas palavras. Não sabia ainda o que pensar sobre aquele humano, mas notava que sua ambição era indiscutível.

— Está louco se acha que isso vai acontecer — respondeu Arthur casualmente. Sentia uma breve curiosidade pela vontade insistente de Maximilian. As palavras incisivas do nobre demonstravam uma certeza inquestionável em fazer as coisas acontecerem à sua maneira. Arthur não tinha a menor intenção de permanecer preso àquele rapaz, porém, não via motivos para não se entreter enquanto isso. — Mas esteja livre para tentar.

O Barão sorriu um pouco mais, voltando para trás, ficando confortável na banqueta da carruagem.

Os dois seguiram em silêncio, sob a meia-luz da lamparina, até que Arthur se moveu, quando a noite já pairava sobre eles por completo.

— Vai subir? — o Barão perguntou, percebendo que o outro estava se levantando.

— Sim, se precisar é só bater no teto — avisou o Carnífice, indo até a porta. Ele a abriu e o vento gelado apagou o fogo da lamparina.

Maximilian fechou o casaco, tentando fugir do frio. Num salto, Arthur foi para o telhado da cabine, pelo lado de fora. A porta foi fechada habilmente e o Barão a trancou. Tornou a acender a lamparina, mesmo sabendo que não duraria muitas horas. Sua respiração saía condensada e ele passava as mãos nos próprios braços, querendo voltar ao conforto que sentia antes do vento entrar.

Por serem muito mais resistentes ao frio e completamente capazes de se equilibrar sobre um veículo em movimento, Carnífices comumente viajavam no topo das carruagens de seus senhores, ocultos nas fumaças densas dos pistões que aliviavam a pressão nas patas dos cavalos. Os Servos de Sangue se seguravam em alças de aço, feitas propriamente para sua sustentação, e permaneciam em alerta para eventuais perigos na estrada ou possíveis ataques de saqueadores.

Em determinado momento, o óleo da lamparina se extinguiu e a luz se apagou. Maximilian ficou imerso na escuridão, sentindo um pouco de frio. Sabia que ainda faltavam várias horas para chegar até a Capital, então pensou em ceder ao cansaço.

Retirou o chapéu e encostou-se na lateral da carruagem. Ali, enfiado contra a madeira fria que sacolejava, teve mais horas proveitosas de sono profundo do que em várias noites anteriores.

Capítulo 8

Ao chegar no Palácio de Vapor, a comitiva fúnebre dos Ashborne foi recebida por serviçais orientados por Julian. Eles os guiaram pela entrada dos fundos e desembarcaram a bagagem. Arthur desceu do topo da cabine, indo acordar o nobre.

Abriu a porta, vendo o Barão coberto por um casaco volumoso e seus próprios cabelos. Estava aninhado em um sono tranquilo. O Carnífice o observou por alguns segundos, reparando naquela fragilidade.

— Nós chegamos — avisou, mas não o tocou.

O Barão acordou devagar e, sem dizer nada, assentiu. Passou os dedos nos próprios cabelos e se preparou para sair do veículo. Os dois foram acompanhados por vários serventes, que os circulavam para proteger sua imagem. Havia um quarto pequeno e isolado onde Maximilian e seu Carnífice puderam se instalar.

As bagagens foram levadas para o aposento com apenas uma cama, parcialmente larga. As roupas foram acomodadas no armário e o Barão notou que a escrivaninha não tinha papéis, tinta ou caneta, além de não haver estantes. Entretanto, o nobre tinha levado um único material de estudo, o livro com o triângulo de três olhos na capa. Ele deixou o precioso volume ilustrado sobre a mesa de escrita e permitiu que Arthur se aproximasse para ajudá-lo a se trocar.

— Você sabe o que aquilo significa? — O rapaz apontou para a capa do livro, depois que o Carnífice tirou suas luvas.

Arthur olhou brevemente para o objeto sobre a mesa, enquanto erguia as mãos para remover o casaco do nobre. O frio penetrou pelo tecido fino da camisa, mas ele não demonstrou incômodo.

— Acredito que seja um comparativo. — O Carnífice sempre soava evasivo ou desinteressado. Desatou o laço que prendia a gola do Barão, depois desceu os dedos, para soltar os botões do colete.

— Comparativo de quê? Forças? Influência? Virtudes? Habilidades? — O Barão não tirava os olhos da capa do desenho, mesmo enquanto o outro removia suas vestes.

— Pode ser qualquer uma dessas opções — o Carnífice respondeu, sem mais olhar para a ilustração que o jovem encarava. Soltou os botões da camisa do Barão, vendo que a pele dele estava arrepiada, indicando o frio que sentia. — Devo pegar um casaco? — questionou enquanto descia as mãos para os laços de suas calças.

Maximilian ergueu o pulso, segurando o outro, não deixando que continuasse a tirar suas roupas.

— Eu sei que pode ser qualquer uma das opções, quero que escolha uma. — Encarou seu Servo de Sangue, enquanto o ar gelado penetrava em seus ossos. Aquele quarto não tinha nenhum tipo de aquecimento, então era desagradável.

— Qual opção acha mais viável? — Arthur perguntou, voltando a ver o livro, fingindo não perceber que o outro estava sentindo frio.

— É possível que seja um comparativo de habilidades. — Maximilian analisou, apoiando o dedo sobre o olho pintado de lilás na capa desenhada. — Se esse comparativo mostra raças de Carnífices, esses chamados Saigas são capazes de se mover rapidamente. Muitas vezes são mais vulneráveis contra os Carnífices Hetzers. — O dedo do Barão deslizou para o desenho do olho verde. — Hetzers são muito resistentes e fortes. Sem uma arma mecânica, Saigas dificilmente conseguem derrubá-los. — O nobre concluía, enquanto observava a ilustração. Seu corpo inteiro estava arrepiado e ele continuava sem camisa, pois tinha desviado a atenção de Arthur para outra coisa além de trocar suas roupas. — Mas esses olhos... — Apontou o desenho que formava o vértice no topo do triângulo. A cor da terceira íris era dúbia, acinzentada. A tinta velha não lhe permitia enxergar direito. — Luger é a sua raça, certo, Arthur? O que você sabe fazer?

— Não tenho grande força nem grande velocidade — declarou o Carnífice, como se já não tivesse ficado óbvio o suficiente no treinamento contra as máquinas de Maximilian.

— Ora, não me diga. — O Barão estreitou as sobrancelhas, cruzando os braços em seguida. O vento entrou pelas frestas da porta e ele sentiu um calafrio. — Eu preciso me vestir, ande. — Fez um gesto com a mão.

O Servo de Sangue se abaixou, desatando as fivelas das botas do Barão, que observou o homem de joelhos à sua frente e se lembrou do que lhe dissera na carruagem. Tinha se tornado muito consciente da existência dos supressores desde que Arthur o acusou de somente ser capaz de controlá-lo por conta das pulseiras de choque.

— O que você sabe fazer além de trocar minhas roupas?

— O necessário. — O Carnífice ergueu os olhos de gelo para o nobre, não parecendo nada intimidado, apesar de estar ajoelhado diante dele.

Maximilian soltou o ar pelo nariz, num riso reprimido de escárnio. Claro que Arthur não diria nada. Porém, cedo ou tarde, o jovem acabaria descobrindo.

Quando terminou de se aprontar, O Barão deixou que o Carnífice abrisse a porta para apanhar o desjejum deixado ali para ele. A bandeja de prata tinha apenas duas frutas, um pão e um bule com chá. A xícara e o prato não eram parte das louças servidas para a nobreza nos salões, mas eram mais belas do que as de sua casa da colina.

Junto da comida havia um pequeno pacote de pano amarrado com uma corda. O Barão se sentou na cama para abrir e viu um bilhete, acompanhado de uma caneta e um pote de tinta.

A escrita cursiva de Julian desejava boa sorte e dizia estar à disposição. Maximilian guardou a carta junto com os presentes em seus bolsos e logo estava pronto para se entregar aos estudos.

Acompanhado de Arthur e de um dos servos de confiança de Julian, o Barão de Ashborne caminhou para a biblioteca usando apenas os corredores dos empregados como passagem.

Uma pequena porta de madeira era a entrada dos fundos do enorme salão de livros, e foi por ali que Maximilian seguiu com seu Carnífice.

As lamparinas estavam acesas e o lugar era incrivelmente iluminado para um aposento tão grande. O lustre no centro tinha o formato de um planetário e os astros emitiam luzes a gás com um brilho fluorescente.

O chão era feito de azulejos decorados, quadriculados e tão bem polidos que era possível enxergar o próprio reflexo. As escadas formavam um arco subindo por um lado e descendo pelo outro, com corrimãos maravilhosamente esculpidos em mármore, adornados de pequenas estátuas em forma de mulheres despidas, enroladas em panos esvoaçantes feitos de pedra. Por todos os lados era possível ver gigantescas estantes abarrotadas de livros. Cada pequeno canto da biblioteca tinha prateleiras com volumes largos e numerados.

Bem no centro do salão, estava disposta uma mesa redonda de madeira pesada, com detalhes cuidadosamente esculpidos nas bordas. Sobre ela, inúmeras pilhas de livros de estudos que alguém havia deixado para trás.

O Barão ficou abismado por um momento. Não era a primeira vez que entrava naquele lugar, mas fazia muitos anos desde que estivera ali, de modo que sua memória não se recordava de tantos detalhes.

Ele caminhou pelo piso lustrado e foi observar a estátua que existia atrás da mesa de madeira. Esculpida com um livro em sua mão e uma engrenagem na outra, Theodora Gear estava maravilhosa. O ícone de mais de quatro metros de altura se impunha como uma soberana do conhecimento humano, reluzindo imensa sob o astrolábio fluorescente, cheio de planetas que orbitavam ao soltar pequenos vapores que os colocavam em movimento.

O jovem nobre deu a volta na estátua e seguiu para a parede logo atrás, onde se escondia uma estante, entre as duas escadarias. Ele puxou um livro de maneira aleatória e o abriu.

Demorou um tempo para entender o que via. Na página, uma imagem estava estampada, mostrando duas pessoas de maneira explícita. Seus corpos estavam nus. Um homem empurrava a perna de uma mulher para cima e a penetrava, ilustrando uma cena sexual desenhada de maneira anatômica e repleta de detalhes.

O Barão ergueu as sobrancelhas e entreabriu brevemente os lábios, encarando a imagem.

— Como vai encontrar o que procura? — Arthur falou, denunciando sua presença logo atrás de Maximilian, fazendo-o se assustar e fechar o livro de uma vez, provocando um estalo alto.

— Não acho que seja aqui — declarou rapidamente, colocando o livro de volta na prateleira. Em seguida, virou as costas e passou a subir as escadas.

Os degraus em mármore eram adornados por um belíssimo carpete azul-marinho bordado em prata. No andar seguinte, Maximilian puxou outro livro. Abriu com cuidado dessa vez, espreitando as páginas antes de verdadeiramente revelar o conteúdo do volume.

As letras eram pequenas e chatas de ler. Pareciam falar muito sobre filosofia e a criação da humanidade. Nada que lhe interessasse naquele momento. Ele devolveu. Depois, pegou outro. Leu um pouco sobre a nobreza e a linhagem, depois deixou o livro no lugar.

Encontrou um guia de construção de fornalhas, um de receitas feitas apenas com leite, um manual de decoração de ambientes, a história da extração do ouro e contos de romance para jovens apaixonadas.

Depois de algumas horas de frustração, viu um livro que contava relatos de soldados que viveram presos na Francônia. Pegou esse exemplar e passou a ler a história, sem pressa para chegar ao final. Estava à vontade para ficar horas correndo de prateleira em prateleira ou para sentar-se no chão, como fazia. As calças cinzentas não eram tão justas ao corpo e deixavam suas pernas compridas confortáveis. A camisa era igualmente solta nos braços, mas o colete a ajustava no torso. Uma fita grossa adornava o pescoço do Barão, atando um laço que caía sobre os botões do colete. Ele brincava com os brincos das orelhas enquanto via as frases escritas.

— Mas que coisa horrível! — comentou de repente, lendo uma das cartas de um cabo do exército saxão. — Eles nos tratam como escravos lá naquele lugar. Nos predam e nos deixam subnutridos, servimos apenas como fonte de alimento. Extraem nosso sangue e esbanjam nas festas da alta sociedade. Que barbárie. — O Barão meneava a cabeça, como se estivesse chocado com o que lia.

Arthur estreitou o olhar enquanto fitava as costas do outro. Não acreditou naquela hipocrisia, então preferiu pensar que suas palavras eram meras provocações. Ficou quieto, como sempre. Acabava observando algumas frases por cima dos ombros de Maximilian, espiando o conteúdo dos escritos.

Naquele dia, o nobre se esqueceu de comer. Passou longas horas sentado entre os livros, selecionando o que considerava relevante e juntando algumas pilhas. Quando já era noite, o serviçal que os auxiliara anteriormente retornou para a biblioteca.

O empregado pegou os escritos que Maximilian tinha separado e levou consigo de volta ao quarto, acompanhando o Barão pelos corredores da criadagem. O nobre sentia as pernas doerem por ter ficado muito tempo na mesma posição. Arthur, por sua vez, mantinha a postura impecável de sempre, ainda que não tivesse se sentado nem por um instante durante todo o tempo.

Chegaram no quarto e a comida estava servida. Contudo, o frio era tanto que a sopa recém-aquecida perdia o calor rapidamente. Maximilian não teve vontade de tomar o chá, que já estava gelado, e deixou que Arthur levasse a louça para a bancada do lado de fora.

O Barão se sentou na cadeira em frente à mesa de escrita e continuou lendo. Perdia-se nas letras infinitas e as frases já emendavam umas nas outras. Mesmo assim, ele não queria parar. Estava determinado a entender se Arthur tinha alguma habilidade que pudesse fazer com que o dinheiro investido no Carnífice retornasse ao vencer algum torneio.

Algum tempo depois, sua mente parou de prestar atenção no que lia e passou a considerar usar a força para arrancar de Arthur as informações que queria saber. O Carnífice usava os supressores e seria obrigado a falar se fosse questionado. Entretanto, Maximilian não saberia atestar caso Arthur mentisse. Além disso, o jovem nobre voltou a se lembrar do que o Carnífice dissera, sobre o responsável por domar os Servos de Sangue serem as pulseiras de aço, e não as palavras de seus donos.

— Não é melhor descansar?

A voz de Arthur soou como um despertar nocivo. Maximilian olhou para trás, vendo o Carnífice parado ali, um pouco afastado, com uma das mãos esticadas em sua direção, o chamando. O Barão franziu o cenho, irritado com a preocupação claramente falsa do outro. Estava passando por toda aquela provação tediosa porque o Carnífice não se prestava a falar, e ainda tinha que lidar com ele vindo se passar por bom empregado.

Maximilian se levantou da cadeira e colocou a caneta no meio do livro, marcando a página. Caminhou até Arthur, parando imediatamente na frente dele.

O Carnífice deu início ao seu ritual rotineiro, despindo o jovem calmamente. Retirou primeiro o laço em seu pescoço e depois foi abrir os botões da camisa.

— Eu li que vocês têm presas afiadas e as usam para abrir a pele das suas vítimas. — O Barão encarou o outro por um momento. — Nunca reparei nos seus dentes. — Ergueu a mão, tocando o rosto do Carnífice, e puxou o canto do seu lábio superior para cima, vendo o canino longo e afiado. — Você quase não abre a boca quando fala. Essas presas não são incômodas?

— Seus dentes o incomodam? — O Carnífice rebateu a pergunta e Maximilian sorriu de canto, com cinismo. Era claro que Arthur nascera um monstro acostumado com sua própria barbaridade.

— E como vocês se alimentam quando não têm garrafas? Vocês mordem? — o jovem nobre questionou. A conversa não impedia que o Servo de Sangue continuasse sua tarefa de remover-lhe a camisa. — Vocês são dependentes da comida. Só vivem para isso.

— Como se alimenta quando ninguém serve seu prato? — Arthur tornou a retrucar.

— Não mandei que trouxessem garrafas para você. — O rapaz riu um pouco, desafiando a constante insolência do Carnífice. Continha-se para evitar tremer de frio e perder a postura despojada. — Como vai fazer para se alimentar? Vai enlouquecer de fome? Ou vai minguar de cansaço?

— Não é desse jeito. Não preciso comer todos os dias. — Arthur mantinha a voz tranquila. Desceu os dedos para os botões da calça do nobre. Havia algo de sádico na velocidade incrivelmente lenta com que realizava as ações, por mais que seu semblante não transparecesse nada. Desatou o primeiro botão e teve suas mãos seguradas antes que pudesse remover a peça de roupa do rapaz, mais uma vez.

— Cedo ou tarde você terá fome. Está nos livros. Vocês Carnífices são escravos do sangue e fariam qualquer coisa para obtê-lo de uma fonte fresca, certo? Vocês são devotos do sangue vivo. — Maximilian ergueu a mão gelada do Carnífice, contemplando-a por um momento. Depois, colocou-a sobre seu próprio ombro despido. — Por que não pega um pouco do meu?

Arthur ficou parado. Encarava seus olhos azuis vibrantes. Por um breve período, pareceu descrente do que ouvia.

— Não preciso — o Carnífice respondeu, com a maior indiferença que conseguiu. Moveu a mão para tirá-la do ombro de Maximilian, que a segurou no lugar.

— Eu li que vocês não têm que matar para se alimentarem. — O rapaz deu um passo para frente, chegando perigosamente perto de Arthur. — A troca de sangue entre humano e Carnífice era normal antigamente, certo? Usamos seu sangue para fazer remédios e drogas recreativas, e vocês usam o nosso como a mais pura fonte de alimento, ou estou errado? — A expressão do nobre era esnobe, por conta do conhecimento que ele achava que tinha. — Ande, pegue um pouco do meu e se sacie.

— Eu estou bem. — O Servo de Sangue insistiu, mantendo a voz baixa e respeitosa, mesmo com a aproximação irritante do outro.

— Vocês nos prendem e deixam à mercê de suas mordidas diariamente, não é isso? — Maximilian murmurou, olhando no fundo dos olhos dele. — A expressão "Servo de Sangue" veio do seu país. Ela designa aqueles humanos que entregam a vida para alimentar vocês. Após a vitória da Rainha Theodora Gear contra a sua nação assassina, nós nos apropriamos desse termo, não é verdade, Arthur? — Sua voz era hostil.

O Carnífice deu um passo para trás, se afastando. Permaneceu sério, mas tinha assumido um semblante firme. Encarava o humano diretamente nos olhos também, sem hesitar.

O homem ficou quieto, deixando o silêncio falar por ele. Sua presença imponente fez o Barão cerrar os dentes. O jovem nobre acabou cruzando os braços, parte por estar contrariado e parte por culpa do frio. Arthur estudava a pose dele, o corpo rígido na posição forçosamente relaxada que tentava simular naturalidade perante o ar gelado que invadia o aposento. A face de Maximilian exibia um constante olhar de zombaria e arrogância, as sobrancelhas se arqueavam para dar um toque final um tanto esnobe.

— Vai ficar aí me encarando até se fundir com a mobília ou vai terminar o serviço? — o Barão reclamou, entoando a voz mais firme que conseguiu, apesar do frio tremer suas cordas vocais.

Arthur permaneceu parado por mais alguns torturantes segundos de silêncio e, quando o nobre estava a ponto de reclamar novamente, ele tornou a se aproximar. Terminou de tirar as roupas do rapaz. Depois, trouxe a bata longa, cinza-escura, para que ele vestisse e fosse se deitar.

Maximilian sentou de uma vez sobre as cobertas, custosamente disfarçando o aborrecimento que o preenchia. Ao ver o Carnífice sentar no chão com as pernas cruzadas, o Barão bufou.

— Vá apagar as luzes — ordenou, apontando para uma das lamparinas penduradas na parede.

— Irei assim que se deitar e se cobrir. — Arthur não se moveu para falar. Estava de pálpebras cerradas, inabalado. O jovem nobre apertou os olhos para toda aquela quietude. Ficava imensamente nervoso com tamanha indiferença.

— Eu estou bem. — O Barão remedou o que Arthur tinha dito, como se fosse uma criança mimada. Deitou-se de uma vez e virou-se de costas, sem se cobrir.

O silêncio se prolongou. Um pouco de vento entrava pelas frestas da porta e assoviava baixo. Maximilian percebeu quando a luz se extinguiu e o cômodo ficou completamente imerso na escuridão.

O Barão encarava a parede do quarto. Desejou a paz de um sono sem sonhos, mas tornou a ser assombrado por picos de gelo, montanhas distantes e abismos sem fim. Ele corria sozinho pela neve, procurando uma saída. Ninguém o ouvia e o frio o consumia. Seu corpo inteiro estava tremendo e seus gritos entalavam na garganta. Viu alguém ao longe, com roupas de guerra, marchando para o desconhecido.

A terra cedeu e o abismo se abriu. No devaneio, o nobre jogou as mãos para se agarrar às pedras, mas despencou na escuridão.

Seus olhos se abriram e ele voltou a ficar preso naquela paralisia assombrosa, vendo vultos disformes. Num salto, finalmente se libertou, sentando-se na cama de uma vez. Estava totalmente abalado e ofegante. Arthur abriu os olhos ao mesmo tempo, vendo o movimento brusco do nobre.

Maximilian estava com as vistas arregaladas, mas o quarto escuro não lhe permitia enxergar nada direito. Teve um medo irracional de ainda estar preso ou de realmente ter sido engolido pelas sombras e se debateu, levantando com pressa e tateando as coisas. Derrubou alguns dos livros no chão e passou a caminhar para o outro lado. Levou a mão até o próprio rosto, seguindo na direção que achava ser a porta. Esbarrou em alguma coisa e quase tombou. Arthur girou o botão da lamparina e a luz acendeu.

O Carnífice o amparou para que não caísse, e Maximilian se agarrou a ele, visivelmente perturbado e choroso.

— Era um sonho — murmurou Arthur.

Maximilian o encarou por longos segundos, situando a mente onde estava. Passou os dedos nos cabelos e caminhou para a cama.

Sentou-se, esfregando o rosto e depois apertando os olhos com o indicador e o polegar.

— Que horas são?

— Cinco da manhã. — O Carnífice checou o relógio de bolso.

Um suspiro deixou os lábios do Barão. Mais uma noite com poucas horas de sono. Estava exausto e as olheiras apareciam em sua pele. Ele se recostou, ficando com as pernas para baixo e os pés tocando o chão. Os cabelos negros espalhavam pela cama. — Não acredito que fiquei perdido em um pesadelo — comentou, com o braço apoiado sobre os olhos.

— O que tinha lá? — Arthur questionou, sem se aproximar mais.

— Eu não me lembro... — O Barão procurou as imagens dentro da memória. — Eu caí em algum lugar e tudo ficou escuro. Acho que tinha uma nevasca. Um homem com um uniforme militar.

Costumeiramente, Arthur não o respondeu, mas observava o outro como se o estudasse. Viu quando Maximilian tornou a se sentar.

O jovem Barão balançou um pouco a cabeça, erguendo as vistas para o Carnífice, vendo-o de pé, pronto para atendê-lo. Não demorou para que os dois estivessem de volta nos corredores, rumo à biblioteca.

Capítulo 9

Foram vários dias escapando das refeições, andando sorrateiramente pelos corredores, acendendo luzes de apenas seções específicas do grande salão de estudos, lendo por horas e fazendo anotações.

O frio do quarto recluso no Palácio ainda incomodava Maximilian. O sono perturbado por sonhos gelados o deixava com algumas olheiras, mas ele continuava trabalhando em seu projeto, sem saber exatamente aonde chegaria com aquela pesquisa.

A pilha de livros dobrou, depois triplicou de tamanho, abarrotando o quarto pequeno onde dormia e ocupando o espaço na frente do guarda-roupa. O empregado que os acompanhava desde a chegada cuidava de lavar as vestes do nobre e deixava pedaços de bolo enrolados em um pano para que ele comesse antes de sair. Porém, Arthur seguia sem se alimentar.

Em uma rotina já estabelecida, o Barão e seu Carnífice se levantavam e se aprontavam antes do amanhecer. Já fazia bastante tempo que Maximilian via o sol apenas por fotografias em livros.

Naquele dia, o nobre andava pelos corredores ocultos, despreocupado, tagarelando sobre sua leitura, que contava que os primeiros aparelhos de treinamento teriam vindo, de fato, da Francônia, e eram utilizados pelos próprios Carnífices para desenvolver suas habilidades.

O nobre ia na frente, mas Arthur o segurou assim que o jovem esticou a mão para tocar a maçaneta da porta lateral da biblioteca.

Maximilian se calou de imediato, percebendo que o Carnífice olhava para frente como se ouvisse alguma coisa do outro lado. Lentamente, o Servo de Sangue destrancou a porta.

Pela fresta era possível ver que as luzes estavam completamente acesas, por mais que ainda fosse muito cedo. O nobre e o Carnífice se puseram a espiar furtivamente, escondidos bem próximos à parede.

— Escreva que eu com certeza vencerei o torneio! Não! Escreva que eu e meu novo Carnífice faremos os outros participantes desistirem antes mesmo do torneio começar! — A voz que bradava era de Nicksen. Ele estava tomando uma xícara de café e conversava com outro homem.

— Acrescente que se Ashborne tentar participar do torneio, será humilhado. — Ele falava em meio aos goles da bebida. A Carnífice de olhos verdes estava parada logo atrás, usando uma bonita camisa de tecido leve e um pouco transparente, sem nada por baixo. Ela tinha os quadris largos e os braços fortes, como um guerreiro, mas isso não atrapalhava seu semblante clássico.

— Tudo bem, senhor Aberdeen, mas quais palavras devo utilizar? — O homem escrevia tudo em uma pequena caderneta. Ele tinha um vidrinho de tinta que equilibrava entre os dedos. Usava uma boina e suspensórios.

— Use essas palavras mesmo — respondeu Nicksen, deixando a xícara sobre a mesa central da biblioteca, onde estavam encostados.

Maximilian tentou dar um passo para frente, afrontado com o que ouvia, porém Arthur segurou seu pulso. O nobre puxou a própria mão, querendo se soltar, e acabou esbarrando nas chaves. O barulho foi baixo, porém suficiente para atrair a atenção da Carnífice de Nicksen, que virou a cabeça na direção dos dois. O sangue do Barão gelou imediatamente.

— Fomos vistos — Maximilian sussurrou, tão baixo que ele mesmo quase não ouviu.

— Ela não dirá nada — Arthur respondeu, confiante.

— Como pode ter tanta certeza? — O Barão chegou mais perto do Servo de Sangue, percebendo que a mulher olhava diretamente para eles.

— Não se preocupe. — Arthur fez um gesto bem leve de concordância com a cabeça. Estava acenando para a Carnífice, que percebeu. Obedientemente, ela virou o rosto de volta para Nicksen, ignorando a presença dos dois que espionavam a conversa.

O Barão engoliu em seco, agoniado com a situação em que estava, mas reparou bem em como a mulher desdenhou da possível segurança do próprio dono em prol de outro Carnífice. Maximilian ficou pensativo de imediato. Não era possível controlar os Servos de Sangue por completo, já que eles viam e escutavam muito melhor que os humanos. A paranoia invadiu parte da mente do Barão, mas ele se ocupou em terminar de ouvir o que Nicksen dizia.

— Escreva também que o Carnífice daquele nojento do Ashborne é um raça-fraca disfarçado. Diga que ele é um híbrido de pouco valor e que o Barão azarado gastou cada centavo naquele fiasco enquanto achava que estava comprando um Saiga poderoso. — Nicksen ria enquanto falava. O redator estava com o cenho franzido.

— Perdoe a intromissão, senhor, mas para que tanta fixação com o Barão de Ashborne? Faz tempo que ele não é visto próximo da nobreza — o redator comentou, coçando a testa com as costas da caneta.

— Escreva! — Nicksen puxou o redator pela gola. O homem arregalou os olhos imediatamente, mas o Conde o soltou. — Não vou perdoar aquele crápula pelo que fez comigo no Salão da Bastilha, nem pelo que aquela família horrível aprontou no passado. É bom que não esqueçam da cara feia dele tão cedo.

Maximilian ergueu as sobrancelhas de onde estava, mas não fez barulho dessa vez. Entretanto, não faltava vontade de deixar o esconderijo e ir lá tirar satisfações com Aberdeen, e também com o redator que não checava qualquer veracidade no que aquele homem dramático falava.

— Tudo bem, eu vou colocar cada palavra que o senhor me disser! Mas quero saber quando vou poder publicar a história do diário de seu avô! — O redator apontou com a caneta para o Conde.

— Quando eu encontrar o livro. Se não estiver aqui, não está em lugar nenhum. — Aberdeen deu alguns passos incomodados, olhando ao redor para a vasta biblioteca, mas voltou para o lugar onde estava. — Sem aquele manuscrito não dá para publicar nada que tenha credibilidade. Não posso deixar que duvidem que aqueles Ashborne nojentos tentaram assassinar meu avô. — Ele socou a mesa num estalo que fez o redator tomar um susto. A Carnífice perto deles nem se mexeu. — É fácil fazer sensacionalismo barato para perturbar alguém, mas só uma notícia com fonte verificada é capaz de derrubar um nobre definitivamente.

— Essa é uma certeza, senhor — concordou o redator, voltando a anotar algumas coisas. — Eu devo partir logo, antes que me encontrem aqui. O senhor vai ficar para procurar as anotações de seu avô?

— Ela vai. — O nobre apontou para a Carnífice, depois voltou ao redator. — Não se esqueça, Campbell. Caso ela encontre o livro, a reportagem só sairá depois do meu aval. Eu quero tudo escancarado sobre os Ashborne, mas os negócios da minha família devem ficar quietos onde estão.

— Dependendo do conteúdo, precisarei de uma proposta melhor. Posso ganhar muito se publicar essa história na íntegra. — Campbell tentou argumentar, mas foi rapidamente repreendido pelo Conde de Aberdeen.

— Eu já até te dei um Carnífice, seu pé-rapado sem berço! Combinamos aquele valor e nem um centavo a mais! Se qualquer palavra do texto for publicada sem meu aval, eu mando arrancarem sua cabeça! — Nicksen bateu na mesa de novo, de um jeito agressivo, quase fazendo a xícara de café tombar.

— C-Certo, senhor Aberdeen. — O redator encolheu um pouco os ombros, enquanto arrumava os óculos no rosto.

— Meu outro Servo de Sangue está me aguardando e eu não vou perder meu tempo entre livros estúpidos. Tenho muito que fazer. —

Nicksen apanhou a xícara de café e terminou de tomar num único gole, sem muita classe.

— Tudo bem, senhor. — O redator fechou a caderneta e depois guardou. — Posso acompanhá-lo para fora, então?

— Jade, não perca o dia inteiro aqui. — Nicksen ignorou Campbell e se dirigiu à Carnífice que os observava. — Se não encontrar logo o livro, quero que vá para o pavilhão de treinamento e eu chamarei um catalogador para fazer o serviço.

— Conde, não pode chamar um catalogador! O senhor me prometeu exclusividade total na história e no lucro! Se chamar alguém, terá de explicar porque está retirando volumes da biblioteca real e certamente vão fuçar no artigo que quero publicar! — O redator se irritou imediatamente.

Nicksen soltou o ar pela boca.

— Não devo explicações por querer o diário do meu próprio avô. Aquilo sequer deveria estar aqui. Mas, quando ele faleceu, me livrei do que não me interessava. Os empacotadores trouxeram todos os livros para cá, inclusive o diário — argumentou ao fazer um gesto vago com a mão enluvada. — Deixarei minha Carnífice tentar encontrar primeiro, mas não tenho intenção de estender isso por muito tempo. O torneio está próximo e o Ashborne tem interesse em participar. Não posso permitir que ele ganhe qualquer notoriedade. — Nicksen tirou do bolso do paletó um papel dobrado com algo estampado. — Eu preciso que aconteça justamente o contrário. Não sei quem comprou a mansão da Capital que pertencia a ele, mas dificultou minha vida. Agora que o Ashborne nojento se mudou para aquele terreno na colina, não vai mais vender a propriedade da província para ninguém.

— O senhor ofertou pela casa provinciana dos Ashborne? — Campbell observou o papel na mão do Conde, sem questionar.

— Até meu avô ofertou ao avô dele quando ainda eram vivos. Aquela maldita cabana era para ser minha, não fosse aquela mulher maluca e o filhote de cobra que ela criou. — Nicksen sorriu de canto.

Campbell também sorriu ao ouvi-lo, se sentindo especial por conversar com aquele homem tão importante. Colocou a caneta no bolso e apanhou a maleta que tinha apoiado no chão. Nicksen estalou os dedos para Jade. A moça de cabelos loiros e ondulados era mais alta que o Conde, então não tinha que erguer o rosto para encará-lo.

— A capa do livro é exatamente igual a esse desenho. Não se esqueça. — O herdeiro dos Aberdeen mostrou a estampa no papel. O símbolo era composto por um belíssimo faisão dourado que representava a família dele. A Carnífice concordou de novo, sem dizer nada. Maximilian focou o olhar ao longe, rapidamente reconhecendo a aparência da pintura.

Nicksen se adiantou para a porta principal da biblioteca, que já estava entreaberta. Esticou os dedos, chamando por alguém. Rapidamente, um soldado do Palácio armado com um rifle de choque entrou no salão. A Guarda de Carnífices estava presente em vários pontos da nação, mas, principalmente, em locais com grande concentração de nobres. Eles possuíam armas carregadas de eletricidade, ainda mais fortes que os supressores, capazes de neutralizar os Carnífices na ausência do dono portador do anel de controle.

— Fique na porta e a acompanhe para o pavilhão quando ela terminar a busca — ordenou o Conde de Aberdeen ao funcionário do palácio, antes de caminhar definitivamente para a saída. Campbell o seguiu apressadamente.

Do lado de fora, o homem armado assentiu e montou guarda. A porta se fechou quando Nicksen e o redator saíram, deixando a Carnífice sozinha do lado de dentro da biblioteca.

Minutos angustiantes se passaram e Maximilian não sabia se voltava para dentro do corredor ou se confrontava a Carnífice de Nicksen. Contudo, Arthur o segurava no lugar, observando por trás de uma das colunas de mármore que decoravam a parede.

O silêncio completo prosseguiu, até que o rosto da mulher se virou novamente na direção de Arthur, deixando o Barão de Ashborne ainda mais nervoso. O nobre ergueu a mão que estava livre e segurou no pulso do Servo de Sangue que já o tocava. Escondeu-se mais atrás dele.

Os olhos da Carnífice eram verdes, claros e muito brilhantes, quase como se emitissem luz própria. Ela se movia bem devagar, de um jeito que fazia Maximilian pensar que era feita de pedra. Encarava de longe e Arthur a olhava de volta. O Barão se atordoava sem saber se alguma coisa acontecia entre eles.

— Arthur — O nobre chamou para tentar quebrar o fluxo daquela encarada eterna. — O que vamos fazer? — murmurava bem baixinho, mesmo imaginando que ela pudesse ouvi-lo.

Antes que o homem de olhos azuis respondesse, os dois viram a Carnífice loira finalmente desviar as vistas. Ela caminhou em direção à mesa e recostou. Ficou ali folheando um dos livros de maneira entediada, nada disposta a obedecer à ordem de Nicksen para procurar o diário.

Maximilian suava frio enquanto assistia àquela enrolação proposital, mas era tomado pela curiosidade de vê-la tão naturalmente despreocupada, mesmo diante do conhecimento de que estava sendo observada.

Quando o tempo de delonga pareceu suficiente, ela se desencostou da mesa e seguiu até a porta. Abriu a saída para encontrar o guarda que a escoltaria e abandonou a biblioteca, deixando os outros dois para trás.

— Ela foi embora?! — Maximilian indagou, totalmente confuso com a atitude inexplicável da loira. — Por quê?! — O rapaz questionava, mas o Carnífice não estava inclinado a dar explicações, como de costume.

— Venha. Creio que queira procurar por aquele livro. — Arthur entrou no salão, levando o Barão consigo para distraí-lo do assunto.

O jovem não deixou de questionar por mais algum tempo, mas não conseguiu nada. Arthur o instigou a procurar pelo diário do avô de Nicksen e evitou a conversa. Maximilian acabou cedendo e foi em busca do volume perdido das anotações de Ainsley Aberdeen.

Depois de se separarem, Arthur foi para o andar de baixo, ao passo que o Barão ficou no de cima. O jovem nobre puxava vários volumes de lombada cor de creme, ansiando ver o desenho do faisão.

Várias horas se seguiram e os dedos do Barão já estavam machucados de tanto puxar livros rapidamente. Maximilian enfiou o volume que segurava de volta na prateleira, apoiando as mãos contra a estante e abaixando a cabeça, cansado.

Ficou ali com os olhos fechados por um tempo, sentindo dor pelo corpo inteiro, com o estômago revirando de fome. Não era à toa que

Nicksen cogitava chamar um catalogador para procurar. O livro não parecia estar em lugar nenhum.

Seu cérebro estava a mil e seus olhos ardiam quando abertos. Tentou manter a disposição, já que seguia fisicamente mais exausto a cada dia.

Foi aí que se lembrou de uma das estantes.

— Arthur! — exclamou o nobre, correndo pelas escadas. — Eu sei onde está!

Desceu às pressas pelos degraus, na direção das costas da estátua da Rainha Theodora. Parou na estante imediatamente atrás dela, onde tinha ficado assim que chegou pela primeira vez na biblioteca. Abaixou-se um pouco, estreitando o olhar para focar a visão. Leu várias lombadas apressadamente, enquanto Arthur se aproximava.

— Aqui. — Maximilian puxou o livro com a ilustração pornográfica que tinha visto por engano no seu primeiro dia de pesquisas. Logo ao lado, o volume que ficou exposto na estante tinha a capa bege e o símbolo do faisão. — É óbvio que a biografia de um Aberdeen tem que estar enfiada no meio dos livros que ensinam prática sexual. — O Barão riu sozinho.

Arthur não disse nada, mas pareceu satisfeito. Assistiu enquanto o jovem nobre folheava o diário com cada data escrita no topo da página. O livro tinha algumas cartas dentro e pequenos desenhos soltos. Porém, o Barão não se demorou muito, fechou o livro e escondeu entre as roupas.

— Vamos embora antes que alguém volte aqui. Eu vou me ocupar desse diário por hoje — avisou, retornando para a porta de saída dos empregados.

No quarto, Arthur fechou a entrada depois que Maximilian passou e o Barão caminhou para a sua mesa de anotações, colocando o diário por cima de tudo. Sentou-se para ler, tão enérgico que mal parecia que começaria uma atividade intelectual.

Folheou diversas páginas de informações inúteis e tediosas, até que encontrou algo interessante.

"**Ano 983 – Primavera, dia 5.**

Essa tarde será de festas. Yvon Ashborne deve chegar em minha propriedade logo em breve. Estamos prontos para discutir os arranjos finais do nosso plano. É uma pena ter que me rebaixar a fazer negócios com essa família."

"**Ano 983 – Primavera, dia 6.**

Em duas semanas o maquinário será acionado. Valentin Ashborne deve estar fora do meu caminho até lá. Não há espaço para proferir uma acusação de traição, então, pensarei em outra maneira. Qual a melhor forma de remover permanentemente esse homem dos negócios? Se ele fosse ao menos um pouco mais estúpido..."

— Eu não acredito que Nicksen veio até aqui para procurar por documentos que possam me difamar. — O Barão falava em parte sozinho e em parte com Arthur, que estava parado logo atrás. — Tenho familiaridade com o ódio, mas o dele me espanta — reclamou o jovem, deslizando as vistas pelo livro como se pudesse ler muito rápido.

— Por que esse homem sente tanto rancor pelo seu sobrenome? — Arthur estava parado com os braços para trás de maneira educada e servil, contudo, sua postura não demonstrava qualquer energia. Na realidade, ele parecia cada dia mais apático.

O jovem ouviu a pergunta e a sentiu na alma como uma navalha decepando seu ânimo. Ele fechou o diário e suspirou pesadamente, acalmando o temperamento. Afastou um pouco a cadeira para poder ver Arthur.

— Não sei se existe apenas uma razão — Maximilian afirmou com certa tranquilidade. — Sempre tentaram comprar nossa propriedade na província, mas nós nunca a cedemos. Porém, o que parece ter sido o estopim foi um mal-entendido que ocorreu no passado. Meu pai, Valentin, e meu avô, Yvon, discutiam com frequência. Ambos chegaram a atentar contra a vida um do outro e, infelizmente, fizeram isso no dia em que receberam uma visita do avô de Nicksen, o dono desse diário. — O nobre apontou o livro sobre a mesa. — Meu pai tentou matar meu avô com um vinho envenenado e Ainsley Aberdeen entendeu que isso era um atentado contra a vida dele também, já que o mesmo vinho tinha sido servido a todos que estavam no jantar. No meio da briga, um lustre caiu do teto e ateou fogo em toda a mansão. Ainsley conseguiu fugir. Desde então, os Aberdeen fazem estardalhaço sobre nossa reputação. Como punição pelo incidente, fomos expulsos da corte por anos e pagamos uma quantia imensa em multas. — Maximilian passou os dedos nos cabelos como fazia sempre que ficava irritadiço. — Minha mãe vendeu nosso título quando não fomos mais capazes de mantê-lo e, recentemente, eu vendi grande parte das propriedades para adquirir um Carnífice bom o suficiente para os torneios.

O jovem nobre ficou de pé depois que terminou de falar. Olhou para Arthur de igual para igual e ergueu a mão, colocando no ombro do outro, como faria com um amigo.

— Por isso preciso que você vença os torneios. Estou aqui tentando descobrir mais sobre a sua raça para saber como treiná-lo propriamente. — Maximilian esperava que seus esforços fossem visíveis o suficiente para que Arthur aceitasse colaborar. — Nicksen tem medo de que eu recupere a minha posição e a fortuna. Ele depende da minha ruína para continuar escalando na nobreza, e eu não posso deixar isso acontecer.

Arthur olhava de volta para o jovem, sem mudar muito sua expressão, mas prestava atenção na história. Sentiu o toque amigável em seu ombro e fez um gesto breve, confirmando que tinha escutado.

— Qual o motivo do desentendimento de Valentin e Yvon? — perguntou o Carnífice, parecendo minimamente curioso em algo sobre a vida do nobre.

— E isso te interessa? Existe alguma coisa que te interessa? — O rapaz zombava da constante imparcialidade do Luger, mas seu ar brincalhão logo retornou para a seriedade. — Honestamente, eu não sei o motivo — admitiu o Barão. — Espero encontrar algo sobre isso no diário.

O Carnífice o encarou por alguns segundos e acabou acenando em concordância novamente.

— Estou certo de que vencerá o torneio. — Foi tudo o que o Servo de Sangue falou ao se retirar para deixar que o nobre pudesse ler em paz.

Maximilian observou o Carnífice por uns instantes, se lembrando da encarada silenciosa entre Jade, a Hetzer de Nicksen, e Arthur na biblioteca. O Barão odiava se sentir cego e surdo como acontecera lá.

Estava confuso sobre tudo e se via encurralado, forçado a acreditar na certeza de seu Servo de Sangue. Após o treinamento falho com os aparatos na casa da colina, Arthur tinha declarado que venceria outros Carnífices, mesmo que as máquinas o derrotassem. Dessa vez, repetia a mesma assertiva.

Por um momento, Maximilian pensou em voltar às pesquisas até descobrir qualquer meio que garantisse a vitória de Arthur. Porém, Nicksen havia deixado claro que estava tentando boicotá-lo e já tinha até um redator pronto para fazê-lo. Então, o rapaz decidiu dar um voto de confiança a Arthur e continuou lendo as páginas do diário.

Procurou pelo nome de sua família entre as folhas. Em vez disso, encontrou relatos de uma viagem e descrições de divertidos dias de caça de Ainsley com Nicksen e descobriu que detestava ler sobre a boa vida de uma família que tanto desprezava. Preferia esquecer que eram humanos e continuar a pensar neles como coisas monstruosas.

Já era noite e seus olhos ardiam. Arthur também aparentava cansaço e estava sentado distante. Já ficava visível em seu semblante que não tinha se alimentado nenhuma vez desde que chegaram. Mesmo assim, se mantinha alerta caso o nobre chamasse.

"**Ano 962 – Inverno, dia 25.**

Perdemos quatro Carnífices em um mês. O treinamento no frio tem se provado inútil. Eles são mais resistentes que nós quando colocados em temperaturas negativas, mas perecem após um tempo sem alimento. Hoje iniciei uma nova experiência. Minha mais jovem Hetzer foi submersa até o pescoço no lago congelado de Shivade. Espero encontrá-la com vida ao final do inverno. Mas, mesmo que não esteja, já será um avanço, pois isso significa uma escória a menos na Terra."

Maximilian torceu os lábios para o treinamento cruel dos Aberdeen com seus Carnífices e o orgulho detestável com o qual Ainsley descrevia os resultados.

"**Ano 973 – Verão, dia 4.**
Recolhi pessoalmente os Carnífices capturados na investida do nosso batalhão na fronteira. Os postos de travessia na Bastilha seguem conforme minhas ordens. Se não fosse a corja dos Ashborne, a minha família e a de Chiseon já controlariam plenamente a carga. Mas isso é só uma questão de tempo."

"**Ano 973 – Verão, dia 5.**
Levar os Carnífices prisioneiros até as bases da Capital é sempre um deleite. Não tem nada mais empolgante do que assistir aos Servos de Sangue serem adestrados para servirem nossa bela nação. Gosto mais ainda de vê-los sendo lavados e tendo seus supressores testados antes dos leilões.

Sempre entrego à Rainha Theodora a conta dos Carnífices que entram no país e a Rainha se ocupa em fazer o dinheiro girar em torno deles. Ela é impressionantemente esperta. Nas mãos dela, leilões e torneios se tornaram poderosas fontes de renda para a Coroa, que cobra impostos salgados sobre qualquer transação envolvendo os Servos de Sangue. Assim, a economia da nobreza saxã evolui impecavelmente.

Além disso, Theodora fez com que os Carnífices se tornassem fatores determinantes de prestígio e clamor nessa nobreza fraca onde sou obrigado a conviver. O sucesso nos torneios é bem compensado com prêmios valorosos e notoriedade.

Enquanto minha família estiver no topo do comércio de Carnífices, nós teremos prestígio e dinheiro para todas as gerações."

Não era novidade para nenhum nobre que os Aberdeen controlavam vários pontos de travessia da muralha que separava as duas nações.

Com grande influência militar e batalhões sob seu comando, as famílias Aberdeen e Chiseon eram aliadas no fronte de batalha contra a Francônia.

Rumores de contrabandos vagavam por baixo dos panos pelos corredores do Palácio. A Coroa punia severamente quem abordasse o assunto, mas não era de todo incomum que ouvissem sobre isso.

Maximilian não duvidava que a família Aberdeen revendesse parte de suas capturas sem repassar o imposto para a Coroa. Mas nada disso passava de suposição.

Na biblioteca, o Barão de Ashborne ouviu Nicksen dizer que tinha dado um Carnífice ao redator Campbell, o que reforçava a teoria de que possuíam Servos de Sangue ilegais, entretanto, era difícil provar.

"Ano 979 – Primavera, dia 15.

Hoje escrevo da casa dos Soleil, aquele velho fim de mundo a que tanto me apeguei. No vasto interior inabitado da Saxônia, nós podemos fazer o que nos despertar vontade. É quase manhã e meus garranchos tortos devem refletir a embriaguez boêmia que me aflige. A festa da noite foi das melhores.

Escolhido por Grant Soleil, um criado humano foi presenteado. Deram a ele uma bolsa de Gears e uma concubina Carnífice. Para nosso prazer, ambos estavam despidos e representaram a peça dos sonhos de qualquer depravado.

Performaram o tabu da mordida e meu corpo está em arrepios até agora. Ver as presas molhadas daquela monstruosidade de seios fartos afundar na pele jovial do servo dos Soleil deixou minha alma em polvorosa.

Eu, que repudio as bestas escravas do sangue com todo o âmago, me encontrei tão rijo que nem mesmo minha mais preciosa amante provocaria. A visão da língua rosada deslizando na pele frágil do rapaz humano que cedia à delícia daquele ato ficou esculpida em minha memória feito goiva em mármore. Os gemidos e o êxtase tomaram o salão conforme o sangue quente pingava por entre as pernas da Carnífice.

Aqueles são seres assassinos, bárbaros! Não foram feitos para assanhar o pudor! Que o meu registro marque a alma de todos que se permitem ser mordidos por eles. Pensem que podem morrer de imediato! Deixem seus corpos serem tomados pelos dentes vis, sujos e impuros dos Carnífices e a mordida fatídica denunciará a marca que nunca some. O corpo humano ficará com a chaga daquela perversão permanentemente durante toda a sua vida! Qualquer um que exibir uma cicatriz causada pelas presas de um Servo de Sangue deve ser publicamente humilhado!

Ainda assim, eu sucumbo. Ao prostituto que quebrou o tabu para sentir as presas pontiagudas e tentadoras na pele, meus cumprimentos. Jamais cederei meus Gears para que tal devassidão seja praticada sob meu teto. Mas digo, nas boas palavras de um bêbado: que Grant Soleil me convide para a próxima farra!"

A descrição sobre a Carnífice que se alimentava do homem e as palavras imorais do velho pervertido causaram um calafrio estranho no corpo de Maximilian. Ele ficou encarando a confissão por mais alguns segundos, releu frases e entreabriu os lábios. Seu cérebro quase formou uma imagem vívida. Porém, desviou daquela fantasia e passou as páginas.

Procurou mais informações relevantes sobre sua família. Então, um novo parágrafo chamou-lhe a atenção.

"**Ano 983 – Inverno, dia 30.**

Depois de muitas negociações, finalmente firmei o trato com Yvon Ashborne. A parceria, logo que concretizada, nos levará às graças da minha ilustríssima Rainha.

Sei que a majestosa Theodora Gear já leva uma vida difícil. A idade chegou para ela, mas nunca vi tamanha força. Ela segue soberana, incontestável e plena.

Ora, se eu não precisasse do maldito Yvon para cair nas graças dela, jamais me rebaixaria. Mas a cria mesquinha e prepotente do patriarca Ashborne produziu um artefato que muito me interessou.

Valentin visionou uma máquina capaz de suprimir o poder de alguns Carnífices. Essa obra-prima da modernidade produz longas ondas que interferem na habilidade cerebral deles. Assim, a Saxônia será capaz de vencer e depor a ditadura da Francônia de uma só vez.

Nosso plano é simples e está pronto para ser executado. A máquina foi movida para a fronteira e apenas aguarda nosso uso. Mas eu não vou deixar que aquele impudico afeminado Valentin leve de mim os louros quando a Rainha aplaudir os vencedores."

Maximilian se curvou mais sobre o livro, cruzando as pernas por baixo da mesa. Leu que, no dia da batalha, alguns dos Tenentes saxões acampavam com seus exércitos próximos da fronteira. Eles estavam ali apenas de fachada, já que o Conde de Aberdeen tinha assegurado que não haveria luta alguma.

> "Assim que possível, farei um jantar para os meus desafetos. Aqui em minha mansão, os convidados estarão supostamente livres para partir assim que desejarem, e eu farei o mesmo. Deixarei o jantar mais cedo. Porém, os meus honrados e célebres visitantes devem permanecer a todo custo. Até o fim da madrugada, esses três nomes devem perecer dentro da mansão Aberdeen: Yvon, Valentin e seu Carnífice, Arthur."

Nesse momento, o Barão parou de ler. Ergueu os olhos, levemente perplexo com o que estava escrito no diário, e refletiu por um momento. Ele tinha escolhido o nome de Arthur porque o tinha lido em algum de seus livros.

Levantou-se de uma vez, fazendo seu Carnífice erguer a cabeça. Passou a revirar as pilhas de anotações que estavam no chão, com pressa.

Encontrou seu Grimório com os três olhos estampados na capa. Ergueu-se para a cadeira novamente e o abriu sobre o diário do Conde de Aberdeen. Passou a folhear as páginas ansiosamente. Viu uma figura de um homem. Tinha os cabelos compridos na altura dos ombros e usava uma camisa simples. Apenas o busto estava desenhado e tinha feições finas e esguias.

Ao lado do desenho, estava escrito o nome "Arthur". Maximilian continuou lendo, usando o dedo como guia para não perder as linhas que olhava.

As anotações no livro de Valentin falavam em letras miúdas que aquela pessoa esboçada sobre a página fazia com que homens e Carnífices ficassem completamente suscetíveis à sua vontade. Como um rei soberano, era impossível que qualquer um superasse o controle dele.

— Então, Arthur era o nome do Carnífice do meu pai. — Maximilian ergueu o livro. — E você tem o mesmo poder que ele: Soberania.

— Virou-se para olhar o seu Arthur, que estava sentado no chão, com a cabeça erguida para vê-lo de volta. — O que faz essa habilidade? Aqui fala algo sobre controlar outras pessoas usando comandos. Você diz coisas e elas acontecem? — questionou o jovem, mas não tinha o tom de quem realmente esperava uma resposta, parecia imerso num fluxo de pensamento próprio. — Devo deixá-lo amordaçado para que não dê ordens a mim?

O Luger franziu o cenho de leve, ouvindo aquelas indagações. Preferiu ficar calado e deixar que o nobre tirasse conclusões sozinho, mas se levantou de onde estava e foi observar o que Maximilian lhe mostrava.

O esboço do busto na página do livro fez Arthur relaxar a expressão. Seus olhos azuis caminharam pela folha. O Barão não se importou com a sua presença e nem com a falta de respostas. Apenas voltou a ler.

Descobriu desenhos de máquinas, com anotações sobre suas funções. Sua família nunca foi de inventores, mas Valentin parecia ser cheio de ideias. Talvez, sua vontade de criar o tivesse feito contratar a família Hawkes para que pudessem desenvolver projetos.

O nobre virou mais algumas páginas e encontrou a pintura de uma máquina que se assemelhava a uma antena. Maximilian já tinha visto o desenho outras vezes, mas não tinha se dado ao trabalho de ler as diminutas anotações embaralhadas em meio a cálculos matemáticos infinitos.

A explicação borrada dizia que o objeto era capaz de bloquear as habilidades daquele que comandava o poder na Francônia. Com o uso do aparato, a Soberania do Carnífice de olhos azuis era afetada.

Maximilian estava atordoado por todas as informações acumuladas e queria devorá-las completamente, como se pudessem se perder caso não o fizesse. Então, largou o Grimório e retornou para o diário de Aberdeen.

"**Ano 983 – Primavera, dia 21.**

A máquina foi acionada. Imensas ondas de interferência ressoaram pelo ar e um caos imediato se instaurou na Francônia. Do outro lado da fronteira, todos os Servos de Sangue começaram a se destruir. Imagino ter sido um som fantástico de ouvir.

A poderosa Generalíssima Carnífice foi controlada pelo aparato e atacou seu próprio exército, fazendo com que lutassem uns contra os outros. Um mar de sangue se espalhou sem que a Saxônia precisasse mover seu batalhão por nem um metro. Esse foi o gosto da nossa primeira vitória."

Naquele dia, vários Carnífices foram capturados e trazidos para as terras saxãs. Os supressores foram aplicados e os leilões ficaram abarrotados de nobres, até dos mais baixos títulos. Mesmo assim, não foi o fim da Francônia.

Os militares se organizaram para um novo ataque às terras dos Carnífices. Pretendiam usar uma versão atualizada e mais potente da mesma máquina de Valentin, e o lucro do combate seria dividido entre Yvon e Ainsley.

O Barão de Ashborne apressou os dedos pelas páginas, passando algumas e procurando a informação mais adiante.

"Ano 989 – Inverno, dia 22.

Visitei a família Ashborne para combinar os últimos detalhes, porém, alguém pretendia nos impedir. Yvon confessou a mim que o imprestável Valentin tinha planos para destruir a máquina. Traçamos uma forma de evitar aquele empecilho. Precisamos eliminar o desgraçado. Camélia não ouviu nossa conversa, mas me julgou fortemente com o olhar quando eu deixei a mansão. Sei o que a mulher pensa de mim, mas ela tem ciência de que o que faço é pelo melhor de nossas duas famílias. Quem sabe quando Valentin não mais estiver ao alcance, seu semblante intenso não me conceda um novo olhar? Talvez seja a hora de eu planejar aquela festa tão aguardada em minha casa."

"Ano 989 – Inverno, dia 24.

Está feito. E acabado.

No fim, quem deu o jantar foi Yvon, mas eu não perdi a oportunidade de ir até lá carregando minha pistola. Entretanto, tudo aconteceu rápido demais.

Sentamo-nos para conversar sobre amenidades. A execução do filho de Yvon se daria após a reunião, quando os empregados, mulheres e crianças estivessem dormindo.

Em meio à falsidade das cortesias, o desgraçado Valentin propôs um brinde com um sorriso nos lábios. Esperei que o vinho fosse servido, mas tive parcimônia. Meu instinto me avisou a tempo de ver que Yvon foi o primeiro a tomar e engasgar. A bebida deixou o velho baqueado de imediato.

Se Yvon morresse ali e Valentin fugisse, o plano de acionar a máquina seria totalmente fracassado. Vi-me obrigado a gritar. Apontei dedos e chamei o abobalhado de assassino. A culpa seria dele por envenenar o próprio pai.

Os empregados corriam em desespero para acudir o homem, que tossia com a cara roxa, e eu puxei a arma, pronto para alegar legítima defesa diante de todos. Porém, o ainda mais apatetado pai, já com os sentidos entorpecidos pelo vinho envenenado, tentou agarrar Valentin para que eu atirasse nele.

Ao ver o caos se instaurar, abri fogo contra o lustre. Se fosse matar um Ashborne às plenas vistas, me faria bem matar logo todos. A parceria com Yvon só seria necessária para manter Valentin criando suas invenções, mas, uma vez que a nova máquina já estava construída, era fácil decidir por eliminá-los.

A única que eu não desejava ferir era a tão bela Camélia, ainda mais com uma criança nos braços. Contudo, se aquele bebê crescesse para me azucrinar, eu nunca teria paz.

O lustre caiu e toda a mansão pegou fogo. Eu deixei o lugar.

O que eu não soube foi que o desgraçado Valentin aprontou de antemão. Longe dali, nas terras fartas da minha família, o fogo também se alastrava. Meus empregados foram rendidos e assassinados. Todos os documentos, pesquisas e projetos da versão melhorada da máquina de controle dos Carnífices queimaram. Alguém invadiu o galpão e descobriu o paradeiro do novo aparato de controle enquanto eu estava enfurnado no caos da casa dos Ashborne.

Às pressas, montei um dos seus cavalos e segui para a fronteira, precisando proteger a máquina recém-finalizada, que concederia a vitória à minha nação e, à minha família, o prestígio tão desejado.

Quando cheguei no local, vi que vários soldados humanos estavam abatidos, outros cercavam a cabana onde a máquina se encontrava. Por todo o lugar, atiradoras se mostravam prontas para destruir quem tinha invadido a sala de comando. Lá dentro, o Carnífice desgraçado do Ashborne-filho estava sozinho com o aparato de controle.

Uma imensa explosão varreu o lugar, fazendo voar os pedaços da minha preciosa máquina e levando junto a escória que a destruiu. Minha maravilhosa máquina, meus sonhos de vitória

> contra essa nação barbárica voaram pelo ar junto com a carne podre do Carnífice de Valentin. Maldito seja.
> Esse foi o som da nossa derrota. Os Ashborne estavam mortos, assim como minhas esperanças."

Os jornais da época acusaram a queimada da propriedade dos Aberdeen como criminosa. Depois de descobrir que Camélia e seu bebê haviam sobrevivido ao ataque, o Conde Ainsley se ocupou em destruir a reputação dos Ashborne remanescentes. Chamou-os de corruptos. Acusou a família de assassinato e roubo. Tudo para que não pudessem voltar ao prestígio da Rainha ou aos bailes da corte.

> "Ano 990 – Outono, dia 2.
> Procurei pelo inventor Anthony Hawkes, mas ele se disse incapaz de reconstruir a máquina sem os desenhos de Valentin. Desgraçado.
> Pode ser que esteja falando a verdade, mas não me interessa. Vai ter o mesmo destino amargo daqueles para os quais prestou serviço por tantos anos."

Com isso, Aberdeen se ocupou em fofocar sobre os técnicos da família Hawkes e os limou do mercado de produção. Dias depois, Anthony faleceu em uma das propriedades do próprio Ainsley, vítima de acidente pouco explicado pelo texto do diário.

Maximilian não acreditava que Valentin tinha criado uma máquina capaz de vencer uma batalha inteira sem mobilizar nenhum exército. Ele não somente inventara o aparato, como também tinha sido o responsável por tentar impedir sua funcionalidade, atentando contra o próprio pai para salvar os Carnífices. A contradição das duas ações era incômoda.

Para o Barão, aquele texto retratava uma ação de imenso prestígio para vencer a guerra, seguida de um ato absurdo de traição à Coroa e crimes passíveis de pena de morte. O que o jovem nobre não entendia, porém, era por que Valentin tentara evitar o uso da máquina e proteger os Carnífices a ponto de arriscar sua vida e o seu sobrenome pelas próximas gerações. Yvon já estava nas graças da Rainha Theodora pelo primeiro ataque de sucesso com o uso do maquinário de controle da Soberania. A guerra poderia ter chegado ao fim com o reuso do aparato, e a Saxônia finalmente seria vitoriosa. Mas Valentin e seu Carnífice evitaram esse desfecho.

Quando Maximilian pegou aquele diário, pensou que encontraria fatos corriqueiros de onde poderia extrair doses de drama. Antigos conflitos que pudessem causar desavenças dos outros nobres com os Ashborne. Entretanto, lia relatos verdadeiramente comprometedores sobre a própria família.

Fechou o livro e se levantou, sentindo a cabeça doer com tantas informações. Arthur ainda estava atrás dele, imóvel como uma estátua, e o jovem o observou, pensando em todas as vezes que vira outros Carnífices olhando para ele e aparentemente se comunicando, ainda que sempre estivessem em silêncio. Mais do que nunca, ele queria entender tudo sobre aquele Luger.

— Meu pai tentou salvar a sua nação. — O nobre puxou conversa. — Você sabia disso?

— Não — admitiu Arthur, sem desviar o olhar. — Mas conheço a Batalha Invisível, que é como chamamos o dia em que nossos exércitos se destruíram.

— Meu pai inventou a máquina que causou tudo e ele mesmo tentou impedir o funcionamento dela. — Maximilian chegou perto do seu Servo de Sangue. — Você pode ser afetado por uma máquina dessas?

— Nunca vi nada parecido. — Arthur logo mudou de assunto. — Deseja se trocar para dormir? Já é tarde.

O Barão continuou olhando, procurando decifrar algo que ele não sabia o que era. Concordou com a cabeça e permitiu que o outro trocasse suas roupas. Ficou quieto durante todo o processo. Sentou-se na cama quando já estava vestido, encarando o outro, que empilhava os livros derrubados num canto. A apatia no corpo do Luger já se tornava mais do que visível por conta da fome.

— Sente-se aqui. — Maximilian indicou um espaço ao seu lado, sobre o colchão, e Arthur obedeceu. Depois de uma longa respirada, o jovem prosseguiu: — Tentei convencê-lo de que você precisaria do meu sangue para se alimentar, mas vejo que sua teimosia é maior do que eu esperava — disse o Barão em meio a mais um suspiro de quem cede algo que não gostaria. — Eu prometi que iria ganhar o seu respeito, então não quero deixar que definhe de fome. — Cruzou as pernas de forma tranquila. — Posso mandar uma carta pedindo garrafas com sangue para que se alimente. — Virou um pouco o tronco para ficar de frente com o Carnífice. — Se for o que você quer.

Arthur concordou com a cabeça, sem dar muita atenção ao assunto. Sua aparência não era das melhores, mas ele não tinha reclamado sequer uma vez.

O nobre tocou na mão do Carnífice sobre a cama.

— Ou você pode tomar o meu sangue.

— Por que quer tanto isso? — Arthur perguntou, menos arisco ao assunto, dessa vez.

— Você me disse que eu precisava confiar em você. Li muito sobre a forma que os Carnífices se alimentam quando estão soltos. Vocês mantêm humanos próprios e pessoais, não é? Você tinha um? — perguntou, mas Arthur não respondeu, então, ele continuou falando. — Como posso tirar seus supressores se não confio em você?

— Mesmo que eu aceite beber o seu sangue, sou incapaz de matá-lo. Se eu quiser sugá-lo até o final, os supressores vão me parar. Então, isso não é prova alguma de confiança. — Arthur não quebrava o contato visual.

— Ainda assim, você pode me deixar incapacitado por vários dias, não é verdade? E se me provar que não faria isso? — sugeriu Maximilian, acreditando ser a melhor forma de se fazer indispensável para o seu Servo de Sangue. Queria entender a relação de seu pai com o antigo Arthur e o que tinha acontecido para que atentasse contra a Coroa em prol dos Carnífices. Também desejava saber que o seu próprio Arthur o veria como algo importante e não descartável. Se conquistasse o apreço daquele monstro, teria todas as informações que desejasse.

— Carnífices não mordem seus senhores em nenhuma hipótese — completou Arthur, ainda com a mesma expressão de vazio, mas sua fala indicava que estava ponderando.

— A menos que seja uma ordem. — O Barão ergueu um pouco a cabeça, como se fosse muito esperto. — Entretanto, eu não quero ordenar. Estou oferecendo. Posso pedir garrafas para você. Mesmo que não sejam frescas e quentes como uma veia humana, ainda te servem de alimento.

Arthur o encarou em silêncio e não se moveu. Ficou daquele jeito por um tempo longo e incômodo, como se pudesse enxergar alguma coisa além dali. O jovem nobre chegou mais perto, empurrando a gola da bata para o lado, deixando o ombro exposto.

— Pacto de confiança — disse Maximilian. Sua voz murmurada tinha um tom sempre perigoso, como se fosse o sibilar de uma serpente. — É pegar ou largar.

— Se eu morder, a cicatriz vai ficar marcada para sempre — o Carnífice respondeu e recebeu a extensão da encarada longa e silenciosa, que indicava que o nobre tinha ciência disso.

Novamente, Arthur fez uma pausa reflexiva. Eles tinham a face voltada um para o outro como em uma competição infantil, e nenhum dos dois parecia disposto a ser o primeiro a desviar o olhar.

Maximilian viu as mãos do Carnífice se moverem e Arthur tocou a parte de trás da sua cabeça, enfiando os dedos por baixo dos cabelos compridos. Segurou os fios sem fazer força, enquanto ainda olhava diretamente nos olhos fumegantes do jovem.

— Uma única vez — o Carnífice avisou, então, sem ensaiar demais, o trouxe para si.

O aperto firme em seus cabelos negros fez com que Maximilian erguesse as mãos, apoiando-as nos ombros do outro, esperançoso por segurar em algum lugar. Tentou afastar a mente dos relatos do diário de Ainsley e todo o teor proibido do que tinha lido. Entregava-se àquele ato porque achava necessário.

Arthur abaixou a cabeça e entreabriu os lábios. Suas presas se fixaram sobre o corpo pálido do rapaz, na área entre o pescoço e o ombro, acima do osso da clavícula, de uma maneira estranhamente pessoal e indiferente ao mesmo tempo. Com um gesto pouco íntimo, apesar de toda a aproximação, o Carnífice penetrou a fina camada de pele e a mordida causou uma série de pequenos choques nos nervos de Maximilian.

O Barão fechou os olhos com força, sentindo o início de uma dor que tendia a se tornar insuportável, mas rapidamente foi invadido por um êxtase inexplicável. Deixou o ar escapar por entre os lábios e puxou as roupas do Carnífice, como se quisesse fazê-lo se aproximar ainda mais.

Arthur sentiu o líquido rubro e quente preencher sua boca e passou a outra mão pela cintura do nobre. Deixou o corpo absorver aquele plasma agradável e fechou os olhos.

O gosto de sangue vivo era algo que Arthur não experimentava fazia bastante tempo. Seu corpo clamava por aquilo. Contudo, notou que alguma coisa era diferente no sangue do Barão. Algo muito forte e até familiar.

Pela conexão que se formava ao sorver aquele líquido, o Carnífice sentia uma presença o chamar dentro do que parecia ser a mente nublada de Maximilian. Ele ouvia uma voz distante e conhecida, que há muito tempo não escutava, mas ela se dissipou antes que o Carnífice pudesse reconhecê-la. Ao desaparecer, deixou apenas aquela nostalgia estranha cuja origem ele não podia identificar.

Na outra ponta da união, Maximilian ofegava como se fosse uma presa fugindo de um caçador. Apertava os fios escuros do Carnífice entre os dedos e mantinha os olhos fechados. Quanto mais sangue saía, mais excitação o nobre sentia. Parecia que todas as partes sensíveis de seu corpo eram tocadas ao mesmo tempo.

Seu coração batia cada vez mais e mais, expulsando o líquido rubro pelos furos da mordida e deixando sua mente entorpecida. Uma dormência agradável cobria suas mãos. Estava ansioso por ser apertado, tomado, agarrado e sugado até o fim. Os cabelos do Luger caíam no ombro do Barão, que sentia o cheiro das roupas limpas do Carnífice. A respiração lenta e pesada de Arthur incidia na pele despida do rapaz e causava um calafrio na base de sua coluna.

Contudo, o corpo de pedra que segurava Maximilian parecia uma estátua fria, sorvendo sua vida com a indiferença de um corvo que bica os ossos de algum animal que outro predador não devorou por inteiro.

Era como se deitar com um amante anônimo em um encontro às cegas, onde não se conhece nem mesmo o nome daquele com quem se troca carícias dignas de um casamento. Parecia impossível passar pela barreira de gelo que o Luger impunha entre eles, mesmo que Maximilian tivesse as veias abertas sob seus lábios.

Quando Arthur se afastou da mordida, Maximilian sentiu como se cortassem o fornecimento de um maravilhoso entorpecente, e seu corpo estremeceu. Ele estava com o rosto corado e a boca entreaberta. Observou o Luger abrir os olhos cor de vidro e o encarar com um novo brilho nas íris. Mesmo que seu semblante se mantivesse oculto e sério, ele tinha um ar quase feral, com a boca manchada de vermelho. O peito também pesava um pouco por conta da respiração forte. Arthur não parecia totalmente satisfeito, mas tinha parado antes de causar qualquer incômodo no jovem, conforme o prometido.

Hipnotizado pela aparência do Luger e com seu corpo pulsando em adrenalina, Maximilian ergueu os dedos. O Barão segurou o rosto do Carnífice pelo queixo, encarando o fundo de seus olhos invernais.

Não sabia se sentia repulsa ou desejo. Estava imerso em uma luxúria demoníaca e não se achava capaz de raciocinar. Observava o outro só para ver aquelas pedras de gelo fixas em si, tão frias e tão contraditoriamente intensas que era como ser acariciado docemente por uma avalanche em queda livre.

— Durma aqui nesta cama. Ao meu lado. — O jovem Ashborne falou em tom de ordem, mesmo que soasse um pouco ansioso.

O Luger o olhava de volta, tirando suas próprias conclusões sobre aquele nobre mesquinho e tão arrogantemente corajoso que chegava a parecer estúpido.

Sem dizer nada, o Carnífice concordou com um gesto.

Capítulo 10

Logo cedo o Barão já estava de pé, vestido e incrivelmente bem-disposto. Dessa vez, não retornaria aos estudos. Precisava se apressar em deixar o Palácio, pois estava em posse do diário que Nicksen procurava.

Maximilian deixou um bilhete a Julian em agradecimento por facilitar sua estadia. A visita tinha sido, de fato, oportuna, ainda que não tivesse resolvido seu verdadeiro problema: desvendar a origem de Arthur. Porém, ele se sentia próximo de algum resultado e estava ganhando a confiança do Carnífice. Acreditava que, em breve, a relação dos dois seria como um livro aberto.

Arthur terminava de organizar os pertences de Maximilian quando alguém bateu na porta. O Servo de Sangue se adiantou para abri-la e Hex os aguardava ali. O Carnífice ruivo fez um gesto de saudação com a cabeça e depois entrou, quando Arthur lhe deu passagem.

— Senhor Barão de Ashborne — o Saiga chamou o nobre, em tom de cumprimento, olhando para o chão, com uma postura servil. — Meu mestre gostaria de lhe dizer algo. Pediu que o senhor o esperasse.

— O que Julian quer? Estou com pressa. Logo o Palácio estará movimentado e minha partida será trabalhosa. Não pode adiantar o assunto? — Maximilian cruzou os braços envoltos por um casaco de tecido pesado e escuro.

— Meu mestre apenas ordenou que eu viesse impedir a partida do senhor. Ele não anda tão rápido quanto eu, ainda mais se for abordado por outros nobres dispostos a conversar logo cedo. — O Carnífice de Julian não se movia, mantendo sua expressão subalterna, com a cabeça baixa.

— Impedir minha partida? Julian me tira do sério. — O Barão soltou o ar pelo nariz, em um meio riso irônico. — Pois vá até ele e diga que vou esperar por mais uma hora, no máximo. Se ele não aparecer, partirei.

— Sim, senhor. — Hex reverenciou levemente.

Arthur estava parado perto da saída, porém, Hex abriu a porta para si mesmo. Antes de passar, deixou um breve cumprimento humilde para Arthur, que fechou a porta em seguida. Maximilian percebeu quando o Carnífice do Arquiduque demonstrou respeito ao seu. Estranhou a atitude, já que acreditava que Servos de Sangue eram criaturas competitivas e agressivas. Nunca via qualquer tratamento de decoro entre eles. Lembrou-se da Carnífice loira que pertencia a Nicksen e da forma como tinha deixado a biblioteca sem qualquer motivo, tornando possível que o Barão encontrasse o livro no lugar do próprio Nicksen. Pensou se aquilo tudo era reflexo da habilidade de Soberania dominada pelos Luger e seus olhos azuis.

Sentou-se para esperar por Julian enquanto Arthur permanecia de pé, próximo da porta fechada, sabendo que deveria abri-la assim que o Arquiduque batesse. Os dois não tinham conversado nada sobre a mordida e o sangue na noite anterior e o Barão preferia que continuassem incógnitos. Entretanto, sentia uma leve pontada na região da clavícula, onde estava a marca das presas de Arthur.

Mesmo assim, agia como se nem se lembrasse do ocorrido.

Impaciente, o Barão olhava o relógio de bolso que carregava consigo, angustiado com o aumento crescente das vozes ao lado de fora do quarto. Seu pé balançava no ar, indicando inquietude. Os cabelos impecavelmente lisos escorriam pelas costas, se confundindo com as roupas pretas que ele usava.

Quando Maximilian estava a ponto de ir embora, duas batidas soaram na madeira e Arthur abriu a porta, deixando que o Arquiduque esbaforido entrasse.

— Desculpe, Max. Sinto muitíssimo — justificava-se, passando os dedos sem luvas nos próprios fios ondulados, arrumando-os no lugar. Não estava pomposo como sempre, já que não tivera tempo de se aprontar sem perder a partida do amigo. Julian trajava apenas uma camisa azul-claro de linho e calças justas ao corpo. — Eu queria vê-lo antes que fosse embora.

— O que quer de mim? — perguntou o Barão, ficando de pé. Notou as botas de cano alto do Arquiduque, que eram bastante casuais, porém, as mãos do homem estavam repletas de belos anéis brilhantes. — Provavelmente roupas — zombou, e Julian acabou suspirando, chateado.

— Não pude me arrumar. Mas, me diga... descobriu alguma coisa? — O Arquiduque abriu um sorriso animado, olhando ao redor e vendo as pilhas de livros organizadas e prontas para serem devolvidas às prateleiras da biblioteca depois da partida do Barão.

— Pouca coisa. — Maximilian estava determinado a manter segredo sobre o diário de Ainsley. — Existe mesmo uma terceira raça nobre de Carnífices, nós confundimos Arthur com um Servo de Sangue de olhos lilás.

— E o que ele sabe fazer? — O rosto de Julian se iluminou com a informação. Ele parecia realmente feliz.

— Eu ainda não sei.

— Precisa descobrir antes do torneio! Quero apostar em vocês! — comentou o Arquiduque, colocando a mão no ombro do amigo.

— Eu... — Maximilian hesitou por um momento, incerto se queria destruir a animação do outro. — Não tenho certeza se participarei do torneio — acabou admitindo, já que não poderia fugir desse assunto por muito tempo.

— O quê?! Não pode estar falando sério. — O outro nobre ficou imediatamente surpreso.

— Não acho que posso vencer, Julian. Não estou disposto a passar por mais uma humilhação.

Ainda estava confuso sobre os poderes de Arthur e sobre a existência de uma possível máquina capaz de reprimir suas habilidades. Além disso, já sabia da gravidade das histórias que o Conde de Aberdeen teria para estampar na capa de jornais da Capital. Maximilian não tinha nem ideia do quanto Nicksen sabia sobre o que estava escrito no diário de Ainsley. Se o Conde fosse capaz de fazer relatos semelhantes aos encontrados no livro que estava em sua posse, o rapaz tinha certeza de que cairia em ruína. Maximilian queria ser esquecido por um momento, para que pudesse voltar aos próprios objetivos.

— Ora, não seja assim. — Julian se aproximou dele, passando o braço sobre seus ombros e curvando o corpo perto do jovem nobre, para lhe confessar um segredo. — Lembra-se de quando eu deixei Hex conversar a sós com seu Carnífice? — murmurava, se afastando dos Servos de Sangue. — Pois bem. Ele não me contou o que conversaram, mas disse que, caso você participasse do torneio, eu deveria apostar todo o valor no seu Servo de Sangue.

— Que besteira. — Maximilian estava de braços cruzados. Franziu o cenho para todo aquele esforço de falar em segredo, uma vez que os dois Carnífices eram capazes de ouvi-los, mesmo que sussurrassem. — Ainda que Hex dissesse isso, se a informação veio do próprio Arthur, não é garantia alguma. Eu já sei que ele não tem grande força física nem velocidade. Por que acreditar que vai vencer? — O jovem nobre achava irritante conjecturar sobre os torneios enquanto as cobaias estavam ali.

— Você não confia no seu Carnífice? — Julian expandia os lábios no seu corriqueiro riso acalentador.

O Barão desviou o rosto assim que ouviu a frase. Sua mente se inundou de recortes da noite anterior, quando testavam exatamente a confiança um do outro. Respirou fundo, tentando evitar de enrubescer, mesmo que não tivesse muito sucesso. Ergueu as vistas através do cômodo, vendo seu Carnífice próximo da saída. Arthur o olhava de volta e eles se encararam em uma confidência silenciosa por alguns segundos.

— Confio — declarou o Barão por fim, sem desviar o olhar do Servo de Sangue.

— Então... — Julian sorriu um pouco mais. — Max, preciso que você faça isso por mim. — Pareceu sincero dessa vez. Sua expressão animada foi se tornando séria. — O Rei está acamado, minha esposa também tem a saúde frágil e minha nomeação está próxima. Estou rodeado de infelicidades e um número imenso de responsabilidades que não creio ser capaz de atender.

O Arquiduque tornou a apoiar nos ombros do amigo. Quando descansou a mão sobre o lugar onde Arthur tinha fincado as presas na noite anterior, Maximilian repuxou a expressão bem brevemente, sentindo seu nervo sensível sob a pele. Por sorte, Julian não notou e prosseguia com suas declarações.

— Quando me casei, sonhei em construir uma família grande e encher os salões com crianças correndo e sorrindo. Eu queria ficar velho ao lado de minha esposa e viajar o mundo para provar sobremesas. Nunca esperei ficar viúvo antes de ter cabelos brancos. — A expressão do Arquiduque era constantemente ensaiada, parecia que seria capaz de cair nas lágrimas com aquela ladainha que Maximilian custava a acreditar. — Você entende, amigo? Antes, eu tinha o prazer de participar dos torneios. Era costume passar várias horas no pátio, treinando as habilidades dos Carnífices e esquecendo toda a expectativa colocada em mim. Mas... — O Arquiduque abaixou os olhos em pesar. — A família real não participa dos torneios. Sua Majestade me aconselhou a deixar esse esporte de lado, já que estou tão perto de ser nomeado Regente.

Maximilian olhava o outro nobre, ouvindo suas lamentações e as considerando. Era verdade que Julian tinha escalado em uma velocidade anormal ao topo. Vinha de um berço questionável, mas conseguiu um casamento com a Princesa e estava prestes a chegar à regência da nação, o que era algo inesperado até mesmo para ele. O Barão também sabia que muitos boatos ressaltavam a falta de engajamento de Julian com o exército, o que era extremamente nocivo para um futuro Regente em momentos de guerra.

Ainda dentro do quarto, os Carnífices não olhavam diretamente para ninguém. Ficavam afastados, esperando que a conversa terminasse e eles voltassem a ser necessários. Maximilian ergueu a própria mão, tocando o ombro do amigo de volta. Aquele não era um momento ideal para mergulhar no blefe de outros jogadores, e ele tinha medo de que sua cartada decisiva ficasse completamente nas mãos do Carnífice de olhos azuis, sendo que Maximilian não sabia o que Arthur tinha escondido nas mangas. Entretanto, precisava dar crédito a ele se quisesse sua confiança em retorno.

— Vou competir — pronunciou, achando-se incapaz de dar outra resposta. — Mas não aposte o dinheiro em nós.

Julian abriu um sorriso enorme e se adiantou, abraçando o amigo, mesmo sabendo que Maximilian desgostava desse tipo de atitude.

— Apostarei com cautela! — O rosto do Arquiduque se iluminava quando estava empolgado e o Barão acabou puxando um leve sorriso nos próprios lábios, sentindo-se bem ao dar um pouco de animação ao amigo de infância.

— Preciso ir agora. É melhor você e Hex saírem primeiro. — O Barão se afastou antes que fosse abraçado de novo e Julian concordou com a cabeça.

— Faça uma boa viagem.

O homem de cabelos ondulados se apressou em deixar o quarto com seu Carnífice. Maximilian soltou o ar pesadamente depois que Arthur fechou a porta. Não quis conversar e só esperou mais alguns minutos antes de partir do aposento.

Na entrada de cargas, perto do estábulo, a carruagem escura estava esperando por eles. Dessa vez viajariam durante o dia e o Barão deu ordens ao cocheiro que mantivesse a carruagem fora das estradas principais, mesmo que isso tornasse o percurso mais longo.

Chegaram no casarão da colina no meio da madrugada. Os criados dormiam, já que o nobre não tivera tempo de informá-los sobre seu retorno. Então, o cocheiro se ocupou em descarregar as bagagens e Arthur as levou para o quarto do Barão.

Quando Maximilian fechou a porta, soltou outro demorado suspiro de alívio. Apertou a ponte do nariz com os dedos e depois passou a tirar as luvas, largando-as sobre a cama.

— Nunca pensei que ficaria tão satisfeito de entrar neste quarto — comentou, afrouxando a gravata que usava.

Arthur se aproximou para despi-lo.

— Deseja que eu prepare a água para um banho? — o Carnífice perguntou, deslizando o casaco para fora dos braços do Barão.

— Não. Estou exausto demais. — Maximilian notou que o frio não o incomodava tanto ali.

Arthur desabotoou a camisa do nobre e ergueu as mãos para remover a peça de roupa. Acabou tocando no local onde estava a marca de suas presas e Maximilian tensionou brevemente os músculos, como tinha feito quando Julian tocara nele. Ao contrário do Arquiduque, Arthur percebeu o gesto.

O Carnífice o encarou por alguns segundos, terminando de retirar a peça de roupa e exibindo o corpo pálido do rapaz. Não disfarçou quando encarou as duas pequenas marcas.

— A mordida de um Carnífice é permanente — Arthur o lembrou desse fato em tom de casualidade. — Essa cicatriz nunca vai sumir.

— Eu sei — Maximilian respondeu, vendo que o outro observava a própria assinatura em seu corpo.

— Mesmo assim quis que eu a fizesse? — O Carnífice ergueu as vistas lentamente para ver o azul vibrante das íris do Barão.

A resposta não veio de imediato. O jovem nobre se permitiu encarar de volta aqueles olhos frios.

— Quem era Arthur? O outro, anterior a você. — A pergunta finalmente veio. Essa, diferente das outras, exigia respostas como se cobrasse um preço. O Carnífice entendeu imediatamente que o valor daquela pergunta já tinha sido pago com antecedência e estava ali, estampado diante dele, na forma da pequena marca de mordida no ombro do rapaz, disfarçado de um pacto de confiança.

— Um nobre da Francônia. — O Servo de Sangue observou a pele pálida de Maximilian se arrepiar com o frio, mesmo que o Barão já não se importasse mais com isso.

— Todos os Saiga, Luger e Hetzer são nobres. Não me faça de bobo. — Maximilian ergueu um pouco a cabeça, numa expressão de quem tinha o controle da situação. — Apenas os Carnífices de olhos amarelos são sua plebe. Eles existem aos montes. Mas a elite Carnífice da Francônia é composta por poucas famílias, não é?

Arthur começou a estreitar as sobrancelhas, demonstrando incômodo com o interrogatório. Ele raramente alterava suas expressões, então estava ficando mais fácil identificá-las. Maximilian deu um passo à frente, chegando com o corpo mais perto dele.

— Responda. Eu deixei que se alimentasse de mim para provar que não tenho medo de você e quero ser seu aliado. Meu corpo esteve vulnerável nas suas mãos e a sua vontade ditou o ritmo que o meu coração batia. — Ele fez uma pausa, sem deixar de encará-lo. — No nosso pacto de confiança, é a sua vez. Conte a verdade. Quem era o Arthur antes de você? — o Barão exigiu. Estavam tão próximos que era possível ver em detalhes as sombras que os cabelos do Carnífice faziam ao caírem lisos pelas laterais de seu rosto.

O Servo de Sangue ergueu uma das mãos para tocar a pele do Barão na altura do umbigo. Deslizou as pontas dos dedos e desceu, agarrando o cós da calça de Maximilian, enfiando as unhas no tecido. Seus olhos cor de vidro estavam fixos na marca da mordida, como se ele se sentisse trapaceado.

— Vice-Regente da Francônia — o Carnífice falou com a voz meio grunhida, claramente se forçando a responder. Entretanto, como se passasse da água para o vinho, deu um passo para trás e se afastou, retomando a indiferença de antes. Continuou seus afazeres. Foi buscar as vestes limpas, depois se aproximou, ajoelhando para remover os sapatos do Barão.

Maximilian soltou o ar pelo nariz, num riso reprimido de ironia. Estava visivelmente incrédulo. Abaixou os olhos para ver o Servo de Sangue sobre um dos joelhos na sua frente, casualmente desatando as fivelas de sua bota.

Se aquela informação fosse verdadeira, então o Luger tinha acabado de confessar que o antigo Arthur era o segundo encarregado da ditadura da Francônia, abaixo apenas da soberana de todos os Carnífices. Parecia surreal imaginar que alguém com tamanho poder no país inimigo fosse aliado de seu pai.

De qualquer forma, ninguém sabia com certeza como funcionava o governo da nação Carnífice, nem mesmo os mais experientes estrategistas da Saxônia. Talvez, Vice-Regente fosse um cargo tomado por vários nobres. Era possível que lutassem entre si pela regência ou que vices fossem nomeados temporariamente. Várias alternativas vagavam pela mente do Barão enquanto seu Servo de Sangue terminava de vesti-lo para dormir.

Assim que ficou confortável com sua bata longa e a calça frouxa, o nobre caminhou até a cama e se sentou de maneira relaxada. Cruzou as pernas num gesto delicado, erguendo a cabeça, vendo o Carnífice de pé.

Mesmo olhando-o de baixo, Maximilian não parecia inferior. Ele impunha sua existência de maneira irritante, constantemente sugando o interesse de Arthur em sua figura humanamente frágil e monstruosamente ambiciosa.

— Vá dormir — o Barão ordenou com clareza, ainda que não mostrasse indícios de que se moveria para deitar. O Servo de Sangue manteve o contato visual.

O silêncio que os circundava em meio a longas encaradas se tornava costumeiro e Arthur via os olhos brilhantes do Barão como duas luas iluminando uma noite sombria em contraste com os seus, que eram tão frios que quase não tinham cor.

Maximilian se lembrava de perder o foco ao encará-lo daquela forma em vezes anteriores. Naquele momento, porém, estava plenamente consciente. Via o rosto de feições bem definidas do Carnífice e observava seus cabelos, que despontavam nos ombros e sobre a gola da camisa. Alguma coisa estava diferente.

Por fim, o Servo de Sangue virou as costas e caminhou para a saída, deixou o quarto e fechou a porta.

No alto da parede, a pintura de Yvon se erguia, imutável. O Barão estivera ausente por muitos dias e ninguém ficara ali para marcar os vincos na moldura.

O nobre encarou o desenho. Sua mente estava repleta de pensamentos. Não tinha consciência dos atos de Yvon ao se mudar para aquela casa. Acreditava que as ladainhas dos Aberdeen não passavam de drama e oportunismo para tentar ascender sobre a carcaça do Barão das Cinzas. Contudo, descobrira que seu pai estava envolvido em um atentado contra a Coroa em prol da nação Carnífice. Ao mesmo tempo que seu avô tinha tramado para assassinar Valentin covardemente.

Maximilian agarrou um dos travesseiros e colocou sobre o rosto, indisposto. Não fazia a menor questão de encarar a face hipócrita de um homem que teve esperanças de poder admirar. A pouca sanidade de sua mãe o fazia crer que seu pai também era desajustado e, pelo visto, a família era desestruturada por natureza. Talvez fossem mesmo todos corruptos e loucos.

Num impulso, o nobre se levantou, largando o travesseiro, e caminhou até a pintura. Pegou o abridor de cartas que usava para marcar os vincos e riscou na moldura cada um dos dias em que estivera ausente. Encarou profundamente o rosto de Yvon na pintura.

— O próximo corte vai ser na sua cara — falou sozinho para a imagem de seu falecido avô.

Seu corpo estava exausto e ele não podia se dar ao luxo de passar a noite remoendo antepassados catastróficos. Sua mente precisava descansar.

Voltou para a cama e esticou a mão para o botão que ligava o fornecimento de gás das lamparinas. As cortinas estavam abertas e o sol o acordaria bem cedo, mas ele não queria fechar, já que gostava de olhar o céu estrelado pela janela.

Ficou virado de lado sobre a cama, coberto com panos macios e confortáveis. Via a lua brilhando distante e a admirava, já que ela reinava imperiosa sobre o manto negro da noite. De certa forma, Maximilian queria ser como ela. A luz de um mundo sombrio onde ninguém ousaria entrar.

Ergueu a mão por baixo das cobertas e tocou a própria pele. Seus dedos deslizaram lentamente sobre a marca da mordida de Arthur e a sensibilidade da cicatriz o fez fechar os olhos, incerto se sentia agonia ou agrado.

A marca era como um machucado antigo. Só era possível ver um pequeno relevo no lugar do furo das presas. Mal aparecia no corpo incrivelmente pálido do Barão. Porém, a sensação do toque era bastante presente e ele tornou a apertar a pele entre seus dedos.

Capítulo 11

O dia raiou e o Barão se levantou. Tomou o desjejum na companhia de Emmeline, que tinha permanecido a pedido do amigo, para cuidar dos equipamentos. Ela declarou ter feito ajustes nas máquinas e as calibrado de forma menos potente para que servissem de treinamento ao Carnífice que não era forte ou veloz. A Senhorita Hawkes partiu da mansão ainda durante a manhã, deixando Maximilian livre para lidar com seus afazeres.

Na saída para cavalgar, Maximilian tornou a ver carruagens descendo a estrada ao longe. A presença daqueles veículos anônimos o incomodava. De qualquer maneira, passavam distante de sua morada, em direção à Bastilha na baixada da montanha. O rapaz partiu para o exercício matinal, determinado a seguir a rotina que tinha planejado para si.

No decorrer do calendário, o Barão se ocupava em treinar seu Servo de Sangue com o aparato que possuía e se dedicou a ler o diário do avô de Nicksen. Também folheava o manual escrito por seu pai, com as informações de alguns maquinários visionados por ele. Contudo, o memorando de Valentin era difícil de decifrar. O compilado de ideias não tinha sequência lógica e tornava tudo mais complicado.

Conforme os dias se passavam, o jovem nobre temia a aproximação da data do torneio. Recebeu em sua casa uma carta endereçada a todos que tinham a posse de algum Carnífice. Era o documento que os convidava a participar das competições. O papel vinha assinado pelo próprio Rei e apresentava campos em branco para serem preenchidos caso os nobres desejassem se cadastrar.

Maximilian atentou para a data limite do retorno da correspondência e a deixou guardada. Queria esquecer da existência daquele convite, mas não conseguia. Todas as noites, encarava a fileira de vincos na pintura de Yvon e se via pensando sobre o torneio. Metade da pintura estava marcada com riscos que indicavam o dia de cumprir sua promessa ao quadro. Mesmo que Yvon fosse um crápula que tivesse planejado a morte do próprio filho, Maximilian sentia que não podia faltar com a palavra. Teria que tirar a própria vida se não conseguisse ascender na nobreza. Entretanto, não queria morrer ainda, o que significava que só lhe restava uma opção: ter sucesso em seu plano.

Era noite e o Barão estava sentado sobre a poltrona de leitura da sala, passando as páginas do diário de Ainsley Aberdeen. Os canos cheios de água aquecida cruzavam o topo da parede, liberando um vapor quente quase invisível, tornando a temperatura agradável no ambiente.

Recostado sobre a almofada macia, Maximilian estava confortável. A calça frouxa de pano pesado seguia até seus tornozelos e a camisa folgada cinza-escura tinha mangas longas e se fechava até pescoço com um laço bonito. Ele se sentava de forma despojada, deslizando os dedos longos na folha para passar a página, depois se dispunha a girar um de seus anéis enquanto lia.

— Ele está aqui? — Uma voz arranhada invadiu o ambiente como uma assombração e Maximilian fechou o livro de uma vez, olhando para trás. Viu sua mãe enrolada em uma coberta escura. Ela arrastava os sapatos de pano na direção do rapaz.

— Ele quem? — O Barão estreitou as sobrancelhas ao vê-la fora da cama.

— Ainsley — a mulher respondeu de maneira breve e segura, por mais que sua voz sugerisse o contrário.

— Esse homem está morto, mamãe. — O rapaz olhou para o livro, ciente de que não faria diferença lhe contar aquelas coisas, já que Camélia esqueceria em breve. Ele se levantou da cadeira.

— Você não deve mexer nas coisas dos outros, Maximilian. Esse livro pertence ao Ainsley. Ele não gosta do seu pai. — A mulher ia falando conforme o filho a guiava de volta pelo corredor e Maximilian prestou atenção naquele devaneio. Permitiu que a mãe continuasse falando, percebendo que ela tinha notado a origem do diário apenas por ver a estampa do faisão na capa. — Yvon gosta de Ainsley, mas eu não. Eles vão usar as máquinas do meu Valentin para coisas ruins. — A mulher segurou nas roupas do filho e Maximilian parou de caminhar com ela.

— Que coisas ruins, mamãe? — perguntou, na esperança de que a mulher conseguisse fazer algum sentido. A mãe olhava o filho como se pensasse, depois balançou a cabeça em discordância.

— O meu marido só quer treinar Arthur, você entende? — disse como se não conhecesse a pessoa com quem conversava. — Essa máquina não é para feri-lo, eles são amigos. Nós não temos Carnífices.

O jovem nobre ficou observando a própria mãe, intrigado com o que ela dizia. O tom de voz de Camélia era ferido, quase soando como se estivesse ofendida.

— O que Arthur é? — o Barão perguntou, sem chegar muito perto, para não a tornar agressiva.

— Arthur é um amigo! — Mesmo com a distância, a mãe ficou brava, sem motivo. Empurrou-o para trás. — O que você quer?! Arthur é amigo do meu marido, Ainsley! Fique longe dele! — Em seu devaneio, a mulher falava com a sombra de Ainsley Aberdeen, mesmo que fosse o próprio filho de pé em sua frente. Ela puxou o xale para cima dos ombros. — Eu vi os planos, vocês querem construir um monte de máquinas, não é verdade? Valentin não vai ajudá-los! — Camélia balançava a cabeça, em visível perturbação, e o nobre continuava observando. A mãe tinha lágrimas nos olhos. — Essa casa não será parte disso enquanto eu viver!

Maximilian deu um passo à frente, estendendo a mão para tocar no ombro da mãe. Ele começava a entender um pouco do que tinha acontecido, mas as frases soltas ainda eram um tanto confusas. Desejou que ela estivesse mais sã para que pudesse contar tudo com clareza.

— O que aconteceu com a máquina que Valentin criou? Por que ele a destruiu? — o rapaz perguntou, mantendo a voz baixa e o tom controlado para tentar trazer a mãe para a razão.

— A Rainha... — Camélia tinha medo no olhar. — Theodora não conseguia mais batalhar. Ela ganhou notoriedade por conta da máquina que meu marido fabricou. — A mulher olhava para o chão, com os ombros encolhidos. — A família real tem uma doença hereditária que escondem firmemente. Mas eu fui ao Palácio. Eu sou amiga de Julitta Hawthorne e ela me levou até lá. A Rainha está acamada, Ainsley! — Continuava incapaz de enxergar o próprio filho na sua frente. — Maxwell de Hermon é muito ingênuo. Quando ele assumir o trono, este país vai ser tomado pela corrupção e pelo caos. — Camélia passou os dedos nos cabelos e começou a virar as costas para sair. — E nós não vamos ajudar. As máquinas não foram feitas para essa tirania!

Sem mais pestanejar, Camélia começou a se afastar, caminhando em passos pesados e irritadiços. Maximilian estava imerso no monólogo e despertou quando ela parou de falar. Ele queria continuar ouvindo, precisava entender mais do que tinha acontecido. Apressou o passo e esticou a mão, segurando a mãe pelo pulso.

— Espera! Do que está falando? Eu preciso saber! — ele pediu num tom um pouco alarmado e Camélia deu um grito que o assustou.

— Eu não vou me deitar com você novamente, Ainsley! Acha que sou uma das suas concubinas?! Saia da minha frente! Já te dei o que quis! Deixe-me em paz com meu marido! — O corpo de Camélia estremeceu ao sentir o toque da mão do filho. Ela parecia sobrecarregada de memórias tensas.

O rosto do Barão empalideceu ao ouvir aquilo. Sua mente se inundou de pensamentos controversos e desagradáveis. Tudo veio tão fortemente que ele sentiu dor de estômago.

— E daí que meu marido e Arthur passam muito tempo fora? Eu sou respeitável! — continuou a argumentar Camélia, em meio a tosses por conta do frio. — Não quero que me encoste! Saia de perto de mim

Ainsley!! — pôs-se a gritar, se debatendo sozinha. Então, as lágrimas escorreram pelo rosto dela, enquanto tentava fisicamente se livrar de algo que não existia de verdade.

Maximilian estaria ainda mais pálido, se fosse possível. Suas mãos tremiam, apertando o diário que segurava, e ele não sabia o que fazer. As imagens que se formavam em sua mente eram assustadoras e ele estava se desesperando junto com a mãe. Largou o diário sobre o aparador do corredor e ergueu as mãos, a segurando pelos ombros, enquanto ela ainda gritava.

— Camélia! — chamou-a pelo nome, tentando trazê-la de volta para a realidade. Apertava seus braços, atraindo sua atenção.

Os olhos claros da mulher se fixaram em Maximilian por um momento. Ela estava com o rosto cheio de lágrimas e o corpo magro tremia violentamente, mas a expressão congelou ao ver o Barão. Os lábios entreabertos se moveram e a voz dela saiu, como a de alguém que está em choque.

— Valentin — Seu olhar paralisou na figura do jovem à sua frente. Confundia o filho com o pai. — Valentin... — tornou a chamar o nome do marido falecido, e em seguida abraçou o corpo esguio do Barão. — Me desculpe, Valentin... eu estou grávida.

Maximilian sentiu o próprio sangue gelar e um calafrio percorreu sua espinha. O estômago revirou em sua barriga e ele ficou imediatamente nauseado. Seu coração batia tão acelerado que ele acreditou estar à beira de um colapso. A visão escureceu e as pernas fraquejaram.

— Mestre. — Uma voz grave e masculina soou, tão próxima que parecia chamá-lo dentro de sua própria cabeça. Maximilian despertou de seu pânico de imediato. Abriu os olhos e ficou em alerta. Arthur vinha caminhando.

O Arthur *dele*.

— Deixe-me acompanhá-la ao seu quarto. — O Carnífice falava baixo com Camélia.

— Arthur? — A mulher pareceu reconhecê-lo, erguendo as mãos ossudas até o peito do Carnífice. — Você tem uma família? Cuide da minha. Não deixe aquele monstro machucar o meu Valentin — balbuciava, encostando a testa no peito do Servo de Sangue. — Meu filho, devolva esse Carnífice. Não traga Carnífices para cá. Nenhum deles, nem mesmo Arthur — ela murmurava de olhos fechados, falando com Maximilian e com ninguém ao mesmo tempo.

— Vamos. — O homem entoou uma ordem simples e a mulher emotiva entrou em catarse imediata. Caminhou letárgica para longe, acompanhada do Carnífice até os dois sumirem pelo corredor.

Maximilian ficou parado, encarando o vazio por um momento. Sua expressão era de descrença e seu coração voltava a ficar acelerado. Apanhou o livro no aparador e saiu com passos incertos a caminho do próprio quarto, cambaleando um pouco. Não fechou a porta depois de entrar, mas largou o corpo sentado sobre a cama.

Ergueu lentamente o diário de Ainsley, olhando o objeto como se segurasse um cadáver ou qualquer outra coisa repulsiva. Sua mão tremia e a garganta estava seca.

Percebeu a presença do Carnífice depois que Arthur fechou a porta do quarto.

O nobre não soube o que dizer. Seu corpo inteiro estava em choque e sua mente se enchia com um fluxo ininterrupto de pensamentos desagradáveis.

O Servo de Sangue se aproximou, pegando o livro das mãos do rapaz e o colocando dentro da gaveta da escrivaninha. Depois foi até Maximilian e se abaixou para pegar suas pernas e ajudá-lo a se deitar. Contudo, assim que esticou a mão, sentiu o jovem nobre agarrar-lhe o pulso.

— Arthur. — Ele o olhava diretamente. — Durma aqui. — A voz saiu falhada e não tinha o tom imponente, mas o Carnífice podia entender como uma ordem.

O Servo de Sangue olhou por um momento, notando aquela fragilidade mal disfarçada no rosto do rapaz. Por fim, concordou com a cabeça e prosseguiu, auxiliando o Barão a se deitar. Depois, caminhou para a janela e fechou as cortinas, desaparecendo com a visão privilegiada que a casa da colina tinha do céu claro.

Ele se sentou ao lado do Barão e tirou os próprios sapatos, depois, se deitou sobre o colchão. Estendeu a mão para apagar as luzes. Nesse momento, o rapaz passou a soltar os botões do casaco do Carnífice.

Sem dizer nada, Maximilian abriu a peça de roupa e a removeu. Arthur usava uma camisa por baixo, sem botões e de tecido bem fino.

Estavam deitados um de frente para o outro e o Barão enfiou os dedos sob a camisa do Carnífice, querendo tocar-lhe a pele fria.

Ficou em silêncio, de olhos fechados, enroscado no Servo de Sangue como se fosse um filhote de algum bicho abandonado. Porém, tornou a abrir as pálpebras quando não sentiu os braços de Arthur o segurando de volta.

— Por quê? — perguntou sem contexto. Sua voz era baixa e um pouco triste.

— O quê? — respondeu o Carnífice, sem emoção. Como sempre, soava distante.

— Por que você é tão frio?

— Eu sou um Carnífice. Sou diferente de você.

A resposta fez com que Maximilian se conformasse. Ao som da sinfonia de bombas que ressoavam além da fronteira, eles ficaram aninhados em cobertores e pensamentos.

Entrou um novo dia e o Barão seguiu com seus afazeres, ainda que estivesse inundado de questões não resolvidas. Até que se passou uma semana e mais uma.

As noites eram sempre piores, já que o mundo se calava e deixava Maximilian sozinho com sua mente barulhenta.

O jovem não sabia o que pensar do surto de sua mãe, não tinha coragem de tocar no diário de Ainsley e correr o risco de encontrar mais informações dolorosas ou assustadoras sobre sua família. Além disso, não se via capaz de se inscrever no torneio, já que achava que Arthur não poderia vencer sequer uma luta. O quadro de Yvon seguia, cada vez mais marcado, os vincos denunciando a ruína inevitável do Barão de Ashborne. Maximilian se via com um crescente medo de ficar sozinho.

Antes de ter Arthur cuidando dos seus interesses tão de perto, o rapaz fazia tudo sem a ajuda de ninguém. Outrora, se precisasse passar dias na biblioteca do Palácio de Vapor, ele o faria sem mordomia, passando noites de frio em quartos isolados, se esquecendo de comer e bebendo vinho além da conta. Não estaria sempre bem arrumado e perfumado, tampouco teria meios de carregar materiais de estudo pelos corredores da criadagem.

Em outros tempos, se caísse do cavalo, estaria morto ou incapacitado. Se dormisse demais, ninguém viria acordá-lo. Em dias de chuva, não haveria nenhuma sombra em seu encalço, pousada sinistramente perto dos móveis, como se fosse parte deles, mas provendo uma enérgica presença assustadora, capaz de afugentar até os mais temíveis predadores. Agora, tudo estava ali na forma de uma única pessoa, totalmente disponível para Maximilian, oferecendo uma cortina de proteção com a qual ele não estava acostumado. Aos poucos, o rapaz se viciava naquela atenção.

O Barão, que anteriormente se considerava um amante da solidão, passava a se encher de justificativas vazias, tentando amenizar a culpa de desejar a companhia gelada do Carnífice.

Assim, Maximilian exigia a presença do Luger em seu quarto todas as noites.

Deitava-se abraçado com ele como uma criança que não podia dormir sem seu brinquedo favorito.

Maximilian sabia que não devia explicações a ninguém em sua casa, a não ser à própria consciência.

Numa dessas madrugadas, Arthur estava fechando a porta quando viu o nobre sentado na cama com as pernas cruzadas, trajando sua costumeira bata de dormir. Encarava a pintura de Yvon, que seguia pendurada na parede do quarto, repleta de riscos feitos em sua moldura. Arthur nunca tinha perguntado sobre eles.

— Você pode mesmo vencer o torneio? — questionou o rapaz ao Carnífice, que se sentava para remover os próprios sapatos.

— Sim — garantiu o Luger sem hesitar, puxando uma das pernas para cima da cama e se virando na direção do nobre.

O Barão aceitou com um aceno da cabeça. Foi se deitar, esperando que o outro viesse e puxasse as cobertas. Abraçou Arthur e fechou os olhos.

Dessa vez, a cortina estava aberta e Maximilian olhava a lua cheia por entre os cabelos do Carnífice. O astro brilhava no céu maravilhoso. O rapaz se questionou se a lua mantinha as estrelas por perto porque tinha medo do escuro.

— Eu faço uma marca naquela moldura para cada dia que passa. — O nobre começou o assunto, sem olhar para o retrato de Yvon, mas se referindo ao objeto. — Os riscos representam os dias desde que eu cheguei aqui na colina. — Maximilian ia explicando, mesmo que Arthur não tivesse questionado. — Continuarei marcando a pintura enquanto eu seguir tão falido.

— E o que vai fazer quando acabar o espaço livre na moldura? — Arthur finalmente entrou na conversa, sem alterar sua expressão de vazio. Ele podia ver o quadro do ângulo onde estava e passou a contar silenciosamente os vincos marcados.

— Se eu continuar fracassado até lá, decidi que prefiro morrer — respondeu o rapaz com simplicidade, como se falasse de algo casual.

— E se não estiver mais fracassado? — O Carnífice fechou os olhos.

Maximilian ficou em silêncio por um momento, pensando no que realmente significava ser fracassado. Se pudesse ao menos andar pela corte sem receber nada além de ódio, já seria um grande progresso.

— Quando eu me erguer ao menos um pouco em status e dinheiro, paro de marcar a moldura. — Maximilian mantinha os olhos fixos na lua brilhante e deslizava os dedos pelas costas frias de Arthur, praticamente sem perceber que fazia isso. — Amanhã é o último dia para enviar o documento de cadastro no torneio. Ainda não nos inscrevi. — A voz estava baixa, mesmo que ele não parecesse sonolento.

— E vai inscrever? — perguntou Arthur, como se não passasse de uma assombração. Por mais que o corpo do Carnífice estivesse presente e firme, com todo aquele porte pesando sobre o colchão ao seu lado, Maximilian não conseguia senti-lo mais do que um devaneio passageiro.

O silêncio pairou pelo ar e era possível acreditar que o Barão tinha adormecido, já que ficou um longo tempo sem responder. Entretanto, sua voz baixa soou em um murmúrio.

— Se você perder, eu vou vendê-lo.

— Não vou perder — Arthur respondeu, no mesmo tom distante de sempre.

A carta de inscrição foi enviada na manhã seguinte.

Capítulo 12

Maximilian passou a treinar Arthur dia e noite, mesmo sabendo que o Carnífice não era capaz de vencer as máquinas que o Barão possuía. Não tinha meios suficientes para fazer nada além disso.

O jovem nobre instruía Arthur a esquivar dos tiros infinitos das atiradoras e se soltar das garras poderosas da manilha, exatamente como no seu primeiro treinamento. As máquinas estavam ajustadas às capacidades do Carnífice de olhos azuis, então apertavam menos e disparavam tiros com menor frequência. Desse jeito, Arthur era capaz de cumprir a maioria das tarefas do treinamento sem ficar ferido. Era inspirador ver o Servo de Sangue se movimentar, já que seus gestos eram limpos, precisos e dignos de um soldado. Ficava cada vez mais claro que Arthur não se comparava em força ou velocidade com os outros Carnífices, mas Maximilian mantinha o treinamento exigente e seguia esperançoso.

Emmeline estava hospedada no casarão dos Ashborne e ajudava a reparar as máquinas todos os dias. Muitas vezes, a moça ficava acordada durante a noite, sozinha no galpão, fazendo inovações que permitissem uma maior evolução na força de Arthur.

As horas passavam rápido e os dias eram curtos demais para tudo o que queriam fazer. O Barão também se exercitava ao cavalgar todas as manhãs acompanhado do Carnífice. Vez ou outra, avistavam carruagens estranhas ao longe, com ares clandestinos, sempre muito cobertas e sem qualquer identificação. Aquilo preocupava Maximilian constantemente, mas ele mantinha esse aborrecimento em segundo plano dentro da mente. Antes de tudo, precisava vencer o torneio.

Conforme o tempo corria, o dia das competições se aproximava e Maximilian se sentia muito bem por estar inteiramente focado no treinamento. Com frequência, encarava a pintura de Yvon e percebia como os vincos se acumulavam ao redor da moldura gigantesca. Cada noite que o Barão seguia sem resgatar seu prestígio, o nervosismo o consumia lentamente como um parasita, mas ele se mantinha forte e determinado a cumprir sua promessa.

Maximilian pensava nas palavras de Julian sobre esquecer os outros problemas e se concentrar apenas na evolução do seu Carnífice e na manutenção ou no melhoramento das máquinas. A obsessão pelo treinamento o preveniu de pensar em Nicksen e no diário de Ainsley. Com o tempo, o rapaz passou a não ler mais as colunas do jornal que não tratavam especificamente das preparações para o torneio. Ele tinha se afastado da nobreza.

Meio ano ficou para trás e o dia da viagem para o torneio finalmente chegou. Maximilian estava bastante nervoso.

Separou suas melhores roupas em uma mala de couro e algum dinheiro, caso fosse necessário. Sabia que os fofoqueiros ficavam em alerta para possíveis notícias e ele precisaria praticar suborno se quisesse ter vantagem sobre os concorrentes, exatamente como fizera na época do leilão. Os vendedores de jornal circulavam pelo centro da cidade e não tiravam os olhos de nada. Suas informações poderiam ser facilmente compradas e o Barão não hesitaria em fazê-lo.

Entrou na carruagem, depois de se despedir de Emmeline, e Arthur o seguiu, fechando a porta. O cocheiro tocou os cavalos e não demorou para que estivessem novamente na estrada. Dessa vez, viajavam durante o fim da madrugada para chegar em Esplendor perto da hora do almoço.

Arthur permanecia calmo e indiferente, como de costume. Os olhos estavam voltados para o chão. Não demorou até que ele se movesse para subir no topo da cabine. Reverenciou levemente para o nobre antes de sair, depois passou pela porta, fechando-a assim que subiu no veículo.

As horas foram se acumulando e logo amanheceu.

Maximilian abriu a janela para deixar a luz do verão entrar. Estava com um sorriso leve no rosto. Aquela iluminação morna era agradável e ajudava a aquecer os ossos.

Já estavam próximos da Capital quando um estalo soou. Era diferente do barulho que as rodas da carruagem faziam ao quebrar os galhos pelos quais passavam.

O som era alto e mais grave, como um estouro. Imediatamente o Barão ficou alerta e não demorou para que a carruagem parasse. Pela janela o cano de uma arma entrou, apontado diretamente para o rosto de Maximilian.

— Me dê suas coisas, nobre! Joias, moedas, quero tudo! Até os livros! — O homem que segurava a espingarda bradou, num tom de ameaça. — Vou explodir sua carinha bonita!

O Barão apertou os olhos para ele, angustiado em ver a audácia de alguém que assaltava uma carruagem com um Carnífice no teto. Entretanto, a arma continuava apontada para seu rosto e Arthur não apareceu para defendê-lo. Um sentimento de apreensão invadiu o peito do jovem. O cocheiro surgiu por ali, mas viu a arma e ficou parado, temendo que sua presença pudesse causar a morte do mestre.

— Saia da minha frente, gentinha. — Tentando manter a superioridade, Maximilian agiu com falso desdém. Queria ganhar algum tempo enquanto pensava no que fazer. Imediatamente, se lembrou do dia em que cavalgou pela planície com Arthur e quase se acidentou após perder o controle da própria montaria. Depois desse incidente, seu Carnífice o informou, nada delicadamente, que o tinha salvado porque quisera, já que Maximilian não emitira nenhuma ordem. Então, pensou que a demora do Luger fosse alguma chantagem do gênero. — Arthur! Venha aqui! Tire esse infeliz de perto de mim! — expressou em alto e bom tom. Não deixaria que o homem armado notasse seu nervosismo. Entretanto, o cano da espingarda entrou mais pela janela e encostou diretamente no rosto do Barão.

Sem dizer nada, o assaltante ergueu a espingarda um pouco, como se estivesse determinado a atirar. Maximilian notou a postura do homem, pronto para puxar o gatilho. Reparou no brilho amarelado estranho dos olhos daquele carrasco e viu uma beirada de metal que escapulia por baixo de suas mangas. O coração do nobre escapou uma batida ao perceber que o bandido estava preso por supressores. Era um Carnífice que o assaltava.

Mesmo assim, o rapaz não teve tempo de dizer coisa alguma. O gatilho estava metade puxado e o dedo do homem prosseguia para completar o movimento. O Barão antecipou a sensação da bala de ferro atravessando seu crânio e fechou os olhos com força, rezando para que fosse indolor e rápido. Tudo acabaria ali, pela chantagem de seu Carnífice que não veio ajudá-lo. Ou talvez fosse um plano em conjunto para que ele escapasse, já que era exatamente um Carnífice que apontava a arma para o Barão.

Perante a morte certa, a mente de Maximilian funcionava em um turbilhão de adrenalina e emoção. Mesmo que tivesse tempo para acionar os supressores, o choque apenas derrubaria Arthur no teto e o deixaria ainda mais incapaz de salvá-lo, se o Luger tivesse alguma intenção em fazê-lo. Ainda assim, instintivamente, Maximilian arrastou os dedos pelo anel de controle dos braceletes, sem pressionar, mas considerando deixar Arthur com aquela lembrança de sua existência, depois que tivesse sua própria cabeça desfeita por uma bala. Imerso nos segundos de angústia mais desesperadores de sua vida, o rapaz prendeu a respiração.

Entretanto, nada aconteceu.

Aos poucos, o nobre começou a abrir os olhos e viu que o homem estava parado na mesma posição, absolutamente imóvel, como se fosse uma estátua.

Arthur pulou do teto do veículo, caindo de pé atrás do assaltante.

Lentamente, os pés do ladrão deslizaram e ele se afastou da janela. Ergueu os olhos para ver Arthur, que se aproximava. Seus movimentos eram todos mecânicos, feito os de uma marionete controlada.

Ao contrário dos outros Carnífices, esse não parecia ser respeitoso com o Luger. Na realidade, o olhava com ódio. Tentou expor os dentes, querendo rosnar feito um bicho, mas permanecia travado no lugar, como se seu corpo tivesse perdido a capacidade de se mover.

— Vo... cê.... — O assaltante balbuciou sem conseguir mover a mandíbula.

Arthur não disse nada, apenas o encarava. Aos poucos, o Carnífice de olhos amarelados começava a tremer. Suas mãos se erguiam de uma maneira robótica e ele lutava contra isso. Ofegava e seus dedos sangravam com a força que fazia para segurar a espingarda. A madeira da arma trincava e farpas grossas perfuravam sua pele.

— D-Dentre... to...dos... — O Carnífice assaltante tentou expulsar as palavras entaladas na garganta. — Ti...nha que ser... você. — A voz engasgada era difícil de entender. Os olhos amarelados do homem se mantinham fixos em Arthur, repletos de um ódio indescritível.

O Barão estava nervoso, olhando de Arthur para o assaltante, esperando o momento que seu Carnífice diria algo, mas apenas o silêncio os circulava. As lágrimas escorriam dos olhos do ladrão, mesmo que não pudesse se libertar das amarras invisíveis que controlavam seus movimentos.

O Carnífice de íris amareladas erguia a espingarda, virando o cano lentamente na direção do próprio queixo. Seus olhos estavam cheios de veias vermelhas saltadas e seu rosto ficava rubro de fúria.

— Vida longa à Generalíss... — O homem não conseguiu expelir toda a frase antes de puxar o gatilho contra o próprio rosto e explodir sua cabeça.

Maximilian foi incapaz de reprimir um grito de horror ao ver o sangue espirrar por todo lado. O corpo inerte do homem caiu primeiro sobre os joelhos e depois terminou de desabar, produzindo um som oco e pesado.

O Barão não conseguia olhar para outro lugar. Estava com as pálpebras arregaladas, encarando aquela estrutura deformada que poucos segundos antes tinha sido um crânio completo. Uma poça de sangue se formava sob o corpo. O maxilar do homem estava destruído e exibia uma carcaça de dentição disforme, com uma língua pendente para fora. Um dos olhos escapava da órbita, esbugalhado e gosmento. Quanto mais o Barão olhava, mais detalhes seu cérebro absorvia e, aos poucos, sua mente tirava uma fotografia daquela imagem. A voz do homem tentando declarar as odes à Governadora Suprema dos Carnífices estava impregnada em seus ouvidos.

Arthur deu uns passos para frente, chegando perto da janela e obstruindo a visão que Maximilian tinha do cadáver. O nobre levou um susto com a aproximação do Luger e deslizou apressadamente para trás sobre a banqueta da carruagem, apanhando o cajado que tinha lá dentro.

— Está tudo bem? — o Carnífice perguntou com um tom eternamente indiferente, provocando ainda mais horror no Barão.

Não houve resposta. Maximilian não conseguia desviar as vistas e era incapaz de racionalizar o que tinha acontecido. Aparentemente, Arthur tinha feito o homem atirar em si mesmo sem precisar dizer uma palavra. De alguma forma surreal, estava claro para o Barão que aquele suicídio fora comandado pelo seu Carnífice.

— Mestre? — Arthur o chamou, se aproximando um pouco mais da janela. Naquele momento, o Barão notou que só ouvia o Carnífice se dirigindo a ele por qualquer alcunha quando precisava chamar sua atenção. Em outras situações, o Luger evitava se dirigir diretamente ao jovem. O pensamento vago foi suficiente para quebrar o transe em que o rapaz se encontrava.

— Saia — Maximilian falou, erguendo com impaciência o cajado que segurava.

Arthur ficou imóvel, procurando alguma coisa no semblante nervoso do nobre. Aos poucos, a euforia tornava a tomar o controle de Maximilian, que lutava bravamente para não ceder. O rapaz sustentou o olhar pelo tempo que conseguiu, naquele silêncio desconfortável no qual se encontravam, em meio a uma encarada vazia, logo ao lado de um corpo de crânio destroçado e com cheiro de sangue.

— Não me ouviu?! — o Barão exclamou, batendo o cajado na borda da janela, como se tocasse um bicho selvagem. — Ou vai me matar também?! Saia da minha frente!

A fala do nobre causou uma nova confusão no rosto do Luger e Arthur olhou de relance sobre o próprio ombro, vendo o corpo largado do assaltante no chão. Voltou a encarar o semblante aterrorizado do humano e se questionou internamente quantas mortes cruas Maximilian já tinha presenciado. Provavelmente nenhuma.

— Ande! Obedeça! — o nobre elevou a voz novamente. Largou o cajado e colocou a mão sobre o botão do anel de controle, em ameaça. — Suba na carruagem. Vigie o perímetro. Não deixe ninguém se aproximar de novo até chegarmos em Esplendor. — o rapaz exprimiu ordens velozes, o mais racional que podia, deixando que o Luger enxergasse que tinha a ponta de sua coleira em uma mão, traduzida naquela pedra lilás que adornava o anel bonito que ele usava em um dos dedos.

As ordens e a ameaça fizeram o Servo de Sangue considerar a situação por mais um momento. Então, Arthur decidiu se afastar, suspirando de maneira quase imperceptível. Ele segurou nas alças laterais da carruagem e subiu no teto novamente, conforme o ordenado.

Maximilian notou que o cocheiro de cabeça branca e barba comprida estava no chão, ainda mais aterrorizado que o nobre. Sua expressão era de puro pânico. Ele parecia ter visto muito mais do que uma morte. Estava de joelhos, com lágrimas na face e as vistas fixas no nada. Não olhava diretamente para o morto, mas para um ponto no além.

— E você, se levante! — O nobre bateu com a mão no lado de fora da carruagem, fazendo um som oco na madeira e chamando a atenção do cocheiro. — É perigoso ficar aqui! Vamos embora, rápido!

O cocheiro acordou do transe, encarando o nobre com urgência. Ele demorou um pouco para assimilar as palavras e se levantou em um salto. Correu para perto da carruagem, segurando nas bordas da janela, onde Maximilian estava.

— Mestre! Por favor, não me peça para voltar até a banqueta! Não com aquele monstro no teto! — A expressão de pânico do empregado deixava Maximilian ainda mais ansioso. — Aquele bicho sequer se moveu para matar! Era ele quem estava controlando tudo! A presença dele estava até nos meus músculos, Mestre! Eu vi coisas passarem na frente dos meus olhos! Eu o senti na minha mente!

— Acalme-se! — A voz imperativa do nobre fez o empregado se calar de imediato. — Não podemos ficar aqui no meio do nada! Principalmente depois de um assalto! — O rapaz ergueu as mãos limpas e apoiou nos ombros surrados do empregado pouco pomposo que o servia. Maximilian tinha assistido ao assassinato comandado, mas não sentiu qualquer presença ou teve visão alguma além da morte crua que jazia ao lado da carruagem. Precisou respirar fundo para conter a situação. — Arthur está sob controle. Ele não pode atacá-lo. — O Barão mostrou o anel de pedra lilás. — Ele está aqui para nos proteger — afirmou, mais para si mesmo do que para o homem desesperado. — Agora vá e nos tire daqui.

O cocheiro ouviu as palavras do jovem patrão e confiou plenamente nele. Concordou com a cabeça em um gesto vigoroso, depois partiu de volta à banqueta. Tocou os cavalos que correram exageradamente rápido, como resultado de seu desespero. A arrancada repentina fez Maximilian escorregar pelo banco e bater contra a parede do veículo.

Também imerso em medo, o rapaz se esticou de volta para o batente e fechou a janela da cabine enquanto deixavam aquela cena de crime para trás. Seu coração batia forte. As palavras que dissera ao cocheiro ecoavam em sua mente e ele tentava se convencer delas, mesmo que tivesse claramente percebido a demora de Arthur para resgatá-lo, e que sequer tivera tempo de acionar o anel mediante a desobediência. Além disso, seu assaltante era outro Carnífice que reconhecera o Luger, ainda que com animosidade. Acima de todas essas preocupações, Maximilian pensava sobre o fato de seu Servo de Sangue não ter movido nem um dedo para forçar o assaltante a atirar na própria cabeça. O desespero para entender como aquilo tinha se dado era tamanho que o rapaz achou que enlouqueceria.

Lembrou dos gritos do cocheiro. Se Arthur não precisava falar para dar o comando da Soberania, de onde vinha a ordem?

Imediatamente, o rapaz pensou em todas as comunicações silenciosas entre o Luger e outros Carnífices, como a própria Hetzer de Nicksen que os deixara sozinhos na biblioteca.

Os olhos de Maximilian se arregalavam conforme ele raciocinava. Se Arthur era capaz de disparar ordens pela mente, Maximilian não estava a salvo com os supressores. Tampouco qualquer outro que estivesse ao redor dele. Todos estavam em perigo.

Não percebeu quando chegaram à Capital e mal notou que seu corpo ainda tremia por baixo dos casacos. O estômago estava gelado e suas mãos também. O rapaz tentava respirar calmamente para não piorar. Precisava dar queixas assim que parassem em algum lugar seguro.

Estava encolhido no canto da cabine quando ouviu alguém batendo na janela. Seu corpo ficou imediatamente em alerta.

— Senhor! Jornal, senhor? — Uma voz infantil o chamava do lado de fora, mas ele ainda estava encostado e com os ombros tensionados. Não discernia os sons da rua principal. As irritantes buzinas dos veículos automáticos soavam agudas por todos os lados e o sol esquentava a cabine confortavelmente, mas o nobre estava preso em um estado apavorado e todo o seu corpo estava frio.

— Jornal, senhor? É sua chance de ter as últimas notícias do torneio! — insistiu a voz.

Após ouvir algumas batidinhas simpáticas na madeira da cabine, Maximilian começou a se situar. Prestou atenção no ruído das buzinas e na movimentação de pessoas do lado de fora. A carruagem mal andava no meio do burburinho.

Rapidamente, ele se despregou do canto e deslizou pela banqueta que estava sentado. Abriu apenas um pouco da janela, espiando o lado de fora e viu uma menina sorridente, com a bochecha suja de poeira.

— Quer um jornal, senhor? Conta tudo sobre os campeonatos! — Ela lhe estendeu um amontoado de folhas cinzentas dobradas.

O Barão abriu mais a janela, fitando os arredores e vendo o belíssimo dia ensolarado lá fora. Os carros e as carruagens estavam presos em um congestionamento e os pedestres passavam na frente, não ajudando a movimentação. Estradas para veículos motorizados eram novidade, já que o surgimento desse meio de transporte era recente. Não havia exatamente uma distinção de onde os caminhantes deveriam ou não andar, portanto, estavam em todo lugar.

Dava para ver homens e mulheres bem-vestidos que seguiam de mãos dadas, enamorados com o clima festeiro. Pequenas barracas vendiam castanhas e frutas. Os menos afortunados pediam dinheiro ou faziam mágica em troca de algum Gear. Carnífices de olhos amarelos estavam pelas ruas, acompanhando suas damas e seus cavalheiros que compravam tíquetes para assistir aos jogos em cadeiras melhores do que as disponibilizadas de graça para o restante da população.

Maximilian enfiou a mão no bolso e apanhou uma moeda, estendendo para a menina.

— Quais nobres já chegaram? — perguntou, fazendo um gesto para que ela se aproximasse mais.

— Essa informação custa duas moedas, senhor — avisou a menina, e o Barão apanhou mais dinheiro, fazendo-a sorrir. — Duque Milton de Chiseon, Condessa Margoreth Larkin, Barão Clement Benton, Marquesa Nara Yohe e Visconde Bram Hill.

Ele ouviu, decorando os nomes, e depois concordou com a cabeça. Deu as moedas a ela e enfiou a mão no bolso interno do casaco, apanhando um saquinho de Gears para que a jovem visse.

— E a grade de competidores? — sussurrou a pergunta.

— No primeiro dia do torneio, a luta de abertura será entre o Conde Nicksen Aberdeen e o Barão Clement Benton — a menina respondeu em igual confidência.

— E Ashborne? — Maximilian esticou a mão para apanhar logo o jornal, antes que ficasse suspeito demais.

— Última disputa do primeiro dia. Contra o Duque Milton de Chiseon. — A garota hesitava em entregar o jornal sem receber o pagamento, mas o Barão enfiou o dinheiro nas mãos dela rapidamente e fechou a janelinha, sem nem agradecer.

Capítulo 13

O barulho animado no estacionamento parecia dar cor ao ambiente. As carruagens aguardavam por um espaço aos pés da construção imponente que sediava os torneios todos os anos.

Chamada de Starfort, a arquitetura era desenhada no formato de uma estrela de cinco pontas, onde cada uma das extremidades sustentava um jardim temático dos quais todos os moradores da Saxônia já tinham ouvido falar.

As quatro pontas de baixo eram decoradas em tributo às estações do ano, enquanto o jardim superior era um paraíso devoto aos Reis e Regentes daquela nação.

Fotos e relatos do Starfort percorriam até as áreas mais remotas do país e as pessoas sonhavam em caminhar pelo chão áureo do coliseu, porém, era apenas durante os torneios anuais que os cidadãos comuns podiam passar por algumas áreas dali. Mesmo assim, com rigorosas restrições.

Cada espaço estava ocupado e o Barão não percebeu quando a carruagem dele estacionou perto do portão selecionado para receber nobres de títulos médios a baixos, que se hospedariam nos andares inferiores do Palacete de Mármore.

Maximilian ouviu a porta da carruagem abrir e ergueu os olhos para ver Arthur parado ali, esticando a mão para ajudá-lo a descer. O nobre encarou aquele homem por algum tempo, sem conseguir esquecer a cena de poucas horas antes.

Aquele acontecimento estava encrostado em si como gordura velha no fundo de uma panela.

Entretanto, o mundo ao redor era ruidoso e animado. Maximilian sabia que muitos estavam ali. Não era hora de se perder em devaneios, por mais reais que fossem os medos em sua mente. Ele esticou a mão e tocou na do seu Carnífice, descendo da carruagem.

Serviçais da Coroa vinham atender aos nobres, que deixavam os veículos e seguiam empolgados para dentro do Starfort. O Barão fez o mesmo, acompanhando os empregados por um belíssimo portal circular de ferro adornado.

Os corredores do coliseu formavam as arestas da estrela, onde os nobres caminhavam e conversavam tranquilamente. As largas galerias eram responsáveis por fortificar a construção e dar acesso aos jardins temáticos situados em cada um dos vértices do edifício. O teto dos passadiços era alto e, no andar de cima, guardas da realeza faziam a vigília.

No centro da estrela era situado o fantástico Pavilhão Pentagonal, onde as lutas entre os Carnífices aconteciam.

Maximilian olhava ao redor, reparando em como tudo estava decorado com veludo azul-marinho para relembrar os convidados da magnitude do Rei. Lamparinas de cristal claro emitiam uma luz esbranquiçada e pura, refletindo as colunas clássicas da estrutura construída. As janelas dos corredores eram longas e permitiam que os raios de sol entrassem de maneira agradável, incidindo sobre pinturas coloridas penduradas nas paredes. Cada desenho carregava uma história de batalha e todos mostravam uma Saxônia vitoriosa nas mãos de habilidosos regentes ao longo dos anos.

Os candelabros dourados tilintavam na iluminação clara e os olhos do nobre se arregalavam em deleite ao observar desde as cimalhas de pedra branca no teto, esculpidas com pequenos arabescos circulares e figuras angelicais de asas mecânicas, até o chão excepcionalmente polido que conferia um ar límpido. As colunas de sustentação eram largas e altíssimas. No teto, painéis em afresco retratavam o sol em engrenagens e as nuvens em fumaça branca e próspera, como a Saxônia enxergava a ascensão industrial.

Maximilian seguiu os criados até o interior da arquitetura de estrela, chegando na quinta ponta do pentágono interno do pavilhão, onde se erguia o deslumbrante Palacete de Mármore.

O salão suntuoso de entrada já contava com um farto banquete e a renomada banda de instrumentos de corda tocava uma melodia agradável enquanto os nobres passeavam e conversavam, acompanhados de seus Carnífices sempre silenciosos.

Julian estava estupendo como de costume. Acenou, farfalhando as mangas do seu longo casaco de tecido azul-marinho, maleável e brilhante. Seus cabelos estavam soltos nos ombros, caindo sobre a gola cor de creme.

— Barão! Fico feliz em vê-lo! — Seu tom empolgado era característico. Maximilian abaixou os olhos, reparando nas texturas em formato de escudo no casaco do amigo, bordadas com um finíssimo fio prateado. Julian sustentou o sorriso.

— Estou ansioso pelo início dos jogos!

— Não posso dizer o mesmo. — O desgosto do Barão das Cinzas era tão amargo quanto sua alcunha. Desviou o olhar e passou os dedos nos cabelos longos, que pendiam soltos nas costas. Maximilian era um choque de escuridão e seriedade naquele ambiente claro e divertido. Suas roupas pretas e seu rosto entediado pareciam sugar toda a energia do lugar. — Quero conversar com você mais tarde.

— Aconteceu alguma coisa? — O Arquiduque se aproximou para falar baixo. O gesto permitiu que Maximilian visse Hex, logo atrás de Julian.

O Barão fixou os olhos no Saiga por um momento. Lembrou-se de quando Hex tratou Arthur com um respeito estranho e ponderou sobre tal atitude, mas não verbalizou. Reparou que Hex, diferentemente da maioria das vezes, estava muito bem vestido para a ocasião, e acabou sorrindo brevemente, com um pouco de deboche.

— Seu Carnífice trocou de roupas? Deve ser um milagre. — Desviou a atenção de Julian para outro assunto, depois fez um gesto de desinteresse. — Vou procurar meus aposentos. Falamos depois.

Não esperou pela resposta, deixando o amigo sem ação. Partiu do salão de entrada, já que não fazia questão de assistir a cada um dos nobres desfilando com suas taças de vinho, dispostos a ostentar riquezas, Carnífices e títulos.

Os empregados acompanharam Maximilian por uma escadaria de degraus cobertos com uma tapeçaria da cor da realeza. O padrão floral em branco e as cordas trançadas nas laterais faziam a decoração do lugar. Finalmente, chegaram ao primeiro andar.

Para o lado direito, o corredor seguia até um novo salão, mais pomposo e bonito, decorado com a estátua do Rei Godfried, responsável pela construção do Starfort.

Para o lado esquerdo, outro passadiço muito mais simples levava até uma saleta brevemente ampla, com um lustre e uma mesa redonda adornada com uma miniatura do cavalo do Rei Godfried, em bronze. Aquele era o lugar onde Maximilian ficaria, junto com os nobres de títulos mais baixos.

As portas dos aposentos eram muito mais próximas umas das outras do que nos demais setores do Palacete, indicando que os quartos eram menores e mais numerosos ali.

Julian sempre fazia questão de indicar o quarto mais afastado para o Barão de Ashborne, sabendo de sua preferência por privacidade. Assim, Maximilian foi guiado até o dormitório da ponta. O criado destrancou e entregou a chave ao nobre. Comentou sobre o cronograma, mas ressaltou que o Barão não precisava se preocupar, já que cada etapa seria avisada com antecedência, para que tivesse tempo de se preparar.

O empregado deixou Maximilian confortável e se retirou. Daquele momento em diante os cuidados do nobre ficariam sob responsabilidade do Carnífice.

Arthur trancou a porta e se virou para o rapaz. Começou a se aproximar para dar início ao seu ritual de vesti-lo para as ocasiões apropriadas, mas viu o nobre erguer a mão.

— Não chegue perto de mim — Maximilian ordenou, com o cenho franzido. Tinha uma expressão de desconforto. — Não sei como, mas de alguma forma você fez aquele assaltante se matar!

— Ele era um ladrão e estava armado — Arthur começou a falar, ainda se aproximando.

— Você não ergueu nem um dedo para controlá-lo! É assim que funciona o poder da Soberania? Um comando silencioso? — O Barão levantou a voz, atordoado. Estavam sozinhos e trancados naquele quarto. — E se decidir me matar também?! — A cena assustadora do ladrão explodindo a própria cabeça parecia um vício maligno grafado em seu cérebro.

O Carnífice suspirou e deu um novo passo na direção do jovem, disposto a acalmá-lo, mas apenas provocou mais desespero. Maximilian arrancou as luvas e parou os dedos sobre o anel de controle que usava.

— Me obedeça — avisou, mas Arthur já estava bem perto.

O Carnífice ergueu a mão e a pousou sobre o espaço entre o ombro e o pescoço do nobre, bem onde jazia a cicatriz da mordida que tinha marcado nele alguns meses antes. Sem dizer nada, o Luger apertou levemente a pele, como se quisesse lembrá-lo gentilmente da presença da marca, e o gesto espalhou uma onda de ansiedade incontida pelo corpo do Barão. Entretanto, a sensação vulnerável daquele espasmo de prazer só fez acender um novo alarme em Maximilian, como se ele estivesse se protegendo de um leão trancado em uma jaula de barras largas demais para contê-lo.

— Eu mandei se afastar! — Imerso no pânico da aproximação do Luger e na agonia de sua insolência em continuar desafiando a autoridade, o Barão se livrou do toque como um animal ferido que tenta se defender a todo custo.

— Acalme-se — o Luger respondeu, com uma voz pesada e imperativa.

O tom de ordem percorreu o corpo inteiro do nobre como uma sinapse de perigo. Maximilian não saberia reconhecer um comando mental, mas, certamente, entendia um verbal.

Mesmo com a promessa de que não usaria os supressores, o jovem ergueu a mão para o Carnífice e deixou que ele visse o anel de controle. Então, pressionou.

Os supressores foram acionados imediatamente, sem nenhum suspense. A descarga elétrica disparou de forma audível.

A partir dos pulsos e seguindo por todo o corpo, o choque invadiu Arthur como milhões de agulhas grossas e profundas, travando seus músculos e perturbando seus sentidos. O Carnífice retesou, cerrando os dentes e caindo de joelhos no chão, com a cabeça baixa e as veias saltadas.

O sangue riquíssimo em sais e ferro dos Carnífices potencializava qualquer partícula de eletricidade, fazendo com que a corrente disparada dos braceletes de metal fosse forte o suficiente para derrubar até mesmo aqueles com elevada resistência física, como os Hetzer.

Era possível ver faíscas luminosas estalando das pulseiras e deixando um forte cheiro de queimado no ar. Maximilian largou o aperto na pedra lilás e ficou parado, com a respiração pesada como se ele mesmo tivesse tomado o choque. Seus olhos estavam arregalados e ele observava o resultado do que tinha acabado de fazer.

As mãos de Arthur tremiam e ele as apoiou no chão, para não cair por completo. Estava ofegando também. A cabeça tinha se abaixado e os cabelos quase varriam o chão. As costas encasacadas subiam e desciam violentamente com a respiração pesada.

Aos poucos, o Carnífice sentou sobre os calcanhares. Por sorte, o choque dos supressores só era contínuo se o dono do anel permanecesse pressionando o botão. Como não era o caso, as pulseiras de ferro apenas soltaram uma descarga e cessaram a eletricidade.

Arthur levantou a cabeça devagar e um filete de sangue escorria do seu nariz. Ele ergueu os olhos de gelo na direção de Maximilian, com uma expressão de ameaça e traição. Encarou-o por trás dos fios escuros que pendiam sobre suas sobrancelhas. Permaneceu no chão, com as veias do pescoço saltadas. O branco dos olhos tinha se tornado vermelho, o que só fazia o azul das íris parecer ainda mais frio e assustador. Ele tinha os lábios brevemente entreabertos, por onde despontavam as presas afiadas.

O Barão deu uns passos para trás, para se afastar mais dele, mas bateu as costas das pernas na beirada da cama e acabou caindo sobre o colchão. Não conseguia tirar os olhos daquele Carnífice de aparência selvagem, sentado sobre os joelhos, com o nariz escorrendo sangue vermelho-vivo e os olhos repletos de veias. Ele era mesmo um monstro.

— Vá embora... — o jovem nobre murmurou, como se falasse com um pesadelo. — Vá para o estábulo, para o salão, para qualquer lugar! Só vá embora... — Sua voz era um acúmulo de murmúrios que lembravam os devaneios da própria mãe. Ele também tremia, mas era de susto.

Arthur ergueu a mão, limpando o sangue que escorria do seu nariz. Depois, começou a se levantar, grunhindo ao sentir os músculos ainda tensionados da eletricidade. Todo o seu corpo doía e ele rangeu os dentes, mas ficou de pé. Caminhou na direção do nobre.

— Fique longe! — Maximilian tornou a gritar, arregalando os olhos. O Barão tinha medo de que Arthur controlasse sua mente e não via formas de se defender daquele poder. — Sei que pode fazer coisas que eu não consigo enxergar, mas se tentar algo comigo, eu vou apertar de novo! — ameaçou, levando uma das mãos até a outra, segurando na pedra do anel para que ele visse novamente. Estava sentado na cama, se encolhendo para trás, sem ter como continuar recuando.

— Acalme-se — rosnou Arthur, erguendo as mãos para tocar os ombros do rapaz mais uma vez. Ele colocou um dos joelhos ao lado do corpo do jovem no colchão, sem perceber que se curvava na direção dele, impondo ainda mais o seu tamanho sobre o nobre assustado.

— Eu não sei como seu poder funciona!! — o Barão gritou, com os dedos trêmulos, prontos para apertar novamente a pedra e causar outro choque. — Saia de perto de mim! Você vai me matar!

— Maximilian! — O Carnífice avançou, apertando os ombros do nobre com firmeza.

O som de seu nome saindo dos lábios daquele monstro fez o Barão empalidecer. Encarou-o, substituindo o medo por perplexidade.

Naquele momento, deixou de raciocinar com lógica. Ergueu a mão e acertou um tapa estalado na face de Arthur, fazendo com que virasse o rosto para o lado, cobrindo seus olhos com os cabelos escuros que voaram depois do golpe.

O silêncio perturbador prevaleceu por alguns momentos, enquanto ambos estudavam a situação com cautela. O Barão selecionava as palavras certas, embora quisesse cuspir um turbilhão de ofensas.

— Você perdeu a sanidade…? — A voz de Maximilian saía mecanicamente controlada, como se fizesse um esforço inumano para manter a calma. — Primeiro não me obedece, *nem mesmo depois do choque.* — Ele fez uma pausa de descrença. — Então acha que pode me chamar pelo nome… — Aos poucos, o sangue quente lhe subia à cabeça. — Você é mesmo uma besta primitiva!

O Barão recapitulava a cena da morte do assaltante: o comando silencioso que resultou em suicídio. Em seguida veio a audácia da aproximação constante do Carnífice. Tudo parecia a receita certa para que o nobre baixasse a guarda e morresse nas mãos do Luger, caso ele desejasse.

Maximilian se levantou do colchão, empurrando Arthur para trás. O Servo de Sangue deu um passo, mas não se afastou totalmente.

Ergueu os olhos de volta para o Barão enfurecido. Olhava para ele de um jeito tão sério que era quase maníaco.

— Desperdício de dinheiro! — O Barão se virou para gritar ao rosto dele. — Além de fraco e lento, é estúpido! — Apontava o dedo para o Luger. — É assim que pretende vencer o torneio?! Fazendo todos se matarem?! Você é uma vergonha para a sua própria espécie! — O rapaz erguia a voz. — Deixei que dormisse abraçado a mim e que bebesse o meu sangue! Eu não fazia ideia do risco que estava correndo! — O nobre tremia de angústia. Não tinha pensado no poder da Soberania quando permitiu que a relação deles ficasse tão próxima.

Sequer sabia o que Arthur era capaz de fazer.

O olhar vidrado do Luger se tornava cada vez mais intenso. Ele estreitava as sobrancelhas e começava a respirar mais pesado, ouvindo aquelas palavras que soavam sem nexo. Sentiu o ímpeto de trazer Maximilian de volta para a realidade.

Num impulso, o Carnífice se aproximou mais. Estendeu a mão de uma vez e segurou o pulso do rapaz que lhe apontava o dedo. Puxou-o mais para perto de si e o encarou quando ficaram bem próximos.

— Controle-se — o Luger murmurou, com a voz profunda como um abismo. Lentamente, enlouquecia por não poder simplesmente fazê-lo se calar.

— Você é um monstro! Está me enganando desde o começo para fugir! — Maximilian gritou, tentando soltar o próprio braço das mãos do outro. Tinha lágrimas nos olhos. — Explodiu o crânio daquele homem sem nem ter que puxar o gatilho! O que vai fazer comigo?!

O Servo de Sangue sustentou o olhar. Ouviu os gritos do rapaz e repuxou um pouco o canto dos lábios, chegando a mostrar-lhe um dos caninos. Rapidamente, Arthur ergueu a mão que não o segurava e a enfiou por baixo dos cabelos do nobre, fechando os dedos contra os fios negros e lisos.

Novamente, o Barão travou no lugar. Arthur o puxou para perto e os corpos dos dois ficaram incrivelmente próximos. O coração do rapaz batia tão rápido que tinha certeza de que até mesmo um humano era capaz de escutar. Ele perdeu o fluxo das palavras e encarou os olhos de vidro do outro. Aquele aperto nos seus cabelos remetia à mordida que estava pulsando em seu ombro. O pacto de confiança.

A tensão era tanta que a visão do nobre chegou a escurecer parcialmente. Só enxergava aquelas íris malditas à sua frente, na face do homem de caninos afiados que o olhava tão profundamente que parecia capaz de sugar sua alma.

O nobre ofegava da adrenalina e da discussão. Passos baixos soavam do lado de fora do quarto, o que indicava que era melhor parar de gritar antes que causasse um alvoroço ainda maior.

— Arthur... — Com a voz trêmula, o jovem quebrou o silêncio. — Se não me soltar, eu juro que vou eletrocutá-lo com tanta força que você ficará incapacitado para sempre. — Falava baixo, com um tom perigoso, mesmo que o medo o dominasse.

Mais um momento inquieto pairou entre os dois e o Carnífice cerrou os dentes fortemente. Maximilian permaneceu estático, mas a quebra da discussão feroz o levou a reparar no gesto emotivo do outro. Arthur o segurava com força, mas não o machucava. Eles estavam próximos de uma maneira estranhamente cúmplice. Mesmo que não se encostassem por completo, havia mais intimidade ali do que no momento em que as veias do jovem se abriram sob os dentes do Carnífice no quartinho frio do Palácio de Vapor.

Nos olhos do Luger era possível ver que ele buscava alguma coisa, pela forma apressada como caminhava de uma íris para a outra do Barão, imerso naquela encarada perturbadora em que não encontrava respostas.

Ao perceber esse lapso de emoção inédito, o rapaz se arrependia do que tinha acabado de falar. Ao mesmo tempo que teve pânico do monstro que viu em ação na estrada, sentia que estava encarando uma pessoa que falava em outra língua e não encontrava as palavras certas para se expressar. Entre as vistas daquele bicho-homem muito poderoso, mas inocentemente confuso, Maximilian sentiu o coração acelerar ainda mais. Era exatamente a ansiedade pela confiança e o medo da traição que faziam com que eles se repelissem e se atraíssem tão intensamente, sempre naquele fluxo contraditório como a virada rápida dos polos de um ímã.

Então, rompendo com a observação minuciosa que o jovem fazia do Carnífice, o Luger soltou o ar pela boca em um suspiro cansado. Cedeu e desviou as vistas. A cabeça de Arthur doía da descarga elétrica e ele virou as costas. Obedeceu à ordem finalmente, saindo de perto, visivelmente irritado, apesar de retornar sua expressão facial para algo muito mais próximo de sua usual indiferença.

Maximilian também deixou o pulmão esvaziar. A cicatriz em seu ombro fisgava e o jovem a tocou, apertando sobre os tecidos e acalmando a pele ansiosa. O rapaz encarou as costas do Servo de Sangue e mordeu o canto dos lábios por dentro da boca, pensativo. Notou a distância que Arthur impôs em si mesmo e tirou a mão do próprio ombro, a levando até os cabelos como se pudesse reavivar a memória corporal dos dedos do Luger que o segurara firmemente ali segundos atrás.

Sua mente estava atrapalhada. Maximilian foi para o canto do quarto, encontrando o Grimório de seu pai e revirando algumas páginas, sem saber exatamente o que procurava.

Folheou e leu trechos desconexos, respirou profundamente, frustrado. Puxou uma das cadeiras próximas do centro do quarto e deixou o corpo cair sobre o assento, meio de qualquer jeito. Ergueu os olhos para o Carnífice, que estava ao longe, sentado no canto com as pálpebras fechadas.

— Como vou saber que não vai usar esse poder para me obrigar a me ferir? — o nobre murmurou após a desconfortável quietude.

— Se eu quisesse, já teria usado — Arthur respondeu de um jeito ríspido. Não se moveu e nem sequer abriu os olhos.

— Ou não usou por causa dos supressores? Você disse que são esses braceletes que o controlam, não eu — rebateu o rapaz, vendo a frieza do outro e tornando a se arrepender de tê-lo enxotado.

— Por que quer saber? Ficarei longe, não se preocupe. — O Carnífice deu tom de quem finalizava a conversa e Maximilian balançou a cabeça em negação.

Pressionou levemente a ponte do nariz e suspirou com pesar. Caminhou até o outro, parando próximo do Luger e cruzando os braços numa óbvia postura de quem não achava que estava errado.

— Eu não deveria ter acionado o choque — disse o Barão, sem olhar diretamente para ele. — Não sabia que era tão forte.

Não houve resposta por parte do Carnífice, mas ele abriu os olhos, encarando de canto o rapaz que estava de pé perto dele.

— O que aconteceria se você usasse seu poder em mim? — Maximilian insistiu, mesmo depois de ficar sem interação. — Eu morreria? Você faria com que eu me tornasse seu servo? Ou me obrigaria a remover os seus supressores e fugiria livremente?

O Carnífice continuou fitando de rabo de olho enquanto ouvia o questionário impiedoso disparado por aquela figura mesquinha e mimada em uma tentativa ridiculamente falha de se desculpar e fingir que nada tinha acontecido.

— Das inúmeras vozes que ouço todos os dias, a sua certamente é a mais barulhenta — declarou Arthur, se levantando do chão e encarando o nobre. Respirou fundo, ainda mantendo o rosto sério e procurando reunir paciência. — Eu não sei se os supressores são capazes de detectar o meu poder. Mas é perceptível que eu não testei. Caso eu tivesse tentado atacá-lo e os supressores funcionassem, já teria me visto ser eletrocutado. Por outro lado, se os braceletes não detectassem minha habilidade e eu o tivesse atacado, é certo que meu poder o mataria.

— E por que não tentou? — quis saber Maximilian, erguendo os olhos para ele.

— Qualquer resposta para essa pergunta não será satisfatória aos seus ouvidos exigentes.

O Barão ouviu a frase e estreitou o olhar. Descruzou os braços e deu um passo à frente, chegando bem próximo do Carnífice e encarando suas íris cor de inverno.

— Arthur... — O rapaz tornou a chamá-lo, mas agora de um jeito muito mais amigável. Ergueu os dedos e tocou nas roupas do Servo de Sangue. Precisava ter certeza de que o Carnífice não o odiaria a ponto de querer perder o torneio de propósito só para descontar a raiva. Além disso, não gostava da ideia de dissolver o pouco de relação que já tinham cultivado. — Desculpe pelo choque. — O Barão suspirou e, então, se aproximou por completo, abraçando o Carnífice. — Eu estava com medo.

O Luger ouviu e abaixou os olhos levemente, vendo o rapaz se encostar daquele jeito gentil e íntimo. Tocou superficialmente nos cabelos dele, o tirando de si. Afastou-se para perto do armário, se ocupando em separar as roupas que Maximilian deveria usar no baile daquela noite.

— Não vai dizer nada? — murmurou o Barão.

— Não precisa ter medo. — Arthur encerrou o assunto, abrindo a porta do guarda-roupa e cortando o contato visual que tinham.

Capítulo 14

As arquibancadas começavam a se encher. Guardas da Coroa mantinham a ordem nas fileiras gratuitas onde a maioria da população estava alocada, evitando que as pessoas brigassem para sentar mais à frente.

Havia uma rigorosa divisão de cadeiras no coliseu do Pavilhão Pentagonal. Ao redor de toda a estrutura, longas bancadas de pedra acomodavam todos os cidadãos da Saxônia que estivessem dispostos a assistir aos jogos.

Aqueles que não conseguiam um espaço nos assentos eram obrigados a se espalhar pelo chão, ou ficar de pé durante todo o tempo. Na parte mais baixa da arquibancada a visão dos jogos era privilegiada, as áreas eram mais bem divididas e belos pilares de mármore faziam a decoração. Apenas a população em ascensão podia se sentar ali, se pagasse por ingressos.

Tudo estava cheio quando os nobres começaram a entrar.

Pela escadaria, a alta classe da nação adentrava a vasta sacada localizada no terceiro andar do Palacete de Mármore, onde a decoração era repleta de arabescos em aço brilhante e pequenas estatuetas entalhadas no relevo da parede.

O edifício que abrigava os nobres era propositalmente construído de frente para a arena, para que eles não precisassem transitar pelo Starfort para assistir aos jogos. Apenas seguiam por um corredor e tomavam seus lugares sobre o piso de mármore ladrilhado. O sol não os atingia, já que a varanda exclusiva era coberta, ao contrário do restante do Pavilhão. Bem atrás da arquibancada da alta casta ficavam as torres do suntuoso Palacete de Mármore, com janelas compridas e arabescos. De frente para o público e intrínseco à pedra da construção, uma imensa estátua do Rei Godfried sobre seu cavalo reluzia, esculpida em bronze.

Maximilian vinha guiado pelos criados da realeza e fazia questão de parecer sempre estar de luto. Suas roupas eram um vórtice de escuridão e sua pele desbotada poderia dar a entender que o velório era dele mesmo.

As pernas esguias do rapaz caminhavam sobre os degraus decorados e suas calças de tecido opaco se ajustavam ao corpo perfeitamente. As botas de cano alto tinham fivelas laterais em prata com pedras de safira, produzindo um som tilintado a cada passo.

Pouco parecia que a Saxônia estava imersa em uma tarde ensolarada, porque o Barão das Cinzas escondia todo o corpo com uma camisa com a gola reta, de longas mangas e uma veste justa que quase se confundia com o restante da roupa, já que tudo ali era preto como a noite, não fosse pelos detalhes bordados que davam ao tecido algum relevo.

Como os outros nobres, Maximilian não usava luvas. Elas eram contraindicadas para eventos públicos com Carnífices, já que o uso dos anéis de controle poderia se fazer necessário e luvas comprometiam seu funcionamento.

Uma pesada capa de veludo brilhante pendia dos ombros do Barão como uma sombra que o seguia, esvoaçando junto aos seus cabelos. O reflexo do tecido incrivelmente escuro lampejava com a luz do sol.

Precisou afastar o pano das costas para se sentar na poltrona indicada a ele, encarando a audiência por trás dos óculos de sol. Arthur ficou parado logo atrás, trajando tanta cor quanto o Barão. Maximilian reparava que as vistas dos outros Carnífices se dirigiram insistentemente para o dele, que permanecia sério e focado, olhando para frente, com a cabeça erguida.

Havia muito espaço livre para transitar entre as fileiras dos nobres. Os criados iam e vinham, servindo licor e repondo frutas e pães disponíveis para quem estivesse sentado com o maior conforto possível. Enquanto isso, os Carnífices permaneciam de pé, atrás das poltronas de seus senhores, também podendo ver a arena, a menos que seus mestres ordenassem o contrário.

Mais distante, ao redor do coliseu, era possível ouvir o clamor empolgado da população quando assistiam aos nobres surgindo como silhuetas em um palco. Para muitos, aquilo era o mais próximo que conseguiriam chegar da nobreza, e eles se empolgavam cada vez que alguém surgia na varanda exclusiva.

Uma sequência de sussurros invadiu o lugar, chamando a atenção até dos nobres que já estavam sentados, fazendo com que virassem na direção da pessoa que entrava na sacada.

Sobre um par de sapatos de salto incrivelmente alto, a Duquesa Louise Huang Li se aproximava, envolta em um vestido todo bordado e cheio de drapeados. Seus ombros e seu colo estavam despidos, ostentando um maravilhoso colar de ametistas. O leque em suas mãos abanava as plumas do enfeite de cabelo, que prendia parcialmente suas franjas escuras. A cauda do vestido arrastava no chão conforme ela se aproximava. Estava estupenda, mas o burburinho não era direcionado a ela.

Atrás de Louise, o Carnífice vinha.

O homem alto tinha as duas mãos atadas por correntes e pesados grilhões que somavam aos Supressores Alfa. Os cabelos longos eram da cor do vestido da Duquesa, vinho escuro. Seus olhos de Saiga brilhavam em lilás intenso por trás das franjas compridas que trespassavam na frente do seu rosto.

Sobre o nariz e até o queixo, ele usava uma meia máscara gradeada, como uma focinheira de ferro pesado, rústico e sem nenhum enfeite. Suas roupas, porém, eram limpas e de qualidade, apesar da cor cinzenta e pouco requintada.

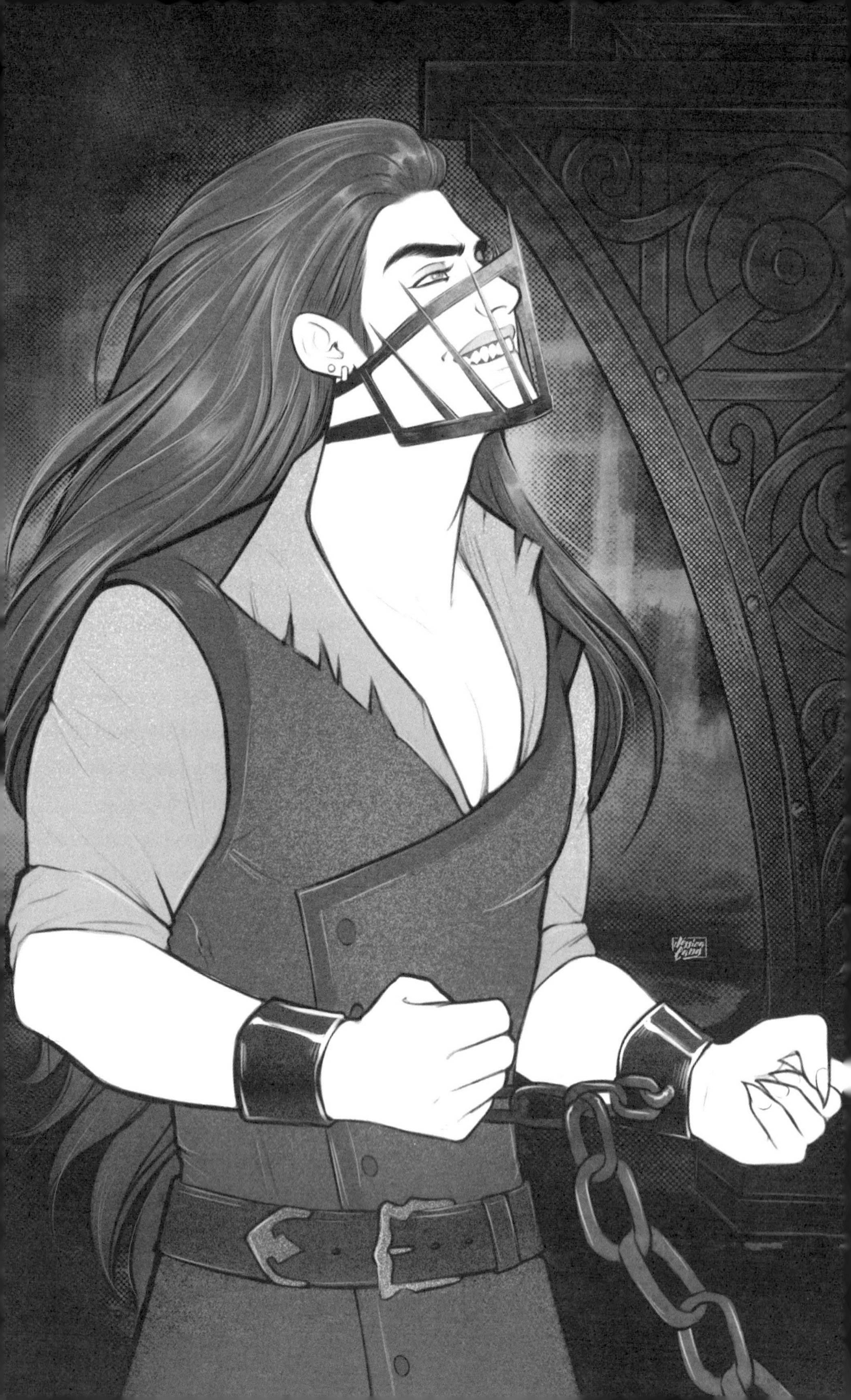

As algemas em seus tornozelos faziam barulho enquanto ele caminhava. Estava todo preso, como uma besta indomável, e sua expressão era de divertimento e ameaça.

O corpo daquele Carnífice era forte e alto, incomum para sua espécie de olhos lilás, que tendiam a ser menores e mais leves para se moverem com ainda mais velocidade, mesmo assim, ele não parecia intimidado. Muito pelo contrário, se mostrava capaz de apavorar qualquer um que o encarasse.

Maximilian viu aquele monstro desviar a atenção para sua direção por um instante e, logo depois, passou a rir baixo, de um jeito quase inaudível, repuxando os cantos dos lábios.

O Barão sentiu um frio na espinha ao ver aquele sorriso sinistro. Ao contrário de Arthur, que tinha presas alongadas apenas no lugar dos caninos, aquele Carnífice possuía todos os dentes assustadoramente pontudos.

— Do que está rindo? — A Duquesa olhou para trás, repreendendo seu Servo de Sangue, que a encarou num olhar de escárnio, mas voltou a ficar sério.

— Ora, se não é a mulher mais linda de todo o reino! — Uma voz encheu o ambiente e Maximilian sentiu náuseas ao ver Nicksen Aberdeen se aproximando.

O Conde de cabelos loiros andou mais rápido para chegar perto de Louise Huang Li. Estava acompanhado apenas da Hetzer, que já era sua campeã. Para a surpresa de Maximilian, Chrome, o Carnífice que Nicksen adquirira no leilão, não estava presente. Os dois nobres caminhavam lado a lado enquanto seus Servos de Sangue seguiam atrás.

Jade usava um belíssimo vestido cor de musgo, de braços despidos, exibindo seus supressores no lugar de pulseiras. Seu pescoço tinha um colar de pérolas e seus cabelos estavam soltos, ondulados e volumosos, caindo até os ombros. Ela olhava o Saiga risonho disfarçadamente, por baixo de seus cílios cheios e maquiados.

O Carnífice amordaçado de Louise tornou a rir baixo, por entre os dentes pontiagudos, o que fez com que a Duquesa espiasse sobre os ombros, reparando que seu Servo de Sangue selvagem e galhofeiro estava de pé ao lado da Hetzer primorosa de Nicksen.

— Cale a boca — a nobre ordenou, fazendo com que o Saiga voltasse a conter o repuxar dos lábios, mas sua expressão parecia eternamente relaxada e confiante, apesar de sua situação deplorável.

A Duquesa deu pouca atenção ao Conde de Aberdeen, que a bajulava. Os dois se acomodaram em assentos próximos e Nicksen ficou debruçado sobre o braço da poltrona, destilando elogios para a Duquesa, que sorria com educação.

O casaco bordado de Aberdeen era bonito e decorado. A tonalidade esverdeada de sua roupa ia bem com os detalhes em pérola e dourado. O corte da camisa auxiliava a exaltar seu corpo forte e jovem. Ele se sentava de maneira despojada, com as pernas cruzadas, e seus cabelos estavam amarrados em um rabo de cavalo baixo sobre as costas. Era até engraçado ver a semelhança dele com a própria Carnífice, já que ambos eram loiros e de estrutura robusta. Entretanto, ninguém jamais ousaria comentar sobre qualquer similaridade, uma vez que Servos de Sangue eram vistos como criaturas subdesenvolvidas e não poderiam ser comparados a humanos.

Não demorou para que o restante dos nobres entrasse na sacada. Julian veio junto de sua esposa, logo atrás do Rei. Todos ficaram de pé ao ver a Família Real que se aproximava e fizeram reverência.

A plateia exaltou a Majestade que regia toda a nação e gritos de saúde e prosperidade ecoaram pela multidão. Era inegável a popularidade da linhagem de Theodora Gear, tanto entre a nobreza quanto fora dela. O Rei Maxwell ergueu a mão, cumprimentando todos com um aceno e arrancando mais aplausos por todo o Pavilhão Pentagonal.

Um dos tronos foi tomado por Maxwell, enquanto o outro era de sua filha, a Princesa da Saxônia e esposa de Julian.

Christabel era uma moça magra e pequena, com os braços tão finos que quase pareciam os de uma criança. Era diferente do restante da família de Hermon, descendentes diretos de Theodora Gear, que eram fortes e de corpos largos. Mas o restante de sua compleição carregava honrosamente as características marcantes da Realeza da estirpe da Rainha.

Ela tinha os cabelos cor de terra e o rosto redondo, proporcional em todos os aspectos. Christabel possuía feições delicadas, com lábios bem delineados, cheios e um constante sorriso acolhedor. Para compensar sua pequinês, os cabelos imensamente volumosos enchiam seus arredores, em cachos diminutos, mas tão numerosos que pareciam uma larga moldura arabescada. Era irritante ver como a Princesa e Julian harmonizavam tão agradavelmente um com o outro em beleza, risos aconchegantes e vozes suaves.

A Princesa não possuía um Carnífice, já que eles eram considerados perigosos para a Família Real. Além disso, Julian tinha Hex, que já transitava o suficiente entre os aposentos deles, ajudando no que fosse requisitado.

Depois de muitos cumprimentos, os nobres tornaram a se sentar. Criados carregavam taças de vinho e Maximilian apanhou uma delas, observando enquanto outros aprontavam o aro de ferro próximo do trono de Maxwell. No centro do aro, um microfone no interior de uma grade amplificaria o som de sua voz por todo o Pavilhão Pentagonal.

Assim que o aparelho foi preparado, o Rei brandiu um sorriso. Os túneis de ar refratavam o som de sua voz e permitiam que a plateia o entendesse com clareza.

— Cidadãos da Saxônia! — exclamou, erguendo um dos braços e fazendo a audiência urrar em empolgação. — É com um imenso prazer que eu declaro iniciado o Torneio Nacional dos Mestres dos Monstros!

Por mais que não parecesse possível, a audiência conseguiu elevar o barulho e resvalar ainda mais aplausos para as palavras do Rei. Gigantescas bandeiras azul-marinho com o brasão de engrenagens voavam com o vento reconfortante do verão.

— Que a cerimônia comece! — declarou Maxwell, e alguns empregados vieram retirar o microfone de perto, para que o Rei ficasse mais à vontade.

No centro do Pavilhão Pentagonal, a arena era larga e contava com imensos portões laterais. O chão feito de ferro tinha vincos que funcionavam como trilhos, por onde deslizavam as rodas das maquinarias utilizadas em algumas etapas dos jogos. A decoração era feita por majestosas esculturas de bronze em formato de balas de metralhadora que enfeitavam o Pavilhão em toda a extensão.

Assim que autorizado, as portas laterais se abriram e bailarinos entraram correndo, carregando fitas azul-marinho. Alguns equilibristas caminhavam em pernas de ferro compridas como varas que afinavam nas pontas, feito agulhas enormes, de mais de três metros de altura.

Junto deles vinham monociclos com rodas minúsculas e um banco tão alto que os pilotos pareciam incapazes de enxergar o chão se olhassem para baixo. Triciclos de igual porte adentravam o pavilhão, com rodas dianteiras titânicas, pesadas de girar com os diminutos pedais, mas os artistas dominavam com maestria.

Os circenses montados nessas máquinas mais altas que elefantes começavam a jogar peças para cima, executando malabarismos brilhantes e complexos. Alguns giravam no ar antes de apanhar seus bastões coloridos, outros jogavam mais de dez hastes para cima de uma vez, sem deixar nada cair. No chão, uma dança sincronizada preenchia o piso cor de ferro, com cambalhotas e piruetas infalíveis ao som da banda que os acompanhava, tocando flautas e percussão. A música preencheu o lugar, que tinha uma habilidade acústica incrível e permitia que todos ouvissem o som com a mesma intensidade.

A plateia batia palmas ritmicamente e bradava a cada truque perfeito dos artistas. Alguns Carnífices de olhos amarelados vinham para o pavilhão, carregando nas costas um equipamento de ferro pesado com cordas laterais. Ao puxar essas amarras, soltavam uma cortina de fogos de artifício, iluminando o céu constantemente frio da Saxônia.

— Não é maravilhoso?! — perguntou Julian, ao se aproximar de Maximilian.

— Não. — O Barão de Ashborne ostentou o mesmo tom entediado de sempre. A realidade era que Maximilian apreciava, sim, esse tipo de arte, mas nunca parecia estar com disposição para fazer nada além de observar. Ao abaixar os olhos, reparou que seu copo já estava vazio.

— Mas que insensível — Julian reclamou, encostando o corpo na poltrona do amigo. — O que queria conversar comigo? — Demonstrou que não tinha esquecido do que o Barão dissera ao chegar no Palacete.

Maximilian suspirou, percebendo que não ficaria livre do Arquiduque tão cedo. Acabou se levantando e olhando na direção dele, empurrando os óculos escuros e os arrumando sobre o rosto.

— Venha — chamou-o para longe das atenções. Em seguida, apanhou uma nova taça de vinho e deu um gole. Chegou mais perto do parapeito da arquibancada, encostando os braços ali, meio curvado para frente, fingindo assistir ao espetáculo. Julian se apoiou ao lado dele. — Eu fui assaltado no caminho para cá — contou o Barão, num tom baixo, para que não fossem ouvidos.

— Assaltado? Que infortúnio. Acredito que Arthur deu conta disso facilmente. — Julian não pareceu abalado com a informação, já que era de conhecimento geral que algumas estradas eram mesmo perigosas, ainda mais em tempos de cerimônias, quando vários nobres viajavam por elas.

— Sim. Até demais — Maximilian respondeu, bebendo um gole do vinho para se livrar da memória da morte do homem naquela floresta. — Mas essa não é a questão.

— Não? — Julian ficou confuso, erguendo as sobrancelhas. Hex estava atrás dele, um pouco mais afastado, assim como Arthur.

— O problema está em quem era o ladrão. — O Barão ficou pensativo por um momento, incerto se queria contar tudo a ele, mas precisava compartilhar ao menos um pouco de suas constantes preocupações, ou enlouqueceria. — Não era um humano, Julian. — Maximilian respirou fundo, olhando para o amigo por cima das lentes dos óculos, deixando que visse seus olhos azuis vibrantes. — O jagunço era um Carnífice.

A expressão do Arquiduque ficou ainda mais confusa. Julian franziu o cenho, estreitando as vistas, como se não tivesse entendido a frase direito.

— Não existem Carnífices rebeldes, Max. Não na Saxônia. — O nobre lembrou ao Barão, como se fosse algo necessário de ser dito. — Cada Carnífice tem um mestre. Não é possível que um deles vá assaltar nas estradas.

— Exatamente — disse Maximilian, percebendo que o outro tinha entendido seu ponto. — Então, quem seria o mandante? — murmurou essa frase e Julian precisou chegar mais perto para ouvir.

— Está sugerindo... — O Arquiduque pareceu completamente preocupado de repente. Chegou ainda mais perto, quase encostando o próprio rosto no do amigo. — Que um nobre ordenou o assalto? Mas por quê? — Julian sussurrava.

— Não sei. Estou te contando para ver se me ajuda a descobrir — Maximilian rebateu, num tom irritadiço.

O Arquiduque ficou em silêncio por um momento, pensando no que tinha acabado de ouvir. Depois balançou a cabeça em negação.

— Tem certeza? Quer dizer... como era esse Carnífice? Era de raça nobre? — Julian não disfarçava a confusão e o Barão acabou desviando o olhar, para que não parecessem suspeitos.

— Claro que eu tenho certeza. Por que mentiria sobre algo assim? — Maximilian girou os olhos, bebendo um gole do vinho em seguida. — Eu vi os supressores. Era um Stier de olhos amarelos. Um Carnífice comum — explicou o Barão, ocultando a parte em que o Servo de Sangue tinha declarado vida longa à Generalíssima, que era algo que o jovem não estava pensando por enquanto.

— Nunca ouvi falar de nada desse tipo. — Julian acabou rindo um pouco. — Imagine, nobres mandando Carnífices para assaltar outros nobres? Parece loucura. — O Arquiduque tentava dar um ar mais leve à conversa. Inclinou-se para trás quando viu um dos criados passando e pegou uma taça de bebida doce para si.

— Preciso descobrir quem foi e, principalmente, o que queria. — O jovem de cabelos escuros estava com os olhos fixos no espetáculo à sua frente, observando enquanto os Carnífices serventes da Coroa se enfileiravam com suas caixas cuspidoras de fogo e os malabaristas saltavam sobre as chamas. — Não acho que foi um roubo comum. O Servo de Sangue assaltante se anunciou como um ladrão qualquer o faria, pediu joias e dinheiro, mas não tentou pegar à força, tampouco lutou com Arthur. Ele veio com o cano da arma em meu rosto. Atiraria se Arthur não o tivesse parado.

— Estava armado com uma espingarda? Carnífices não conseguem operar nossas armas de fogo, a menos que recebam ensinamento. — Julian apontou o espetáculo à frente, onde os Servos de Sangue soltavam chamas pelo ar com os aparatos de gás. — Poucos são autorizados a manipular até mesmo os maquinários de entretenimento dos festivais. Nós não permitimos que eles aprendam a manusear rifles com balas ou granadas, já que são nossa maior defesa contra eles. É, inclusive, contra a lei. — Julian ergueu um pouco as sobrancelhas, pensativo.

— A menos que o mandante esteja acima da lei — Maximilian sugeriu, olhando de canto para o amigo, com um ar de quem imputa culpa.

— O quê? — O Arquiduque estreitou as sobrancelhas de imediato. — Como seria possível? A Coroa não permitiria nada do gênero.

— E se o mandante fosse envolvido com a própria Coroa? — O Barão de Ashborne mantinha um olhar penetrante e ameaçador, diferente da forma tranquila que seus dedos seguravam a taça pela borda.

O semblante de Julian era de completa confusão. Ele estava perdido no questionamento, até que percebeu o semblante incriminador de Maximilian. Então, começou a rir.

— Está me olhando desse jeito por quê? — A leveza na voz de Julian era irritante. — Acha que eu o assaltaria?

— Por que não? O que me garante que não está de olho nas minhas terras provincianas? — o nobre de vestes escuras retrucou com seriedade. — Ou no meu Carnífice?

Uma expressão de ofensa foi inundando o rosto de Julian, ao ponto que o semblante acusatório de Maximilian não mudou e o Arquiduque acabou soltando mais uma risada baixa e incrédula.

— Desculpe... — Ele pareceu se controlar, mas estava visivelmente alterado. — Sou um Arquiduque e futuro Regente desta nação. Não tenho interesse em seu Carnífice, tampouco na sua mansão despedaçada na beira da fronteira. É bom que me respeite.

Maximilian ouviu as frases ultrajadas do amigo e não evitou dar um sorriso carregado de cinismo. Divertia-se por completo ao provocar o que havia de pior em Julian.

— É belíssima a forma como você se coloca em um degrau superior sempre que necessário. — O rapaz balançou a cabeça de maneira irônica. — Tenho motivos para suspeitar. Foi você quem me apoiou a vender a antiga propriedade que eu tinha e a juntar o dinheiro necessário para comprar um Carnífice, depois, ficou empolgado em descobrir tudo sobre ele. Encorajou-me a retornar até a casa da colina, dizendo que o lugar não era tão mau. Mas não estou surpreso em saber que você considera minha morada como uma "casa despedaçada". Eu poderia ser apenas um facilitador da passagem de qualquer mercadoria, não? Já que somos amigos. — Maximilian olhava de maneira despojada e superior. — Além disso, me fez participar do torneio, mas, agora, penso que você acredita que não tenho a menor chance de vencer. — O Barão de Ashborne tinha um tom fingido de condescendência. — Cuide das palavras, Julian. Ou a falsidade escapará facilmente pelos seus lábios.

O Arquiduque estava sério, o que não era de seu feitio. Olhava o rapaz de vestes escuras e parecia amaldiçoá-lo silenciosamente. Permaneceu assim enquanto estudava a fisionomia do amigo e, por fim, relaxou a expressão, voltando a exibir seu sorriso de tranquilidade.

— Não me leve a mal, mas nada do que diz tem sentido. Eu tenho um papel a desempenhar que ainda não comporta o seu padrão de vida. Estou em outro lugar, com prioridades diferenciadas. Entretanto, cada um de nós tem uma realidade e, por mais desgarrada que seja a sua, ela me fascina, mas não me completa. — O Arquiduque recostou-se no parapeito da marquise, de forma descontraída e calma — Quem me impulsionou a espalhar por aí sobre sua vitória no torneio foi Hex. Se dependesse de mim, certamente eu acreditaria que não tem a menor chance, mas confio naqueles que me são próximos. — O homem de cabelos longos e ondulados olhava diretamente nos olhos do amigo, enfatizando o fim de sua fala. Fez uma pausa quase didática para assegurar que o rapaz absorvia suas palavras. — Não é certo que você implique que eu enviaria um Carnífice para roubá-lo. Se alguém "acima da lei" o roubou, certamente não tem nada a ver comigo. Eu obedeço à lei cegamente, porque algum dia eu serei o responsável por executá-la.

— É exatamente sobre isso que estou falando. — O Barão de Ashborne balançou a cabeça em negação. — Você se acha impressionante, Julian, mas vejo que não passa de uma cobra cega caçando em uma savana de águias. — Maximilian tomou um gole da bebida que tinha. — Você sonha em ser a lei, mas não faz mais do que varrer a poeira do chão antes da capa de Maxwell se arrastar por ele. — O Barão apontou o rosto do amigo com a taça vazia. — Saio todas as manhãs da minha humilde casa despedaçada para cavalgar e é frequente que eu veja carruagens de transporte descendo a estrada. Aquele pedaço de terra me pertence, mas meu estilo de vida desgarrado me impede de vigiá-lo, já que não possuo pessoal capacitado para tal, em minha existência incompleta. — Enquanto contava, o Barão não perdia a chance de alfinetar cada uma das palavras anteriores do Arquiduque. — Portanto, quem corre pelas estradas provincianas com carruagens de mercadoria? Quem traz os Carnífices para dentro do território para que sua estimada Coroa os leiloe e lucre enlouquecidamente? Quem faz a contagem de quantos Carnífices entraram e quantos foram vendidos? Se você não está envolvido nisso, devo presumir que não faz a menor ideia do que se passa e está ainda mais perdido que eu neste assunto.

— Os soldados capturam os Servos de Sangue lá fora, Maximilian. Cada Carnífice lutou contra um soldado humano e foi preso como trunfo da guerra que estamos vencendo. Os estimados líderes militares, Aberdeen, Chiseon e vários outros, fazem a junta dos prisioneiros para que possamos desfrutar do adestramento dos bárbaros. A Coroa os treina e os vende para o entretenimento dos nobres. Cobrar impostos é o mínimo. — Julian ia falando, mas o Barão o interrompeu.

— Ora, cale a boca. — Maximilian virou o rosto, frustrado. Largou a taça vazia de qualquer jeito sobre uma das mesas ao lado. — Pare de se fazer de ingênuo. Você sabe do que estou falando! — O Barão de Ashborne acabou elevando a voz, mas logo se controlou. Um pouco distante deles, Arthur e Hex ouviam a conversa e permaneciam quietos. O rapaz prosseguiu com as acusações. — Não sei o que acontece na guerra, nem do outro lado da fronteira, mas o transporte dos prisioneiros não passa por qualquer tipo de fiscalização. Muito me impressiona que você não tenha conhecimento disso.

— Realmente, Max. — O olhar de Julian era intenso, sério e sombrio, de forma que, mesmo sendo amigos de infância, o rapaz nunca tinha visto antes. — Não faço ideia do que está falando. — A expressão certeira do homem implicava o contrário do que dizia. Estava estampado em seu semblante que conhecia tudo o que o rapaz descobria sobre as fronteiras. — A marquise central do Starfort, repleta da alta casta da Saxônia, não é o melhor lugar para esse tipo de indagações infundadas. — Julian alertou e Maximilian reparou que alguns nobres olhavam na direção do Arquiduque, que já estava conversando com o Barão de pouco prestígio havia tempo demais. Existia um intervalo seguro quase cronometrado para Julian ficar perto de Maximilian. Eram amigos de infância e isso nunca foi segredo. Ao mesmo tempo, o Barão tinha um título baixo e uma péssima reputação. Julian se mantinha atento ao redor a todo momento, percebendo o ambiente e antecipando cada um dos comentários que seriam disparados a eles quando se separassem daquela conversa tensa.

— Quem comandou meu assalto está, de fato, acima da lei. Alguém que tem Carnífices aos montes para fazer algo assim e que, possivelmente, me quer morto. — Maximilian finalizou o assunto, sem citar nomes. Percebeu os olhares e controlou a própria expressão.

— Já ouvi sua assertiva. — O sorriso do aspirante a Regente era tão amigável que parecia corrosivo para o mau humor do Barão das Cinzas. — Manterei meus ouvidos atentos enquanto circular pelo salão e, num momento mais oportuno, discutiremos suas suspeitas. — Julian sabia que o amigo estava certo, entretanto, ainda não tinha se preparado emocionalmente para ter aquele tipo de conversa com ele. Ainda falava quando foi interrompido por uma voz feminina atrás de si. Acabou sorrindo mais ao saber que alguém viera evitar que aquela tensão desconcertante prosseguisse.

— Mal chegamos e você já me trocou pelos seus amigos? — Christabel se aproximava dos dois, com um sorriso bonito nos lábios. — Olá, Maximilian, há quanto tempo não nos vemos.

— Princesa. — O Barão se curvou em respeito e a moça jovem permaneceu sorrindo.

— Julian não fica em paz enquanto você não aparece para visitá-lo. Parte meu coração. — Ela tinha uma voz muito gentil.

— Sei que ele realmente sente minha falta — o Barão alfinetou, sem se erguer da reverência que fazia à Princesa, mas lançou um olhar de canto para o amigo. — Sinto muito por não aparecer com tanta frequência. Minha residência é distante da Capital. — Maximilian se justificou e Christabel colocou a mão em seu ombro, para que ele relaxasse da cortesia.

— Eu e meu pai estamos muito curiosos pelo desempenho do seu Carnífice no torneio deste ano. Acho que eu nem era nascida na última vez que um Ashborne participou dos jogos — comentou ela, com tranquilidade. — Seu Servo de Sangue parece diferente. — Christabel olhava Arthur atrás de Maximilian. O Barão deu um passo para o lado, permitindo que a Princesa o visse como desejasse, e o Carnífice ficou parado, segurando uma mão com a outra, atrás do corpo. — Nunca vi essa cor de olhos... são bonitos. — A moça ergueu os dedos para tocar o rosto do Servo de Sangue. A empatia era visível em seu semblante. Não parecia estar falando de uma mercadoria ou um monstro, mas de algo estimado, do mesmo jeito que o Arquiduque agia com os Carnífices. — Julian me contou que está esperançoso.

Apesar de toda a suspeita de Maximilian, era certo que o marido de Christabel falava pelos cotovelos na corte, exaltando o Barão de Ashborne, sem conseguir conter a própria ansiedade, e tinha dado deixas da vitória do rapaz. O Barão suspirou com pesar porque não queria alarde sobre sua participação nos jogos. Acabou balançando a cabeça em um gesto irritadiço.

— Não costumo ansiar positivamente nesses casos, Alteza. — Maximilian arrumou os óculos sobre os olhos. — Arthur é um pouco diferente, sim. Mas não sei o que conseguirá fazer contra esses nobres talentosos. Não tenho tanto acesso a aparelhos de treinamento, portanto prefiro manter as expectativas baixas.

Christabel riu, se divertindo com a compenetração do Barão ao falar tão profissionalmente de seu Servo de Sangue. Ela fez um aceno com a cabeça, em sinal de despedida.

— Pratique um pouco de positividade, Barão — falou com o jovem de óculos escuros, depois estendeu o braço magro e pequeno para o marido. — Vamos? Eu quero me sentar.

— Deixe que eu me despeça do meu amigo, sim? — Julian apanhou a mão da esposa, depois beijou a pele de seus dedos. Com um gracejo, ela saiu, deixando o Arquiduque finalizar o assunto com o amigo de infância. O homem de cabelos ondulados se curvou na direção do Barão. — Pode me odiar ou suspeitar de mim o quanto quiser. Entretanto, sou eu quem o protege desde que você existe.

O Arquiduque ergueu a mão e ajustou o laço da gravata do Barão, apertando-a mais contra o pescoço dele, num gesto cortês e um tanto perigoso.

— Aqui nessa selva de ouro, é você quem tem a fama de víbora, estou certo? Se quiser acompanhar a águia, pare de tentar atacá-la.

Julian sorriu e se afastou do amigo. Maximilian ficou em silêncio, olhando para as costas dele enquanto se retirava. Então, percebeu que Arthur parava ao seu lado. Notou a própria tensão e se forçou a relaxar. Ao longe, a explosão de fogos de artifício iluminava o céu da tardinha. A fumaça formava uma densa camada branca e bloqueava os raios de sol. Assim, os foguetes coloridos reluziam facilmente.

— Você vai matar os Carnífices nos jogos como fez com aquele ladrão? — Maximilian perguntou sem rodear muito. Precisava saber o quanto os outros nobres o odiariam após o torneio, já que mortes eram permitidas, mas os Carnífices custavam caro e toda vez que algum se perdia permanentemente, causava alvoroço entre a nobreza.

— Se não houver necessidade, não matarei ninguém — Arthur declarou, com a mesma facilidade que o Barão teve ao fazer a pergunta. Observava as faixas azul-marinho balançando nas mãos dos bailarinos que corriam pelo Pavilhão.

— Ótimo — respondeu Maximilian, desencostando do batente. — A cerimônia já vai terminar e ainda teremos uma noite de baile — O rapaz passou os dedos nos cabelos, já exausto. — Vou pegar mais uma taça de vinho.

Foi para a mesa, se servindo novamente. Observou todos os nobres imersos em seu próprio entretenimento. Respirou fundo e voltou os olhos para o espetáculo. Os Carnífices com caixas de fogo se retiravam, deixando o Pavilhão livre para os artistas. A plateia aplaudia enquanto todos os bailarinos cumprimentavam a audiência conforme davam fim à apresentação.

As portas de ferro tornavam a se abrir e mesas largas de madeira eram velozmente montadas no centro da arena de combate. Empregados traziam bacias de comida, pães, sacos de frutas e grãos.

Rapidamente, um vasto banquete era servido para todos os cidadãos e os guardas os organizavam em filas, guiando todos da baixa classe da Saxônia pelas escadarias para que pudessem seguir ao banquete feito para eles em nome de Sua Majestade.

Na varanda do Palacete de Mármore, os nobres terminavam suas bebidas, rindo e conversando, prontos para irem de volta ao encontro do Rei que sediaria um majestoso baile de dança no salão superior do edifício. Depois das goladas longas, o vinho que o Barão tinha servido acabou rapidamente. Ele encarou o fundo do vazio do copo de cristal por um momento.

Maximilian sentia que precisava se preparar mentalmente para brandir sorrisos e murmurar cortejos. Portanto, não hesitou e voltou a completar a taça com ainda mais bebida.

Capítulo 15

A banda de instrumentos de cordas tocava no salão do Palacete de Mármore. Dessa vez, a música era mais branda e agradável do que a que tocara durante a cerimônia. Harpas, violinos e violoncelos harmonizavam notas enquanto os nobres caminhavam e conversavam. Pequenas nuvens rosadas e brilhantes pairavam no ar, formando algumas bolhas sobre as mesas dos membros da alta casta que não disfarçavam ao vaporizar o luminóxido. A substância, que antes servia apenas como medicamento, tinha encontrado seu espaço no uso recreativo e seu cheiro acre já podia ser considerado o odor oficial de festas como aquela.

Alguns nobres já estavam sentados embaralhando cartas e colocando moedas sobre a mesa. Era bom jogar baralho em época de torneio, uma vez que os espíritos estavam animados e dispostos a pôr muito dinheiro nas apostas. Maximilian sabia que tiraria algum proveito disso e mantinha o humor controlado.

Parou próximo de uma das mesas, passando a conversar com o Visconde Bram Hill. O homem de corpo magro e pose de interiorano era um antigo amigo de seus pais. Quando Maximilian era criança, lembrava de vê-lo visitar Camélia, mesmo que morassem muito distantes. Porém, conforme os anos passaram, Bram Hill deixou de aparecer. Ainda assim, ele era alguém por quem o Barão de Ashborne não tinha completa aversão.

Bram Hill era um tanto bronco, mas não recusava um papo ameno. Na realidade, parecia apreciar a companhia do Barão de Ashborne, como se precisasse ter alguém por perto para não parecer solitário.

— E quais são as especulações do senhor? Quem será o Mestre dos Monstros este ano? — Maximilian questionava, bebericando uma taça com um licor forte e bem adocicado.

— Ora, Ashborne, Nicksen é invicto há dois campeonatos. — O homem de cabelos grisalhos bebeu um gole do vinho que tinha acabado de ser servido. — Não nego que ouvi conversas exaltando você e seu Carnífice desconhecido, mas, se eu estivesse apostando, sem dúvida colocaria meu dinheiro em Nicksen Aberdeen — disse Bram Hill de maneira sincera, depois deu de ombros. — De qualquer forma, espero que você seja capaz de tirar essa invencibilidade do Conde. Está ficando complicado conviver com um ego daquele tamanho.

— Posso imaginar — Maximilian respondeu, com um sorriso de canto. — E sobre o senhor? Atualmente o senhor é o nobre com mais campeonatos participados. Não acha que tem chance? — O Barão ergueu as sobrancelhas, soando o mais simpático que conseguia.

— Não, meu filho. Eu já estou velho demais e não tenho ânimo para treinar minha Carnífice — lamentou-se o Visconde. Sua Serva de Sangue estava parada perto da parede, longe das vistas de todos. Arthur estava próximo dela. — Temo que Phiphi esteja adoecendo. Ela não corre mais quando a deixamos no jardim para tomar sol. Passa a noite em claro e se alimenta mal.

— Mas... — Maximilian pensou se deveria mesmo dar opinião e ficou incerto por um momento. — Carnífices não se dão bem com sol, senhor Hill. Eles são criaturas noturnas.

— Bobagem. — Bram passou um guardanapo no bigode grisalho para secar o vinho. — Todos precisamos de um pouco de sol. Esquenta os ossos! — Como um avô bronco e animado, deu um tapa nas costas de Maximilian enquanto falava. — Você também precisa, está branco feito um cadáver.

O Barão quase engasgou com a bebida rosada que tomava quando recebeu o tapa nas costas, depois se conteve para não xingar o velho. Sorriu o melhor que podia, mesmo que tivesse desgosto estampado no rosto.

— Eu estou bem... — murmurou, tentando parecer convincente.

— Não parece! Aberdeen sempre comenta sobre como o senhor é constantemente amargurado! Dizem por aí que você comeu as cinzas do seu nome, Barão! — Bram Hill desatou numa risada de voz esganiçada. Estava verdadeiramente se divertindo.

Maximilian franziu o cenho. Entretanto, sua raiva foi totalmente direcionada para o outro lado do salão, onde Nicksen já estava empoleirado em uma cadeira, jogando cartas com um amontoado de damas bem apessoadas que aparentavam ter muito mais idade que ele.

O Barão apenas deu outro gole sutil na taça pequena que segurava, forçando a relaxar o rosto e voltando à sua expressão mais altiva e despreocupada.

— Ao menos eu comi as cinzas e não a defunta inteira — Maximilian falou, controladamente.

Era de conhecimento de toda a corte que Nicksen se atraía por mulheres mais velhas, por isso ainda não era casado. Poucos meses antes, ele se envolvera em segredo com uma Condessa viúva. Nesse período, recusara todas as pretendentes oferecidas. A amante de Nicksen, porém, morrera na cama dele durante o sexo, antes que pudesse pedi-la em casamento. As fofocas ainda diziam que o Conde de Aberdeen não tinha percebido o óbito e finalizou o ato, dormindo ao lado da amante falecida até a manhã seguinte.

O Visconde ouviu o comentário de Maximilian e processou a informação por algum tempo, se lembrando da história da viúva. Depois, disparou a rir, tão alto que se sobrepôs ao som da banda. Algumas pessoas viraram os olhos para eles, e o Barão sorriu de canto.

— Boas comemorações, Visconde. — Maximilian o cumprimentou, caminhando para longe dele, enquanto Bram Hill ainda ria com tanta vontade que nem conseguiu se despedir.

O Barão de Ashborne foi na direção das mesas, caminhando de maneira elegante e refinada. Sua capa balançava nas costas e era difícil não olhar para aquele cavalheiro fúnebre e cheio de malícia.

Algumas moças se perdiam no meio das conversas, fixando as vistas na beleza mortuária do Barão das Cinzas. Uma delas ignorou completamente o que a amiga dizia e se levantou, caminhando na direção dele como se estivesse hipnotizada.

— Senhor Ashborne. — Ela reverenciou levemente ao se aproximar.
— Sempre tão charmoso. — Sua voz era baixa, muito delicada e sutil.

— A senhorita está igualmente bela, Madame Yohe. — O Barão cumprimentou a moça, apanhando sua mão quando ela ofereceu e beijando os nós de seus dedos, a fazendo corar. Não fossem pelos vestidos de tecidos floreados, característicos dos Yohe, e seus cabelos bem claros, Annika seria perfeitamente confundível com alguém da família real. Seus traços eram incrivelmente similares com os da Princesa de Hermon, e esse simples fato já causava uma enorme simpatia dos nobres em relação a ela.

— Ouvi dizer que vencerá o torneio esse ano. — A moça tinha um sorriso agradável. Seu rosto era jovem, de lábios delineados, cheios e pintados de rosa. Os cabelos cor de trigo estavam presos em um penteado bonito, enfeitado com uma trança. Os cachos moldados caíam nas laterais do rosto.

— Não é bom contar vantagem antes da hora. — Aos poucos, Maximilian ficava nervoso com essas previsões. Percebia que os nobres pareciam confiantes nele e se perguntou o quanto Julian fofocara pelos salões.

— Todos nós vimos seu Carnífice distinto. Ele tem olhos tão bonitos. — A moça se deteve para observar Arthur, que estava parado atrás do rapaz.

— Sim, ele é diferente — concordou o Barão, olhando por cima do ombro e vendo Arthur o encarar com a expressão mais neutra que conseguia. O nobre tinha um pouco de vontade de rir do desânimo do Carnífice.

— O Arquiduque disse que assistiu ao seu treinamento e que o senhor teve muito sucesso. — A dama de Yohe ergueu a mão, tocando o casaco de Arthur, vendo o material do tecido, como se olhasse um produto em uma loja.

— Ah… — disse o Barão, percebendo a natureza dos rumores. Jurou para si mesmo que agrediria Julian assim que tivesse a oportunidade. — Claro. Mas treinamentos não são iguais a uma luta real.

— Mesmo assim, vou apostar no senhor! — Ela voltou a olhar Maximilian, com seus olhões cor de mel, brilhantes e bonitos. As bochechas pareciam se iluminar quando ela sorria.

— Annika — ele a chamou pelo primeiro nome. — Você deve apostar na sua mãe. Ela também vai competir.

— Max, minha mãe não tem chance. Ano passado, Primrose mal conseguiu durar cinco minutos contra a Jade de Nicksen Aberdeen. — A moça ficou contrariada, desviando o olhar por um momento. — Acha que se minha mãe não estivesse competindo, apostaria em nossa família? Ela depositaria todo o dinheiro naquele Conde insensato!

— Exatamente por isso. Se não apostar nela, seu dinheiro vai acabar financiando o ego inflado de Nicksen. — Maximilian ergueu a mão, gentilmente tocando o queixo da moça.

— Ou eu posso apostar em você para que vença o desgraçado. — Annika também levantou as mãos, tocando o peito do nobre e segurando os tecidos de sua veste escura.

Annika Yohe era prometida como noiva para Maximilian desde que eram recém-nascidos, porém, após a morte de Valentin Ashborne e das acusações constantes dos Aberdeen contra a família do Barão, a matriarca dos Yohe decidiu cancelar o noivado e os jovens não tiveram a chance de ficar juntos. Desde então, Annika nutria uma birra incondicional pelo Conde de Aberdeen, ao contrário do restante de sua família, que parecia admirá-lo imensamente.

O título de Marquês da família Yohe tinha ido para as mãos de Nara, mãe de Annika, mas logo passaria para a filha. Muitos visavam a mão da jovem para ascender usando sua influência, contudo, prosperidade pelo casamento nunca foi do interesse de Maximilian. Portanto, ele não lamentava o cancelamento do noivado.

— Faça como desejar, minha querida. Mas espero que esteja certa — comentou o Barão, beijando os cabelos da moça com carinho.

— Sempre estou certa. — As mãos de Annika subiram pelo peito de Maximilian na direção dos ombros e ela apertou as roupas do rapaz, junto com a pele sob elas, bem onde Arthur tinha deixado a cicatriz.

O corpo de Maximilian se arrepiou e ele puxou o ar, sem conseguir conter o suspiro, mas se apressou em tirar as mãos da moça de si.

— Retorne aos seus assuntos, sim? Eu vou procurar pelo Arquiduque.

— O Barão tentou sair, mas Annika o segurou.

— Espera, Max. Por que não se senta conosco um pouco? — A dama de Yohe sorria para ele e o Barão se perdeu momentaneamente em seu rosto bonito.

Era inegável que o rapaz vinha ignorando os desejos de seu corpo jovem, e a presença de Annika o lembrava dessa negligência. Noite após noite ele dormia acompanhado do Carnífice, o que não dava espaço para que passasse tempo com alguma amante. Por consequência disso, sua cabeça pensava feito um predador libertino e ele via a dama de Yohe como um alvo fácil, de mãos delicadas e pele macia.

O Barão odiava estar preso nessas sensações, porque se desviava facilmente dos seus objetivos reais.

— Annika. — Maximilian abaixou um pouco o rosto e a beijou na bochecha, depois murmurou perto de sua orelha. — Eu venho procurá-la no final da festa.

Deixou um afago em seus cabelos arrumados antes de se afastar. A jovem estava com os lábios entreabertos e o rosto iluminado. Acabou estendendo os braços na direção dele quando Maximilian a soltou, e ficou parada com as mãos ao ar, órfã de sua presença.

Abriu seu leque quando se deu conta do ridículo que passava e se abanou, tentando tirar aquela paixão desenfreada de si. Foi se sentar novamente, sendo recebida com risadinhas e comentários. Maximilian voltou a caminhar pelo salão, afastando os pensamentos desregrados rapidamente.

O Barão de Ashborne foi pegar uma taça de água, para ter certeza de que não ficaria tão bêbado ao ponto de perder a razão. Recostou na parede bem a tempo de ver Julian se aproximando do centro do salão, acompanhado de empregados que carregavam um enorme quadro coberto por um tecido azul-marinho. Era o momento de anunciar a grade oficial de participantes da competição.

O Rei e a Princesa vinham juntos e se sentaram em belas poltronas. Num quadro decorado e de caligrafia impecável, Julian exibiu os nomes dos nobres que se enfrentariam na primeira fase do torneio. Maximilian ficou contente ao ver que a informação que tinha comprado na rua estava correta, o que significava que enfrentaria a monstruosa Carnífice de Milton. A perspectiva de uma derrota humilhante logo na primeira luta causou um incômodo no estômago do rapaz.

Era possível ouvir um murmúrio crescente no salão. As suposições já começavam a circular, antes mesmo de Julian terminar de dar o recado.

— Sei que estão todos ansiosos para especular quem sairá vitorioso este ano, mas permitam que eu prossiga, sim? — Julian pediu atenção. — Serão quatro lutas amanhã, todas com obstáculos na arena. — Então apontou para a escrita sobre a tela do quadro. — Os vencedores de cada luta passarão para a próxima fase e se enfrentarão. Quem ganhar o primeiro confronto batalhará contra o campeão do segundo, e assim por diante, até sobrarem apenas quatro competidores. Por último, os dois vencedores das semifinais disputarão entre si e o ganhador levará o prêmio de honra.

Alguns criados se aproximaram, trazendo o maravilhoso troféu de honra, todo feito em ouro, no formato de um anjo com asas mecânicas, disposto num pedestal com uma protuberante pedra preciosa e reluzente.

— Um dos prêmios é essa estátua com a joia da Coroa, o belíssimo diamante azul! Além disso, ganharão também essa urna com vinte Quilogears em ouro e parte do valor das apostas em seu nome! — Os olhos dos nobres brilhavam ao ver as engrenagens douradas tilintando. — Para os apostadores, depois de deduzidos os impostos da Coroa e o prêmio do primeiro colocado, todo o restante do valor das apostas será somado e dividido proporcionalmente entre aqueles que nomearem corretamente o vencedor. — Conforme ele falava, a audiência se forçava a prestar atenção.

A calma de Julian era palpável, ao mesmo tempo que vários nobres faziam contas nos dedos. Maximilian entendia bem como funcionavam as regras e estava tranquilo com a matemática apresentada pelo Arquiduque.

— Espero que se divirtam! — Quem declarou foi o Rei Maxwell de Hermon, e todos aplaudiram. — Eu agora os convido para uma dança. Peguem seus pares e venham. — O Rei sorria enquanto se levantava da poltrona onde estava sentado.

Os criados carregaram o móvel para a ponta do salão de dança onde Maxwell se sentou para assistir. A banda voltou a tocar uma música agradável e divertida. Julian pegou Christabel pela mão e eles se puseram no centro do salão, junto com vários outros pares. Os homens formavam uma fileira em um dos lados e as mulheres ficaram em outra, de frente para eles.

As saias dos belos vestidos rodavam no ar e as capas de alguns dos nobres seguiam o movimento. As moças erguiam seus braços e se deixavam ser giradas, depois gracejavam e tornavam a rodar.

Maximilian desencostou de onde estava e caminhou na direção das mesas, porém, foi o Duque de Chiseon que o chamou. Estava sentado com um grupo que jogava cartas e tinha uma cadeira vazia.

— Ashborne! O favorito desse ano! — Milton de Chiseon bradou animado, com a voz abafada pelo bigode em seu rosto. — Vamos jogar!

— Certamente. — Maximilian mantinha a compostura. Assumiu o assento que lhe foi oferecido.

O Duque passou a embaralhar e entregar as cartas. Além de Milton e sua esposa, mais dois cavalheiros compunham o grupo. Sobre o chão, ao lado da mesa, uma grande cuba de vidro rodopiava uma ventoinha mecânica poderosa. O artefato era ricamente adornado em dourado e pinturas onduladas de variadas cores. As partes de ouro retinham um punhado de pó vermelho que, como uma ampulheta, caía dentro do grande jarro de vidro, onde o líquido rubro revolvia e vaporizava. No topo do aparato, seis mangueiras longas, de cobre brilhante e desenhos similares aos tentáculos de um polvo, se ligavam a pequenas piteiras na ponta e, dessas, os nobres podiam tragar quantidades densas de luminóxido.

— Então nos enfrentaremos logo na primeira luta? — questionou o homem de bigode cheio, ao apanhar uma das mangueiras para levar aos lábios. Ele deu uma longa baforada e soltou a fumaça brilhante para o alto. O ar se encheu do cheiro ferroso do fumo-vapor, mas Maximilian não se incomodava.

— O consumo disso não foi proibido? — comentou o Barão, evitando a pergunta de Milton. Fez um gesto do rosto para indicar o imenso artefato que misturava pó e líquido a fim de gerar a fumaça luminescente.

— Ora, eu tenho a doença dos pulmões, não sabia? Isso me dá autorização para consumir! — Chiseon riu, batendo levemente no próprio peito. Era fato que o luminóxido frequentemente servia para tratar doenças de cunho respiratório, mas também elevava o vigor e aguçava os sentidos de seus usuários. Além disso, era conhecido por ser um grande afrodisíaco. — Vamos, Barão, vai me dedurar ao Rei? Ele está bem ali. — O Duque parou para soltar mais risadas. — Fume comigo, tem o suficiente para todos, eu prometo que não digo nada!

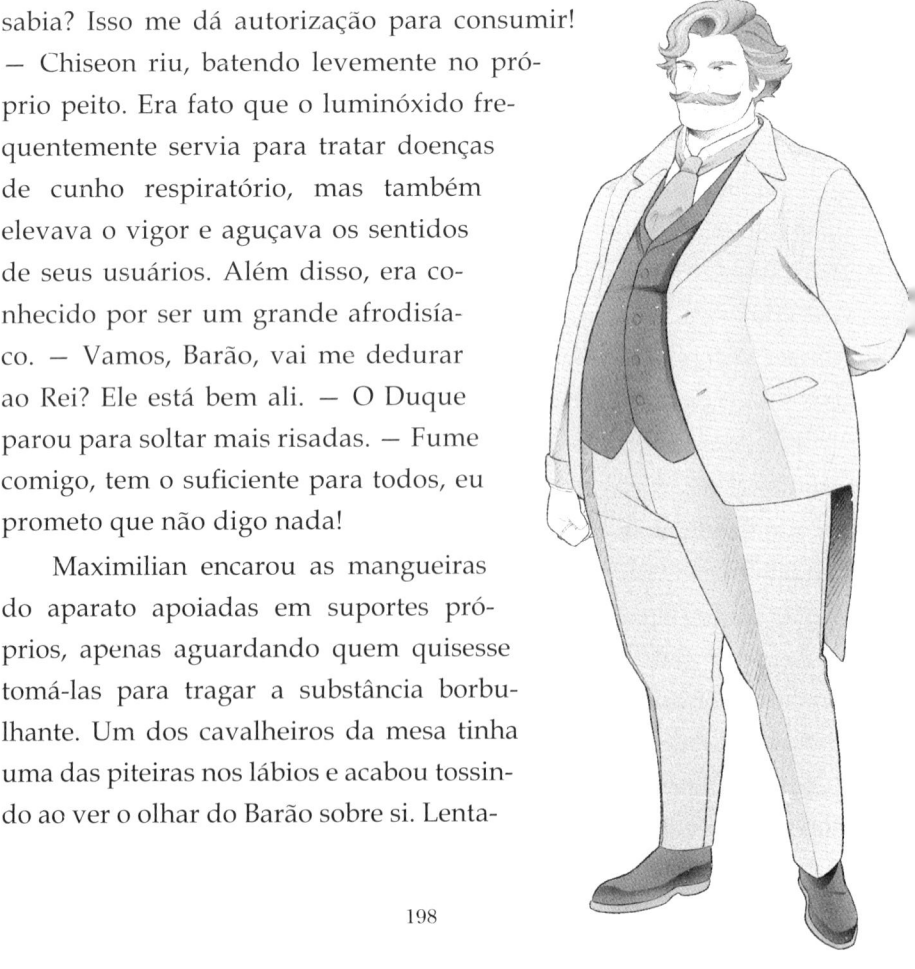

Maximilian encarou as mangueiras do aparato apoiadas em suportes próprios, apenas aguardando quem quisesse tomá-las para tragar a substância borbulhante. Um dos cavalheiros da mesa tinha uma das piteiras nos lábios e acabou tossindo ao ver o olhar do Barão sobre si. Lentamente, ele devolveu a mangueira para a base e o jovem de olhos azuis apenas reprimiu um riso.

— Eu não fumo. Não faz efeito em mim — admitiu Maximilian, voltando a olhar as cartas em sua mão. Tentou focar no jogo, mas parte de sua mente pensava no corpo despido de Annika Yohe e outra parte procurava pela Carnífice gigante que combateria Arthur no primeiro turno do torneio. Fang, a Hetzer de Milton, estava distante da mesa, recostada em um canto como se fosse parte da decoração, apesar de destoar totalmente da delicadeza de todos os floreios do Palacete. Era uma mulher de corpo imenso, com a cabeça raspada na lateral e com uma cicatriz assustadora cortando quase todo o rosto. Ela usava adornos nas tranças grossas. Era tão musculosa que parecia desafiar a anatomia.

Arthur sequer olhou para a Hetzer, seguiu quieto, se postando parado perto da cadeira de Maximilian.

A mente do jovem também reservava um espaço para se preocupar com o crescimento precoce da sua própria aceitação na corte. Os rumores que Julian tinha espalhado sobre sua possível vitória estavam refletidos em vários olhares, pequenos comentários e, inclusive, naquele convite despretensioso para jogar cartas partindo do seu adversário de estreia no torneio.

— Espero que seja uma luta justa entre nós, no primeiro turno. — Foi tudo o que o Barão conseguiu dizer e Milton acabou rindo de um jeito animado.

A esposa do Duque de Chiseon se retirou da jogada e passou a fumar de uma das mangueiras. Maximilian percebeu a própria falta de concentração e também precisou sair da aposta, perdendo aquela rodada.

— E sobre sua casa na província? Como é morar por lá? — Milton perguntou, com um sorriso oculto por trás do bigode. Ele falava com a mangueira pendurada na boca. A piteira exalava a fumaça avermelhada que os circundava. A mudança abrupta de assunto fez o Barão erguer os olhos para o outro nobre.

— Não vou vender minha casa, se é isso que quer ofertar novamente. — Maximilian estava embaralhando as cartas. O baralho dançava em sua mão como se fosse parte dela.

— Eu não disse isso! — O Duque recostou a piteira no apoio e bebeu um gole de vinho. — Acho que se quer voltar para a corte, vencer os torneios e ter mais prestígio, vai precisar de um lugar melhor do que aquele barraco na encosta, não acha? Eu tenho várias boas casas disponíveis. Poderíamos fazer uma troca, ou até um aluguel. — O homem mais velho tinha um tom amigável de quem faz uma boa barganha, e Maximilian ficou sério. Voltou a pensar no assalto que sofrera na estrada e em toda a discussão que tivera com Julian. Sua face ficou mais sombria, mas o rapaz não interrompeu a negociação antes de ouvi-la até o final. — Deixe que eu vá criar meus cavalos de infantaria na sua província e pode ir morar em uma das minhas mansões. Poderemos fazer bons negócios juntos.

— Para que precisa de uma província inteira só para criar cavalos, Duque? — O Barão de Ashborne fez um pequeno malabarismo, deixando o baralho rodar e dançar em círculos bonitos enquanto sortia. Em seguida, entregou as novas cartas para cada jogador. O jovem não deixava de olhar Milton de Chiseon enquanto fazia isso.

— Essa nação está em guerra e uma boa guerra precisa de bons cavalos! Sei que sua colina é ótima para cavalgar! — O homem riu por trás do bigode. Foi um som forçado de amizade exacerbada que ficou impregnado nos ouvidos de Maximilian. — Vamos, Ashborne! Um jovem tão promissor quanto você, jogado aos pés da fronteira, chega a soar carente! Aposto que damas boas não vão visitá-lo tão distante!

— Não estou carente. — Por algum motivo, o jovem nobre sentiu que deveria se justificar em relação a isso. — E minha casa não é negociável. Ponto final. — Ele ergueu as próprias cartas, intransigente. Estava segurando uma trinca de reis.

— Você não é humilde, Ashborne. Por isso que muitos não gostam de você. — Milton de Chiseon puxou um rei de Paus, o último que faltava para completar a quadra do Barão de Ashborne.

— Não vejo motivo para modéstia, Duque. Ninguém em todo o Starfort tem uma reputação tão ruim quanto a minha. Eu não tenho nada a perder — comentou o jovem Ashborne, abaixando as próprias cartas e revelando a trinca de reis e um ás de Ouros. Os outros jogadores balançaram a cabeça em negação, deixando as cartas no montinho, e o Barão ganhou toda a aposta da mesa, contradizendo sua fala.

Uma nova rodada se iniciou. Os jogadores fizeram suas apostas e, quando chegou sua vez, Maximilian empurrou de volta todo o dinheiro que tinha recebido na rodada anterior, fazendo os jogadores se entreolharem.

— Vai apostar tudo o que acabou de ganhar? — Chiseon perguntou, erguendo as sobrancelhas, tão peludas quanto seu bigode.

— Vou. É assim que eu jogo. Ou tudo, ou nada — declarou Maximilian, erguendo o olhar de canto para Arthur atrás de si. Dessa vez, o Barão apanhou uma das mangueiras do aparato e levou a piteira até os lábios perfeitamente esculpidos, dando uma longa tragada, apesar de ter dito que não fumava. O gosto do luminóxido era ferroso, assim como seu cheiro, mas a expressão leve e confiante do rapaz se manteve, apesar do amargor em sua boca.

O silêncio pairou na mesa por um momento, todos concentrados nas próprias cartas. Arthur recebeu o olhar do rapaz, mas se manteve imóvel. Um dos cavalheiros se retirou da aposta e, em seguida, a esposa de Milton também.

A tensão ficou entre o outro homem e o Duque de Chiseon. Porém, não demorou para que o cavalheiro deixasse suas cartas no monte de descarte.

Milton suspirou pesadamente.

— Tudo bem. — O nobre mais velho acabou abandonando a jogada como todos os outros. — Não tenho nada para arriscar contra você — admitiu e empurrou a nova pilha de moedas na direção de Maximilian.

— Os senhores precisam ser mais confiantes. — O Barão soltou a fumaça densa que mascarou o meio sorriso em seu rosto. Revelou a mão, mostrando um par de dois, um valete e um quatro. Certamente não venceria aquela rodada se não tivesse blefado. Voltou a recolher todo o dinheiro da mesa.

— Ora. — Milton estreitou as sobrancelhas felpudas. — Mas que boca de serpente essa sua! Você teria perdido, mas me convenceu a desistir!

Maximilian apenas riu, se deleitando com o espanto do Duque. Ele largou a mangueira de volta no suporte e aguardou enquanto a esposa de Milton dava novas cartas. Dessa vez, o jovem Ashborne esperou como se estivesse pensando. Por fim, depositou metade de seus Gears na mesa. Os cavalheiros finalizaram suas apostas e o Duque colocou uma quantidade de moedas superior às do Barão.

A esposa de Milton revelava o restante do jogo. Quando um dez de espadas apareceu, Chiseon ergueu a mão.

— Vou dobrar a aposta — avisou, entregando mais Gears ao monte. Os cavalheiros se retiraram, junto com a esposa de Milton. O Duque ergueu os olhos para Maximilian. — Vai sair, dobrar ou ficar?

O Barão pensou por um momento, olhando os movimentos de Milton de Chiseon. Depois analisou o jogo que estava sobre a mesa e colocou mais moedas.

— Dobro. E agora, Duque?

— Vou dobrar de novo! Não caio mais nos seus truques. — Ele parecia ofendido com a petulância do rapaz. — Dessa vez, valendo sua casa! Ponha as cartas e vamos ver esse jovem aprendendo uma lição!

O olhar de Maximilian se estreitou. A esposa de Milton puxou um sete de Copas e, depois, um ás de Paus. O Duque revelou sua mão, já convicto de que tinha vencido. Tinha uma sequência de números do naipe de Copas, que ia do cinco até o nove.

— Muito bom, Duque — comentou o jovem Ashborne, com sinceridade. — Mas, veja bem — começou a explicar, apoiando os cotovelos na mesa. — Não é só sobre as cartas. — Ensinava como se fosse ele o homem experiente ali, e não Milton. — Primeiro, perceba que o cavalheiro à sua direita acabou vendo o baralho do fundo enquanto sua esposa sortia. Ele se retirou porque o que precisava para uma boa jogada estava no fundo e não sairia nessa rodada. Depois, os outros dois se retiraram porque ambos espiaram sua mão. O senhor tinha uma boa combinação, mas não era a melhor. Sei porque o senhor não tinha um olhar confiante. Suas sobrancelhas são grossas e denunciam muito de sua expressão. — Depois, Maximilian mostrou o próprio jogo, com uma sequência de todos os Ases do baralho. — O senhor se deixou levar pelo meu blefe na jogada passada e achou que eu não teria nada novamente, então se dispôs a apostar tudo, até a minha casa. Mas eu não estava blefando dessa vez.

Uma tensão cresceu entre os dois e Maximilian permaneceu encarando o Duque, a essa altura envolto em uma nova camada de fumaça vermelha. Milton tinha um ar de superioridade vívida e ganância em expansão. Como um aviso, Maximilian esticou a mão pela mesa, puxando as moedas de volta para si.

— Eu não vou abrir mão de um bom jogo se eu souber que posso ganhar mais do que perder. — O tom de aviso do Barão era inflexível.

Milton observou aquele gesto e, de maneira ensaiada, derreteu seu semblante rígido. Abriu um enorme sorriso. Era a primeira vez que Maximilian via os dentes do Duque de Chiseon por baixo do bigode.

— Não é possível! — exclamou, depois aplaudiu. — Sei que perdi dinheiro, mas preciso parabenizar tamanha excelência!

O Barão de Ashborne sorriu de forma igualmente teatral. Estava pronto para se levantar com seus Gears quando uma voz se aproximou por trás.

— Ainda barganhando aquele barraco velho na beira do penhasco com esse borralho de nobre, Milton? — Nicksen puxou uma cadeira para se sentar com eles, sem ser convidado. O estômago de Maximilian gelou. — Vamos jogar, quero ver essa língua afiada me ameaçando.

O Conde de Aberdeen estendeu a mão e apanhou uma das mangueiras, deixando-a pendurada no canto da boca ao passo que a esposa de Chiseon lhe entregava o baralho. Maximilian respirou fundo, sabendo que não estava no seu melhor estado mental para aguentar a ladainha insuportável de Nicksen, ao mesmo tempo que queria ganhar outra aposta contra ele, para vê-lo choramingar pelo salão.

— Seu jogo, Barão. — Nicksen Aberdeen entregou as cartas. A fumaça saía de sua boca conforme ele falava.

O rapaz olhou o próprio jogo e viu que era impossível vencer com aquela sequência. Suspirou desacreditado, delatando o próprio azar. Procurou puxar assunto para ver se conseguiria blefar.

— E o seu campeão, onde está? Como era mesmo o nome dele? Chrome? — Maximilian lembrava do Hetzer que Nicksen tinha adquirido no mesmo leilão em que o rapaz comprara Arthur. — Não o vi na abertura do torneio. Achei que ele seria seu novo trunfo.

— E o seu Carnífice imundo? Já descobriu o que ele sabe fazer?! — Nicksen grasnou as perguntas em combate à questão de Maximilian. O Barão de Ashborne viu Milton se adiantar, em uma irritação visível.

— É fácil jogar contra Nicksen — disse o Duque de Chiseon, em tom de represália. Provavelmente, temia uma nova cena por parte do Conde de Aberdeen, como tinha acontecido no Salão da Bastilha. — Ele não tem metade do cérebro do avô dele. — Com um gesto, Milton dispensou Maximilian como se ele fosse um criado. Em seguida, tirou as cartas da mão dele. — Pegue seu dinheiro e saia, Ashborne. Divirta-se na festa.

Perante aquela enxotada, Maximilian não tinha como continuar na roda de jogo. Achou curioso que Milton reavivou a memória de Ainsley na conversa, mas o que o incomodou verdadeiramente foi a pergunta pontual de Nicksen. Mesmo assim, não ficou para questionar. Aproveitou a oportunidade de sair sem precisar dizer nada, ainda que em meio àquela grosseria. Apanhou o dinheiro feito uma meretriz ao final de seu serviço e se retirou rapidamente, sem nem sorrir para ninguém.

Assim que se afastaram um pouco, o rapaz entregou as bolsas de moeda para Arthur e seguiu caminhando para mais longe, pensativo.

— Será possível que algum empregado já abriu a boca para falar que eu estava enfurnado na biblioteca do Palácio de Vapor lendo livros sobre Carnífices? — o Barão de Ashborne comentou com Arthur quando já estavam mais afastados da mesa. — Pode ter sido Julian, se ele estiver mesmo jogando contra mim. — Ele passeou os olhos pela multidão, vendo o Arquiduque ao longe. — Ou foi Jade? Eu sabia que ela contaria que nos encontrou na biblioteca.

— Não foi Jade — Arthur respondeu, sem mudar a expressão. Ele seguia educadamente, sempre um passo atrás de Maximilian.

O rapaz encontrou um canto para se encostar e apanhou uma taça da mesma bebida clara e doce que tinha provado antes. Encarou o Carnífice por um momento, consciente de que não era comum que nobres perdessem muito tempo dialogando com seus Servos de Sangue em eventos públicos, entretanto, se permitiu um pouco de privacidade. Notou brevemente que os olhares dos outros Servos de Sangue frequentemente alcançavam Arthur, mas logo se desviavam.

— Deixe que eu adivinhe. Vou perguntar por que tem tanta certeza de que não foi Jade e você não vai me dizer, apenas vai pedir que eu acredite nisso sem nenhuma prova.

O rapaz o olhava, segurando a taça com os dedos relaxados.

— Exatamente.

— E eu vou aceitar, mesmo sem ter motivo nenhum para isso. — Um princípio de sorriso irônico surgiu no canto do lábio do Barão.

— Só se quiser. — A expressão do Carnífice continuava imutável e indiferente.

Na situação em que se encontrava, o Barão de Ashborne não tinha muita escolha. Sua única opção era acreditar nas palavras sem fundamento do Luger. Acabou soltando um riso baixo, se livrando do desprazer que vivera pouco antes, ao estar na mesma mesa de jogos que Nicksen. Momentaneamente, pensou na barganha de Chiseon sobre sua casa. Desde que era pequeno, ouvia o Duque ofertar à Camélia valores pela propriedade. Contudo, depois de ter sido assaltado por um Carnífice, sua tensão mudava de perspectiva. A discussão com Julian acendera um novo alarme em seu interior.

Mesmo com os pensamentos pesados, ele olhava ao redor de maneira curiosa. Viu Bram Hill ao longe, acenando como um velho amigo. Os rumores que Julian espalhava sobre sua vitória antecipada visitavam algumas mesas, e nobres sorriam de volta para o Barão aqui e ali.

Maximilian se lembrou do que tinha dito para Milton de Chiseon momentos antes: É assim que eu jogo. Ou tudo, ou nada.

— Por que Nicksen não trouxe o novo Carnífice dele? — o jovem nobre voltou a questionar o Luger, mas estava com os olhos em outro lugar no salão. Observava as pernas de uma moça que as cruzava sob os vestidos de tecido fino o suficiente para marcar sua silhueta. -- Ou não vai me contar sobre isso também?

— Ele não o comprou para combater — Arthur respondeu, acompanhando o olhar de Maximilian até a dama, depois de volta para o Barão.

— Como sabe disso? — O rapaz sorriu para ela ao longe, quando a moça o olhou de volta. Ela escondeu o rosto corado atrás do leque, mas mandou um beijo para ele.

— Porque Nicksen não o trouxe. — A expressão de Arthur era de puro tédio.

Maximilian perdeu o fio do flerte após a assertiva praticamente ridícula do Carnífice e o olhou, incrédulo.

— Às vezes penso que está zombando do meu intelecto. — O rapaz balançou a cabeça. O Carnífice não respondeu, então Maximilian prosseguiu. — Mas eu acredito que não é isso. Acho que você só dispara respostas óbvias e rasas para que eu não o questione mais. — O nobre bebeu o restante do conteúdo da taça e a deixou sobre uma mesa de doces. — Eu sei que você não é superficial como parece, Arthur. Vi isso no quarto mais cedo, quando me encarou tão profundamente que achei que eu não seria mais capaz de respirar. — O Barão de Ashborne deu um passo perigosamente íntimo para perto do Luger. — Não pense que não notei, mas o Carnífice que me assaltou o reconheceu e outros também. Jade o conhece, eu sei disso. — O rapaz ergueu os olhos, encarando as safiras de vidro no rosto de Arthur. — Mas você se recusa a me dizer o que você é e o que sabe fazer.

Um breve silêncio se instalou e o Servo de Sangue permaneceu parado, com o mesmo semblante inquebrável e imparcial de sempre.

— Oitocentos mil Gears — Arthur respondeu, com a voz baixa e imponente que tinha. Era exatamente o valor que Maximilian tinha pagado por ele no leilão. — E algumas vitórias em torneios de Carnífices — completou, sem desviar o olhar. — É isso o que eu sou.

O rapaz recebeu a informação de maneira ácida. Ele o encarou profundamente e quis retomar a discussão que acontecera no quarto. Queria pressioná-lo e estapeá-lo para ver aquele olhar confuso de novo. Lembrava-se da morte cruel do assaltante na estrada, da expressão maníaca do Carnífice depois do choque. Tudo tão monstruoso e assustador.

Entretanto, como um turbilhão de imagens sobrepostas, Maximilian recordou as outras facetas. Visualizou as noites em que dormiu ao lado dele, o peso do abraço de Arthur, o aperto em seus cabelos e as palavras que pediam para que ele não tivesse medo. O rapaz rememorou a sensação dormente e malignamente erótica das presas afiadas do Luger penetrando a pele fina de seu pescoço e imediatamente o corpo inteiro do Barão se arrepiou. A marca do seu pacto de confiança pulsava e Maximilian ficou consciente do tecido raspando sobre ela.

Sem dizer mais nada, o rapaz virou as costas para o Carnífice e voltou a bater os saltos do sapato pelo salão. Desta vez, estava certo de que encontraria diversão de verdade.

Capítulo 16

A festa se estendia e Maximilian já tinha se entregado ao álcool novamente. Seu corpo estava leve, as pontas dos dedos adormeciam e ele se sentia mais amigável. Ouvia a música e cumprimentava nobres em vários grupos, apanhando trechos de conversas e sendo agraciado por cortejos em todo lugar. Ficava mais adepto aos sorrisos quando estava ébrio.

Caminhou para perto de uma das mesas e foi chamado por um grupo de jovens que provavam doces. Uma das damas lhe deu um chocolate e sorriu. A moça abanava as bochechas coradas.

O licor dos doces acentuava a embriaguez e deixava a mente do Barão enevoada. Acabou abraçando a dama, depois de algumas conversas. Sorria ao ouvir os murmúrios apaixonados da moça em seus braços, mas seus olhos estavam distantes, na figura de outra mulher ao redor do salão. Maximilian observava Annika Yohe ao longe.

— A senhorita gosta mesmo de chocolates — o nobre comentou com a moça que o paquerava.

— Mais ainda quando estão nos seus lábios, Barão — a jovem respondeu, erguendo as mãos para os ombros dele e, como Annika tinha feito, apertou a pele onde ficava sua cicatriz, provocando um choque excitante em todo o seu corpo.

Ele tirou educadamente a mão da moça de seu ombro, mas não conseguiu evitar de erguer as vistas para Arthur, que estava um pouco distante, o encarando de volta com aquela frieza instigadora.

A dama riu, enroscando os dedos nos cabelos escuros de Maximilian. Não notava que os olhos do rapaz vagavam por outros lugares. Sem pensar muito, o Barão abaixou o rosto e beijou os lábios da moça. Segurou-a nas faces, a amparando enquanto sentia o sabor de chocolate na boca macia. Contudo, não se demorou.

Ela sorria de satisfação e se dependurava nos ombros dele, com o rosto corado e a respiração ansiosa, mas o Barão não permitiu que as carícias perdurassem. Depositou um beijo na bochecha da moça e a soltou. Já era a terceira jovem com lábios adocicados daquela noite. Ainda insatisfeito, ele se afastou do grupinho com uma reverência.

Procurou se recompor, passando os dedos nos cabelos e os penteando para trás. Arthur se mantinha tediosamente afastado, ainda assim, dava a entender que tinha a paciência necessária para estar ali durante toda a festa, mesmo se tivesse alguma escolha.

Ao longe, alguns cavalheiros se levantavam da mesa onde Annika se sentava com a mãe e outras damas. Ao ver que as mulheres eram deixadas sozinhas, o Barão seguiu naquela direção. Todas fizeram silêncio ao vê-lo.

— Boa noite, senhora, senhoritas. — Ele cumprimentou a mãe, as damas e, por último, Annika. — Poderia me dar a honra dessa dança? — pediu para a jovem, mas era fuzilado pelo olhar de censura da Marquesa de Yohe.

— Claro, Barão. — Annika estendeu-lhe a mão e se deixou levar, abanando uma despedida para a mãe, que claramente desaprovava.

Os dois chegaram no salão e se embrenharam entre os nobres, acompanhando o passo certo. Maximilian tocou a mão direita na de Annika e os dois giravam enquanto se olhavam. A capa do Barão fazia uma sombra escura atrás do seu corpo. Trocaram de lado e rodopiaram. Aproximavam-se, segurando as mãos e depois tornavam a se afastar.

O embalo da música era agradável. Alguns tons mais animados davam o ritmo para o momento que tinham que atravessar o salão em um trote saltado, fazendo os cachos de Annika pularem em seu rosto enquanto ela ria. Maximilian também estava animado, em grande parte por culpa do álcool.

— Você fica lindo quando sorri! — Annika elevou a voz sobre o ruído da música e o Barão ergueu as sobrancelhas.

— Eu não estou sorrindo. — Ele mentiu. Girou a moça ao redor do próprio eixo e depois soltou suas mãos.

— Está, sim! Você deveria sorrir mais vezes! — Annika virou na direção dele. Tocaram-se, depois tornaram a afastar.

O comentário fez o Barão ceder e rir baixo. Balançou a cabeça em negação, mas prosseguiu com a dança. Eles rodopiaram por todo o minueto e pelo *allemande*.

Os nobres bebiam, dançavam, riam e jogavam cartas. O salão estava cheio de som e cor. Conforme o tempo passava, o vinho os tornava mais eufóricos e agitados. Alguns já se retiravam do salão e outros estendiam a noite. O Rei já tinha retornado aos seus aposentos havia muito tempo, assim como a Princesa e seu esposo. Maximilian acabou perdendo as contas de quantas taças tinha bebido.

O Barão puxava Annika pela mão e os dois subiam as escadarias do Palacete, na direção dos aposentos do salão com a estatueta do cavalo de Godfried.

Pararam na porta do quarto do rapaz aos beijos. Annika desabotoava a veste escura do nobre desajeitadamente.

A euforia fez com que os dois esquecessem do mundo ao redor e Maximilian girou a maçaneta, tentando entrar em seu quarto, mas estava trancado. Ele ergueu o rosto e encontrou Arthur parado ali com as chaves na mão.

O semblante de gelo do Luger relembrou Maximilian da existência daquele Carnífice a quem se abraçava quase todas as noites. Uma sensação estranha de culpa invadia o rapaz e seu corpo, que estivera quente e ansioso dos beijos de Annika, de repente esfriou. Maximilian cerrou os dentes, sem saber exatamente o que fazer. Quanto mais o silêncio se estendia, mais estranha a situação ficava. Entretanto, Annika apanhou as chaves das mãos do Carnífice.

— Se não vai mandá-lo abrir, eu mesma abro. — Ela soou irritadiça. Destrancou a porta e puxou o rapaz consigo para dentro. Não deu tempo para que o Barão refletisse.

A dama de Yohe passou e Arthur fechou a entrada. A jovem trancou o quarto e largou as chaves no chão. O Carnífice não se deu ao trabalho de apanhá-las. Annika voltou a puxar Maximilian para seus beijos apressados e pouco coordenados. O Barão fechou os olhos, se deixando levar pela situação, mesmo que estivesse pensando em outras coisas.

Sua mente vagava em uma onda de caos e luxúria. Ele subia na cama, sobre o corpo de Annika e apalpava seus seios, fazendo a moça suspirar. Passou a remover o espartilho que ela usava, soltando as amarras na parte da frente. Annika se sentou, desabotoando a camisa do Barão, que já estava sem a veste e a capa.

Porém, assim que a moça tocou seus ombros, Maximilian sentiu a corriqueira fisgada em sua cicatriz e se lembrou de que não podia deixar que Annika visse aquela marca, então a virou de costas, empurrando suas mãos para a cama.

— Max! — a jovem exclamou, ao tempo que ele enfiava as mãos por baixo das saias dela e removia a peça de renda que lhe cobria as pernas.

— Sim? — O Barão se colocou de joelhos atrás da moça, desabotoando as próprias calças, sem se preocupar demais.

— Desse jeito?! — Ela estava completamente corada, se sentindo indecorosa, postada de quatro sobre a cama.

— Devo virá-la de volta, Annika? — A voz dele saía cheia de ar e a dama logo sentiu as mãos do Barão em sua cintura, conforme ele aproximava o corpo do dela.

— Ah... não. Não me vire — a moça disse, sem querer pensar mais. Já ofegava tanto que parecia estar naquele ato há horas. Apertou os lençóis em suas mãos.

Maximilian não demorou para empurrar o corpo contra o dela. Deixou o ar sair pesado pelos lábios entreabertos e apertou a pele da cintura de Annika, por baixo das saias.

Os dois estavam quase totalmente vestidos e os cachos da dama pulavam conforme ele se movia contra ela. A posição era ideal para que Annika não viesse a tocar sua cicatriz, o que acalmava um pouco os pensamentos do Barão. Mesmo assim, ele não conseguiu evitar de passear os olhos pelo quarto, procurando o Carnífice.

Viu Arthur sentado em um canto reservado. O jovem nobre não podia enxergar seu rosto, mas o Servo de Sangue tinha uma expressão ainda mais séria do que nunca, pacientemente ignorando a situação que acontecia às suas costas. O ranger da cama alfinetava cada um dos seus pensamentos ao passo que o quarto se enchia de ruídos.

Maximilian fixou os olhos naquela silhueta escura que se sentava ao longe, alheia ao que os nobres faziam no quarto e sentiu uma pontada de raiva pela indiferença surreal do Carnífice. Sem perceber, perdeu o foco da situação ao redor.

— O que está fazendo? Olhe pra mim! — A voz oscilante de Annika trouxe o Barão de volta. Só então o jovem Ashborne reparou que seu ritmo tinha se tornado relapso.

— Desculpe, me distraí. — Maximilian rapidamente voltou os olhos para a moça. Sua mente, entretanto, estava fixada na vontade que tinha de ir até aquele canto do quarto para puxar Arthur pelos cabelos e gritar até ver algo mais do que impassibilidade naquele olhar, como aconteceu depois que o Barão usou as pulseiras de choque. Mesmo ali, diante de um ato carnal explícito, Arthur se limitava a ficar quieto, aparentemente tranquilo, de costas e em silêncio.

O nobre fechou a cara e tentou desligar a mente da presença do Carnífice, mesmo que a cicatriz em seu pescoço pulsasse como se quisesse ser tocada.

A dama de Yohe já não tinha mais nenhuma elegância e murmurava súplicas de desejo, puxando os tecidos pesados da cama para si. Depois de algum tempo, deixou o tronco pender para frente e apoiou o rosto nos travesseiros. Apreciava a força das investidas do Barão contra seu corpo e se deleitava com cada centímetro daquela sensação.

O casal se perdeu num êxtase audível e, logo, estavam rolando nos lençóis, um agarrado ao outro, de mãos dadas. Distribuíam beijos no rosto e nos lábios e respiravam fortemente. Arthur permaneceu sentado no canto do quarto, com a cara amarrada e os olhos fechados, ouvindo o romance que se consumia na cama tão próxima que o Carnífice desejou estar em um quarto maior só para conseguir ficar mais distante.

Entre as cobertas, Maximilian sentia as carícias de Annika. Quando ficou totalmente satisfeito, desabou no colchão. Aos poucos, ficava mais sóbrio e conseguia notar a fragrância agradável de crisântemos que vinha da pele da jovem. Manteve os olhos fechados, disposto a relaxar. Contudo, sentiu um vazio quando a moça passou a se afastar.

— Preciso sair. Minha mãe não pode imaginar que eu estive aqui — declarou Annika, tentando colocar as roupas de volta no lugar.

— Mas é claro que ela já imagina isso, Ann. — O Barão se sentou na cama, começando a sentir um princípio de dor de cabeça.

— Ela pode suspeitar, mas não terá certeza enquanto não me flagrar fora do quarto. — A dama ficou de pé, puxando as cordas do espartilho. — Ao menos não me desarrumei demais. — Acabou rindo, enquanto o outro a observava do colchão. — Venha me ajudar.

O Barão respirou fundo. Ficou de pé, colocando as calças de volta e fechando os botões. Esticou o olhar e viu que Arthur continuava indiferente como uma estátua, no mesmo lugar de antes.

O jovem Ashborne foi até a dama de Yohe, erguendo as mãos cheias de anéis para amarrar os laços do espartilho enquanto ela se ocupava em ajeitar o próprio penteado.

Os cabelos de Maximilian caíam pelos ombros, lisos e um pouco despenteados. Sua camisa estava parcialmente aberta e ele tinha a expressão boêmia, o que lhe dava um ar incomumente masculino.

— Às vezes eu me questiono como o mundo pôde criar um ser tão belo quanto você — Annika murmurou, erguendo as mãos para tocar no rosto dele, reparando no contraste claro entre a pele morbidamente pálida do rapaz e a dela, que era cor de mogno. — Quero muito ser sua esposa. Vou negar todos os pedidos até que minha mãe o aceite novamente.

Aquela frase soou um tanto desagradável para o Barão, que não pensava em matrimônio antes de adquirir um título de nobreza igual ou superior ao de qualquer pretendente. Contudo, preferiu evitar um conflito e concordou com a cabeça.

— O que é isso no seu pescoço? — Annika mudou a expressão, franzindo o cenho um pouco. Começou a afastar os cabelos escuros de Maximilian, mas ele ergueu a mão rapidamente, a impedindo. O Barão sentiu o sangue gelar assim que a ouviu notar sua cicatriz.

— Vá logo. Sua mãe não vai demorar para procurá-la. O baile já deve estar encerrando. — Ele deu um passo para trás, puxando a camisa para cima e passando a abotoá-la.

Annika o olhou um pouco mais, de um jeito desconfiado, porém, não continuou com o assunto. Aproximou-se e pressionou os lábios cheios novamente contra os dele, deixando no ar a sensação de que não queria partir. Por sua vez, Maximilian já sentia claros sinais de ressaca e ansiava por estar sozinho, ainda mais depois de quase ter sido exposto pela marca da mordida. Permitiu que o afago se estendesse enquanto ele a levava para a porta. Pegou as chaves caídas no chão e abriu a saída.

— Espero que possamos repetir isso em breve. — Annika se despediu, depositando um último beijo nos lábios do nobre antes de sair pelo corredor.

O Barão suspirou, vendo a moça se afastar. Passou os dedos nos cabelos, tentando arrumá-los no lugar, sem deixar de pensar na mordida em seu ombro. Trancou a porta quando ela saiu e se virou novamente para dentro do cômodo. Voltou a olhar Arthur lá no canto, parado e tão expressivo quanto uma banqueta de mármore.

— Venha — o jovem nobre falou para o Carnífice, caminhando de volta para o colchão.

O Servo de Sangue o ignorou terminantemente, sem se mover do lugar. Se Maximilian não soubesse que ele estava ali, poderia dizer que não tinha mais ninguém naquele cômodo.

— Você não tem coisas para fazer? — Apontou a si mesmo, indicando que precisava trocar de roupas para dormir, mesmo que o outro não pudesse vê-lo.

Arthur abriu os olhos, encarando a parede à sua frente, deu um suspiro audível, o que antes era uma raridade. Então, finalmente caminhou na direção do Barão.

Parou diante dele, como se enxergasse o nada. Removeu o que restava dos seus trajes da forma mais mecânica possível, apanhando a bata cinza de mangas compridas que estava cuidadosamente dobrada sobre a cadeira da escrivaninha. Vestiu-a no Barão e depois o encarou mais diretamente, como se só então pudesse vê-lo.

— O que foi? — Maximilian observou aquelas íris quase brancas direcionadas para si. Arthur não respondeu. — Está com ciúmes? — o nobre questionou, colocando uma das mãos na cintura. Não evitou um meio sorriso que brotou em seus lábios, nem o fio de animação que surgia em sua voz.

O Carnífice permaneceu em silêncio, mas suas sobrancelhas estreitaram em uma leve expressão de irritação. O Barão ergueu a mão livre e empurrou o peito dele com o indicador.

— Puxei a camisa para Annika não reparar na minha cicatriz, se é isso que te preocupa. Ninguém vai saber do nosso pequeno pacto de confiança. — Maximilian esticou os dedos para tocar nas roupas do Carnífice, mas Arthur se virou, caminhando para longe como se já estivesse dispensado dos próprios serviços. Deixou o rapaz com os dedos flutuando no ar, indo alcançar o vazio.

O Barão encarou a silhueta se afastando e encolheu um pouco os ombros, em uma expressão irritadiça. Lá estava o Luger, novamente indiferente como um galho seco em uma floresta.

— Arthur — o jovem o chamou, abaixando a mão que estava no ar e apontando para a própria cama. — Ali embaixo tem um colchão para você. Quero que descanse esta noite.

O nobre esperou, vendo que o Carnífice não se manifestava. A angústia de olhar para o Luger era a mesma de ver um aparato mecânico que precisava de corda para funcionar de novo.

— Venha. Estou ordenando — declarou o rapaz, com um peso no peito. Não queria voltar a usar frases de comando, principalmente depois de ter perdido o controle e acionado os supressores contra o Carnífice. Seguia falhando em sua promessa de conquistá-lo sem o uso da força desde sua chegada no Starfort.

Mais uma vez, mesmo diante da ordem explícita, o Carnífice desobedeceu. O silêncio se estendeu por alguns instantes e Maximilian se sentou no próprio colchão, irritado com o fato de que o Servo de Sangue claramente não o levava a sério. Ficou observando as costas do Luger ao longe e respirou fundo.

— Você vai competir amanhã. Precisa ficar confortável — disse para o nada e não recebeu nenhuma resposta. Maximilian não entendia por que estava se preocupando tanto. Arthur permanecia de olhos fechados, ainda ignorando a presença do nobre.

O suspiro de Maximilian foi audível. O rapaz desistiu e se deitou de volta, puxando as cobertas para cima do próprio corpo.

— Apague a luz — ordenou, por birra. Queria ver quantas coisas mais precisaria ordenar para fazer o Carnífice se mover. Já corria os dedos pelo anel de controle novamente, considerando eletrocutá-lo mais uma vez, tamanha a raiva que sentia.

Contudo, não precisou de mais nada. Pouco tempo depois, a válvula de gás das lamparinas foi acionada, e o quarto ficou escuro.

Capítulo 17

O Barão acordou cedo como deveria. Pediu aos criados que trouxessem água quente para se lavar. A cabeça dele doía da ressaca causada pelo vinho. Seus olhos pesavam e era difícil ficar com as pálpebras abertas. Entretanto, Maximilian não murmurou uma mísera palavra de reclamação.

O Carnífice de cara amarrada se aproximou para ajudar o nobre a se arrumar após o banho. Vestiu-o com uma camisa cinzenta de finas listras pretas, cujo barrado ficava cuidadosamente dobrado para dentro das calças curtas e escuras. Nos quadris, cordas de couro delicadas faziam a decoração, combinando com as botas de cano alto, feitas do mesmo material.

Arthur o chamou com um gesto para o canto do trocador, depois esperou o Barão se segurar nos dois ganchos dourados afixados sobre o papel de parede florido. Os dedos longos do rapaz se fecharam firmemente nas alças cor de ouro.

O Carnífice encaixou um meio-espartilho na cintura do nobre e então ajustou as cordas, nivelando-as para que pudesse puxar.

Maximilian aproveitou que estava de costas e fechou os olhos por um momento, sentindo uma pulsação dolorosa nas têmporas, por conta do divertimento exacerbado da noite anterior.

Mal teve tempo de relaxar e já sentiu um puxão violento nas amarras do espartilho decorado que o Carnífice cinturava em seu corpo.

— Art... — Maximilian tentou começar uma frase, mas seus pulmões se esvaziaram e ele sentiu todos os órgãos internos sendo comprimidos.

Puxou o ar de uma vez, procurando forças para falar, mas outro tranco veio, muito mais forte que o primeiro. O Barão acabou largando as alças de metal que usava de apoio para se manter no lugar. Seu corpo foi para trás e ele quase caiu.

— Arthur! — gritou, nervoso. O Carnífice foi obrigado a soltar as cordas para amparar o corpo do rapaz, que pendeu em sua direção.
— Controle-se! — Maximilian levou as mãos para as próprias costas, tentando afrouxar as cordas que pareciam dispostas a dividi-lo em dois.
— Desculpe, me distraí. — O Servo de Sangue repetiu exatamente a frase que o Barão dissera para Annika enquanto estavam na cama na noite anterior, indicando que ele tinha, sim, escutado ao menos parte do ocorrido no aposento. O semblante de Arthur não estava nem um pouco abalado ou preocupado. Ele permaneceu olhando o rapaz estrangulado pelas cordas das roupas e não o ajudou a aliviar a pressão dos laços do espartilho.

Maximilian virou o rosto sobre o ombro, o encarando, enquanto se livrava das amarras. Procurou algo mais na expressão do Servo de Sangue, mas esse seguia imutável. Mesmo que estivesse agindo de maneira desordeira propositalmente, não havia nada para ser lido em seu rosto.

— Você está desleixado. — O nobre retomou o ar. — Vamos, faça direito dessa vez.

O Carnífice não respondeu, apenas o encarava com a mesma expressão vazia de sempre, parecendo ainda mais desinteressado do que de costume e talvez até um pouco sádico. Maximilian voltou a ficar de costas para ele, segurando novamente nas alças de metal que eram próprias para auxiliar na vestimenta desse tipo de peça. Arthur ergueu as mãos e tornou a puxar suas cordas, de um jeito mais sensato dessa vez.

— Está nervoso com a competição? — O Barão esperou que o outro terminasse e apanhou os óculos de sol de lentes redondas e um chapéu-coco. Colocou brincos compridos de safira. — Eu entendo se estiver, mas precisa se controlar ou não venceremos. — Ia falando, conforme caminhava na direção da porta. Arthur não o respondeu até chegar ao lado dele.

— Não estou nervoso com a competição. — O Carnífice abriu a boca para falar, de um jeito que permitiu que Maximilian visse suas presas afiadas e sua voz soou um tanto intimidadora.

Com um aceno da cabeça, o Barão se lamentou por estarem naquela situação desagradável e fria logo no dia dos jogos. Estranhavam-se desde o assassinato do assaltante que rendera a carruagem dos dois. Porém, antes tinha sido Maximilian que exigira distância, e o Carnífice quem o procurara para dialogar. De repente, os papéis tinham se invertido.

No peito do jovem, a angústia era crescente. O Luger escondia segredos sobre seus poderes e Maximilian apenas podia acreditar em sua promessa de vitória. Entretanto, toda a aposta estava nas mãos do Carnífice de humor amargo.

Enquanto seguia para fora do quarto, o nobre se lembrava do momento em que discutiram e o Servo de Sangue perdeu a compostura. A forma como Arthur agarrou Maximilian pelos cabelos e o encarou tão intensamente fazia o rapaz suspirar de preocupação.

Eles andavam juntos pelos corredores do Starfort. O Luger trajava seu costumeiro sobretudo preto e longo. O casaco era como uma capa, abotoado apenas até a altura da cintura e preso com dois cintos de fivela simples. As golas eram bem altas e cobriam seu pescoço. Ele usava botas de estilo militar e uma calça de tecido pesado. Toda a sua roupa era escura, fazendo-o parecer uma sombra ainda maior, grudada à silhueta lúgubre do jovem Ashborne.

Assim que chegaram no salão de recepções, o Duque de Chiseon os cumprimentou.

— Vai a algum funeral, Barão? — perguntou, bem-humorado apesar de sempre parecer sério por trás do bigode.

— Ao seu — respondeu Maximilian, apanhando uma das uvas sobre a mesa de banquete, que já estava disposta para que os nobres petiscassem.

O Duque deu uma risada comedida, difícil de perceber se estava mesmo se divertindo ou forçando simpatia pelo humor ácido do Barão. Deu uma batidinha irritante nos cabelos do jovem, como se cumprimentasse uma criança. Aquele gesto fez a cabeça do Barão ressoar de tanta dor. Maximilian ouvia um apito constante no ouvido e agradeceu imensamente por estar usando óculos escuros, ou teria deixado visível cada centímetro de seu descontentamento.

— Boa sorte nas lutas. Não vou deixar fácil para você! — Milton avisou, ainda repleto de meio-risos. A Carnífice dele o seguia, com proporções físicas assustadoras. Ela era mesmo enorme.

Maximilian assentiu com a cabeça, forçando um sorriso que veio cheio de ódio. Fingiu não notar a gigante que acompanhava Milton e deixou o Duque sozinho com as frutas da mesa.

O Barão das Cinzas apanhou um copo de água e bebeu tudo de uma vez para tentar amenizar a sensação desagradável.

De longe, viu que Annika acenava. A moça estava radiante com um vestido de mangas bufantes e estampa de lírios, bem característico das damas de Yohe. Com um gesto discreto, Maximilian acenou para ela de volta, mas logo desviou o olhar.

Julian vinha caminhando, com Hex atrás de si. Ele tinha os cabelos soltos como de costume e gesticulava cumprimentos para aqueles que se aproximavam.

— Podemos seguir para a sacada? O Rei chegará em breve! — anunciou o Arquiduque, apontando os criados que acompanhariam os nobres. Começaram a passear pelas escadarias até a varanda com a vista para o coliseu do Pavilhão Pentagonal. — Os primeiros competidores, por favor acompanhem Hex, ele guiará o caminho para a arena.

No alto do camarote da nobreza, as poltronas confortáveis estavam dispostas e a mesa repleta de comida cheirosa chamava atenção. Dessa vez, pedaços de carne cozida estavam servidos, junto com legumes, taças de vinho e suco fresco. Várias frutas maduras e castanhas de todos os tipos eram oferecidas em bandejas decoradas. Maximilian desjejuava e começava a se sentir melhor da dor de cabeça.

No restante do Pavilhão, os assentos estavam lotados com uma plateia que gritava animada ao ver os nobres entrando, exibindo seus delicados trajes de verão e seus Carnífices poderosos.

O clima de festa causava excitação e euforia. Homens e mulheres nobres apontavam a plateia lotada, riam dos bailarinos que faziam piruetas para entreter o público e aplaudiam ao som da banda.

O Barão de Ashborne observava cada detalhe e sentia uma crescente ansiedade se manifestando em um arrepio que percorreu todo o seu corpo. Aquele lugar era magnífico e, em breve, o Barão seria o pilar de todos os olhares da imensa audiência. Seu coração acelerou e ele disfarçou as emoções ao enfiar casualmente outra uva na boca.

— Senhoras e senhores! Damas e Cavalheiros! — A voz de Julian soou, ecoando por todo o Pavilhão, amplificada pelo microfone de metal. — O Rei, Maxwell de Hermon!

Sua Majestade adentrou a varanda especial dos nobres. Vinha acompanhado de Christabel e ambos usavam a cor da realeza.

Maxwell tinha uma longa capa de veludo bordado cuja ponta era carregada por dois criados. O colete de mesma tonalidade relevava uma padronagem decorativa estupenda. A coroa cintilava em sua cabeça e ele erguia as mãos, acenando para todos que aplaudiam sua presença. Os nobres reverenciaram e abriram caminho para que ele passasse.

— Este dia é especial, pois daremos início ao Quinquagésimo Torneio dos Mestres dos Monstros! — anunciou o Rei, e esperou enquanto a audiência gritava e aplaudia em puro êxtase. Depois, prosseguiu com seu discurso. — Há cinquenta anos, essa nação refinou a prática do combate. A Rainha Theodora Gear reinventou o adestramento dos monstros bestiais da Francônia e potencializou o comércio do nosso país. Nossa Rainha, poderosa e soberana entre os Saxões, aprimorou com as próprias mãos o equipamento que hoje permite que nossas vidas sejam inundadas de qualidade. Ela tornou possível que nós mantivéssemos seguras as fronteiras de nossa nação!

A plateia urrou de emoção. O Rei esperava os ânimos acalmarem para que continuasse o discurso. Dois criados se aproximaram, guiando o Carnífice de Louise Huang Li para perto do Rei, que segurou o pulso do homem ruivo.

O Servo de Sangue usava a mesma máscara de aço sobre o rosto que Maximilian tinha visto da outra vez. Deixou que Sua Majestade erguesse seu braço e mostrasse para todo o público que usava os Supressores Alfa fincados em seu pulso.

— Com essas máquinas nós permanecemos vitoriosos contra esses monstros! Com elas, podemos ensinar estas criaturas sobre as maravilhas da humanidade e da civilidade! Theodora Gear tornou isso possível e eu apenas posso me orgulhar de dar continuidade ao seu legado! — Maxwell exaltou, soltando o braço do Carnífice e gesticulando para a audiência.

— Vida longa ao Rei! — Julian exclamou, aplaudindo. O mar de pessoas o acompanhou, numa onda ensurdecedora de vozes, repetindo a mesma frase.

O som das palmas inundou o ar. Os ocupantes das outras arquibancadas batiam os pés no chão para fazer mais barulho, e o entusiasmo era tão denso que quase dava para tocá-lo. Contudo, um ruído baixo pareceu sobrepor todos os outros.

Em meio ao furor da plateia, um riso rouco e grave ecoou, amplificado pelo aro de metal que era ligado aos tubos de ar, capazes de distribuir a voz. Aos poucos, a audiência se calava e uma fina onda de medo se espalhou.

O Carnífice de cabelos cor de vinho estava com a cabeça abaixada, mas era possível ver seus dentes afiados enquanto ele ria baixo, de um jeito que era quase inaudível e, ao mesmo tempo, ecoava pelo microfone, ampliado para todo o Pavilhão.

Aquele homem estava perigosamente ao lado do Rei e seu simples ruído risonho e sinistro zombava do discurso de Sua Majestade.

A situação se tornou imediatamente ameaçadora. Julian ficou tenso, assim como todos os outros nobres. As certezas das afirmações do Rei seriam facilmente derrubadas caso aquele insano resolvesse causar uma comoção. Ao mesmo tempo, se os nobres demonstrassem medo, poderiam indicar fragilidade no discurso tão seguro de Maxwell, que afirmou com todas as letras sobre o poder das máquinas supressoras e da prosperidade da humanidade.

A apreensão pairou no ar por perigosos segundos, até que, como um anestésico aplicado em uma ferida, a voz de Julian se fez ser ouvida em todos os cantos do Pavilhão Pentagonal.

— Estamos prontos para começar! Os primeiros competidores vão entrar! Façam suas apostas! — declarou ele, sorrindo animadamente e, por sorte, a plateia voltou a gritar.

Rapidamente, os criados retiravam o microfone do caminho, deixando os nobres livres para preencher suas apostas.

Maximilian recebeu um papel e uma caneta de bico de pena, porém, estava com os olhos fixos no Carnífice ameaçador ao longe. Assistia enquanto Louise o levava para o canto para repreendê-lo por chamar a atenção do público durante a fala do Rei.

O Barão se esgueirou lentamente pelo meio dos nobres, chegando mais perto de onde a Duquesa e o monstro estavam, sem deixar que o vissem.

— Você enlouqueceu?! Quer que eu te leve para o abate?! — Louise murmurava em um tom de quase desespero. A mulher sabia que os nobres adoravam julgar, então falava baixo para que ninguém os notasse ali. — Sabe o quanto essas suas gracinhas podem me custar?! Sabe o que pode custar a todos nós?! — Sem nem hesitar, ela apertou o botão do anel em seu dedo.

O choque fez o Carnífice trincar os dentes pontudos e cair no chão, sem dizer nada. Ela não parou de apertar, deixando que a descarga elétrica circulasse pelo corpo dele. Porém, o Barão viu o Servo de Sangue apoiar uma das mãos sobre a pedra onde estava caído, usando uma força descomunal para se mover durante o choque.

Ele tinha unhas longas que arranharam a pedra no chão e Maximilian notou que um pouco de sangue escorria por baixo das pulseiras que descarregavam a eletricidade. Louise parou de apertar o botão, cessando a tortura momentaneamente.

Olhou-o de cima, enquanto o homem de cabelos cor de vinho tentava se levantar. Depois, a Condessa pisou na mão dele, o derrubando de novo. Ergueu o pé de salto alto e empurrou a sola pontuda contra o pulso do homem, onde as agulhas dos supressores estavam fincadas e causavam sangramento. O Carnífice grunhiu de dor.

— Isso é pouco para o que você merece. Da próxima vez, vou arrancar seus olhos — murmurou a mulher em ameaça.

Cheia de ódio, Louise se virou e abandonou o Carnífice ali, caído no chão, tremendo em pequenos espasmos causados pela carga elétrica que tinha sido aplicada em seu corpo e amplificada em seu rosto por conta da máscara de ferro que usava. Um pouco de fumaça subia da região onde o metal encostava na pele.

Maximilian percebeu que estava tenso ao ver aquela cena, mas ficou ainda mais nervoso quando notou que o Carnífice de cabelos cor de sangue ergueu o olhar para encará-lo.

O Barão sentiu um calafrio assustador e ficou estático no lugar, sem saber o que fazer. Contudo, após alguns segundos, entendeu que os olhos do Saiga ferido não estavam verdadeiramente em sua direção.

O nobre virou a cabeça bem devagar por cima do ombro e encontrou Arthur logo atrás. Viu que os dois se encaravam, conforme o Carnífice ferido se colocava de pé.

A expressão do Servo de Sangue de olhos lilás era difícil de decifrar. Ele voltava a sorrir um pouco, numa mistura de zombaria com diversão e ameaça.

— Vamos. O primeiro combate vai começar. — Arthur o chamou e Maximilian concordou, caminhando para longe daquele homem o mais rápido possível.

Um barulho alto soou pela arena e uma plataforma se desprendeu do chão. Dois carnífices de olhos amarelos giravam enormes válvulas de pressão que soltavam uma densa fumaça, elevando um palanque onde estavam os dois nobres competidores da primeira fase.

Lá do alto, ficavam de frente para a marquise da nobreza, mas no lado oposto da arena, onde era possível ver todo o Pavilhão. Eles ergueram os braços para receber os aplausos da audiência.

Nicksen Aberdeen estava reluzindo com uma veste branca e dourada. Parecia um segundo sol no topo do céu com seus cabelos soltos sobre os ombros. Porém, mesmo sua beleza soberana não era capaz de ofuscar as cores extremamente chamativas das roupas do Barão Clement Benton.

A capa verde vibrante de Benton batalhava por atenção, junto de sua camisa vermelha de listras amarelas. A calça era da mesma cor da capa e os olhos dos nobres ardiam ao ver sua cartola prateada. Porém, a plateia não deixava de clamar elogios para ambos e vibrar com emoção. Havia até aqueles que tentavam copiar o estilo despojado de Clement.

Maximilian passou a preencher seu papel de aposta, declarando que não colocaria nenhum valor nessa competição, já que preferia saltar daquela marquise a dar qualquer centavo para o ego irritante de Nicksen.

A audiência também apostava os poucos trocados que tinha e, logo, todos os canhotos eram recolhidos. O microfone jazia perto de um cavalheiro de roupas um pouco mais refinadas que as dos outros empregados da Coroa.

Ele estava de pé, próximo do parapeito, onde via tudo com detalhes. Segurava um binóculo imenso, cheio de lentes de todos os tamanhos e girava alguns botões, como se ajustasse o foco.

— Senhoras e senhores! Damas e cavalheiros! — anunciou o homem, depois se virou e reverenciou para cumprimentar especificamente o Rei antes de voltar para a plateia. — Meu nome é Felix e eu fui escolhido por Sua Majestade como juiz dos torneios! — Sua voz era empolgada e orgulhosa. — É com prazer que apresento os primeiros competidores!

O Barão Clement Benton! — O cavalheiro de binóculos apontou na direção do palanque elevado e a plateia aplaudiu. — Seu Carnífice, Teal! — Felix prosseguiu, enquanto Teal caminhava para dentro da arena.

O Servo de Sangue de Clement era um homem forte e robusto. Trajava uma calça cor de laranja e uma camisa amarela vibrante. Era careca e seu pescoço tinha uma gravata borboleta verde, na mesma tonalidade de seus olhos.

Logo, os criados Carnífices de olhos amarelados trouxeram o aparato de luta de Teal e o fixaram em suas mãos.

O Carnífice de Clement Benton lutava usando manoplas de ferro com espetos afiadíssimos e perigosos, além de parafusos na altura de cada junta dos dedos, permitindo que abrisse e fechasse as mãos.

— E o desafiante, o Conde Nicksen Aberdeen! — anunciou o narrador, e a plateia fez duas vezes mais barulho.

Os gritos eram tão altos e contínuos que pareciam não ter fim. Maximilian respirou fundo, irritado com todo aquele clamor. Sentia-se pessoalmente inclinado a vencer aquele homem quando chegasse a hora.

— Sua Carnífice, Jade! — A mulher loira foi anunciada e entrou na arena.

Estava de calças justas, marcando seu corpo forte e bem construído. Usava uma camisa transparente e um colete igualmente apertado, que delineava os seios grandes e deixava expostos os braços definidos. Seus cabelos estavam soltos e a veste tinha um belo bordado no bolso frontal, em formato de um faisão, símbolo da família Aberdeen.

Jade não usava armas. Postava-se parada de pé, numa posição esguia e refinada, como se não estivesse prestes a entrar em um combate sanguinário.

Mesmo de botas, tinha a postura de uma dama de sapatos altos.

Um dos empregados entregou uma caixa ao Rei Maxwell, que abriu, apanhou um papel dobrado e leu o que estava escrito, aproximando do aro de metal para que todos pudessem ouvir.

— Essa luta terá duas atiradoras!

— Atiradoras?! — Felix se espantou. — Que azar! Ambos são Carnífices da raça Hetzer! Sabemos que são muito fortes, mas será que terão velocidade suficiente para desviar das balas enquanto lutam?! — O homem habilmente dava um tom interessante de desafio para o combate e empolgava todos os presentes.

Os enormes portões do Pavilhão se abriram e as atiradoras vieram, empurradas por Carnífices de olhos amarelos. As máquinas eram bem maiores do que as que Maximilian tinha em seu galpão e disparavam muito mais balas por segundo.

Inventores entraram, checando os medidores e depois subiram no topo das atiradoras para fazer o controle.

Um empregado entregou uma pistola dourada para Maxwell, que se levantou, caminhando para a área descoberta da arquibancada em que estavam, mais perto do parapeito.

— Atenção... — o juiz anunciou e o Rei ergueu a pistola. Disparou para o alto, fazendo um som seco e forte. — Podem começar! — gritou o cavalheiro de binóculos após o tiro.

Os dois Carnífices se encararam por um momento. As atiradoras começaram a disparar e o chão de metal da arena fazia barulho ao receber os projéteis que ricocheteavam. Teal correu na direção de Jade, que permaneceu parada.

O Carnífice de roupas chamativas ergueu o punho e socou o ombro da mulher com sua luva de espetos.

— Eu vi um golpe?! Teal acertou Jade! Nenhum dos dois parece ferido pelas atiradoras! — O narrador gritava em um tom empolgado.

O soco de Teal bateu no ombro da mulher, mas seu corpo sequer saiu do lugar. Os projéteis da atiradora acertavam suas roupas e rasgavam grande parte do tecido, mas pareciam incapazes de ferir o corpo dela.

No entanto, uma das balas acertou a perna de Teal, e o fez cambalear. Ele tornou a pegar impulso, avançando mais uma vez contra ela e acertando seu rosto.

A plateia gritou de angústia ao ver o golpe, que empurrou a cabeça de Jade para o lado. Porém, quando ela voltou a olhar Teal, estava intacta.

— Não é possível!! Ela é feita de ferro?! — O homem falava no microfone e ajustava o foco de suas lentes de aumento. — Será que Teal vai aguentar?!

Outro tiro acertou o braço do Carnífice de camisa colorida. Ele grunhiu quando uma grande quantidade de sangue espirrou. As balas das atiradoras batiam no corpo de Jade e eram refletidas, incapazes de perfurar a pele dela.

— Não desista, Teal! Foque em atacá-la e não em desviar das balas! Acabe logo com isso e os tiros vão cessar! — Clement Benton gritava do alto do palanque em que estava, enquanto Nicksen Aberdeen apenas escorava no batente, assistindo com tranquilidade.

O Hetzer de Benton tornou a investir, juntando todas as forças que tinha.

Levantou a luva de ferro e desferiu toda a potência em um único soco.

Jade ergueu a própria mão, amparando o golpe de Teal sem fazer esforço algum. A luva de ferro esmigalhou ao acertar a palma da mulher. Outra bala atingiu as costas do Carnífice e o fez cuspir sangue. A força do próprio golpe refletiu para ele, o derrubando.

Teal acabou sendo perfurado em vários lugares por tiros das máquinas e Clement ergueu um cartão vermelho, indicando que desistia da luta.

— Senhoras e senhores, a Carnífice do Conde Nicksen Aberdeen derrubou o Servo do Barão Clement Benton sem fazer absolutamente nada!! Com isso, o Barão se retira da competição! Uma salva de palmas! — Felix prosseguia, enquanto a plateia gritava. — O vencedor desse combate é o Conde Nicksen Aberdeen, damas e cavalheiros! Cumprimentem esse nobre invicto há dois anos!

Nicksen abria os braços, recebendo as graças da plateia.

As atiradoras cessaram os disparos e os criados vieram retirar Teal da arena, enquanto Jade saía caminhando tranquilamente, sem nenhum arranhão, a não ser pelas roupas rasgadas.

Maximilian balançou a cabeça, respirando fundo em seguida. Não achava que havia alguma forma de vencer os jogos com aquela Carnífice de Nicksen sendo tão poderosa. O rapaz se forçava a lembrar de quando ela tinha saído voluntariamente da biblioteca mediante a encarada de Arthur.

Precisava acreditar que seu Carnífice faria Jade desistir sem lutar. Contudo, Maximilian sabia que o Luger não era forte contra máquinas de treinamento, o que era preocupante.

Os empregados da Coroa limpavam a arena e preparavam todo o ambiente para a competição seguinte, até que os próximos desafiantes foram chamados para a plataforma elevada.

Capítulo 18

Os novos canhotos de apostas pediam para os nobres escolherem entre a Condessa Margoreth Larkin e a Marquesa Nara Yohe.

As duas pareciam magníficas estátuas esculpidas em pedras preciosas enquanto eram elevadas pela plataforma da arena. A fumaça começava a encher o lugar, conforme os Carnífices de olhos amarelos giravam as válvulas que soltavam a pressão, permitindo que o estrado subisse.

— Aplausos para a exuberante Marquesa do Campo das Flores, Nara Yohe! — Felix a anunciou e a mulher acenou balançando as mangas bufantes do vestido. O espartilho apertado comprimia a silhueta, permitindo que o tecido em padrão de margaridas delineasse suas curvas. O narrador apontou para a entrada do coliseu. — Sua Carnífice, Primrose!

A Serva de Sangue vinha em passos calmos. Usava um vestido florido de saia rodada que parecia ser infantil. Um corpete acinturado e um laço nos cabelos davam um ar de boneca para a Carnífice. Ela tinha as feições de uma moça no início da vida adulta, mas seu porte pequeno e as roupas caricatas deixavam sua aparência tal qual a de uma criança.

Seus cabelos loiros tinham um brilho avermelhado e estavam soltos, mas não eram muito longos, indo até a altura dos ombros.

— A seguir — o narrador continuou. — A Condessa Margoreth Larkin!

Bastante tímida, Margoreth se limitava aos acenos controlados e sorrisos comedidos. Ao contrário de Nara, que tinha orgulho em exibir a silhueta volumosa, o vestido liso e amarronzado da Condessa de Larkin escondia os braços rechonchudos. Ela já tinha bastante idade, assim como Bram Hill, mas não era tão experiente em torneios. Fazia apenas dois anos que participava, após o falecimento de seu marido. Tinha filhos inventores e que não gostavam do estilo de vida da nobreza, então não queriam suportar as responsabilidades do título da mãe. Portanto, Margoreth tentava manter a riqueza e o status do nome Larkin sem ajuda.

Na varanda dos nobres era possível ver os cinco filhos de Margoreth aboletados em um canto, fazendo especulações sobre quais seriam os desafios mecânicos da arena.

— E a Carnífice da desafiante, Arietta! — o juiz finalmente anunciou, e a Serva de Sangue se apresentou no Pavilhão.

Arietta usava um maquinário assustador nas costas, que consistia em uma placa atada ao seu espartilho de onde saíam inúmeros tentáculos de metal, como se fossem os braços de uma aranha. Os controles do aparato ficavam nas laterais e não pareciam fáceis de manusear, uma vez que ela precisava puxar e soltar uma sequência muito grande de alavancas rapidamente.

A plateia gritou em êxtase ao ver o equipamento impressionante da família de Larkin. Os aplausos pareciam não ter fim e a Marquesa Nara Yohe claramente se sentia incomodada, ao ver todos exaltando sua adversária.

Primrose desenrolava a arma simples que carregava. Era um chicote comum, feito de couro e entrelaçado com espinhos de rosas.

Novamente, o Rei recebeu a caixa para sortear o desafio da arena e desembrulhou o papel com a informação. Aproximou-se do aro de metal para que todos pudessem ouvir.

— Os competidores deverão usar grilhões de metal e a arena terá ímãs! — o Rei declarou, rindo e aplaudindo ao ler. Estava verdadeiramente se divertindo.

— Mas que azar! Duas Carnífices de olhos lilás presas ao chão! — Felix acabou rindo também, acompanhando Sua Majestade.

Os Servos de Sangue de olhos amarelos entravam carregando pesados grilhões de metal. Era necessário que vários criados levassem apenas um dos grilhões de cada vez, tamanho era o peso.

Prenderam o aparato nas pernas das lutadoras. Primrose pareceu preocupada, enquanto Arietta se mostrava tranquila. Ao contrário da Carnífice de Yohe, Arietta usava calças e uma camisa de mangas longas. Estava confortável para batalhar.

— Não acredito na veracidade desse sorteio — comentou Maximilian com Arthur, enquanto tomava um gole do vinho, cedendo ao álcool de novo. — A luta anterior contou exatamente com o ponto fraco dos Carnífices de olhos verdes, que é a mobilidade. Eles são fortes, mas são lentos. Agora, essas duas Servas de Sangue que são capazes de correr estarão atadas ao chão. — O Barão gesticulou em desacordo. — Apostei na Marquesa de Yohe, mas creio que somente a maquinaria de Margoreth será capaz de fazer alguma coisa durante a luta. — Enquanto falava, o nobre observou seu Carnífice de relance, por baixo das lentes dos óculos. — Se acontecer o mesmo com você, não teremos a menor chance.

— Não posso vencer as máquinas, mas posso vencer os outros lutadores. — Arthur voltou a repetir a mesma informação de sempre, e Maximilian respirou pesadamente, esperando que ele estivesse certo.

Os criados deixaram a arena e foram puxar as alavancas que acionavam a atração de um poderoso ímã existente em toda a parte de baixo do Pavilhão Pentagonal.

A forte gravidade do magnetismo funcionava apenas no tipo de metal dos grilhões e o restante permanecia no lugar. Ainda assim, era possível ver algumas damas nas arquibancadas segurando suas joias falsas, feitas com o ferro similar ao dos grilhões. Elas riam envergonhadas enquanto eram expostas pelo maquinário.

O Rei se aproximou do batente da marquise, brandindo sua pistola dourada, e então atirou. A luta estava inaugurada e Arietta já iniciou com um ataque violento contra a adversária.

Ela movia as mãos em uma velocidade sobrenatural, puxando, soltando e girando as alavancas que controlavam os tentáculos em suas costas.

Era impossível ver os movimentos de seus dedos enquanto as patas de ferro investiam contra o rosto e os braços de Primrose, que se encolheu e gritou.

— Levante! Arraste os pés para longe! — Nara Yohe ordenava do alto do palanque, vendo sua Carnífice totalmente abaixada contra o chão.

Os filhos de Margoreth berravam instruções para Arietta, ao mesmo tempo que sua mãe ficava calada onde estava, se abanando com um leque, em visível aflição.

Os grilhões magnetizados apertavam os tornozelos das Carnífices, as prendendo no lugar e cortando a pele frágil das duas. Era possível ver a expressão de dor no rosto de Arietta, por mais que ela continuasse movendo as mãos naquela velocidade absurda, fazendo seu aparato de ferro distribuir golpes contra a outra encolhida no chão.

— Levante-se, Primrose!! — Nara Yohe apertou a pedra em seu anel, descarregando a eletricidade no corpo da Carnífice de vestido, que fez um barulho tão alto que calou a plateia.

Arietta parou com os golpes, vendo que a adversária ferida estava quase totalmente estática após o choque dos supressores, não fosse pela tremedeira causada pela descarga elétrica. O vestido decorado tinha se rasgado e manchado de sangue. A audiência mantinha os olhos na Marquesa, esperando que ela erguesse o cartão vermelho, mas a mulher não o fez.

Até Felix perdeu a voz e a angústia pairou no ar. Dada a raridade e o preço dos Servos de Sangue, era comum que os nobres cedessem a vitória para que seus Carnífices não morressem em batalha. Contudo, Nara não dava indícios de que se renderia.

O momento de silêncio se estendeu pela arquibancada e os nobres apertavam suas taças de vinho, ansiosos com o resultado. Era necessário esperar um pouco mais para atestar que Primrose estava inconsciente.

De supetão, a Carnífice de vestido florido disparou como uma bala na direção de Arietta.

O choque tinha desmagnetizado os grilhões em seus pés e ela passou a se mover livremente pela arena, esticando o chicote e acertando o rosto da outra Carnífice, atordoando-a.

Primrose passou por trás de Arietta, feito um vulto de sangue e flores. Amarrou a base dos tentáculos com seu chicote e puxou para trás, arrebentando a máquina e fazendo várias peças voarem pelo ar.

O público encheu o Pavilhão de gritos e aplausos. O chicote girou a maquinaria, pegando velocidade com a carcaça de ferro, depois acertou aquela peça pesadíssima na cabeça de Arietta, incapaz de se mover por conta do magnetismo da arena que ainda a afetava. Então, ela caiu no chão em uma posição contorcida. Era visível que estava inconsciente e suas mãos davam pequenos espasmos. Salivou num princípio de convulsão, e o juiz gritou, extasiado.

— Que desfecho, senhoras e senhores! Nenhum de nós esperava por isso! — O homem de binóculos aplaudia, empolgado. — A Marquesa Nara Yohe é a vencedora!

Margoreth estava abismada olhando a própria Carnífice em uma cena deplorável no centro da arena. Escondeu o rosto atrás do leque. Na varanda, os herdeiros de Larkin colocavam a culpa uns nos outros e faziam uma algazarra.

Enquanto a plataforma descia, os criados recolhiam o corpo desmaiado de Arietta e o restante do equipamento destruído. Primrose, apesar de bastante ferida, caminhava para a saída por conta própria. Ela tinha uma seriedade melancólica no olhar e não se portava como uma vitoriosa. Pelo contrário, tinha mágoa em sua expressão. Contudo, todos gritavam, imersos em uma empolgação ruidosa e ritmada.

Maximilian passou a mão no próprio rosto enquanto tudo era preparado para o próximo confronto. Antes que pudesse externar suas frustrações, ouviu a voz de Julian bem perto.

— Muito nervoso? Sua hora está chegando — comentou o amigo, e Maximilian franziu o cenho para ele.

— Falando desse jeito parece até um presságio de morte — reclamou o Barão. Estava sem paciência para Julian desde a discussão sobre o assalto. Viu Hex ao lado do Arquiduque e se virou para ele, mudando de assunto. — Você. O que disse a Julian que o fez acreditar com tanta veemência que eu serei vencedor? — perguntou em um tom quase agressivo e Hex olhou seu mestre, que deu permissão para que respondesse.

— Disse que o senhor ganhará qualquer combate — falou o Carnífice com simplicidade, abaixando a cabeça, mas não por conta dos nobres.

— Como tem tanta certeza? — o Barão questionou, e o Saiga de cabelos vermelhos não respondeu. Ergueu os olhos para Arthur, com uma expressão séria. Maximilian percebeu o olhar de um Carnífice para o outro e acabou se exaltando. — Você o conhece, Hex? Diga a verdade! Eram amigos na Francônia?! — Maximilian começou um interrogatório ansioso.

— Não, senhor! — falou o Servo de sangue de um jeito apressado.

— Então como sabe que ele vai vencer?! — O Barão foi na direção do Carnífice e Julian entrou na frente, não permitindo que perdesse o controle, porque já estava atraindo alguns olhares.

— Melhor deixarmos isso para outra hora, não? — sugeriu o Arquiduque, olhando bem para o amigo, com um sorriso no rosto, mas sua expressão era de castigo.

Maximilian inspirou em descontentamento. Bebeu o restante do vinho em sua taça e a largou na mesa. Depois, pegou a manga do casaco de Arthur, puxando-o consigo para que saíssem de perto dos outros dois. O Barão se sentou em uma das poltronas, cruzando os braços e as pernas, irritadiço. Apanhou o canhoto de apostas e colocou uma quantia irracional sobre o nome do Carnífice lunático de Louise Huang Li.

Na arena, a nova dupla de desafiantes subia na plataforma, recebendo o calor da audiência.

— Seguimos para a terceira e penúltima luta de hoje! Uma salva de palmas para o Visconde Bram Hill! Este nobre é o nosso campeão em número de torneios participados! Não existe nenhum outro que já tenha competido em tantas lutas quanto ele! — Felix anunciou e a audiência chamou o nome da família Hill. Os aplausos eram muito mais ruidosos ali do topo. Bram Hill acenava, risonho como de costume. — Sua Carnífice, Phiphi! — A voz do juiz deu permissão para a entrada da Serva de Sangue de olhos lilás, que caminhou para o centro da arena.

Ela tinha a aparência delgada como era comum de sua raça. Assemelhava-se a um bicho fantasioso de olhos grandes e cabelos ralos numa cor arroxeada.

Suas calças eram bem folgadas e permitiam bastante movimento. A camisa parecia ser grande demais e ficava solta no corpo. Ela não tinha adornos, assim como o Visconde, que não era muito vaidoso. Porém, Phiphi carregava dois punhais incrivelmente afiados.

— A desafiante, Duquesa Louise Huang Li!

A mulher foi apresentada pelo narrador e apenas estendeu a mão para os aplausos. Estava deslumbrante, toda de vermelho. Usava luvas de seda e um vestido de gola alta e arredondada. O batom rubro adornava seus lábios e o pescoço ostentava um pingente no formato de uma gota de sangue.

— Sombria e magnífica, Duquesa! — O juiz a exaltou e depois deu continuidade. — Seu Carnífice, Nightmare!

Assim que Felix anunciou, o homem que usava a focinheira de ferro entrou, caminhando sem pressa. A plateia ficou em silêncio enquanto o assistia. Alguns empregados o escoltavam e passaram a retirar-lhe a máscara, bem como os grilhões que prendiam seus pés. Nightmare estalou o pescoço quando ficou livre.

Dois Carnífices de olhos amarelados entraram, carregando uma enorme serra motorizada. Mesmo desligada era possível ver os medidores apontando a pressão que os pistões faziam nas válvulas de exaustão. Os canos laterais estavam prontos para liberar fumaça assim que o motor de engrenagens fosse acionado. Entregaram para o Saiga de cabelos cor de vinho e ele tornou a abrir aquele sorriso sinistro, repleto de dentes afiados. Seu corpo forte e grande era notavelmente incomum para os Servos de Sangue de sua raça, e se pensava em seu tamanho como uma desvantagem. Por esse motivo, ele usava roupas bem ajustadas no corpo, marcando o peitoral largo e as pernas bem definidas. As vestimentas eram feitas daquela forma para diminuir a resistência ao correr e tentar compensar por seu porte pouco natural para um Saiga.

— O desafio da arena será a atiradora de arpões! — o Rei anunciou e a plateia tornou a gritar.

Os técnicos foram preparar a arma anunciada, que nada mais era do que um conjunto de metralhadoras velozes e capazes de disparar lanças de ferro. Os arpões podiam não ser tão rápidos quanto balas, mas eram fortes o suficiente para atravessar o corpo de um Carnífice, até mesmo um Hetzer.

Quando as máquinas ficaram prontas, Maxwell caminhou até a marquise e apontou a arma para o alto. Atirou e autorizou o início do confronto.

— Até a morte, Nightmare! — Louise não esperou para gritar.

O Carnífice agarrou o cabo de ignição e puxou com tudo, dando corda no motor analógico, liberando uma densa fumaça branca no ar. O som da serra motorizada ecoou pela arena.

A plateia enlouqueceu com o rugido esganiçado da máquina letal. O sorriso no rosto do Rei era visível e a animação era contagiosa em calafrios e pernas inquietas, como se mil formigas invadissem o peito de todos os presentes na arena.

Num belíssimo espetáculo de velocidade, o Saiga praticamente desapareceu das vistas de todos. Seus movimentos eram tão rápidos que se tornavam difíceis de acompanhar com os olhos.

As atiradoras da arena entroncaram miras e roncaram canos de vapor que calibravam os pistões. Logo, os arpões de ferro voaram de um lado ao outro, procurando seus alvos velozes. Phiphi por pouco se esquivava. Apesar de ser da mesma raça de Nightmare, ela não era tão rápida. Tinha velocidade, sem dúvida, e escapava da maioria dos tiros, mas seus olhos percorriam a arena, preocupados com o som da serra motorizada que quase não estava à vista para os humanos, tamanha a rapidez do Saiga que a empunhava.

Com um movimento rápido, Phiphi ergueu um dos seus punhais, na direção do borrão vermelho que se aproximava de seu caminho. A lâmina esmagadoramente grande da serra se chocou com o punhal e o partiu no meio, sem dificuldades, fazendo voar faíscas pelo ar. Novamente, o veloz Saiga correu, voltando a virar aquele rastro cor de vinho, difícil de acompanhar.

Sem escolhas, Phiphi saltou de onde estava, ocupada em desviar dos arpões.

A Carnífice rebatia os golpes das atiradoras como podia, desviando a trajetória dos arpões e agarrando alguns no ar, para arremessar contra seu adversário, mas suas pernas se arranhavam com algumas pontas afiadas que passavam por ali. O chão se enchia de barras de ferro e ela hesitava em tomar impulso e correr.

— Não fique esperando, Phiphi! A posição defensiva é péssima para uma Saiga! Corra e ataque — Bram Hill clamou, angustiado ao ver sua Carnífice se confinando.

Nightmare deixou de ser um borrão e se tornou nítido para os olhos da plateia quando teve que reduzir a velocidade para golpear. Mesmo com a rapidez do Carnífice de olho lilás, Phiphi conseguiu desviar do novo golpe. Ela ergueu o punhal que ainda tinha e barrou a investida da serra elétrica novamente. O som alto e rangido de ferro contra ferro fazia a pele dos espectadores se arrepiar.

O homem de cabelos cor de sangue girou em torno do próprio eixo, tentando trocar a direção do ataque e acertou a serra no braço de Phiphi. Uma grande quantidade de sangue voou pelo ar e a Saiga grunhiu de dor, recuando rapidamente. Em seguida deu um giro, buscando acertar o ruivo com o punhal firmemente seguro pela outra mão, mas falhou e o Saiga tornou a correr.

Um dos arpões veio de encontro ao rosto de Phiphi, que se abaixou. Logo em seguida, outra lança voou, mas de uma direção onde não tinham atiradoras. Viu Nightmare investir contra ela assim que jogou as hastes de ferro para distraí-la.

A Carnífice de corpo pequeno teve que decidir se iria se esquivar do arpão ou da serra e preferiu erguer o punhal, amparando o golpe da máquina dentada de Nightmare, ao mesmo tempo que o arpão atravessou seu corpo na altura da barriga.

Phiphi grunhiu, cambaleando para trás. O punhal que segurava se quebrou e ela caiu de costas com a pressão. Um pouco de sangue escorreu de sua boca. Ela tentou tirar o arpão do próprio corpo, sem sucesso. Notou o Saiga disparar novamente, pegando velocidade para um novo ataque.

Pelo som da serra motorizada, Phiphi percebeu o momento em que Nightmare chegou perto. Ela puxou o arpão cravado em si e o ergueu a tempo de aparar o golpe potente que veio em sua direção. A máquina elétrica do Carnífice se chocou contra o arpão e voou pela arena, atropelando outras hastes no caminho e batendo contra a parede, explodindo em vários pedaços.

— Lá se vai a serra, senhoras e senhores! — exclamou o narrador, ajustando as lentes dos binóculos. — Mesmo atravessada por uma barra de ferro, Phiphi continua capaz de lutar! Sem sua arma, Nightmare recolhe os arpões do chão e arremessa na direção da Carnífice de Bram Hill, que ainda tenta se defender! Quanta garra!

A audiência gritava empolgada e o juiz desdobrava a língua para narrar o confronto que acontecia em uma rapidez descomunal.

Com o corpo cambaleante, Phiphi prosseguia tentando aparar os arpões que voavam em sua direção. Contudo, as lanças jogadas por Nightmare se somavam às das atiradoras e a Serva de Sangue de Bram Hill não era capaz de bloquear todos os ataques. Por fim, outra barra atravessou seu corpo.

— Phiphi ainda corre?! Não é possível! — Felix arregalava os olhos.

Com as últimas forças que tinha, a Carnífice do Visconde bloqueou o arpão que Nightmare preparava para lançar e pegou um no chão para si, erguendo até o pescoço do Saiga adversário. Porém, apenas a imagem do ruivo ficou no ar, deixando aquele borrão vermelho por onde ele disparou.

O golpe da Serva de Sangue de Bram Hill ficou no nada, tamanha era a velocidade de Nightmare.

O Saiga surgiu atrás da outra, agarrando-a pela lança fincada em seu tronco. Ela ganiu de dor, erguendo a cabeça para trás. Nightmare, então, ergueu a lança de ferro que estava em sua mão e a empunhou para o golpe final, pronto para fincar na garganta exposta da adversária. Ele desacelerou e realizou seu último gesto na velocidade humana para que todos pudessem apreciar, ou, talvez, só quisesse dar tempo ao Visconde para desistir da luta antes que ele tirasse a vida de Phiphi.

A audiência prendeu a respiração e várias pessoas fecharam os olhos. Bram Hill ergueu o cartão vermelho de imediato e Nightmare parou com a barra de ferro encostando na pele de Phiphi, milímetros antes de golpeá-la fatalmente.

— Quase fiquei sem ar! — o narrador exaltou, se abanando com um leque de uma das damas. — Temos uma vencedora! Palmas para a Duquesa Louise Huang Li!

A Carnífice de Bram Hill caiu de joelhos no chão quando Nightmare a soltou. Ela cuspiu uma grande quantidade de sangue, depois começou a chorar visíveis lágrimas de pânico. O Visconde, porém, apenas balançou a cabeça negativamente, ao tempo que a plateia delirava.

A ganhadora acenava enquanto a plataforma voltava a descer. O caos instaurado por Nightmare fez a arena vibrar e o ruivo encarou a audiência, que não percebeu quando seus olhos lilás ficaram sérios. O sorriso de zombaria estava ausente e uma seriedade intensa o invadia. O Saiga abaixou os olhos para a Carnífice de joelhos, chorando copiosamente, como uma criança assustada. Então, sem dizer nada, ele se retirou da arena.

A essa altura, todos estavam sedentos por um confronto ainda mais exultante e a angústia de Maximilian aumentava. O Barão ficou de pé e enfiou as mãos nos bolsos porque tremia, mas não queria que ninguém percebesse.

Foi chamado com discrição por alguns dos empregados do Palacete de Mármore. Então, conforme o protocolo, Maximilian foi guiado pelos corredores internos do Starfort, acompanhado pelo calmo e experiente Milton de Chiseon. Em determinado momento, Arthur e Fang foram levados por outro caminho, se separando dos nobres. O Barão e o Duque seguiam para onde subiriam na plataforma.

— Ansioso, Barão? — Milton questionou por trás do bigode que escondia seus lábios, mas parecia ter um tom de riso.

— Para vencê-lo, sim. Como na mesa de apostas. — Maximilian não demonstrou nada em sua voz, como se vestisse um manto de impessoalidade. Sem perceber, estava tentando imitar a expressão de constante distância que Arthur fazia. Milton se calou por um momento, analisando a face do jovem.

O Duque enfiou a mão no próprio bolso e retirou um cachimbo. Com toda a paciência do mundo, despejou um pouco do tabaco que guardava em uma caixinha de ferro, depois usou um fósforo para acender.

A arena estava limpa e pronta para o novo confronto. Os competidores adentraram o palanque de ferro que se erguia.

— Você não é humilde. — Milton de Chiseon repetiu o que tinha dito a Maximilian durante as rodadas de jogos na noite anterior. — Mas sei que não é burro.

Eles chegaram no alto. A plataforma os deixou à plena vista de todo o Pavilhão Pentagonal. A altura deixou Maximilian angustiado e a visão do público fez com que sua cabeça girasse um pouco. Mesmo assim, ele ouviu bem quando Chiseon prosseguiu.

— Sei que você saberá escolher seus inimigos com cautela, Ashborne. — O Duque soltou uma longa linha de fumaça pelo nariz. — Faça as alianças corretas e tenha logo tudo o que quer, em vez de se arrastar como uma aranha para ter o prestígio que deseja.

A voz do narrador encheu o Pavilhão, ensurdecendo a consciência de Maximilian e o deixando brevemente desnorteado.

— Esta será nossa última luta do dia! Uma salva de palmas para o Duque Milton de Chiseon! — Felix anunciou e a audiência chamou o nome da família de Chiseon. Os aplausos eram muito mais ruidosos ali do topo.

Milton estava usando um paletó marrom bem sóbrio e tinha uma cartola de mesma cor cobrindo os cabelos já grisalhos. Acenava comedidamente, ao passo que fumava seu cachimbo sem preocupação.

— Sua Carnífice, Fang! — O juiz apresentou a Serva de Sangue que entrava na arena, com uma expressão controlada.

Fang tinha longas tranças cor de chumbo que caíam pelas costas. Seu corpo era de porte avantajado até para os Hetzer, com altura grande e músculos demarcados. Entretanto, uma larga cicatriz cobria quase todo o seu rosto. Sua roupa simples exibia seus músculos e as calças eram soltas para que conseguisse se movimentar. Ela segurava um machado pesado.

— O que quer dizer? — Maximilian murmurou para o Duque, retomando o assunto no alto do palanque. Seu olhar era sério e ele quase se esquecia de que uma multidão o assistia, incluindo o Rei. A audiência aplaudia e gritava ininterruptamente.

— E o desafiante que está nos agraciando com sua presença pela primeira vez! — O narrador apontou na direção da plataforma e a plateia o recebeu sem o mesmo furor de quando Milton fora anunciado. — Aplausos para o Barão Maximilian Ashborne!

Maximilian ouviu o som do próprio nome e foi atraído de volta para o lugar onde estava, em pé na plataforma elevada, ao lado de Milton de Chiseon e pronto para sua primeira luta no torneio anual dos Mestres dos Monstros. Ao redor, toda a Esplendor aplaudia e estava esperando para ver o que o sombrio Barão de Ashborne seria capaz de fazer.

O jovem nobre sentia a visão escurecendo de nervosismo. Tinha plena consciência de que sua expressão era rígida e não havia um pingo de graciosidade em seu semblante. Sua antipatia era facilmente perceptível. Por sorte, os óculos escuros disfarçavam uma parte dela.

— Deixe um pouco do show acontecer. Depois, aperte o botão — Chiseon murmurou por trás do seu bigode e, também, do cachimbo que acompanhava. Com um gesto bem vago, indicou o anel de controle na mão de Maximilian. — Desista da luta e me permita vencer. Depois, venha beber comigo no baile. Faremos negócios. Prometo não oferecer para comprar sua propriedade. Nós podemos ser bons amigos — propôs o Duque e um gelo desceu pelo estômago do jovem Ashborne, como se ele tivesse visto algo muito assustador.

De imediato, as mãos de Maximilian ficaram frias e ele se viu aprisionado por aquela oferta. Era tentador, ao mesmo tempo que parecia estranho que Chiseon quisesse oferecer um trato como esses para alguém que participava do torneio pela primeira vez. O Duque não saberia dizer se Arthur era mesmo forte ou não. Pelo menos não antes da troca de golpes inicial. A mente do jovem estava a mil e ele não era capaz de escutar com precisão enquanto o narrador prosseguia.

— E o Carnífice do Barão, Arthur! — Quando Felix chamou, o Luger passou a caminhar para dentro da arena, com a expressão de indiferença e distância de sempre.

Ele não tinha nada nas mãos. Apesar de ter uma estrutura aparentemente suficiente para um combate corporal, não possuía metade da constituição musculosa de Fang.

Arthur era imponente de outro jeito. Parecia um ponto de atração inevitável, como se emanasse uma energia magnificente que sugava os olhares da plateia. Inspirava estranhamento entre os espectadores, fazendo um burburinho crescer em ondas de curiosidade, como se uma única gota de água caísse em uma poça parada e perturbasse toda a calmaria.

Os óculos escorregaram um pouco pela ponte do nariz de Maximilian e os olhos dele captaram seu monstro sereno no centro da arena recém-arrumada, pronto para encarar um combate possivelmente mortal contra o tanque de guerra de Chiseon.

Arthur estava de costas para o Rei, o que significava que estava frente a frente com a plateia e, também, com o Barão no topo da plataforma elevada. Do chão, ele ergueu as vistas de gelo, captando o semblante nervoso do jovem nobre que não conseguiu evitar de encará-lo de volta.

Como uma assombração, Maximilian pensou na mordida que tinha em seu ombro e nas incertezas que o circundavam. O assalto na estrada, a agressividade do Carnífice e a insolência em desobedecê-lo, mas, depois, aquele olhar perdido de quem tentava se comunicar. O jovem nobre tinha levado Annika para cama e deixado o Luger no quarto durante todo o tempo. O aperto do espartilho em sua cintura indicava a irritação sutil do Servo de Sangue mediante as ações anteriores do Barão.

Lentamente, Maximilian começou a se arrepender de não o ter respeitado, ao menos um pouco. Mesmo com o pânico passado na estrada, Arthur tinha salvado sua vida e sido recompensado com o choque dos supressores. O jovem Ashborne, que queria ser audacioso o suficiente para mostrar ao mundo que poderia controlar um Carnífice totalmente livre, não estava nem certo se podia dominá-lo mesmo estando preso.

Enquanto Maximilian pensava, o Rei desdobrava o último papel que indicaria o desafio da arena. Aproximou-se do aro para anunciar.

— Os Carnífices lutarão dentro do quadrado delimitador! — Maxwell preparou a última bala em sua pistola dourada.

No alto da plataforma, o Barão de Ashborne respirou fundo. Ao menos não haveria uma sequência de tiros ou arpões voando em Arthur.

Aquele desafio consistia em uma área diminuta marcada no centro da arena, de onde os Carnífices não poderiam sair. Lutas corpo a corpo tinham vantagem naquele tipo de espaço e o Servo de Sangue de olhos azuis normalmente encontraria dificuldades, já que não teria muito espaço para fugir de um golpe direto e cruel do machado pesado de uma Hetzer. Ainda mais uma gigante como Fang.

— Pense na minha oferta. Daremos ao Rei um pouco de diversão e, depois, você sai — repetiu Chiseon, recostando brevemente no parapeito da plataforma. — Minha mesa de jogos será sempre sua se concordar.

Placas de ferro abriram no chão da arena e cercas emergiram, delimitando o quadrado de mais ou menos quatro metros, onde aconteceria o embate. As grades que os envolviam eram feitas de espinhos que apontavam para dentro, reduzindo ainda mais o espaço na jaula. Além disso, eram eletrificadas.

Maximilian permaneceu em silêncio, olhando lá para baixo, na direção das íris cor de inverno que o encaravam de volta. Num gesto praticamente invisível, os dedos do Barão de Ashborne acariciaram o botão do choque do anel de controle em sua mão, sentindo a facilidade que seria ceder à oferta cruelmente tentadora de Milton de Chiseon. Bastava pressionar aquela pedra e derrubar Arthur de joelhos bem ali, no meio de toda a nação.

O Rei se aproximou do parapeito da marquise como tinha feito todas as vezes e atirou para o alto, indicando o início da luta.

Capítulo 19

A animação se manifestava na plateia e todos estavam curiosos sobre as habilidades do Servo de Sangue de Ashborne.

Fang fechou as mãos em punhos e socou uma na outra, batendo os nós dos dedos e depois estalando o próprio pescoço. Ela sorria brevemente, num claro gesto de provocação. Arthur baixou os olhos para a Hetzer à sua frente, se fixando nela da melhor maneira possível.

A Carnífice de Milton se adiantou, erguendo o machado de ferro maciço e lâmina afiada. Ela desceu a arma de uma vez em um golpe direto, de cima para baixo, e Arthur tentou ir para trás, mas encostou nos espinhos da grade. Foi superficial e o choque do metal não disparou. Porém, ele logo recebeu no rosto o primeiro golpe do machado da Hetzer que, por sorte, pegou apenas de raspão.

Cambaleou para o lado, com a face sangrando. Maximilian arregalou os olhos, acreditando que o seu pesadelo se tornava realidade e Arthur não era capaz de vencer nada. Milton deu um sorriso breve por baixo do bigode e seguiu fumando seu cachimbo.

— Talvez eu nem precise forçar sua derrota, não é, meu amigo? Achei que Julian tinha dito que você venceria — comentou o Duque de Chiseon, dando um tapinha amigável e bem sutil no ombro do Barão de Ashborne.

Maximilian não conseguiu responder. Mantinha o dedo nervosamente sobre o anel de controle, pensando se não seria menos humilhante apenas causar um choque e culpar os braceletes por mau funcionamento. Seria desclassificado de qualquer forma, mas ao menos não sofreria com um massacre na frente de toda a nação.

Outro golpe veio na direção do Luger e, mais uma vez, atingiu-o parcialmente, fazendo os cabelos dele voarem pelo ar. Arthur se desviava pouco, permanecendo parado, olhando fixamente para Fang, tentando focar a mente em um único ponto no meio de toda aquela barulheira da plateia.

Os espectadores se amontoavam no parapeito das arquibancadas. Todos tentavam enxergar a movimentação dentro daquele pequeno quadrado envolto por grades. As cercas não eram muito altas e a jaula não tinha teto, justamente para facilitar a visão da audiência.

Arthur estava com um corte no rosto e outro no braço. Quando a terceira investida veio, Fang parou na metade do golpe.

A Hetzer grunhiu, mas estagnou onde estava, com o braço erguido e o machado empunhado na direção do rosto do Carnífice de olhos azuis.

Ela ficou estática na pose ofensiva, como se tivesse travado. Um som de espanto ecoou pelo Pavilhão. Maximilian estreitou as sobrancelhas, observando o golpe em pleno curso, paralisado como se a Hetzer fosse uma estátua. Imediatamente, o Barão se lembrou do ataque na estrada e reconheceu o momento preciso do efeito da Soberania.

Arthur deu um passo à frente e o corpo de Fang começou a tremer. A Hetzer, porém, parecia muito mais resistente ao controle de Arthur do que o Carnífice que os assaltou na estrada. Inesperadamente, a Hetzer largou o machado e arremessou a arma para fora da jaula onde estavam. Dava para ver que aquele movimento era realmente executado por Fang e não pelo controle da mente, já que não se assemelhava com os gestos robóticos causados pelo controle mental do Luger.

— O que ela está fazendo? — Milton reclamou, finalmente desencostando do parapeito.

— Se livrando da arma. — Maximilian concluiu algo que, para ele, era óbvio, mas que o Duque de Chiseon certamente não entendia. Sem a arma em mãos, era mais difícil que Fang fosse fatalmente ferida por Arthur. De imediato, o Barão de Ashborne entendeu que aquela Carnífice sabia bem o que era o poder do Luger.

— Pegue seu machado! Estúpida! — O Duque de Chiseon repreendeu. Porém, não havia maneiras de Fang recuperar sua arma sem que deixasse a jaula. Se o fizesse, estaria desclassificada.

Fang rosnava e ofegava como se estivesse lutando contra algo muito forte ou levantando um peso enorme. Porém, ela permanecia parada, encarando Arthur naquele silêncio constrangedor que se espalhava por toda a arena.

— O que está acontecendo, senhoras e senhores? Fang abandonou a própria arma de combate? — Félix narrou, pressionando mais os binóculos sobre o rosto como se isso fosse fazê-lo ver melhor. — Eles parecem parados no lugar! Será que é uma provocação?!

Os olhos de Arthur se mantinham firmes e o peito da Hetzer subia e descia em uma respiração tão pesada que era audível aos arredores da arena. Finalmente, seu olhar se tornou opaco. O rosto da Serva de Sangue se contorceu em uma expressão de pânico e ela deu um grito gutural, tão alto que fez as damas levarem as mãos aos lábios e os cavalheiros instintivamente as puxarem para si.

Fang abaixou a cabeça e uma grande quantidade de saliva começou a escorrer pela boca entreaberta. A Hetzer era incapaz de se mover por conta própria. Num gesto mecânico, a Carnífice de Chiseon ergueu as duas mãos até o pescoço, como se quisesse remover algo que a sufocava.

Maximilian engoliu em seco, vendo a cena incompreensível para o mundo, e mordeu o canto do lábio. Chiseon apertava um pouco o cabo do cachimbo que segurava.

— O que infernos está acontecendo, Barão?! — O Duque olhou Maximilian de canto. — Aperte logo o botão.

As mãos da Serva de Sangue se ergueram em movimentos desesperados e ela se debateu contra o ar. Avançou na direção de Arthur, mas só o que fez foi passar direto e socar repetidamente os espinhos nas grades elétricas atrás dele. Os choques a atingiam e ela gritava. Os punhos vertiam sangue e pingavam em gotas grossas.

O pânico estampado no semblante da Hetzer era digno de uma história de terror. Os olhos verdes dela estavam tão arregalados que pareciam bolas brilhantes.

O dedo de Maximilian alisava o anel de controle. Arthur podia vencer como tinha prometido. Porém, isso significaria conquistar a inimizade permanente de Milton.

— Aperte — insistiu o Duque, nervoso ao ver a própria Carnífice imersa em um surto inexplicável, golpeando a grade elétrica e espinhosa continuamente.

Arthur permanecia parado, imutável, em uma postura ereta, firme e soberana, como um comandante. Ele não se movia, apenas a encarava com um pequeno fio de sangue pintando a lateral de seu rosto.

— Senhoras e senhores! Parece que Arthur está estático no lugar, mas Fang continua acertando a grade! Será que o Carnífice de Ashborne se move tão rápido que nós não podemos ver nem o seu vulto?! — Felix gritou contra o aro onde narrava a luta. — É certamente o Saiga mais rápido que já vimos!

Os espectadores clamavam em espanto. A arena se enchia com cochichos e especulações. A expressão de Maximilian se tornava dura e amargurada.

— Aperte, Barão! — Milton olhou diretamente para o nobre dessa vez. O jovem Ashborne se limitou apenas a olhá-lo de canto.

— Não — respondeu ele, firme. Voltou a olhar a arena. — A vitória será minha e a propriedade da colina também. Não tenho nada para negociar com você.

Finalmente, a grade estourou sob os golpes de Fang e ela avançou contra o nada, com as mãos em carne viva. Seu corpo correu daquela forma mecânica até o machado do lado de fora do quadrado delimitador e, quando ela estava prestes a apanhar a arma, Félix anunciou o fim da luta.

— Que embate, meus caros! Fang ficou com tanto ódio de não conseguir acertar o seu adversário que quebrou as regras e atravessou a grade! Mesmo com todos os choques e socos nos espinhos, ela permanece de pé! — O narrador apontou para o palanque elevado. — Mas a vitória é do Barão de Ashborne!

De imediato, a expressão de Fang voltou ao normal. A Hetzer olhou ao redor, perdida. Então, reconheceu a arena, depois, viu as grades arrebentadas e suas próprias mãos destruídas. O machado estava lançado aos seus pés e Arthur permanecia parado no mesmo lugar, praticamente intacto, não fosse o filete leve que escorria por um lado das suas faces e o pequeno rasgo em uma das mangas do seu casaco pesado.

O som de delírio de todos os espectadores inundou o Pavilhão Pentagonal e até o Rei aplaudia fervorosamente.

— O que é esse monstro, meus caros?! Estamos diante de um novo combatente! Por favor, uma salva de palmas para o Barão das Cinzas, Maximilian Ashborne! Que assombro, pude jurar que o Carnífice dele nem se moveu! — O narrador aplaudia com entusiasmo e a audiência acompanhava.

Milton de Chiseon encarou Maximilian no palanque quase ao mesmo tempo que Fang encarou Arthur na arena. A plataforma voltava ao chão e os Carnífices eram retirados. O silêncio entre os competidores perdurou.

Assim que chegaram ao chão, o Barão engoliu em seco, empurrando os óculos de volta para o lugar e voltando a atenção à sua vitória. Ergueu a mão, já lá embaixo, aceitando os cumprimentos da plateia que o aclamava.

— Impressionante. — Milton quebrou o silêncio enquanto retornavam para a arquibancada do Palacete. — Que Carnífice é esse? Não me pareceu um Saiga — disse o Duque, muito mais num tom de ameaça do que de pergunta, e Maximilian permaneceu sério. Fingiu que não ouviu e seguiu caminhando. — Boa sorte no resto das lutas, Ashborne — concluiu Milton. Sua voz tinha o tom assustador de quem acaba de receber na mão a melhor combinação de cartas em um jogo.

Assim que chegaram na marquise dos nobres, eles se separaram.

As considerações e o fechamento do evento durante aquele dia foram declarados pelo narrador e os nobres se levantavam das poltronas. Julian recebeu o Barão com um aceno, percebendo o quanto ele estava tenso, mas não disse nada. Os outros o aplaudiam, fazendo um pequeno círculo em volta de Maximilian. O Arquiduque se afastou assim que percebeu a presença do Rei.

— Barão, meus cumprimentos! — Maxwell estendeu a mão para o jovem nobre.

— Majestade. — Maximilian se curvou imediatamente, mas depois aceitou o aperto de mão, tornando a reverenciar. — É uma honra.

— Que espetáculo! Estou privado de palavras! — O Rei o enchia de agrados e Maximilian tentava acompanhar a velocidade dos fatos. Sorriu com o maior respeito que conseguiu e agradeceu educadamente. Maxwell prosseguiu: — Mal posso esperar para vê-lo confrontar os grandes! Queremos saber tudo sobre sua estratégia de treinamento! — Caminhava lado a lado com o Barão.

Maximilian se espantava que ninguém parecia reconhecer ou questionar as habilidades de Arthur. Provavelmente, todos estavam imersos nas conclusões de Félix ao defini-lo como um Saiga tão rápido que nem era possível vê-lo sair do lugar. Aquela situação se via conveniente, então o Barão seguiu o fluxo como se a conclusão do narrador do torneio fosse real. Continuou papeando com o Rei a tempo de olhar para trás e ver Nicksen o encarando de longe, cheio de ódio. O Barão repuxou um sorriso satisfeito no canto dos lábios. Milton se aproximou do Conde de Aberdeen e os dois se retiraram da marquise.

Após a primeira rodada de competições, os nobres saíam para caminhar nos jardins decorados do Starfort. O entardecer os banhava com uma luz agradável e um vento fresco soprava. Os Carnífices feridos ficavam em aposentos afastados e eram tratados por especialistas, enquanto os outros eram escoltados pelo corredor para encontrar seus senhores no jardim de primavera, onde o primeiro jantar seria servido.

De longe, era possível ouvir os instrumentos de corda tocando uma música agradável e branda. Os violinos soavam alegres e o clima era de festa naquele ambiente repleto de flores coloridas.

No centro do jardim, uma enorme fonte feita de mármore poderia ser avistada de qualquer ponto. As esculturas em seu topo eram de vários homens despidos, carregando nos ombros uma pesada engrenagem circular, de onde a água jorrava em grandes quantidades, provocando um ruído calmante que parecia complementar a música dos violinos.

Pequenas vias de vidro sustentavam os caminhantes e, por baixo delas, peixes nadavam em um riacho estreito. Os nobres apontavam os animais sob seus pés e sorriam. Aos poucos, tomavam seus assentos nas mesas redondas de ferro esculpido repletas de jarras de vinho de uva e mel.

O cheiro de flores inundava o lugar de forma entorpecente. Algumas damas brincavam em balanços de madeira atados nas árvores grandes. Pequenos galhos pendiam para frente, permitindo que os cavalheiros apanhassem ramalhetes para suas pretendentes.

Como uma luva de romance, o jardim de primavera abrandava toda a emoção sanguinária do torneio. Contudo, as congratulações eram infinitas.

— Barão de Ashborne! — Uma voz chamou por Maximilian, que já estava cercado de pessoas o adulando. — Sabia que venceria! — Quem falou foi Julian, se aproximando com um sorriso no rosto. Os nobres se afastaram, abrindo espaço na roda para o futuro Regente, mas não deixaram de ouvir a conversa.

— Arquiduque. — Maximilian reverenciou brevemente com um leve sorriso no rosto. Desde o desentendimento na marquise, ainda não tinham conversado propriamente. Porém, o Barão forçava simpatia. — Espero que tenha apostado algum dinheiro em mim.

— Eu disse que apostaria, não disse? — Julian puxou o amigo num abraço. Aquele ato era calculado, já que sabia que sua aprovação causaria ainda mais alvoroço nos outros nobres, que acabaram aplaudindo.

O Barão retribuiu o gesto do amigo, sem tirar o sorriso do rosto. Tinha passado tanto tempo se preocupando com uma possível humilhação no primeiro turno de confrontos que não se preparou mentalmente para uma vitória, de modo que se via sem jeito.

— Ashborne. — Outra voz o chamou e mais uma pessoa se aproximou. Dessa vez era Louise Huang Li. Ela tinha uma expressão de superioridade estampada no rosto, mas se dirigia a ele com respeito. — Impressionante performance. Por muito tempo não acreditei que algum Carnífice pudesse se mover mais rápido que o meu Nightmare. Acredito que seja o momento de substituí-lo por um mais puro como o seu — dizia ela, com um olhar educado no rosto.

Maximilian não entendeu. Sabia que Arthur não se movia com velocidade, menos ainda com uma rapidez superior ao monstro de sorriso afiado de Louise.

— Isso é bem verdade, Duquesa! — Quem falou foi Bram Hill, que estava feliz com a vitória do rapaz como se fosse a sua própria. — Eu nem vi a imagem do Carnífice do Barão desaparecer. Tive a impressão de que era Fang quem se batia sozinha!

— Por que será que a Hetzer jogou fora a própria arma? — Louise questionou, mais como um comentário do que com preocupação. Tinha uma taça de vinho em uma das mãos e, na outra, um pequeno cachimbo de haste longa que exalava fumaça vermelha. Ela deu um trago, esbanjando casualidade.

— Vai ver queria provar que o venceria só com os punhos. — Bram Hill deu de ombros, enquanto acendia um de seus charutos. Maximilian assistia à conversa como se nem estivesse ali. Lentamente, ele se dava conta de que tinha vencido e sua mente parecia nublada de informações.

— Ora, senhores! — Clement Benton se aproximou, também distribuindo sorrisos. A tonalidade de suas vestimentas brigava com a cor das flores do jardim. — Estamos parabenizando o Barão? Que espetáculo diferente! Ainda estou pasmo! — Benton bateu palmas sozinho. — Se me permite perguntar, Ashborne... como fez seu treinamento? Na luta, os movimentos do seu Carnífice foram tão velozes que tive a nítida sensação de que ele nem saiu do lugar! — Clement Benton estava imensamente empolgado. — Além de tudo, Fang ficou batendo na grade, como se estivesse procurando por ele, mas ele parecia estar bem ali na nossa frente, em plena vista! — Clement encenava, desferindo golpes desajeitados no ar.

Maximilian olhou Julian de relance e percebeu que o amigo o encarava de volta, ambos com o mesmo ar parcialmente intrigado.

— Treinei com equipamentos comuns, como as atiradoras — respondeu o Barão, soando modesto e tentando manter seus segredos escondidos.

— Mas não é possível, deve haver alguma coisa! — Louise estreitou os olhos. — Nightmare consegue escapar de qualquer atiradora facilmente, e ele quase desaparece quando se move. Seu vulto fica no ar, dá para ver um rastro vermelho e acompanhar sua trajetória. Seu Carnífice era tão rápido que até a imagem dele ficou estática. Foi uma ilusão muito bem-feita.

O Barão não sabia mais como manter a conversa, não queria contar a verdade sobre o poder da Soberania de Arthur, ao mesmo tempo que não via maneiras de se esquivar do assunto. Por sorte, Sandro, o empregado que acompanhava Maximilian pelo Palacete, chegou gentilmente, reverenciando os nobres.

— Senhores, senhora. Perdoem pela demora. — O rapaz deu um passo, saindo da frente e deixando que os Carnífices se aproximassem.

Nightmare andava ao lado de Arthur e ambos estavam vestidos em roupas diferentes daquelas usadas nos combates. O Carnífice de olhos lilás usava uma nova focinheira de ferro e as mãos seguiam atadas com grilhões e correntes, mas os pés estavam soltos. Arthur, por sua vez, se vestia todo de preto, cheio de classe e sem nada restringindo seu corpo. O corte em seu rosto já tinha se fechado totalmente, sem deixar nenhuma marca.

Ao ver seu Carnífice, Maximilian desejou sair dali para conversar a sós com ele. No entanto, sabia que isso seria praticamente impossível, então se contentou. Fez um gesto para que Arthur viesse para perto.

Os nobres passaram a observar o Luger com interesse.

— Mas os olhos dele são claramente azuis. Além disso, nem usava roupas próprias para alta mobilidade. Estava de sobretudo — enfatizou Clement Benton, apontando de Arthur para o Carnífice de Louise Huang Li. — A diferença entre esses dois é clara.

— De fato. — A Duquesa deu um toque com o cachimbo na focinheira de Nightmare, indicando que ele ficasse ao lado do outro Carnífice. — Veja, ambos têm olhos brilhantes.

— Será que Arthur é uma cruza diferente de Saiga? — O Barão de Benton se aproximou um pouco mais. — Entendo tudo de cores. Lilás e azul podem ter tons bem diferentes. Se esse Carnífice é mais puro, seus olhos são mais claros e nós temos a impressão de que são azuis. — Depois, Clement apontou a mão de Maximilian. — Olhe o anel de controle de Ashborne, a pedra é lilás.

A constatação fez com que todos ficassem pensativos. Arthur e Nightmare estavam de pé pacientemente, permitindo que a audiência nobre os estudasse como espécimes em um zoológico, já que não tinham outra escolha.

— Estou impressionada — Louise declarou, erguendo o cachimbo delicado que segurava. Tocou novamente a máscara de ferro de Nightmare com a ponta do objeto. — Você pode provar que ainda tem alguma serventia e vencê-lo, que tal? Se ganhar, deixo você correr do lado de fora da mansão — anunciou ela. Nightmare foi para frente, de uma vez, como se fosse morder a mulher.

Todos os nobres levaram um susto, dando passos para trás. Clement Benton tropeçou e quase caiu no chão. Apenas Louise Huang Li ficou estática, nada abalada com a ameaça. Bateu com o corpo do cachimbo longo no rosto dele, acertando a máscara de ferro.

— Quieto — ordenou ela, depois suspirou pesadamente.

— Ele é sempre assim, Duquesa? — Bram Hill perguntou e os dois foram andando.

— Sempre. Um dia ainda vai me matar — Louise ironizou com uma gargalhada. Ela acenou em despedida e Nightmare seguiu sua mestra para longe do grupo.

Não demorou para que Clement Benton cumprimentasse Maximilian e se retirasse também. Porém, outros nobres se aproximavam. Ao longe, Milton de Chiseon falava com Nicksen Aberdeen e os dois entrecortavam olhares na direção de Maximilian. O Barão suspirou ao ver o ar de fofoca entre o Duque de Chiseon e o Conde de Aberdeen, mas preferiu acreditar que ambos não o incomodariam naquela noite.

Mais um caminhar de olhares e o jovem vencedor encontrou Julian, que estava ao lado do Rei, sentado em uma mesa central, maior que todas as outras.

Maximilian se viu novamente sozinho e ergueu os olhos para Arthur, disposto a trocar algumas palavras com ele, mas, antes que pudesse dizer qualquer coisa, ouviu outra pessoa chamar seu nome.

— Max! — Annika chegava com sua mãe e as moças que as acompanhavam. — Meus parabéns!

— Obrigado. — Ele cumprimentou a moça e depois a mãe. — Igualmente para a senhora, Marquesa. Foi incrível como fez para desmagnetizar os grilhões de sua Primrose. Fiquei impressionado.

— Não pense grande demais, Ashborne — falou a mulher, ríspida. — Você terá o mesmo fim que seu pai se não se cuidar.

O jovem nobre ouviu a ameaça e sentiu um frio na boca do estômago, mas tentou não externar qualquer emoção. Continuou com o semblante educado, apesar de seu sorriso quase não ser mais visível.

— Eu sei me cuidar — respondeu ele, tentando soar o menos agressivo possível, mas não deixando de alfinetar.

— Eu já fui jovem, Maximilian. Já fui iludida — rebateu Nara Yohe, balançando a cabeça em negação. — Esse bicho não vai te trazer glória nenhuma. É melhor parar de artimanhas e trabalhar como um homem sério. Cuide de sua mãe, traga orgulho para sua família! Respeito! — Ela arrumou o xale sobre os ombros. — Venha, Annika. Não vá ficar de conversa. Nesta noite, esse menino está com os pés na lua, se achando o dono do mundo!

Nara Yohe saiu acompanhada das amas e Annika ficou parada. Por mais que já soubesse que a mãe lhe passaria um sermão, não achava que fosse ser privada de ficar ao menos um pouco ao lado dele.

— Posso ir ao seu quarto mais tarde? — perguntou ela enquanto via Nara se afastar.

— Annika... — Maximilian procurou uma resposta, sem sucesso.

— Depois da festa, quando ela dormir? — A jovem se aproximou, pegando na mão do Barão das Cinzas.

— Ela vai saber. — O rapaz suspirou, angustiado. Não queria que Annika nutrisse mais paixão por ele, já que sabia que demoraria a ter um título respeitável o suficiente para se casar com ela. Além disso, não queria perder o tempo de sua ascensão se preocupando com Annika Yohe.

— Não vai, eu prometo. — A moça ergueu a mão do rapaz para seus lábios e a beijou, como se ele fosse uma dama. — Depois da festa — avisou, piscando o olho, e então correu para onde a mãe estava, deixando Maximilian para trás.

O Barão suspirou pesadamente, passando os dedos nos cabelos e os penteando, como normalmente fazia quando sua cabeça estava cheia de pensamentos desagradáveis.

Olhou Arthur por um breve momento, percebendo a expressão visível de seriedade que ele tinha. Não disse nada e passou a caminhar para uma das mesas, onde Clement Benton conversava com Bram Hill. Sentou-se com eles para jantar.

Um cavalheiro anunciou a contagem de apostas do dia e Nicksen Aberdeen tinha recebido o número mais alto de Gears, seguido por Louise Huang Li. Entretanto, a quantia que Maximilian tinha ganhado não era pequena e ele ficou satisfeito. Se perdesse a luta no segundo dia, estaria em paz, pois já teria algum dinheiro para investir em novos equipamentos de treino para um melhor desempenho no ano seguinte.

As horas se passavam enquanto os nobres bebiam e comiam. Alguns dançavam alegremente, outros observavam a fonte e os pássaros que voavam durante a noite. As lamparinas iluminavam a festa e algumas flores emitiam um brilho fluorescente e vívido.

O Rei partiu do jardim, se despedindo apenas daqueles que estavam em suas proximidades. Julian permaneceu por mais alguns copos de vinho, depois se retirou.

Maximilian notou a ausência da realeza. Os que antes tragavam seus cachimbos comuns na presença do Rei de repente os substituíam por luminóxido, e a fumaça vermelha começava a preencher o ambiente. O Barão de Ashborne considerava aquela a sua deixa de saída.

Bebeu apenas mais uma taça antes de deixar o lugar. Não gostava de se demorar muito após a saída do Rei ou de Julian. Quando as figuras mais importantes se despediam, o final da festa era silenciosamente declarado e apenas os mais boêmios permaneciam.

O caminho pelos corredores do Starfort era longo, mas a vista era belíssima e o rapaz não tinha pressa. Estava calmo e sentia seu corpo leve. Logo, parou de frente com a estátua do cavalo do Rei Godfried e avistou seu quarto. Arthur ergueu as chaves, destrancando a porta e deixando que o nobre entrasse.

Maximilian respirou fundo assim que ouviu o som da porta fechando. Deixou os óculos de sol sobre a mesa de escrever. Virou-se para Arthur e encostou-se na beirada do móvel, cruzando os braços.

— Todos eles acham que você se moveu tão rápido que não puderam te ver. — O rapaz observava o Carnífice se aproximando.

— Deixe que pensem isso. — Arthur começou a erguer as mãos para despir o Barão. Tirou o laço de sua gola, depois deu um passo para trás. — Vire de costas.

Maximilian o olhou por uns instantes, ouvindo aquele tom de ordem que o Luger era bom em explorar e sentiu um princípio de nervosismo, porém, obedeceu. Ergueu as mãos para tirar os cabelos que caíam sobre as roupas, puxando-os para cima do ombro. Arthur desatou a amarra do espartilho que afilava a cintura do jovem e retirou a peça, com gentileza. O Barão tornou a se virar de frente, vendo Arthur deixar o corpete sobre a cama e voltar para soltar os botões de sua camisa.

— As lutas vão ser muito mais difíceis amanhã. — Maximilian soava casual. Parecia muito menos preocupado com os combates do que antes. — Você precisa se alimentar. Não comeu ontem.

— Eu estou bem — respondeu o Carnífice secamente para desviar do assunto.

A camisa escura de algodão ficava larga no Barão quando não estava sendo alinhada ao corpo pelo espartilho. O jovem nobre desatou sozinho as amarras superiores da blusa, deixando a gola se abrir.

— Ainda está bravo por tudo o que aconteceu? — Maximilian questionou, respirando fundo. — Não vou mais me deitar com mulheres na sua frente.

— Isso não é da minha conta. — Era a primeira vez que Arthur respondia a algo velozmente, sem pensar, como se aquela frase já estivesse pronta para disparar assim que fosse confrontado com o assunto.

— Então foi pelo choque? — insistiu o nobre. Deu um passo para frente, chegando mais perto dele, e viu aqueles olhos gelados o encarando da mesma forma cruel que fazia quando ia controlar suas vítimas. Maximilian conseguiu reconhecer o semblante e acabou encolhendo um pouco os ombros por reflexo. Voltou o passo que tinha dado, se afastando de novo.

Um silêncio desconfortável pairou entre eles até que o Carnífice se virou, caminhando para o guarda-roupa, abrindo as portas e retornando aos seus afazeres.

— Durante a luta, o Duque me ofereceu uma barganha. Ele disse que eu deveria acionar os seus supressores — contou o Barão, chegando perto de Arthur novamente, ainda que de um jeito cauteloso. — Se eu deixasse Milton ganhar, ele me daria passe livre para seguir junto dele pela corte e me convidaria para as mesas de apostas.

Mais um momento de irritante quietude se fez. Arthur retirou a bata de dormir de dentro do móvel, levou até a cama e a deixou dobrada sobre ela. Depois, se aproximou de Maximilian e ergueu os dedos para terminar de desatar as amarras da camisa que ele usava.

— Eu não aceitei a barganha porque você disse que venceria. — O Barão finalizou a frase e Arthur hesitou o movimento das mãos brevemente. A camisa deslizava por um dos ombros do jovem, expondo a marca da mordida do Luger na pele branca. — Eu não quero nenhuma vitória comprada, quero ganhar por mérito próprio — acrescentou Maximilian e empurrou a gola da blusa um pouco mais, deixando que a manga escorregasse por seu braço, despindo parcialmente seu tronco. — Você cumpriu sua parte, venceu a luta — disse o jovem, olhando o Carnífice. — Merece ter sua compensação. — Então tirou os cabelos do caminho, expondo totalmente a marca da mordida para o outro. — Beba.

Os olhos do Carnífice pararam na marca por um momento, então ele estreitou as sobrancelhas num semblante de irritação.

Em silêncio, o Luger continuou com sua tarefa, desatando parcialmente os laços das calças de Maximilian, que fechou a mão sobre o pulso dele, apertando os supressores e incomodando as agulhas fincadas em seus pulsos.

— Beba — repetiu o rapaz, encarando-o diretamente. Arthur o olhou de volta, com uma expressão desafiadora, mas sempre sem abandonar sua seriedade e indiferença que já o servia como uma segunda pele.

— Não vai dizer que é uma ordem? — o Carnífice questionou, sem desviar as vistas nem por um segundo.

O confronto silencioso seguiu e Maximilian não percebeu que forçava os dentes fechados. Por fim, cedeu, desviando o olhar e afrouxando o aperto que dava no pulso do outro.

— Vou pedir uma garrafa — declarou o Barão em meio a um suspiro.

Em seguida, caminhou na direção da porta. Porém, antes que chegasse nela, ouviu uma batida discreta. Abriu de uma vez, sem perguntar quem era que o perturbava naquele horário.

Viu Annika parada logo à sua frente e a moça corou as bochechas ao ver que a camisa do nobre estava quase toda aberta.

— Max! — ela exclamou, levando as mãos até o rosto em um gesto envergonhado. O Barão pareceu espantado porque tinha se esquecido que ela o visitaria. Annika empurrou o jovem pela porta. — Entre logo! — A moça quase não tinha visto o corpo dele no dia em que se deitaram juntos e ficava desconcertada. — Já estava me esperando? Por isso está sem roupas? — Ela riu, sem demorar para subir as mãos na pele despida do rapaz.

— Annika... — O Barão começou a falar, sentindo quando a menina apertou seu pescoço, causando o costumeiro arrepio por conta da cicatriz da mordida de Arthur. Rapidamente, Maximilian puxou a gola de volta para cima, ocultando o próprio corpo. A dama se postou nas pontas dos pés para beijá-lo nos lábios. Porém, o jovem nobre virou o rosto um pouco, colocando as mãos sobre os ombros dela. — Espera.

— O que foi? Está se sentindo mal? — Annika falava rápido, ansiosa e preocupada. — O que é isso na sua pele? — Ela foi checar sob as roupas dele, mas Maximilian não permitiu e se afastou brevemente, balançando a cabeça.

— Não é nada. — Ele disfarçou, rapidamente. Não conseguiu prosseguir de imediato e ficou procurando as palavras certas para explicar o cerne da questão sem ofendê-la. Contudo, percebeu que nem mesmo ele sabia exatamente qual era o problema. De relance, o rapaz olhou para trás, vendo Arthur mais afastado, parado em um canto. Maximilian suspirou. — Não quero que sua mãe suspeite que está me visitando.

— Eu já disse que ela não vai descobrir! Mesmo que descubra, vou dizer que foi minha vontade! — Annika tornou a se aproximar, tentando iniciar um novo beijo. Dessa vez ele aceitou os lábios da moça, mas não demorou a se afastar de novo.

— Não adianta, Annika. — O Barão soou mais enfático. — Se descobrirem, a culpa será minha. Essa corte ama me incriminar por qualquer coisa. Todos estão vendo meus esforços para recuperar meu título e meu dinheiro. Não seja ingênua! — Acabou falando um pouco mais firme do que gostaria.

— Está com medo de que achem que você me ludibriou a querer sua companhia para que fique com meu título? — a dama questionou. Ao ver o gesto em concórdia do Barão, ela ironizou com uma risada baixa. — Eu não ligo para esse título. Quero me casar com alguém que eu ame. — Annika voltou a acariciá-lo em seu peito despido.

— Eu sei. — Dessa vez Maximilian afastou as mãos da moça, temendo que ela percebesse sua cicatriz novamente. — É claro que o que você sente é verdadeiro. Mas eles não sabem disso. Sua mãe só dificultará tudo se descobrir que dormimos juntos. Todos vão me acusar. Eu não quero... — Hesitou por um momento, mas, completou em um suspiro. — Não quero que digam que eu arrastei uma dama para a minha cama só por um título.

— Já disse, eu não ligo para o título! Você poderia ser até um plebeu, um cavalariço, eu ainda iria desejar me deitar com você! — ela reclamou, puxando-o para um abraço, e o nobre cedeu de novo.

— Eu estou ciente e me considero afortunado por seus sentimentos, mas isso não está certo. — Maximilian se afastou do abraço, olhando a moça. — Por favor, entenda.

— Então eu tenho que esperar que você compre um título mais alto para que aceite se casar comigo? — A moça pareceu melancólica, estreitando as sobrancelhas numa expressão de desesperança.

— Sim. É a melhor maneira — o Barão respondeu, pegando uma de suas mãos e beijando-lhe os dedos.

Annika concordou brevemente com a cabeça. Estava prestes a chorar.

Ela se desvencilhou do toque, virando as costas para sair. Caminhou até a porta e a abriu por conta própria, mas olhou para trás.

— Vou esperar. Se ousar se casar com outra pessoa antes disso, eu não o perdoarei jamais — avisou, com lágrimas vindo à tona. Então, partiu, fechando a porta com cuidado depois de passar.

Maximilian respirou fundo. Não sabia como estava aguentando tão bem toda aquela noite de altos e baixos sem perder a classe. Voltou a andar até a saída do quarto e espiou o lado de fora para ter certeza de que Annika realmente tinha deixado o corredor. Depois, fez um gesto para Sandro, que estava de pé perto da saída do hall. Quando o empregado se aproximou, Maximilian pediu duas garrafas para seu Carnífice e tornou a fechar a porta.

— Quero que se alimente e descanse. Não vou incomodá-lo com perguntas essa noite, mas espero que possamos conversar com mais abertura depois que tudo acabar — comentou o nobre, permitindo que Arthur voltasse a trocar suas roupas.

Sandro não demorou para retornar com as garrafas e o Carnífice foi receber seu alimento, fechando a porta após a saída do empregado. Levou a bebida rubra para o canto, longe do nobre.

Era comum que os humanos se enojassem ao ver Carnífices se alimentando, mesmo que o líquido em suas garrafas parecesse vinho. Arthur sabia que Maximilian não tinha problemas com aquilo, mas se manteve afastado dele ao beber. O nobre se sentou na cama e ficou pensativo por um tempo, esperando pelo outro.

Quando o Carnífice terminou, voltou para perto e Maximilian se deitou sobre o colchão macio, no canto da cama. Arthur tirava os próprios sapatos e se preparava para puxar a bicama que ficava escondida sob a do Barão.

— Deite-se aqui. — O jovem indicou o espaço vago ao seu lado. — Quero que descanse. Essa cama é mais confortável.

Arthur ia responder que não precisava, mas já sabia que ouviria reclamações e estava indisposto para tal, então obedeceu. Desabotoou o colete que vestia e tirou a peça de roupa, deixando-a dobrada sobre um móvel. Caminhou para a cama, até ouvir o nobre falar de novo.

— Tire a camisa. Eu disse para ficar confortável. — Maximilian soou irritado, apesar de já estar deitado como se estivesse disposto a pegar no sono imediatamente.

Arthur suspirou quase imperceptivelmente. Desabotoou a própria camisa e o cinto das calças. Depois dobrou tudo com paciência e apoiou sobre o móvel do trocador. Apagou as luzes do quarto e foi se deitar ao lado do nobre. Ficou parado ali, relaxado, com o rosto voltado para o teto e sem ocupar muito espaço na cama.

Maximilian abriu os olhos no escuro e percebeu que um pouco da luz da lua entrava pela janela, ainda que as cortinas estivessem fechadas. Ele viu a silhueta de Arthur e pensou em abrir a boca para perguntar uma infinidade de coisas, mas tinha dito que não o incomodaria. Também pensou em esticar a mão e tocar em seu corpo frio, mas não encontrou explicação racional para isso, então só tornou a fechar os olhos.

Estranhamente, não conseguia parar de se sentir culpado por não ter dispensado Annika propriamente desde a noite em que tinham dormido juntos, fato que ele também considerava um erro. Tentava evitar que seus pensamentos fossem para esse rumo, pois sabia que a herdeira dos Yohe era respeitável, divertida, bonita e própria para um bom casamento. Além disso, ela era declaradamente apaixonada por ele. Para o Barão, não existia outra opção futura a não ser se casar com Annika. Mesmo assim, seu coração pesava com o sentimento. Ele tocou a marca da mordida em seu ombro, ponderando se Annika tinha visto o suficiente dela, ou não. O rapaz se deixou levar pela mente e adormeceu, imerso nesse desconforto.

Capítulo 20

A manhã seguinte não demorou para chegar e trazia a nova rodada de batalhas.

Na varanda dos nobres, Maximilian se sentava em uma das poltronas, usando seus óculos escuros, e encarava o papel de apostas, incerto se colocava o dinheiro no Carnífice da Duquesa de Huang Li ou se deixava a aposta de lado, acreditando que Nicksen Aberdeen seria o vencedor.

Cerrou os dentes, entregando ao criado o canhoto sem preenchimento, já que sabia que se apostasse em Louise Huang Li e ela perdesse, seu dinheiro iria em parte para Nicksen, e ele se recusava a financiar qualquer centímetro do ego daquele homem.

O Barão relaxou, cruzando as pernas e girando o vinho na taça que segurava com as pontas dos dedos. Estava mais calmo do que no dia anterior e aguardava por seu turno, que viria após longas horas de opulentas apresentações, bebedeira, comilança e conversas superficiais que precediam o início dos embates.

— Estamos prontos! Nessa segunda rodada, não há desafios de arena! Apenas um Carnífice contra o outro, até o final! — Quando foi a hora, Felix anunciou, de pé, perto do aro de metal que amplificava sua voz. — Eu vos apresento, senhoras e senhores, o Conde Nicksen Aberdeen e sua Carnífice, Jade! Invicta por dois anos! — O cavalheiro ajustava seus binóculos sobre o rosto.

No topo do palanque, Nicksen acenou para a plateia. Sua veste azul-claro refletia o sol e ele parecia reluzente como de costume. No chão do coliseu, Jade vinha caminhando. Dessa vez, ela esbanjava uma vestimenta cruel para uma luta, já que estava de saia curta, camisa de tecido transparente e salto alto. A plateia fazia barulho, exaltando o deboche de Nicksen para sua adversária, representado pelas roupas que tinha feito sua Carnífice usar.

— A rival dessa disputa será a Duquesa Louise Huang Li! — O narrador introduziu a competidora, deixando um espaço para os aplausos, depois prosseguiu. — E seu Carnífice sem piedade, Nightmare!

Louise parecia confiante ao lado de Nicksen. Ela se postava com elegância, delineada por um vestido cor de sangue que combinava com seu casaco de pele em tom escuro.

O Carnífice de cabelos longos veio andando com sua costumeira grade de ferro sobre a boca. Ele encarava Jade enquanto os empregados removiam o objeto de seu rosto. Logo em seguida, uma nova serra motorizada foi entregue a ele. Ao contrário da que tinha usado no dia anterior, essa era maior e feita de metal escuro. Possuía canos em sua lateral, por onde escapava o vapor do motor, muito mais potente que o da primeira. Ele segurou o aparato e continuou no lugar.

Os dois Servos de Sangue trocavam olhares e Nightmare sorria para aquele jogo sanguinário. Os dentes pontudos dele pareciam com as serras de sua arma. Jade se mostrava incrivelmente calma, mesmo que tivesse que enfrentar um Carnífice insano como aquele.

O Rei deu o tiro para o alto, autorizando o início da batalha, e nenhum dos dois se moveu.

Quase em câmera lenta, Nightmare estendeu a mão e tocou a de Jade, com uma delicadeza nada bestial. Ele pousou os lábios em cortesia sobre os dedos da Carnífice e a audiência congelou. Aquele gesto era humano demais e parecia assustador aos olhos da plateia, principalmente por ser protagonizado pelo monstro que normalmente andava em público usando uma focinheira.

— Ele está provocando?! O que é isso? Um beijo?! — Felix erguia a voz, fazendo os espectadores vaiarem em desaprovação.

Jade aceitou o cumprimento, mas sua expressão não se alterou. Seu olhar era de serenidade e paciência. Louise se irritava com a insolência de Nightmare e pousou o dedo sobre a pedra do anel, pronta para eletrocutá-lo. Porém, antes que ela o fizesse, o som da serra motorizada soou pelo ar. O Carnífice de olhos lilás puxou a corda que dava ignição nas engrenagens internas.

O ruído da arma era agudo e estridente. A plateia se assustava só de ver a imponência daquele objeto, que parecia fatal ao menor toque.

— O que está esperando, Nightmare? Vá! Até a morte! — Louise bradou do alto da plataforma, ansiosa com a demora.

Novamente, o riso sinistro daquele Carnífice soou pela arena, se confundindo com o som da sua arma motorizada. Ele assumiu uma posição de corrida e seu vulto pairou no ar quando partiu em uma rapidez devastadora. Era possível ver a corrente de vento que seu corpo fazia quando passava pelo de Jade, empurrando os cabelos loiros da mulher pelo ar.

Num movimento antevisto, a Carnífice de olhos verdes tomou impulso para trás e a serra de Nightmare passou diante do seu rosto, quase a acertando. Os olhos humanos tornaram a vê-lo com mais detalhes quando diminuiu a velocidade e a audiência fez um som de espanto. O homem armado se tornou um borrão novamente, deixando para trás aquele rastro longo e vermelho. Pegou velocidade para uma nova investida.

Jade repetiu o gesto, desviando de um golpe e de outro e de outro. Até que precisou se abaixar quando uma quarta investida veio por trás de sua cabeça.

Seus cabelos quase encostaram na serra e ela grunhiu. Girou o corpo no lugar e desferiu um chute para o lado, acertando Nightmare e o tornando nitidamente visível para todos os olhos humanos.

Mesmo com sua força descomunal, a batida de Jade não foi certeira e o Saiga apenas deslizou para trás, de pé sobre o piso rígido.

Ele abaixou a serra, arranhando-a contra o chão de ferro e fazendo um barulho insuportável, levantando muita faísca. Era possível ver o metal ficando vermelho ao se aquecer com o atrito. Depois, a silhueta de Nightmare desfocou no ar mais uma vez.

Jade prestava atenção apenas nos sons. Estava com os joelhos parcialmente dobrados e os braços afastados, pronta para se desviar de outro ataque quando o Saiga surgiu à sua direita, fazendo-a se virar, mas ela não encontrou nada ali.

A ilusão causada pela velocidade do ruivo fez com que a Carnífice fechasse os braços para uma investida que não existia e, então, a serra a acertou pelo outro lado, na cintura, e fez o sangue jorrar para o alto como quando alguém pula dentro de uma poça e levanta muita água.

— Não é possível! Senhoras e senhores! Ele vai dividir Jade em dois?! — exclamou o narrador enquanto a audiência gritava de espanto.

Louise arregalou os olhos, empolgada, e Nicksen apoiou as mãos no parapeito da plataforma, cheio de preocupação.

Contudo, Jade ainda estava de pé. Era como se a serra não conseguisse mais avançar para dentro de seu corpo. Os músculos da Hetzer eram fortes e rígidos demais. Mesmo o ferro da arma não conseguia destruí-los.

A mulher encarava seu oponente, que sorria, claramente se divertindo com o que acontecia, ainda que estivesse falhando em derrotar sua adversária. A expressão em seu rosto era de um deleite tão enorme que parecia maníaca.

Nightmare puxou a serra e tomou impulso para trás, pegando distância e voltando a se tornar um rastro de pura velocidade. Jade pulou, chutando o ar de baixo para cima e acertando a ponta da serra com seu pé, pegando o adversário no meio da investida.

Mais sangue jorrou quando os dentes de ferro acertaram o bico do sapato da mulher e destruíram sua pele sob ele, mas a serra voou pelo ar, caindo na direção do Carnífice de olhos lilás. Nightmare teve tempo de desviar e agarrar a arma no ar antes que caísse. Depois, tornou a avançar.

Ele surgiu por trás, acertando o outro lado da cintura de Jade, que reprimiu um som de dor, mostrando os dentes afiados. A audiência gritou de espanto e o Carnífice de Louise Huang Li sumiu no ar mais uma vez.

Um novo golpe atingiu Jade, dessa vez bem de frente. A ponta da serra veio em sua barriga, fazendo um terceiro corte na mesma altura dos outros dois. Ela rosnou, encarando seu adversário enquanto seu corpo extremamente resistente aguentava as lâminas motorizadas.

Nightmare estava exatamente na frente de Jade, empurrando a serra de encontro à mulher, que parecia fincada no chão como se tivesse raízes. O Carnífice de olhos lilás ainda sorria em clara diversão, mesmo quando a adversária ergueu os braços, agarrando a lâmina da serra.

A carne das mãos de Jade era dilacerada pela arma, fazendo mais sangue pingar e manchar a camisa do Saiga que a atacava.

Uma densa poça vermelha se formava ao redor dos dois, mas a mulher não cedia. Estava com os dentes cerrados e olhava diretamente para o outro, sem se importar com seus dedos carcomidos que agarravam as correias dentadas.

Um barulho alto ecoou e o vapor do motor da arma subiu em sobrecarga. Jade se aproveitou da pane e tomou impulso, correndo na direção da parede, levando Nightmare junto com a serra. Ela não se movia rápido como os Carnífices de olhos lilás, então era possível ver com detalhes tudo o que fazia.

Com sua força descomunal, arrastou o Carnífice de Louise pela arena, enquanto ele ainda segurava na outra extremidade do aparato. Eles giraram e deslizaram como numa valsa sanguinária.

Louise Huang Li estava aos berros no alto da plataforma, tentando dar direções enquanto seu Carnífice era empurrado de forma impotente pelo coliseu.

A arma de Nightmare fez um som engasgado ao mesmo tempo que Jade conseguiu prensar o Saiga contra a parede. A mulher combatente dobrou a ponta da serra como se fosse feita de papel e a amassou, arrancando das mãos do outro e jogando para o lado.

Jade fechou o punho e socou, na direção do rosto do ruivo, mas o Carnífice de olhos lilás desviou facilmente do golpe. Já prevendo isso, a Hetzer o agarrou com a outra mão, enquanto seu punho se afundava no ferro das paredes do Pavilhão Pentagonal.

Um uivo de surpresa ecoou na multidão. A Carnífice de Nicksen Aberdeen tinha conseguido restringir aquele monstro veloz e o segurava pelo pescoço, o erguendo no alto e tirando seus pés do chão.

O homem de cabelos cor de sangue ainda pigarreou um riso entalado enquanto perdia o ar. Suas mãos seguraram o braço de Jade, na esperança de se soltar, mas seu toque foi delicado, quase uma carícia. Em segundos, seus olhos lilás se fecharam e o corpo do homem amoleceu por completo. A Carnífice de Nicksen largou Nightmare no chão.

A plateia vibrou com emoção. Os gritos e palmas ecoaram por todo o Pavilhão e os nobres também se exaltaram com o desfecho.

— Impressionante, damas e cavalheiros! Que luta incrível! — bradou o narrador, batendo palmas de onde estava. — Mais uma vitória impecável do Conde Nicksen Aberdeen! Aplausos! Mais aplausos!

O som do clamor ao Conde preencheu ainda mais o Pavilhão. Jade saía da arena, bastante ferida, mas se mantinha séria como sempre e também não tinha nenhum semblante de vitoriosa, apenas o rosto de quem tinha cumprido uma ordem. Maximilian se levantou para caminhar até a plataforma. Não queria nem olhar para a expressão de triunfo do herdeiro de Aberdeen.

— Faça melhor que isso — disse o Barão de Ashborne para Arthur.

Os dois foram guiados para seus lugares enquanto os criados retiravam os restos da serra de Nightmare do campo. O jovem Ashborne e seu Carnífice se separaram e o nobre seguiu com a Marquesa Nara Yohe em direção ao palanque, que se elevou quando subiram.

Nara estava com mais um de seus vestidos estampados e um coque que puxava seu cabelo para trás, num arranjo floral no topo de sua cabeça. Seu olhar era de superioridade para o Barão.

Maximilian também estava bem-vestido, com um colete bordado em linha escura e um laço bonito no pescoço, de um tecido semelhante ao veludo. Ele não parecia intimidado pela expressão de Nara Yohe. Olhava para a arena por trás de seus óculos de sol redondos.

— Prontos para a segunda e última luta das semifinais?! — Felix chamou a plateia, em uma voz animada. — Senhoras, senhores, damas, cavalheiros, Sua Majestade e todos os nobres! Eu vos apresento a Marquesa Nara Yohe!

A audiência aplaudiu animada, mas era visível a antecipação que faziam ao ver o misterioso Barão fúnebre ao lado dela.

— E sua Carnífice! Primrose! — anunciou o homem de binóculos enquanto a Serva de Sangue entrava na arena.

Primrose trajava mais um de seus vestidos floridos embonecados. O cabelo tinha um laço bonito como de costume e seus sapatos não pareciam nada próprios para correr.

Os criados lhe entregaram o chicote de couro revestido com espinhos de rosas e ela esperou pelo seu adversário com a postura bonita que tinha normalmente.

— O combatente será o nobre que deixou todos nós sem palavras durante a luta de ontem! Aplausos para o Barão Maximilian Ashborne! — Felix declarou. Ele mesmo aplaudia do alto da marquise.

Os espectadores praticamente uivavam de empolgação. Palmas, gritos e assovios ressoavam pelo pavilhão e Nara suspirou ao lado do jovem nobre.

Estava visivelmente irritada ao ver aquele rapaz quase infante que sobrepunha sua popularidade experiente.

— E o Carnífice, Arthur! — Felix anunciou a entrada do Servo de Sangue de olhos azuis, que caminhou calmamente para o centro da arena.

O Luger estava sem seu sobretudo e usava apenas uma camisa preta que cobria o corpo com as mangas longas. As calças de tecido grosso eram resistentes e ele parecia confortável.

Maximilian observou atentamente a reação de Primrose, que olhou para o chão. Parecia uma coisa corriqueira que os Carnífices desviassem as vistas na presença de Arthur. Talvez fossem seus olhos assustadores, já que, vez ou outra, o próprio Barão se sentia compelido a não o encarar diretamente.

Quando o Rei atirou para o alto, autorizando o confronto, Primrose desenrolou seu chicote. Ela tomou impulso e correu como faziam os Carnífices de olhos lilás. Sua velocidade era incrível, também causando uma distorção na própria imagem e deixando a ilusão de um rastro que a seguia.

Arthur ficou no lugar, olhando para frente. Algum tempo passou e a plateia começou a cochichar, intrigada com a falta de acontecimentos.

Questionavam-se sobre o que viam. Achavam que era apenas um reflexo de Arthur que perdurava, já que ele se movia tão rápido que apenas a memória de sua imagem pairava à vista.

O Luger, por sua vez, procurava captar o lapso de pensamentos da Carnífice dos Yohe. Para ele, já era naturalmente difícil alcançar e trancar a mente de outros sem um contato visual direto, ainda mais cercado de milhares de fontes de interferência, que eram todas as outras mentes presentes no Pavilhão Pentagonal. Apesar de distante, a plateia o confundia com facilidade e Arthur se via obrigado a separar todos os fios de consciência existentes naquele lugar e se focar somente naquele que pertencia à sua adversária.

Entretanto, a velocidade de Primrose tornava tudo muito mais complicado.

Arthur olhou para trás de um jeito lento e todos puderam ver seus movimentos perfeitamente. A Carnífice dos Yohe ergueu o chicote ali, aparecendo nitidamente aos olhos dos humanos. Ela fez um gesto preciso e os espinhos voaram na direção de Arthur.

O Luger foi para trás com a velocidade que tinha, infinitamente menor do que a de um Saiga. Recebeu o golpe atravessado rente ao rosto e sobre o peito. Suas roupas bem costuradas rasgaram em parte. Fios de linha voaram pelo ar.

A audiência clamou em susto, mas mal tiveram tempo de acompanhar, já que Primrose voltou a se impulsionar. A Saiga tinha consciência de que não podia ficar parada na frente de Arthur, ou o controle mental a prenderia facilmente.

Arthur acompanhou o rastro colorido correndo pela arena. Os olhos azuis dele procuravam o ponto exato onde ela iria se fixar para atacar, entretanto, outro golpe veio e tudo o que o Luger conseguiu fazer foi erguer o braço.

O chicote se enrolou no pulso de Arthur, que o segurou fortemente. Por sorte, a costura grossa dos tecidos firmou o agarro da arma e, mesmo com a velocidade superior de Primrose, o Luger foi capaz de conter o movimento.

Muita animação se espalhou entre os espectadores. Todos arregalavam os olhos, procurando a velocidade sobrenatural de Arthur, que era inexistente, mas eles insistiam em acreditar nisso.

O que pareceu ser um momento longo de calmaria se tornava uma fantasia de milhões de movimentos invisíveis aos olhos humanos e alguns apontavam clamando ter enxergado um golpe ou um giro. Contudo, o que realmente acontecia era o silêncio do comando alcançando o cérebro de Primrose.

A Saiga parou onde estava, seu semblante se tornando apático.

Ela ficou congelada na posição, como tinha ocorrido com Fang na luta anterior. A audiência voltou a ficar de pé. Todos se aproximavam dos parapeitos, angustiados para entender a movimentação daqueles Carnífices.

— Primrose! Ataque! — Nara Yohe gritou, perdendo a paciência. Ela tocou seu anel, já pronta para acionar o controle. — Não me faça apertar o botão de novo!

Então, a Saiga partiu novamente em uma velocidade assombrosa. A Marquesa voltou a ficar animada. Bateu uma mão contra a outra, numa expressão de satisfação. Não conseguiu evitar de dar um sorriso. Mesmo assim, nenhum ataque atingiu Arthur, que continuava estático no meio da arena.

Foi quando um grito de pavor ecoou novamente pelo coliseu.

Primrose caiu com o chicote enrolado ao redor do próprio pescoço. Os espinhos estavam todos fincados em sua pele e era impossível entender o que tinha acontecido. Ela se arrastou sobre o piso de metal, na direção de Arthur, chorando como uma criança desesperada.

Sua roupa estava manchada de sangue na gola, onde os furos do pescoço pingavam constantemente.

A plateia se calou de imediato. Cada mão tremia, cada coração estava acelerado. O horror da face juvenil da Carnífice dos Yohe invadia o peito emocionado de cada cidadão que assistia àquele espetáculo doentio.

Primrose lutava contra o controle da mente, mas acabou erguendo os olhos para o Luger e se prendeu ainda mais. Sua visão se perdeu de vez naquela figura à sua frente. Algo de doloroso voltou a marcar sua expressão e mais um grito saiu da garganta da Serva de Sangue. Suas cordas vocais feridas pelos espinhos engasgaram. Então, ela finalmente desfaleceu aos pés dele.

Arthur a encarou sobre o chão. A canção de fundo era o delírio empolgado da audiência. Homens batiam os pés nas arquibancadas, aplaudiam e assoviavam. Mulheres giravam lenços no alto, batiam os leques nos parapeitos e espalmavam as mãos em alvoroço.

Devagar, o Luger foi até a jovem Carnífice. Calmamente, pegou a ponta do chicote que envolvia o pescoço de Primrose. Depois, apoiou o pé nas costas da adversária e puxou a corda de espinhos para trás, fazendo o corpo inerte da Saiga erguer a cabeça para o público, exibindo olhos opacos e a boca aberta, como se fosse um cadáver.

— Ela está inconsciente! — o juiz de binóculos avisou, ainda pasmo. — Não acredito nessa velocidade! Precisamos de equipamento qualificado para acompanhar essa luta! — exclamou o narrador, e a plateia riu. — O Carnífice de Ashborne finalizou sua adversária tão rapidamente que pareceu até uma cortesia de sua parte! Senhoras e senhores, presenciamos um refinado adestramento provido por um cavalheiro de alta classe! — Depois de encher o ego do nobre vencedor, Felix apontou o palanque elevado. — A vitória vai para o Barão de Ashborne!! Uma salva de palmas!

Ainda mais aplausos inundavam o lugar.

Nara Yohe encarou Maximilian com desconfiança. A narração de Felix tinha um tom ácido de entretenimento e beirava a humilhação, o que fazia com que a Marquesa se enfezasse.

A mãe de Annika não acreditava que o jovem Ashborne estava plenamente ciente do peso das vitórias que adquiria e quis enxotá-lo novamente, mas preferiu manter o decoro enquanto estavam em público.

O Barão acenou com a cabeça para os aplausos, nem um

pouco intimidado com o olhar de reprovação da Marquesa. Ergueu uma das mãos para o público enquanto a plataforma descia.

De volta à varanda, ambos recebiam os cumprimentos pela luta e Maximilian foi novamente cercado de pessoas. Ficou distribuindo sorrisos enquanto o narrador fazia as considerações finais. A arena do coliseu recebia um novo banquete destinado à população da Saxônia, sempre exaltando a generosidade do Rei Maxwell. O cheiro de carne assada encheu o centro do pavilhão, deixando até os nobres famintos.

Capítulo 21

Grupos de homens e mulheres requintados caminhavam pelos corredores do Starfort, conversando animados. As expectativas estavam elevadíssimas e a ansiedade para assistir a uma luta entre Nicksen Aberdeen e Maximilian Ashborne se tornava pulsante. Os dois eram rivais conhecidos e as fofocas corriam pela língua dos nobres.

— Na última luta, eu vi o momento que Arthur se moveu. Consegui ver um reflexo! — gabou-se um homem, fazendo com que o seu círculo de conversa ficasse espantado.

— Sim! Quando ele enrolou o chicote no pescoço de Primrose! Deu para enxergar o vulto! Eu vi com meu monóculo! — acrescentou outro nobre, e a multidão ia entrando nas conversas fiadas.

Durante a caminhada até o jardim de inverno, as especulações sobre a movimentação de Arthur só ficavam mais fervorosas. Maximilian ouvia um pouco das conversas aqui e ali, mas se calava. Quanto mais indagações errôneas existissem, mais tempo teria até que entendessem completamente as habilidades de Arthur e conseguissem bolar armas para enfrentá-lo.

Quando chegaram ao local onde o jantar seria servido, os nobres foram recebidos com um festival de bebidas espumantes servidas em taças de cristal tão transparentes que davam a impressão de que quase não existiam de verdade.

O lugar era um grandioso castelo de vidro e metal. As hastes finíssimas de ferro trançado se assemelhavam a trepadeiras, subindo pelas paredes translúcidas que permitiam uma visão esplendorosa da lua e das árvores verdes existentes do lado de fora da cúpula. O chão era de ladrilho claro e formava pequenos corredores ao redor de roseiras brancas com flores volumosas, cujo aroma invadia o nariz dos nobres. Colunas finas e longas de mármore faziam a divisão do ambiente, isolando no centro uma lagoa artificial coberta por folhas de vitória-régia que boiavam sobre as águas cristalinas.

Largas mesas de ferro prateado estavam montadas com o banquete composto de comida quente e frutas. A banda dava o tom usual de melodia clássica, dessa vez acompanhada por uma harpa calmante e de som suave.

A poltrona mais decorada estava disposta em uma clareira, cercada por um arco de plantas cuidadosamente aparadas, com pequenas flores que despontavam para baixo, como se formassem uma moldura ao redor do Rei.

Maxwell se sentava, acompanhado do Arquiduque e da Princesa, como de costume. Ergueu sua mão, mandando chamar por Maximilian e Nicksen. Nenhum dos dois se demorou, mas o Conde de Aberdeen estava sério e com visível desgosto no olhar, mesmo perante Sua Majestade.

— Meus parabéns, jovens! Em nome de todo o reino, estou orgulhoso de ver como prosperaram! — Maxwell falava, animado. Ele tinha um sorriso no rosto já repleto de rugas. — É gratificante saber que nossos investimentos não foram em vão. Os senhores são o combustível dessas terras!

— É uma honra, Majestade. — Maximilian se curvou em respeito e Nicksen permaneceu calado, só acompanhando a reverência do Barão.

— Quero ver uma luta justa amanhã. Mas, acima disso, quero que esse país fique boquiaberto pelo resto do ano. Eu desejo um espetáculo tão incrível que não sairá dos tabloides. A obrigação dos senhores será a de proporcionar uma apresentação mais do que fantástica! Mostrem-nos um banho de sangue e deixem que o mundo veja nossa força! — dizia o Rei, erguendo a mão e apontando para os dois nobres em frente a ele. — Não me desapontem!

— Farei o meu melhor, meu Rei. — O Barão mostrava um sorriso confiante.

Maxwell ficou satisfeito, aplaudindo os dois, e propôs um brinde. O rosto do Conde de Aberdeen estava estático em uma expressão constante de distância. Até parecia um dos Carnífices, não fossem por suas vestes elegantes.

O homem loiro bebeu o que tinha em sua taça, cumprimentando o Rei, depois se despediu. Maximilian não demorou para se retirar também, já que outros nobres tinham assuntos para tratar com Maxwell.

O Barão procurou por um lugar para se sentar e acabou perto de Bram Hill, Clement Benton e Louise Huang Li novamente.

— Amanhã vai ser um grande dia, Barão. — Bram Hill mal esperou e já foi dando o costumeiro tapa amigável nas costas do rapaz, fazendo Maximilian quase derrubar um pouco da bebida que tinha em sua taça.

— É verdade. Acreditei fortemente que conseguiria ganhar esse ano. Treinei Nightmare mais do que nunca. — Louise estava de pernas cruzadas sob a mesa e balançava a cabeça negativamente. — Além disso, gastei quantias irreparáveis para que os melhores técnicos construíssem aquela serra motorizada. No fim, a Carnífice de Aberdeen dobrou a sucata como se fosse feita de papel. — A Duquesa deu um longo gole no vinho.

— Eu estava certo de que a enfrentaria nesse torneio, Senhora Huang Li — falou Maximilian, depois de se recompor do tapa de Bram Hill. Ele também cruzou as pernas sob a mesa.

— Ninguém consegue vencer aquela Jade. Não sei o que Aberdeen faz para treiná-la, mas é impossível. Os Carnífices de olhos verdes são todos mais fracos que ela e os de olhos lilás, mesmo com a velocidade, nunca conseguem desferir golpes potentes o suficiente para derrubá-la — comentou Clement Benton, comendo uma ostra que tinha no prato.

— Nightmare é o Carnífice mais rápido que temos na Saxônia — disse Louise, olhando de canto para o Barão de Benton. — Se ele não consegue vencer Jade, ninguém consegue.

— Ora, não se esqueça que Ashborne tem um Carnífice que parece ser mais veloz que Nightmare, Louise. — Bram Hill apontou o rapaz de roupas pretas. — Com alguma sorte, Jade não vai conseguir prevê-lo.

— Arthur vencerá — declarou Maximilian com simplicidade.

— Pode ser, mas não vou apostar em você. — A Duquesa de Huang Li foi sincera e deu de ombros.

— Ora, eu vou — disse Clement, abrindo outra ostra com uma faca. — É bom renovar os vencedores, quem fica muito tempo no pódio acaba perdendo a razão. — Falava com a boca cheia de comida.

— Apostem em mim — insistiu o Barão de Ashborne, ficando de pé. — Arthur vencerá — repetiu e depois se retirou, despedindo-se brevemente.

Maximilian tinha mais certeza de sua vitória, uma vez que já estava escalado para as finais. Entretanto, não deixava de ficar nervoso e evitava pensar demais.

Apanhou outro copo de bebida espumante e tomou de uma vez. O vinho branco era cítrico e agradável. Logo, deixava todos os nobres risonhos e maleáveis.

Sandro apareceu ali, reverenciando com educação. Trazia Arthur e o deixou com o nobre, depois se retirou.

O Luger de Maximilian estava elegante. Uma camisa preta e um colete cinza decorado com botões de pedra escura marcavam sua silhueta de ombros largos. Apesar das vestes simples, ele poderia facilmente ser confundido com um dos nobres da festa. O Barão aprovou com um gesto.

— Você fez um bom trabalho — falou casualmente e Arthur não respondeu. — Só mais o dia de amanhã e estaremos livres disso — completou Maximilian, com outra taça cheia na mão.

— Achei que estava se divertindo. — Arthur virou os olhos brevemente, encontrando os de Annika Yohe, que os observava de longe. A moça se assustou ao ver o Carnífice a encarando e desviou as vistas.

— Que bom que eu ao menos *pareço* estar me divertindo.

O nobre voltou a caminhar. Dirigiu-se até perto de uma das mesas e logo o convidaram para sentar. Todos queriam a companhia do Barão das Cinzas agora que tinha um saldo de vitórias.

Ele foi de grupo em grupo, caminhando pelo jardim de paredes de vidro e olhando as rosas com algumas damas. Depois, cavalheiros se aproximavam, elogiando o desempenho nas partidas. Recebeu muitas promessas de apostas e diversos convites para conhecer as propriedades de outros nobres.

Chamavam-no para comentar as habilidades de Arthur. A audiência já parecia totalmente convencida de que seu Carnífice era muito mais veloz que os outros, por isso não eram capazes de perceber quando se movia. Além disso, vários nobres afirmavam ter enxergado alguns movimentos. Eles conjecturavam sobre a postura estática de Arthur e a maioria parecia acreditar que ele enganava seus adversários, fazendo um movimento e depois retornando à posição reta e de pé. Fazia outro movimento e tornava a parar daquela forma. Assim, sua imagem nunca saía do lugar, mas, fora das vistas, ele executava muitas ações, rápido demais para os olhos humanos e talvez até os de outros Carnífices.

Maximilian concordava com tudo o que ouvia e sorria quando era parabenizado por seu desempenho. Sempre que questionavam seu treinamento, o jovem ressaltava que o título de Barão não lhe dava uma fonte muito grande de renda para que pudesse investir em máquinas de alto padrão. Executava apenas exercícios simples com seu Carnífice e todos pareciam ainda mais impressionados.

Como na noite anterior, não demorou para que o Rei partisse com o restante da família. Logo, as mesas iam se esvaziando e Maximilian finalizava sua taça de bebida antes que pudesse se retirar também.

Estava papeando com Louise novamente quando ouviu uma voz se elevando por perto. Virou o rosto para ver.

— E escrevam o que eu digo! Vou humilhar tanto aquele Barão que ele vai implorar pela morte! — Nicksen estava visivelmente alterado por conta do álcool e gritava em sua rodinha de nobres, que riam e aplaudiam seu discurso.

— Não dê ouvidos a ele — falou a Duquesa de Huang Li, chamando a atenção de Maximilian de volta para si.

— Você me ouviu, Ashborne?! — O Conde de Aberdeen vinha na direção do Barão e o rapaz sentiu o sangue gelando imediatamente. — Eu vou deformar esse seu rostinho bonito! — Nicksen o pegou pela camisa.

Maximilian sentiu o puxão e estreitou o olhar, cansado de ser afrontado daquela forma. Ergueu a taça que tinha na mão e jogou toda a bebida em Nicksen, fazendo o Conde ir para trás ao sentir o gás do espumante arder seus olhos.

— Bastardo, filho de uma vadia... — O Conde murmurou, secando o rosto. Maximilian ouviu bem o xingamento que ele escolheu e sentiu o estômago revirando. — É assim que você sabe brigar?! — Nicksen voltou a erguer a voz e fez menção de avançar sobre ele. Porém, Arthur entrou na frente e o Conde parou imediatamente.

— Senhores, se acalmem — pediu Clement Benton, se aproximando dos dois.

— Jade, venha logo! Se é uma briga que ele quer, dê uma briga a ele! — Nicksen ignorou quem queria apaziguar. Chamou a Carnífice, que se aproximou do Conde.

— Senhores. — Quem interveio dessa vez foi Milton de Chiseon, que estava na roda de amigos de Nicksen todo esse tempo. — Acalmem-se!

A situação ficou tensa e Maximilian continuou encarando firmemente. Tinha certeza de que Arthur era capaz de defendê-lo.

— Conde. — Milton tocou o braço do herdeiro de Aberdeen. — A luta é amanhã e o senhor poderá ordenar que Jade faça o que quiser com esse Carnífice. Deixe para humilhar o Barão durante o torneio — ele aconselhou e Nicksen riu com deboche.

— É verdade, Milton. Vou humilhar esse espurco na frente de todo o reino. — O Conde tinha um irritante ar de superioridade. — Você vai lamber a sola do meu sapato, Maximilian — ameaçou, depois cuspiu no chão e virou as costas.

Foi embora, acompanhado do seu bando. O Barão sentiu uma forte dor de cabeça. Fechou os olhos por um momento enquanto o restante dos nobres permanecia em choque. Louise Huang Li apoiou a mão no ombro dele.

— Eu vou apostar em você. — A mulher reiterou sua afirmação anterior. Não estava mais disposta a dar dinheiro para o ego de Nicksen.

— Obrigado, Duquesa. — O Barão de Ashborne respirou fundo. O apoio daqueles nobres, que mal o notavam antes, significava algo para o rapaz, então ele não custou a manter uma expressão educada.

— Se me permitem, vou partir depois desse espetáculo desnecessário. — Ergueu a mão para se despedir e os outros nobres concordaram.

O jovem deixou o jardim magnífico e a comida cheirosa. Foi escoltado pelos corredores até seu quarto. Assim que entrou, percebeu que trincava os dentes com tanta força que seu maxilar estava dolorido.

Caminhou para a cama e se largou no colchão, jogando um dos braços sobre os olhos. Ficou deitado, sentindo o turbilhão de pensamentos invadir sua mente com uma velocidade tão grande que ele achou que poderia entrar em chamas sem nem se mexer.

— Venha se trocar para dormir — Arthur chamou, com a voz branda.

— Não precisa. — Maximilian se mostrava totalmente indisposto a se mover dali.

O Servo de Sangue não insistiu. Foi puxar o tablado de madeira com o colchão que existia sob a cama do nobre, onde deveria dormir se não quisesse ficar no chão. Retirou seus próprios sapatos para poder se deitar.

Arthur apagou as luzes depois de se acomodar e Maximilian ficou ali, olhando para o teto, sentindo o estômago queimando de tanta bebida misturada com ódio. Ele tinha vontade de se levantar que nem um insano, gritando pelo Palacete. Queria expor a falácia que era Nicksen Aberdeen e a forma como sua família tinha conspirado contra a dele. Porém, as palavras do Conde ecoavam em sua mente, o chamando de bastardo.

Maximilian se questionava se sua mãe realmente tinha sido alvo de Ainsley Aberdeen no passado. O rapaz tinha adiado a leitura do diário depois de ouvir os devaneios da mulher, temendo descobrir a verdade. Mesmo assim, no pouco que tinha lido, se lembrava de ver elogios escritos sobre a aparência de Camélia e retratos dela feitos a lápis. Além disso, toda a história se encaixava. Caso Ainsley Aberdeen tivesse realmente cometido adultério, teria que manter em segredo e precisaria deixar Valentin vivo para que assumisse a paternidade do filho.

O pensamento ia e vinha na mente do rapaz, fazendo com que seu coração acelerasse. Tentava ignorar e adormecer, porém, sua cabeça dava voltas. Ele frequentemente imaginava o quanto Nicksen sabia sobre tudo, já que o Conde era, de fato, neto de Ainsley Aberdeen.

Tornou a fechar os olhos no escuro e procurou focar. Vagou pelos elogios que recebera e se lembrou de que estava caminhando na estrada certa para seus objetivos. Se cambaleasse a essa altura, era possível que nunca mais ficasse de pé. A corte começava a aceitá-lo e o dinheiro vinha aos montes. Só mais uma vitória e teria influência o suficiente para Nicksen repensar suas estratégias. Ao mesmo tempo, se não vencesse, poderia estar acabado de uma vez.

— Arthur — murmurou Maximilian depois de horas que já estavam deitados. — Por que aquele homem atirou em si mesmo na floresta?

— Porque eu ordenei — o Carnífice de olhos azuis respondeu com simplicidade. Sua voz não soava como a de alguém que estava adormecido e acabava de acordar.

— Como ordenou? Você não disse nada a ele.

— Dentro da mente.

— Então é assim mesmo que usa a Soberania? Você vence os outros Carnífices no torneio porque controla a mente deles e os faz se atacarem com as próprias armas? — O Barão se virou lentamente na cama, procurando ver Luger no tablado mais embaixo, ainda que apenas a luz da lua iluminasse o quarto.

— Sim.

— Parece assustador, mas incrivelmente conveniente. — Os cabelos de Maximilian caíam pela beirada da cama, pois estava meio debruçado.

— Pode ordenar que Nicksen se mate e que tudo pareça um suicídio trágico? — murmurou o Barão, com o rosto próximo. Sabia que o Luger podia enxergar bem no escuro.

— Posso. Mas é uma questão de tempo até que os nobres descubram as origens das minhas habilidades. Além do mais, para ordenar algo do tipo, eu preciso estar perto da vítima, então existe o risco de ser visto — explicou Arthur, e Maximilian suspirou pesadamente.

— Entendo. — O Barão voltou a se ajeitar direito sobre a cama, encarando o teto novamente. — Se eu sei de você e do primeiro Arthur, o Carnífice de meu pai, então, deve haver nobres que também conheçam como funciona sua Soberania. Talvez até melhor do que eu.

Arthur concordou, sem dar continuidade ao assunto. O Barão se perdia na ideia de assassinar Nicksen sem ser incriminado, mesmo que fosse apenas um devaneio.

Depois de um tempo, se sentou na cama para tirar os próprios sapatos.

Logo, viu a silhueta de Arthur se aproximar. O Carnífice parou na frente do nobre, se abaixando sobre os joelhos e passando a tirar ele mesmo os calçados do Barão. Quando terminou, ficou de pé.

Maximilian ergueu a cabeça, acompanhando seu movimento enquanto ele se levantava. Sua figura oculta no escuro exibia apenas o contorno do corpo e o brilho dos olhos cor de vidro.

Por fim, o Barão se ergueu do colchão, ficando na frente do outro. Não pensou muito e avançou, envolvendo o corpo do Carnífice em um abraço, se aninhando como se fosse uma criança. Só se sentia confortável para fazer algo assim porque estavam imersos na escuridão.

— Aconteceu muita coisa desde que chegamos. Coisas demais — ele disse, tentando iniciar um assunto, mas o Carnífice não respondeu e também não ergueu os braços para segurar o rapaz de volta. Mesmo assim, Maximilian se manteve envolvendo a cintura do Servo de Sangue. — Você pode vencer amanhã? Não minta — perguntou o Barão, com o rosto pressionado contra a gola da camisa que o Carnífice vestia.

— Nunca menti. — Arthur abaixou os olhos para ver o topo da cabeça do nobre.

— Quando Jade virou as costas e nos permitiu encontrar o diário de Ainsley na biblioteca, ela não estava lutando, nem sendo observada por ninguém. Como pode garantir que ela não tentará vencê-lo no torneio? — O corpo do Barão se moveu um pouco, quando deslizou as mãos até os cabelos do Luger. — Se não lutar, ela será eletrocutada.

— Em luta ou não, ela receberá e cumprirá a ordem. — Arthur virou o rosto um pouco, sentindo o aroma ferroso do sangue do Barão sob a pele.

Maximilian se soltou do abraço e encarou o vulto do homem, em silêncio.

Colocou as mãos nos ombros dele, como se passasse confiança.

— Acredito em você, então. Se vencermos, depois do torneio, mandarei que levem seus pertences para o quarto de hóspedes da mansão e você poderá ficar lá. Também te deixarei com garrafas disponíveis todo o tempo — o Barão disse em tom de promessa.

Arthur permaneceu em silêncio, ouvindo a fala do rapaz como se fosse irônica, até perceber que não era. Sentiu vontade de rir da ingenuidade do nobre, mas obviamente não o fez. Não disse nada e só concordou com um aceno. Maximilian assentiu em retorno, imerso no próprio ego e certo de que oferecer um quarto decente a alguém era um presente absolutamente generoso e não mais que um gesto de humanidade. Acabou sorrindo para ele e, então, deixou que o Carnífice continuasse com sua tarefa de trocar suas roupas para dormir.

Capítulo 22

A banda já tocava no centro da arena, recebendo o público barulhento que se reunia para o último dia de lutas.

Maximilian caminhava pelos corredores do Starfort, ostentando um traje todo em tapeçaria bordada. O colete, o casaco e as calças feitas sob medida se ajustavam ao corpo. A vestimenta era de altíssima qualidade, mas não era sua riqueza que atraía os olhares dos outros nobres.

Nas costas do Barão, um manto esvoaçante tornava sua figura imponente. Todo em azul-marinho, Maximilian desfilava como um símbolo nacional. Suas mãos seguravam um cajado com uma grande pedra de safira na ponta, que reluzia sob o sol. Ele passeava por entre os nobres, que viravam os olhos em sua direção, chocados com a ousadia. Algumas faces se enchiam de sorrisos e outras de julgamento, mas a postura do Barão das Cinzas se mantinha grandiosa.

Vários vieram cumprimentá-lo. Olhavam Arthur como se observassem um animal bem treinado que acompanhava seu dono. Apesar de estar mais arrumado naquele dia, o Carnífice seguia todo de preto.

Nicksen encarava de longe, acompanhado do corriqueiro grupo seleto de bajuladores. Seus olhos raivosos estavam fixos na figura do Barão enquanto murmurava ofensas a ele para sua roda de aliados.

— Nervoso com a luta? — Julian se aproximou do Barão com aquele sorriso que irritava e reconfortava ao mesmo tempo. Suas roupas eram ainda mais detalhadas que as do amigo, porém, ambos trajavam tecidos na mesma tonalidade. — Está usando a cor da realeza de novo?

— Essa cor já pertencia à minha família muito antes de qualquer rei a tomar para si. Não se esqueça que minha bisavó era irmã da mãe de Theodora Gear — o Barão murmurou de volta, sem deixar de acenar para aqueles que o cumprimentavam de longe.

— Todo nobre tem um primo que foi vizinho de algum rei, Maximilian — desdenhou Julian. — Espero que tenha noção da desgraça que pode trazer a si mesmo se não vencer a luta de hoje enquanto traja as cores da pátria.

— Vai começar com a briga de novo? Estou mais nervoso do que nunca. Se quiser, desconto em você mesmo a minha raiva — o rapaz resmungou, desviando o olhar em uma expressão clara de impaciência.

— De jeito nenhum. — Julian colocou a mão no ombro do jovem, em um gesto amigável. — Não quero que essas desavenças perdurem entre nós. Eu ouvi cada palavra que me disse no outro dia e não me esqueci. Poderemos conversar em melhor momento, mas, por enquanto, faça sua parte e fique firme no torneio. Não pode perder, ainda mais com essas vestes.

— Eu não vou perder — o Barão afirmou, apertando os olhos levemente. — Hoje é o dia que você deve realmente dizer a todos em quem apostar.

Mal terminou de falar e ouviu um silêncio pairar no salão. O Rei Maxwell de Hermon se aproximava com Christabel. Os nobres reverenciaram sua presença e ele sorriu. Parecia tão empolgado que seu semblante constantemente abatido até passava a impressão de saúde.

— Ashborne! — o Rei saudou o Barão. Reparou em suas vestimentas, o que fez com que tomasse alguns segundos antes de prosseguir com a fala. — Desejo-lhe sorte.

Devido à belíssima capa de veludo azul-marinho do Barão, o Rei evitou perdurar qualquer conversa. Não era proibido que os nobres trajassem a cor da bandeira saxã. Porém, era simplesmente uma questão de senso de hierarquia que fazia com que eles se limitassem a outros tons e reservassem aquele apenas para a família real e seus associados.

Maximilian assentiu educadamente, sem deixar de perceber a hesitação. Tentava se convencer de que a apreensão de Maxwell passaria após o combate. Contudo, seu interior estava se contorcendo de nervosismo, já que tinha depositado toda a sua confiança apenas na palavra de Arthur e na obediência anterior de Jade perante a ordem silenciosa do Luger.

Não demorou para que o Rei caminhasse até o Conde de Aberdeen para dar palavras de apoio.

As horas caminhavam rápido e o espetáculo de dança se tonava tedioso no pavilhão, já que todos estavam prontos para começar os jogos. O grito da plateia se tornava mais alto. Os bailarinos e a banda cumprimentavam o público e deixavam o espaço livre para a batalha.

O juiz apanhava seus binóculos e tomava seu lugar na lateral, ao mesmo tempo que os criados passavam com taças de vinho e frutas para acomodar na mesa. O Rei se sentava confortavelmente e os papéis de aposta eram distribuídos.

— Acompanhem-me por favor, senhores. — Sandro era responsável por escoltar os finalistas e seus Carnífices.

Todo o tempo, Maximilian percebia o olhar de ódio do Conde de Aberdeen, que não disfarçava o desgosto estampado em sua expressão.

Assim que os Carnífices tomaram uma rota separada, o Conde de Aberdeen entreabriu os lábios para destilar ofensas.

— Não pense que não vou te humilhar porque está usando as cores da realeza. Você é um poço de mesquinhez, Ashborne. Ao perder, você trará desgraça para o Rei. Espero que tenha aproveitado seus últimos dias entre os nobres, pois a vergonha não permitirá que retorne nunca mais. — Tentava manter a voz controlada, apesar do que dizia.

Muitas coisas vinham na mente do Barão, mas ele se continha fortemente para não dizer nada. Não queria contar vitória, já que ainda pairava na incerteza. Entretanto, tinha que concordar com Aberdeen que, se perdesse aquela luta, estaria imensamente malvisto aos olhos da Coroa e do restante da nobreza. Por esse motivo, sentia que não tinha escolha. Deslizou o dedo sobre o anel que controlava Arthur, procurando um placebo para enganar a si mesmo de que o Carnífice estava com ele.

Assim que entraram na arena, o público delirou aos gritos e aplausos. Maximilian mantinha seus olhos na marquise onde os nobres estavam, do outro lado da arena, bem de frente para eles.

— Senhoras, senhores, damas, cavalheiros e Sua Majestade, Maxwell de Hermon! É com imensa honra que anuncio a final do torneio anual dos Mestres dos Monstros! — Felix, o narrador de binóculos, clamou para a plateia. — Em nome de toda a Saxônia, eu agradeço aos que propiciaram esse maravilhoso espetáculo! Agradeço aos nobres e ao meu Rei, Maxwell!

O Rei ergueu a mão em cumprimento. Julian se aproximou de Felix e apoiou o aro de metal mais próximo de Maxwell para que ele pudesse falar.

— Esses nobres cidadãos da nação trouxeram grande alegria e emoção para todos durante este torneio. Também nos mostraram o poder e a soberania da industrialização sobre as bestas que tentam forçar nossas fronteiras. Que essa demonstração sirva de aviso para qualquer criatura que ouse colocar as patas nas nossas terras! — O Rei tinha um tom imponente, bem mais forte do que de costume, e a audiência o saudou com gritos de prosperidade e longevidade.

Maxwell sorria para os gracejos que vinham das arquibancadas do Pavilhão Pentagonal. Enquanto isso, os dois adversários se mantinham sérios no topo da plataforma elevada, aplaudindo o discurso.

— O último embate, assim como os dois anteriores, não terá desafios de arena! Também não é permitido o uso de armas! Testaremos apenas o treinamento dos nossos competidores e a força individual de cada um! — o narrador explicou, esperando que todos os canhotos de aposta fossem recolhidos. — Na arena, recebemos o atual campeão, invicto durante dois anos e que espera manter seu título! Aplausos para o Conde Nicksen Aberdeen! — A voz do juiz ecoava pelo pavilhão enquanto Nicksen fazia um leve aceno com o cajado de marfim que segurava.

O Conde não estava com humor para celebrar sua própria existência, o que era algo raro de se ver. Suas roupas peroladas, porém, diziam o contrário e ele reluzia como uma estrela no centro do Starfort. Ele forçava um sorriso.

— E a Carnífice do Conde: Jade! — A Serva de Sangue foi anunciada e caminhou para dentro da arena. Seus olhos estavam mais sérios que o normal, mas ela andava com calma.

Jade tinha sempre os braços fortes expostos, dessa vez estava com calças folgadas que permitiam bastante mobilidade. Nas costas da mulher, era possível ver o faisão da família Aberdeen estampado em fios de ouro.

— Seu desafiante, responsável por causar o maior espanto já visto em todos os torneios! Vindo do nada e se erguendo como uma fênix, o Barão das Cinzas, Maximilian Ashborne! — Felix mal falou e um brado de adoração retiniu das arquibancadas, tão alto que Maximilian sentiu um arrepio percorrer o corpo. Estava finalmente no topo da arena para disputar a última luta.

Sua capa azul-marinho balançava ao vento e ele se sentia o próprio estandarte da Saxônia, hasteado como um ícone em frente ao Rei. Não tinha a opção de perder.

— Seu Carnífice, Arthur! — O narrador o chamou e o homem entrou, no mesmo passo calmo de Jade.

A expressão de Arthur era difícil de ler. Seus olhos estavam sempre fixos em algum lugar longínquo e ele aparentava completa neutralidade.

Era impossível definir se estava nervoso ou se já acreditava na vitória. Caminhou até o lugar onde deveria esperar o início da luta. Seus braços estavam elegantemente apoiados atrás do corpo e ele segurava uma mão com a outra, numa pose digna de um cavalheiro.

Maximilian encarava Jade de longe e rezou mentalmente para que ela demonstrasse algum respeito ou medo em relação a Arthur, porém, isso não aconteceu. O Barão sentiu um frio no estômago.

O Rei ergueu a pistola dourada e fez uns momentos de suspense. Depois, atirou para o alto, permitindo o início do combate.

Um silêncio avassalador invadiu o pavilhão. Parecia que os espectadores seguravam a respiração, antecipando os primeiros golpes, mas nada aconteceu. Os dois Carnífices se encaravam ao longe.

Era comum que Jade não avançasse primeiro e aguardasse o golpe para usá-lo como contra-ataque, porém, Arthur também não se moveu. O nervosismo encheu a arena e alguns cochichos começaram a soar.

Logo, um mar de murmúrios invadia o lugar e Maximilian olhou de canto, percebendo que Nicksen deslizava o dedo na parte de dentro da mão, alisando a pedra que controlava os supressores de Jade. Normalmente, os nobres usavam o anel com a pedra voltada para a palma, pois assim alcançariam mais facilmente o controle com o polegar, se precisassem acioná-lo.

Antes que a expectativa pudesse ficar ainda maior, Arthur se moveu brevemente e deixou a postura de etiqueta que tinha. Relaxou os ombros um pouco, erguendo brevemente as mãos e as fechando, como se estivesse pronto para lutar.

Sua movimentação lenta e fácil de enxergar fez com que a audiência acreditasse que não passava de uma provocação. Jade aceitou o convite e iniciou, só que não foi até Arthur para atingi-lo. Em vez disso, ela desferiu um soco no ar como se alguém estivesse perto de seu corpo, mas não tinha ninguém.

A Hetzer deu uns passos para trás, balançando um pouco a cabeça, parecendo confusa. O murmurinho ficou mais alto na plateia. A Carnífice socou o ar novamente lutando com o vazio e o público começou a fazer sons de espanto.

— Será que Arthur está se movendo rápido demais? Parece que Jade está encontrando relances de sua presença! Ela conseguirá acertá-lo?! — O narrador bradou, ajustando as lentes dos seus binóculos, na tentativa de enxergar algo que não existia de verdade.

— Acerte a imagem, Jade! Pare de procurar por ele! — Nicksen gritou do alto da arena. Era incomum que o Conde ditasse ordens, já que sua Carnífice sempre vencia sem esforços.

Então, a mulher partiu na direção do que todos pensavam ser um reflexo de Arthur.

Com a força de um tanque, a Hetzer golpeou com o punho fechado. Mais uma vez, acertou o vento ao lado do corpo do adversário, só fazendo os cabelos de Luger voarem.

Deu outro soco e mais um. Suas pancadas passavam rentes ao corpo dele, próximo do rosto, mas não acertavam. Desferiu um chute e errou.

— O que é isso?! Ela não consegue acertar nem a imagem de Arthur?! Será que seus golpes estão passando através do reflexo?! — Felix quase subia em cima do parapeito, tentando enxergar com precisão.

A distância não permitia que ninguém visse exatamente onde os golpes de Jade atingiam. A Carnífice ofegava e se esforçava imensamente a cada murro. Até que caiu sobre um dos joelhos, respirando tão forte que era possível ouvir o som pela arena. Arthur começou a dar uns passos para trás e a plateia soou surpresa ao vê-lo se mover.

Jade se levantou de uma vez, correndo na direção dele. O Luger deu um passo para o lado e a Carnífice passou direto, batendo com o punho contra a parede de metal da arena. Grunhiu feito um bicho, virando de costas e procurando por Arthur. Voltou a avançar e desferiu outro golpe que passou de raspão no rosto do

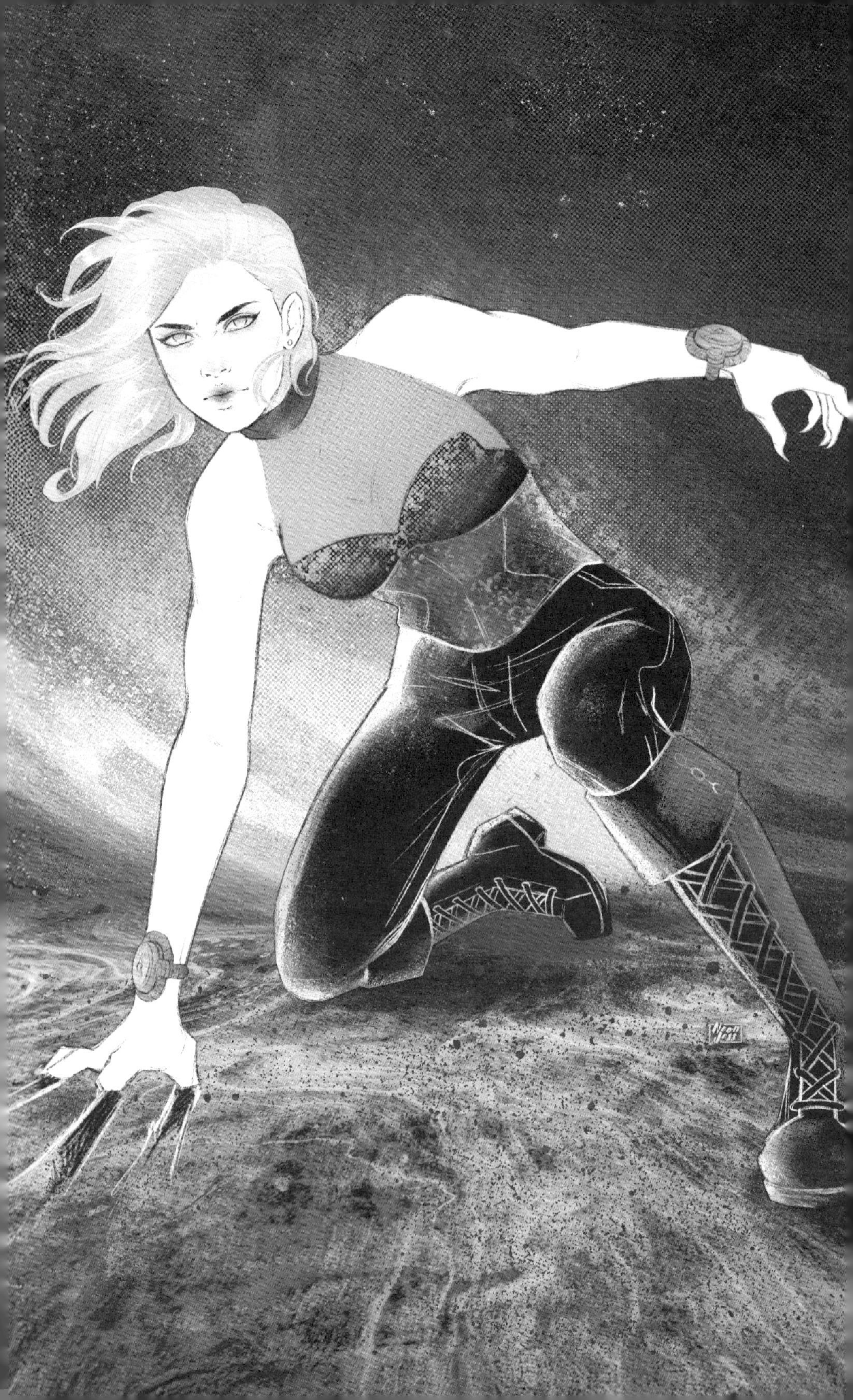

adversário. A parede de metal da arena dobrou quando a mulher acertou a superfície rígida. A Hetzer gritou no que parecia ser ódio puro.

— Jade não consegue acertá-lo! — o narrador exclamou e a plateia o acompanhou.

Os dedos da Carnífice estavam sangrando por conta dos socos potentes que ela tinha desferido contra a parede. Mesmo assim, continuou tentando. Correu mais uma vez na direção de Arthur e, antes que pudesse acertá-lo, parou. Como tinha acontecido com Fang e Primrose, o rosto de Jade se contorceu naquela expressão de visível terror e ela gritou, ainda mais alto que antes.

Partiu em uma fúria devastadora, desferindo golpes animalescos ao redor da arena, contra ninguém. Atingia ininterruptamente o metal ao redor do rosto do Luger, sem nunca o acertar de fato. Seus golpes tinham tanta força que afundavam a parede da arena até que uma das placas de ferro se soltou e caiu.

Com as duas mãos sangrentas, ela agarrou a estrutura de metal, enquanto Arthur pulava para o lado e se afastava da mulher. A Carnífice arremessou o compensado de ferro que caiu perto de onde Arthur estava.

O Servo de Sangue de olhos azuis colocou o pé sobre o metal que deslizava e o parou, cessando o ruído de atrito. Jade veio em um pulo, como se fosse um míssil feito de aço. Esmurrou o chão, fazendo o metal dobrar e prender sua própria mão.

Os gritos da Hetzer ecoavam pela arena. O metal entortado a segurava no lugar e ela rosnava. Apoiou o pé sobre a placa, tentando puxar o braço. A estrutura se desprendeu do chão, mas continuou agarrada em seu pulso. Arthur vinha caminhando na direção da mulher.

Ela urrou de fúria. Ergueu a placa pendurada em si e girou o ferro para golpear o Luger que só precisou de um movimento sutil para se esquivar do impacto. Jade parecia estar sempre um pouco atrasada no movimento.

A Hetzer tinha um olhar colérico e gania enquanto tentava acertar o adversário. Aquela aparência era novidade no rosto de Jade, já que a Carnífice se mantinha sempre sóbria e compenetrada. Mais uma vez, ela correu com tudo na direção do oponente.

Acertou a placa de ferro em outra parte da parede da arena e o metal contorcido ficou enganchado ali.

Arthur continuou seguindo calmamente na direção dela, mas Jade gritava, como se estivesse vendo a própria morte. Puxava a mão presa com tanta força que parecia disposta a arrancá-la.

Quando conseguiu se soltar, a plateia gritou em desespero. A pele do braço da mulher se esmigalhou nos estilhaços de metal e o membro saiu em carne viva, pingando sangue.

Nicksen grunhiu, se aproximando do parapeito da plataforma elevada. Ele ainda deslizava o dedo sobre o anel, disposto a liberar a descarga elétrica em Jade, sem explicação aparente.

— Ataque, sua inútil — o Conde de Aberdeen murmurava para si mesmo.

Maximilian estava apreensivo que Nicksen disparasse os supressores, já que não sabia se o choque poderia perturbar as ordens mentais de Arthur.

Na arena, a Carnífice de olhos verdes ainda tentava golpear o adversário de maneira incontrolada. Ela sempre batia centímetros distante de onde deveria ter acertado. Já sofria tanto que tinha lágrimas descendo pelo rosto.

Depois de uma sequência de golpes ininterruptos, sua outra mão também estava banhada em sangue e ela ergueu as vistas para o Luger, com a expressão de quem pede clemência.

A plateia exclamava enquanto via Arthur andar em passos lentos e chegar perto da Hetzer. O Servo de Sangue de Ashborne ergueu uma das mãos e empurrou Jade para trás em um gesto simples e fácil de enxergar. Ela cambaleou, como se fosse impossível ficar de pé. Caiu com as costas no chão, parecendo exausta.

O Luger se aproximou dela e ergueu o solado da bota, pisando na boca do estômago da adversária. Jade cuspiu para o alto e levantou as mãos, segurando a barra da calça de Arthur, como se alguma coisa muito pesada estivesse sobre seu corpo e ela tentasse sair para não ser esmagada.

Os ganidos de desespero da Carnífice causavam calafrios na plateia. Arthur curvou o corpo um pouco para frente, colocando mais pressão na perna sobre a barriga da Hetzer. O grito de Jade engasgou, até que ela desmaiou por completo.

O clamor se espalhou pela arquibancada e Nicksen socou o parapeito da plataforma onde estava, com ódio extremo estampado no olhar. Virou-se de uma vez para o rival, que estava ao seu lado na plataforma.

— Como ele fez isso?! Aquela Carnífice consegue levantar uma carruagem com as mãos e parar golpes de espadas com a barriga! O pé de um homem não pode ser capaz de fazê-la sentir dor a ponto de desmaiar! — Nicksen parecia pronto para agredir o rapaz na frente da nação inteira. — Como ele fez isso, Ashborne?!

O Barão deu de ombros, como se não fosse grande coisa, com um sorriso arrogante no rosto. O juiz gritava no microfone, em puro deleite ao ver o desfecho impressionante da luta. Ergueu a mão, declarando que Jade estava fora de combate.

— Espere! Ainda não acabou! — o Conde de Aberdeen exclamou, apertando o botão no anel. — Levante-se! Levante-se sua imprestável! — gritou, salivando de raiva. A descarga elétrica era visível e fazia o corpo inerte de Jade tremer em espasmos involuntários, mas ela não se moveu. — Não é possível! Ele trapaceou! — Nicksen berrava tão alto que todo o coliseu conseguia escutá-lo.

— O Conde de Aberdeen parece desconsolado! — Felix falou no microfone, fazendo alguns dos nobres rirem. — Mas é isso, meu senhor! Infelizmente, Jade está fora de combate! O vencedor do torneio deste ano, o novo Mestre dos Monstros, é o Barão Maximilian Ashborne! — declarou, batendo palmas para que os espectadores o acompanhassem.

Ali, no topo da plataforma, a capa azul-marinho de Maximilian tremulava e a nação da Saxônia o aplaudia. O Rei ficou aliviado por seu símbolo não se manchar nas mãos de um Barão ousado. Via-o de longe como um símbolo próspero com as cores da realeza e estreitou o olhar em interesse.

— Esse seu amigo, Julian... confia nele? — No meio dos aplausos, o Rei murmurou perto do ombro do Arquiduque.

— Com a minha vida, Majestade. — Julian tinha um sorriso calmo no rosto.

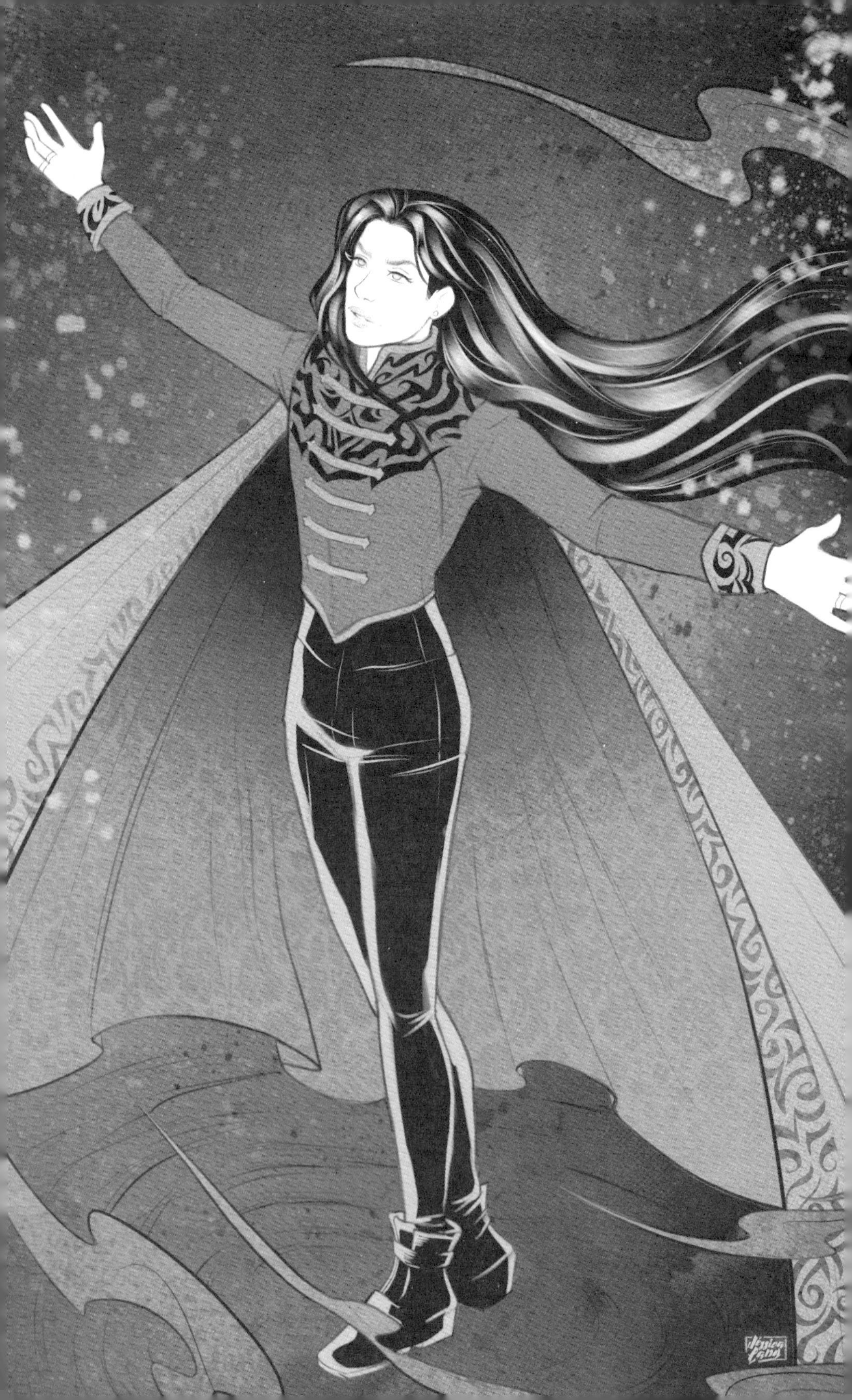

— Ótimo. Traga-o mais para perto de nós, quero saber tudo sobre ele — Maxwell comentou e o Arquiduque concordou com a cabeça, sentindo que as coisas caminhavam conforme ele ansiava. Queria Maximilian de volta na corte e, assim que assumisse a regência, o nomearia como seu conselheiro. Sabia de todas as facas que espreitavam suas costas e precisava de uma cobra para protegê-lo. Principalmente se fosse uma cujo veneno não era capaz de afetá-lo.

A plataforma se abaixava para que os nobres pudessem sair e Nicksen abandonou a arena, espumando de ódio. Não esperou pelos criados para guiá-lo, nem retornou à marquise. Simplesmente desapareceu das vistas de todos.

Maximilian, por sua vez, caminhou com paciência pelos corredores e foi recebido com gritos e palmas.

Aqueles que apostaram nele se mostravam incrivelmente animados e vinham parabenizá-lo. Enquanto isso, Felix encerrava o evento e indicava o último e farto banquete que seria servido na arena para que todos pudessem desfrutar.

Naquela noite, os nobres se reuniriam em um último baile, no jardim da Quinta Ponta, onde se encontravam as estátuas de todos os reis que já haviam governado sobre a Saxônia. Além da vitória de Maximilian, também celebrariam o término da escultura de Maxwell de Hermon, a ser exposta pela primeira vez aos nobres.

A arena se encheu com os cidadãos da nação. O vinho distribuído de graça acompanhava as comidas servidas em bandejas bonitas. Todos conversavam animados, clamando Maximilian como um herói. Nos corredores do Starfort, os nobres faziam o mesmo, ressaltando partes impressionantes da luta e comentando como parecia que Arthur sempre estava um passo à frente dos movimentos de Jade e era capaz de prever tudo.

O Barão se via cercado. Eram tantos cumprimentos que ele mal conseguia responder. Apenas sorria e ouvia, sentindo um peso imenso sair do peito.

— Incrível, Barão! Arthur nem parecia se mover! Como consegue ser tão rápido?! — um nobre clamou e ergueu uma taça para brindar, sem nem esperar que chegassem no jardim. Outro cavalheiro respondeu e as especulações continuaram ainda maiores que no dia anterior. O Barão permanecia concordando com tudo como antes.

No jardim da Quinta Ponta, os nobres presenciaram mais uma visão de tirar o fôlego. O espetáculo de flores coloridas e árvores altas contrastava com a grama baixa e verde que forrava todo o chão como se fosse um tapete macio. Corredores de vitrais refletiam a lua e desenhavam opulentas paisagens geométricas pelo chão, a maioria em formatos estrelados. Cada vitral tinha um painel dedicado a uma das batalhas memoráveis da Saxônia. No centro, um corredor mais vasto acomodava estátuas na imagem dos Reis da Nação, sobre colunas de mármore decoradas de branco e dourado.

— Senhoras e senhores, os Reis! — Julian anunciou, já segurando uma taça de vinho em suas mãos.

Os nobres aplaudiram e reverenciaram. Ao final do corredor, uma das estátuas estava coberta com um magnífico pedaço bordado de seda azul marinho.

— Sua atenção, por favor! — Quem falou foi Christabel, chamando todos para que se aproximassem. — Essa noite, honramos nosso amado súpero — prosseguiu, assim que todos fizeram silêncio. — Forjado do ouro, Maxwell de Hermon guia essa nação para a prosperidade iminente. Esse homem corajoso vangloria a Saxônia e acumula qualidades que se tornam inumeráveis. Graças ao nosso Rei, somos capazes de expandir as indústrias e mantermos a nossa bandeira nas fronteiras, rumo às terras da Francônia! É por esse comandante magnífico e pai espetacular que clamo em todos os meus momentos de agonia. Não poderia ser mais honrada de ter seu sangue correndo em minhas veias! — Christabel bradava, tentando impor a maior força que conseguia em sua voz, mas era visível que estava fraca e cansada. — Todos saúdem nosso Rei!

— Vida longa ao Rei! — Julian gritou e os criados tiraram o pano azul de cima da estátua de Maxwell. Os nobres aplaudiram, exclamando votos de prosperidade.

Maxwell sorria e aceitava o clamor da nobreza. Apesar da saúde frágil, ele se mantinha firme havia vários anos.

Depois de toda a exaltação, a banda começou a tocar as deliciosas melodias e o cheiro das frutas frescas invadiu o jardim. Os nobres caminhavam para a área onde as mesas estavam dispostas e as ocupavam, enquanto outros dançavam sobre o chão de vitrais.

— Max! — Annika chamou, quando teve oportunidade de se aproximar do Barão. — Você conseguiu! Eu apostei em você! — Ela sorria, animada.

— Obrigado. Fico feliz que apostou, assim você também ganha. — Ele retribuiu o sorriso, curvando um pouco em respeito à moça, mas Annika o abraçou, dispensando a formalidade.

— Estou tão contente! Espero que receba muito dinheiro e que venha me visitar em Yohe!

— Annika. — A mãe da dama a repreendeu, vindo logo atrás e percebendo a filha aboletada nos braços do Barão. — Tenha modos. — Foi tudo o que a mulher falou. Nara continuou caminhando e passou direto, sem enxotar o jovem nobre dessa vez.

A moça se recompôs e se afastou do corpo dele, mas riu. Nas costas da mãe, voltou a abraçar o Barão.

— Viu? Ela já está mais maleável! Principalmente depois que o Rei ficou animado com sua vitória! — Annika tinha um tom esperançoso. Maximilian sorriu, afagando os cabelos dela, que estavam soltos.

— Barão! Já envolto nos braços das damas? — Bram Hill se aproximava. Annika o ouviu e sentiu o rosto corar. Arrumou-se imediatamente, soltando o nobre.

— Visconde. Prazer em revê-lo — disse Maximilian, com um sorriso no rosto.

— Ora, é ótimo conversar com quem venceu todos os combates! Estou orgulhoso, rapaz! — Bram Hill ergueu a mão e o Barão se preparou para receber o tapa nas costas, mas o Visconde apenas deu um toque amigável em seu ombro.

Jogaram conversa fora por um tempo, até que vários outros nobres se aproximaram. Os brindes foram inúmeros e as taças de vinho quase não paravam cheias. Logo, Sandro veio trazer Arthur e a festa continuou.

O Barão recebeu os agrados e congratulações. Seus pensamentos estavam calmos, mesmo que ainda olhasse ao redor para procurar Nicksen, acreditando que ele se levantaria de uma sombra com alguma acusação infundada que poderia destruir todo o clima de vitória que pairava ao seu redor.

As horas passavam e ele foi para uma rodada de cartas em uma das mesas. Quando a celebração se deu suficiente para a realeza, O Rei e sua família se retiraram, como de costume. Porém, Julian permaneceu na festa.

O Arquiduque bebeu um pouco e papeou. Assim que achou uma brecha, escapou dos assuntos e foi encontrar o amigo de infância perto de uma macieira, envolto por alguns dos cavalheiros que educadamente se retiraram para dar privacidade. Arthur e Hex ficaram mais afastados, deixando os dois nobres conversarem.

— Então, sua audácia o levou para o alto dessa vez? — Julian comentou, com um sorriso esperto no rosto.

— O que quer dizer? — O Barão estreitou as sobrancelhas para o amigo, que vinha com uma expressão de quem tramava alguma coisa. Esticou a mão para apanhar uma das maçãs da árvore e a esfregou na roupa, depois mordeu a casca da fruta e descobriu que estava deliciosamente doce.

— Não me diga que não planejou isso, Maximilian. — O Arquiduque ergueu levemente a cabeça, como se fizesse pouco caso da situação. — Você, vitorioso e com essa capa azul-marinho tremulando no alto da arena para que todos pudessem ver. Maxwell não tirou os olhos de você.

— Eu sei. Mas não usei essa roupa para provocar a curiosidade de Maxwell. Só quero lembrar aos nobres de que os Ashborne são importantes. Eu estou aqui para recuperar o meu lugar — afirmou o Barão, incomodado com o tom de acusação do amigo.

— Pode ser... — Julian fingiu acreditar. — Mas Maxwell é apaixonado pelo próprio símbolo e você sabe disso. — O Arquiduque esticou a mão, pegando a maçã dos dedos do Barão, e então mordeu a fruta. — Sua imagem certamente ficou gravada nos olhos do Rei como uma fotografia.

O herdeiro de Ashborne observou enquanto o amigo tomava sua fruta. Franziu o cenho, já imaginando que havia uma barganha por trás daquele assunto, com a qual ele não estaria disposto a colaborar.

— Agora o Rei deseja que eu aproxime você da Coroa. — Julian revelou finalmente, falando com casualidade. — Finalmente, conseguiu seu lugar de volta no Palácio.

— Não vou voltar ao Palácio. Meu lugar é na casa da colina — declarou Maximilian, sem titubear. — Pelo menos não enquanto mantiver meu título baixo. Você sabe que só vou soar favorecido se ganhar um aposento de prestígio que não condiz com meu título. Essa vitória não me deu dinheiro suficiente para ascender. — O Barão suspirou, balançando a cabeça em negação. — Não me force. Ainda mais depois de tudo o que aconteceu.

— Você me deve isso, Maximilian. — Julian ficou sério. — Viu como está Christabel? Até agora não temos nenhum herdeiro. Ela está doente como o Rei e pode até partir antes dele! Se isso acontecer, eu perco minha posição!

— Christabel não vai falecer antes do Rei, Julian. — O Barão falou como se tivesse certeza. — Além do mais, você tem muitos amigos! Não foi isso que deu a entender na nossa conversa anterior? Eu sou a cobra e você é a águia, não entendo por que me quer por perto dessa forma.

— Eu tenho falsas alianças, mas nenhum amigo de verdade. Você mesmo disse. Estou sozinho aqui e longe de ser influente. As famílias militares fazem o que querem e eu não tenho aproximação nenhuma aos avanços na guerra, tampouco sei o que se sucede nas fronteiras. — Finalmente, o Arquiduque admitiu enquanto estreitava o cenho. — Você foi franco em nossa última discussão e essa é minha vez. Sabe bem que todos aqui são lobos em peles de cordeiro, amansados pela força de Maxwell e abrandados pela hereditariedade do sangue de Christabel. Eu fui meramente favorecido pelos meus próprios esforços! Se eu não tiver alguém para garantir minha posição, serei facilmente substituído! — Julian falava em um tom enfático, mas mantinha a voz baixa.

— Então eu estava certo. Você instigou cada passo meu até vencer o torneio só para que eu ganhasse prestígio suficiente e fosse morar no Palácio com você e seu ninho de víboras? — Maximilian colocou as mãos na cintura, adotando um tom de acusação. — E, se eu vier, quem vai vigiar a fronteira para você, Majestade?

— Claro que não guiei! E nem me importo tanto assim com a fronteira! — Julian ficou espantado. — Quem fez tudo foi você! Quem venceu esse torneio foi você, Maximilian Ashborne! Eu só acreditei no seu potencial. Não teria como eu ter planejado sua vitória, de qualquer forma. Arthur que lutou contra Jade, não eu. — O Arquiduque deu outra mordida na fruta em sua mão. — O que fiz foi apenas sugerir aos nobres que apostassem em você, mas não há mal algum nisso.

É apenas mais dinheiro para os seus bolsos falidos — zombou, trazendo de volta o ar alegre para a conversa. Puxou o canto dos lábios em um sorriso que só fez o Barão erguer as sobrancelhas. O Arquiduque continuou. — Você estava a ponto de desistir. Eu vi nos seus olhos quando falhou no treinamento de Arthur. Se eu não tivesse dado confiança, tenho certeza de que você teria se escondido na mansão da colina e não ouviríamos mais falar sobre o Barão de Ashborne por um bom tempo. Eu tive interesse nas habilidades de Arthur e quis saber do que ele era capaz, não por mim, mas para realizar os seus anseios. Precisa confiar no que eu digo.

— Você fez o que é esperado de um amigo. — Maximilian suspirou, precisando admitir que o outro o impulsionara a competir. — Mas o seu jeito me enjoa. Você é falso e exige confiança. Isso é o mesmo que colocar a cabeça na boca de um leão acreditando que não vou ser devorado.

— Se eu te enjoo, então o falso aqui é você. Sou desse jeito desde que me entendo por gente e, até onde me lembro, sempre fomos amigos. — O Arquiduque não perdeu a compostura. — Se não acredita em mim é porque sempre fingiu sua amizade. Posso ter um jeito leviano, mas nunca te traí. — A afirmação simples deixou o Barão desconcertado. Julian apontou para ele com a maçã que segurava. — Agora preciso da sua ajuda e você não pode me apoiar? — O Arquiduque colocou a mão livre no ombro do rapaz. — Não sei se posso esperar que junte dinheiro suficiente para comprar um novo título. Se não quiser se mudar para o Palácio, eu aceito, mas prometa que me visitará com frequência e que fará amizade com Maxwell e os outros nobres. Muitos temem a sua esperteza e eu quero que saibam que você está comigo. Assim, quando temerem você, temerão a mim. — O Arquiduque foi sincero, olhando-o nos olhos, e o Barão acabou concordando com a cabeça depois de um período de silêncio. Na realidade, Maximilian acreditava no amigo e não queria afastá-lo demais.

— É isso que você ganha por ser trouxa. Depende dos outros para fazerem o trabalho sujo. — O Barão tomou a maçã de volta da mão do outro e mordeu. — Vou visitá-lo com frequência, então. Prometo fazer amizade com Maxwell e colocar medo em cada cavalheiro encasacado que cruzar os corredores do Palácio. — Ele repuxou o canto dos lábios num semblante astuto.

— Com esse sorriso você não coloca medo em ninguém. — Julian brincou e os dois riram. Depois, o Arquiduque o puxou pela manga da blusa. — Venha, vamos festejar sua vitória.

Voltaram a se entrosar com os nobres que ainda restavam na festa. Como Maximilian tinha vencido o campeonato, a presença do Arquiduque próximo ao Barão não era mais estranha para os olhos dos nobres. Na realidade, vê-los juntos causava até uma breve empolgação na alta casta.

Naquela noite, Maximilian recebeu o troféu de pedra azulada que combinava com suas vestes. Ele foi condecorado campeão e os nobres celebraram seu nome. Julian e o amigo não se prenderam às aparências. Beberam, comeram, riram e dançaram o tanto que tiveram vontade.

O jovem Ashborne chegou no próprio quarto acompanhado de nobres que o elogiavam e estendiam as conversas pelos corredores. Ao seu redor, a maioria dos homens eram Baronetes, Barões e Viscondes. Vários com Carnífices de olhos amarelos e alguns poucos com Servos de Sangue de raças nobres, como era o caso de Clement Benton, do Visconde Bram Hill e o próprio Maximilian.

— Tenha uma boa noite, campeão! — O sorridente Bram Hill falou para o vencedor do torneio enquanto seguia na direção de seu próprio quarto. — Nos veremos no próximo feriado!

Eles acenaram uns para os outros. O álcool tornava todas as despedidas leves e animadas, com tons de brincadeira e declarações de até mais ver.

Depois que Arthur abriu a porta, o Barão de Ashborne entrou no quarto e arrastou os pés pela tapeçaria decorada. Seu rosto tinha um largo sorriso de satisfação que ele não escondia do mundo. Em suas costas, a capa azul-marinho estava exuberante como uma heroína de guerra.

No silêncio de sempre, Arthur fechou o aposento e caminhou feito uma sombra até o armário. Porém, foi surpreendido quando o nobre o segurou pelo pulso, impedindo que continuasse andando.

— Você venceu. Exatamente como disse que faria — declarou Maximilian e o Luger o encarou. No rosto do jovem não tinha nenhuma expressão de ameaça ou ironia. Ele exibia apenas um belo sorriso sincero e agradecido.

A nova expressão do nobre fisgou o olhar do Carnífice de imediato. Por um momento, observava a alegria real de alguém que conquistava seus desejos. Mas não só isso. Também havia um ar de gratidão verdadeira em sua expressão. Quase dava para acreditar que era humildade, não fossem as sobrancelhas escuras constantemente arqueadas em uma moldura naturalmente mesquinha, adornando a face de feições finas e nariz arrebitado, construído em uma escultura inevitavelmente arrogante. Arthur reparou em cada detalhe das ondulações do sorriso do Barão e não pôde deixar de apreciar a beleza incontestável presente naquele semblante inédito.

O Carnífice demorou um tempo, sem perceber que o olhava com tanto afinco. Por fim, acenou com a cabeça em um gesto vago e superficial, disposto a dispensar as conversas e partir para seus afazeres. Desde o assalto na estrada e o choque disparado pelos supressores naquele mesmo quarto, Arthur estava mudado. Antes, sua distância emocional era indiferente e desprendida. Naquele momento, porém, ela era forçada.

Maximilian notou o afastamento abrupto e deixou o outro ir, sem tirar o sorriso do rosto, mas de repente regado com pequenas gotas de melancolia.

O rapaz se dirigiu até a própria bagagem no canto do dormitório e se abaixou sobre uma das malas. Mexeu nela e retirou um pequeno objeto, depois se voltou para perto da cama, onde o Carnífice apoiava as roupas de dormir que deveria colocar no jovem.

— Quando eu encontrei o manual de anotações do meu pai, também achei isso. — Maximilian mostrou um anel para Arthur. A joia simples era bonita.

Apesar do tempo fora de uso, não estava desgastada e permanecia brilhante. A pedra de lápis-lazúli no topo era clara, quase da cor dos olhos do Luger. A peça inteira se assemelhava ao anel de controle dos supressores, mas era bem menos adornada.

— Quero que fique com ele. — O Barão estendeu a joia para o Carnífice, erguendo as vistas para vê-lo.

Arthur encarou o objeto nas mãos do jovem por algum momento e voltou a fazer aquele semblante superficial de questionamento. Não estendeu a mão para pegar o anel.

— Por que quer me dar isso? — perguntou, conformado em ter que questioná-lo sobre suas ações, já que não havia outra maneira de entendê-lo se não fosse pela conversa.

— Por ter vencido — Maximilian respondeu com simplicidade, ainda oferecendo o presente a ele. — E por ter mantido sua palavra comigo.

O silêncio perdurou enquanto o Carnífice absorvia a resposta e formulava novas questões em sua mente. Esticou a mão para pegar a joia.

— Dá presentes a todos os que não te enganam? — O Luger observava o anel em sua mão, com a pedra azul tão similar à cor dos próprios olhos.

Maximilian riu da pergunta. Não sabia ao certo por que estava dando aquilo para ele, mas sentia que queria presenteá-lo. Caminhou mais para perto, pegando o anel e o posicionando no dedo médio do Carnífice.

— Eu fui injusto com você — o nobre murmurou, encaixando a joia no lugar, percebendo que servia perfeitamente. — No assalto na estrada, você salvou a minha vida. — Maximilian fez uma pausa dolorosa. — E eu o puni por isso. — O rapaz ergueu os olhos claros para o Luger. Estava com uma expressão de pesar. — No final, você manteve sua palavra e venceu cada uma das lutas. — O Barão soltou os dedos dele. — Eu não quero vê-lo como uma ameaça, Arthur. Mas ainda não consigo entendê-lo. Sua frieza é uma incógnita indecifrável para mim. É impossível saber o que se passa na sua cabeça.

As frases do jovem causaram uma mudança visível na expressão do Carnífice. Era como se, pela primeira vez, ele sentisse que mutuamente se compreendiam, mesmo que Maximilian estivesse afirmando exatamente o oposto disso.

Arthur abaixou brevemente os olhos para o anel em sua própria mão e observou o brilho da pedra sob a luz fraca das lamparinas elétricas do Palacete de Mármore. Tinha se esquecido da sensação de ganhar presentes e possuir coisas, então se permitiu aproveitá-la por um momento.

— Obrigado. — Quem disse foi Maximilian, enquanto observava o Carnífice entretido com seu pequeno regalo. — Por vencer em meu nome.

Arthur ergueu os olhos de volta para o rapaz e o encarou naquela constante quietude já tão rotineira. Então, abaixou a mão para o ombro dele, tocando a marca da mordida por cima do tecido azul-marinho da roupa vitoriosa do Barão. O anel de lápis-lazúli no dedo do Carnífice contrastava deliciosamente com aquele veludo de tonalidade irmã e ambos formavam uma decoração perigosa o suficiente para os olhos de qualquer outro que ousasse entrar ali. O aperto gentil sobre a cicatriz disparou aquele agradável arrepio ansioso no corpo do nobre.

Maximilian subiu os dedos de uma das mãos, tocando o rosto do Luger com delicadeza. Arthur deu um passo para frente, chegando mais perto do rapaz e abaixou a cabeça sutilmente na direção dele. Inspirou devagar o ar ao redor dos cabelos do Barão e sentiu o aroma leve do sangue que pulsava forte por baixo de sua pele fina e pálida. Cerrou parcialmente as pálpebras, alcançando o olhar no do jovem, ambos presos naquela distância, tão curta que era possível contar os fios dos seus cílios.

O Barão ergueu o olhar para o Carnífice e a ponta do nariz tocou no dele. Do outro lado da porta, o corredor estava silencioso e o mundo parecia se curvar totalmente a apenas o som fraco de suas respirações calmas, tão próximas que estavam ritmadas.

Então, como um cutucão indesejado em um momento de concentração, a janela se iluminou com mil cores. Um estrondo empolgado explodiu do lado de fora e os corredores voltaram a soar em passos apressados e exclamações de entusiasmo. Todos os que não tinham chegado aos seus aposentos a tempo corriam para alcançar as janelas para assistir ao espetáculo de despedida.

Fogos de artifício brilhavam como fadas no céu e gritos clamavam pelo vitorioso em sua última noite nas acomodações do Palacete de Mármore.

— Ashborne! — bradou alguém pela janela. — Onde está o novo Mestre dos Monstros?!

— Qual o quarto do campeão? — perguntou outro nobre.

— Ala esquerda! Ele está no primeiro andar! — Uma dama avisava e o nome de Maximilian começou a ser repetido com insistência, sobreposto apenas pelos estrondos dos explosivos coloridos que pintavam o céu noturno de Esplendor.

Dolorosos segundos se arrastaram enquanto Maximilian observava o rosto do Luger parcialmente iluminado pelas cores bonitas dos fogos de artifício que estouravam do lado de fora da janela. O Barão esperava que aquela barulheira milagrosamente cessasse e ele pudesse retornar ao aconchego intrigante das íris de gelo que ainda o encaravam.

Contudo, o ruído seguiu e Maximilian se viu obrigado a desviar as vistas do único lugar para onde verdadeiramente queria olhar naquele momento. Sentiu quando os dedos do Carnífice escaparam do aperto em seu ombro conforme o rapaz se afastava dele.

Com um suspiro pesado, o Barão se dirigiu até a janela e escancarou as vidraças, entoando o sorriso mais animado que conseguia, e esticou os braços para fora.

Todos naquela ala do Palacete de Mármore estavam debruçados nos parapeitos, acenando em alegria. A atmosfera da bebedeira e dos jogos era contagiante e as damas davam gritinhos de emoção. O céu estava colorido de vermelho, azul, verde, amarelo e rosa. Pequenos foguetes de fumaça arco-íris pintavam a noite e as trombetas da banda soavam mais abaixo no jardim. Uma serenata de cores e música preencheu as lacunas do restante da noite conforme os fogos de artifício continuavam insistentemente.

Pela janela, os nobres começaram a papear e Maximilian não pôde voltar para dentro. Sem perceber, foi fisgado pela atenção que almejava ter e, daquele jeito desajeitado e parcialmente recostado no batente, ele se deixou levar por horas de assunto, como se a festa nunca tivesse acabado.

Quando o sol estava nascendo, os nobres correram para arrumar suas bagagens para partir. Por sorte, Arthur tinha se ocupado disso no tempo em que Maximilian papeou debruçado feito uma Julieta apaixonada por nada mais que seu novo status.

Nas primeiras horas da manhã, o Barão de Ashborne conseguiu adormecer brevemente, mas logo foi acordado por Sandro, que veio entregar um bilhete do Arquiduque. Julian queria vê-lo antes de sua saída.

Os serviçais da Coroa cruzavam os corredores subterrâneos aos montes, carregando bagagens e transportando itens para as carruagens dos nobres que se preparavam para deixar o lugar.

Maximilian foi rapidamente vestido por Arthur, com seus trajes escuros costumeiros, e saiu pelo salão do cavalo do Rei Godfried, pronto para encontrar o amigo que o convocara.

No hall de entrada, Julian se aproximou, esticando o braço sobre o ombro do Barão e mantendo seu tom raso e simpático de sempre.

— Acompanhe-me para um rápido desjejum. Tenho frutas frescas que chegaram de Bellfleur. — O Arquiduque tinha um sorriso gentil e, ao mesmo tempo, incisivo. Curvou-se um pouco na direção do amigo, em uma fofoca aparentemente casual, mas que ninguém mais deveria ouvir. — Enquanto comemos, meu Carnífice quer conversar com o seu.

Capítulo 23

Mesmo que insistisse em perguntar, Maximilian não obteve respostas satisfatórias sobre a conversa oculta de Arthur e Hex. Era certo que os dois haviam trocado informações mais de uma vez, mas, quando questionado, o Luger entregava algum argumento genérico, de que Julian desejava apresentá-lo para se dar bem com os outros Servos de Sangue, como se Arthur fosse um cão feroz a ser amansado para conviver na companhia de castrados. Quando Maximilian questionava o próprio Julian, a resposta era a mesma: para os Carnífices deles o ideal era a amizade ou, no mínimo, sem animosidades.

Já havia se passado dois meses desde o torneio anual dos Mestres dos Monstros e o Barão de Ashborne retornara gloriosamente à sua rotina de cavalgadas e treino. Além disso, o rapaz procurava fazer pequenas melhorias na mansão.

Em um dos dias de arrumação, Maximilian encontrou uma antiga pistola de pólvora em meio aos pertences deixados na casa. Deveria mantê-la oculta, já que sua mãe não era amistosa com armas. Desde o disparo perdido de Ainsley, que marcou a família Ashborne para sempre, Camélia enlouquecia ao simples vislumbre de um polvarinho.

Aquela arma estava guardada e escondida, mas o jovem nobre sentiu-se convidado por ela.

Ele passou a praticar tiros a distância na planície. Sua pontaria não era das melhores, mas, vez ou outra, ele abatia aves e pequenos animais para que os empregados preparassem um bom jantar.

Não demorou para que a carruagem com o prêmio arrecadado pelas apostas das lutas do torneio chegasse até a propriedade. O rapaz conferiu todo o valor. Adiantou-se para quitar suas dívidas e trancou o restante da quantia em um cofre no porão de seu quarto, onde poucos tinham acesso.

Maximilian contratou novos empregados e os orientou para reformar algumas partes da casa da colina, além de cuidar das poucas plantações.

Conforme o prometido, o Barão cedeu um dos quartos da mansão para Arthur. O Carnífice agora descansava na porta ao lado, em um aposento que antes era destinado à dama de companhia da senhora da mansão, uma função que já não existia mais entre os Ashborne havia anos.

Nas manhãs de cavalgada, o nobre reparava no trânsito irritantemente frequente das carruagens anônimas pelas estradas mais distantes e permanecia intrigado, mas não se ocupava em ir até lá para interrogá-los. Em parte, os temia e, em parte, pensava que Julian pudesse estar envolvido e não queria ter certeza disso.

Após sua vitória no torneio, Nicksen se tornou um assunto distante. Os jornais clamavam o Barão das Cinzas como o novo Mestre dos Monstros, um herói da nação, e todas as bocas repetiam seu nome. Maximilian desejou viver assim, ao menos por um tempo.

Era passada a hora do almoço em um dos dias de treinamento e o rapaz se enrolava com seus afazeres. Quando o entardecer chegou, ele finalmente saiu para cavalgar.

O sol se punha e o nobre seguia em seu corcel, acompanhado de Arthur, que corria com ele. Mesmo com o anoitecer, o jovem Ashborne não dava sinais de que queria retornar.

As copas das árvores absorviam o restante de luz que ainda existia no céu e Maximilian semicerrava as pálpebras, tentando enxergar o caminho com precisão sem reduzir a velocidade. Os dois competiam em rapidez. O Barão se sentia animado ao controlar o cavalo para correr mais que Arthur e o Servo de Sangue silenciosamente se desafiava a vencer a disputa, mesmo que não transparecesse emoção alguma.

Sem aviso, um som estalado ecoou pelo mato alto. Esse barulho despertou uma confusão na mente do rapaz, acabando com a euforia divertida da corrida. Maximilian olhou ao redor, parando de prestar atenção na estrada.

Numa questão de segundos, sentiu Arthur o puxar de cima da montaria e seus cabelos atados voaram feito uma corda de sombras pelo ar. O corcel seguiu em disparada. Ao longe, Maximilian enxergou uma fagulha. Agarrou-se às roupas do Carnífice. Estava ofegando, assustado.

— São ladrões?! — o Barão perguntou, em tom de alerta. Desceu dos braços do outro.

— Sim. É um grupo. — Arthur se colocou de costas para Maximilian, que fez o mesmo.

— Consegue controlá-los? — O nobre ficava ansioso porque os ladrões estavam aparentemente armados e Arthur era fraco contra tiros. O jovem não tinha certeza de quantos alvos o Carnífice conseguia manipular ao mesmo tempo.

— Preciso me aproximar mais. É difícil capturar mentes a distância.

O Luger caminhou na direção de onde veio o ruído. Acreditava que não eram mais do que bandidos comuns, já que não sentia nenhum outro Carnífice ao redor, como no último assalto. Mesmo com o poder da Soberania, era difícil para Arthur vencer múltiplos adversários, sobretudo sem ter contato visual direto, por isso, ele tentava se aproximar devagar.

Ouviram outro tiro e uma fagulha brilhou na escuridão. Arthur sentiu uma fisgada desagradável na pele das costas. Ergueu a mão para encontrar o que o incomodava e tocou a estrutura de uma agulha de metal. Ele seguiu os dedos pela agulha e percebeu que estava ligada a um cabo de ferro.

Entreabriu os lábios para alertar Maximilian, mas uma descarga elétrica invadiu seu corpo com uma força absurda que o fez grunhir e cair de joelhos no chão. O jovem nobre viu o brilho através da corda de ferro e observou a silhueta de Arthur enquanto o ouvia rosnar de dor.

As plantas fizeram um som farfalhado, indicando que alguém caminhava por elas e o pânico invadiu o corpo do Barão. Ele ficou estático por um instante, pensando em correr na direção de Arthur, mas o Carnífice estava despencado sobre a grama. Maximilian não queria partir sem seu Servo de Sangue, mas não via escolha. Acabou virando as costas rapidamente e fugindo pela floresta, mesmo sem saber onde os bandidos estavam.

Conseguia ouvir passos e murmúrios de vozes estranhas, mas corria o mais veloz que podia. Saltou por cima de uma rocha, desviou de árvores e trocou de rota na tentativa de despistar o grupo que o perseguia.

Abaixou rapidamente, apanhando uma pedra e jogando na direção oposta à que estava. Entrou atrás de um tronco e ficou observando, rezando mentalmente para que os homens mordessem a isca.

Viu alguns vultos passarem direto pelo local onde estava escondido, mas conseguiu contar apenas três deles e tudo indicava que o grupo era maior que isso. Seu estômago gelou.

De supetão, sentiu alguém o agarrando por trás. Uma mão suada fechou em seu pulso e, sem pensar, Maximilian cotovelou a boca do estômago de quem o prendia. O captor grunhiu, sem soltá-lo.

— Quieto, seu rato! Quanto mais você se mover, mais demorará para morrer! — A voz esganiçada do homem soou sinistra em seu ouvido. — O que estão fazendo aqui fora a essa hora, hum? Vieram facilitar nosso trabalho? — O homem apertou o corpo de Maximilian em seu agarro. — Nós conseguimos assustar seu cavalo e derrubar seu bicho, agora só falta matar você. — O criminoso ergueu a mão livre para tapar a boca e o nariz do jovem Barão e usou o corpo para restringir seus movimentos em um aperto incômodo.

Maximilian abriu os lábios e mordeu os dedos do seu captor com tanta força que sentiu gosto de sangue. Por reflexo, o homem o empurrou para frente, largando seu corpo.

— Desgraçado! — O bandido olhou a própria mão no escuro, como se pudesse ver a mordida. — Vou arrancar sua cabeça! — Ele golpeou na direção do nobre, mas a visão era precária na noite, ainda mais quando seu alvo era quase todo um manto negro e praticamente se fundia com ela.

O Barão avançou, voltando a desferir um soco no estômago do bandido, o fazendo chiar de novo. Maximilian não batia como homens de tavernas, bêbados e indiferentes à própria dor. Ele sentia o peso dos golpes nos pulsos frágeis e os dedos doíam ao acertar o corpo firme do desconhecido que o ameaçava. Por sorte, seus cabelos estavam presos em um rabo de cavalo baixo e ele estava envolto em roupas de montaria que permitiam fácil movimentação. No entanto, não era feito para brigar. Os anéis nas mãos machucaram a pele pálida com os primeiros ataques e seu corpo magro não impunha a ameaça necessária para fazer qualquer um recuar. Mesmo assim, preparou outro murro. Antes que pudesse bater, porém, foi segurado.

— Apanhando para um nobre, Vladmir? — Outro capanga apareceu, puxando os braços do Barão para trás.

— Ele me mordeu! Essa fuinha! — Vladmir fechou a mão em punho. Deu o troco, socando a barriga do rapaz, que estava com as mãos presas e não conseguia se defender.

Esse, sim, era um homem pronto para a luta. O antebraço de veias saltadas e músculos marcados empunhava o soco firme que acertou em cheio a boca do estômago de Maximilian, não encontrando resistência alguma naquele corpo feito para alta-costura e bailes de danças. Nem mesmo o colete fino e a camisa de algodão serviram para amortecer o impacto daquela investida cruel do punho de um homem quase duas vezes o tamanho do nobre.

A dor se espalhou no corpo do jovem e um líquido ácido subiu pela garganta. Seu captor não se conteve com um soco e lhe deu outro, depois outro, fazendo o Barão se curvar para frente, apertando os olhos fechados, em dor intensa. A fina fita preta que amarrava seus fios escuros se soltou e o cabelo caiu para frente, como uma cortina bonita que oculta uma cena de horror. Um pouco de sangue verteu pela traqueia do rapaz e sua boca se encheu com o líquido ferroso, que depois escorreu por entre os dentes cerrados e pingou pelo queixo.

— Lixo! Esses nobres deviam queimar! Todos em uma grande fogueira! — Vladmir falou, erguendo o punho. Dessa vez, acertou o rosto do jovem.

As vistas de Maximilian desalinharam e sua mente fez um assovio alto. A maçã do rosto queimou sob a pele e a cabeça do Barão foi lançada para o lado sem que ele pudesse evitar, espalhando os fios negros dos seus cabelos pelo ar na escuridão. Por sorte, a consciência não o abandonou e ele foi capaz de continuar ouvindo o diálogo.

— Ainda assim, você serve um deles — o outro homem comentou, se ocupando apenas em prender o corpo do Barão, que sentia a visão falhar.

— Não por muito tempo, Deandre — Vladmir rebateu para o companheiro de cerco, pegando Maximilian pelos cabelos e erguendo sua cabeça. — Queria que estivesse mais iluminado para que eu pudesse ver seu rosto direito. A imagem de um merdinha desses todo estilhaçado é uma delícia. — Passara a se mencionar ao Barão, olhando bem para ele. Com a outra mão, segurou seu rosto pelo queixo, usando o indicador para empurrar seus lábios e afastá-los. — Ele tem todos os dentes. Podemos vendê-lo e ganhar um trocado.

— Não. Nós vamos matá-lo aqui — insistiu Deandre, impulsionando o corpo de Maximilian para que ele não caísse e pudesse continuar apanhando. — E vamos matá-lo rápido porque aquela besta vai ficar consciente muito em breve.

— Quero me divertir mais um pouco! — O homem à frente do nobre soltou uma risada de escárnio, fechando a mão novamente. Voltou a golpear a barriga de Maximilian, que sentiu outra onda de sangue subindo pela garganta.

— Não se esqueça que o patrão quer esse amaricado bem morto e a carga segura! — Deandre dizia, mas tornou a puxar o nobre para que continuasse em posição de apanhar do comparsa.

— Senhores… — Maximilian falou, com a voz fraca, tentando recolher o pouco de forças que restavam.

— Ele ainda fala?! E desse jeito todo submisso?! — Vladmir ficou espantado. Estalou os dedos da mão direita, depois acertou a boca do estômago do Barão novamente, com muito mais força. — Que tal um beijinho, querido?! — O captor riu em alto e bom tom. — O Deandre aí com certeza te quer! Se você não morder o pau dele, eu juro que te deixo viver!

— Eu?! É você quem quer! Ele já te mordeu e você apaixonou! — Deandre reclamou, mas perdia o foco junto com Vladmir. Os dois imersos na zombaria contra o nobre que haviam capturado. — Já sei, vamos revezar! Mas faça ele babar um pouco mais, não gosto de boca seca!

Vladmir ria em voz alta. Fechou o punho de novo, injetando a força no braço e desferindo o soco potente que pegou mal, um pouco mais para o lado que deveria. Os ossos da costela de Maximilian amorteceram o golpe e o nobre sentiu uma dor tão aguda que pensou que finalmente desmaiaria, mas sua mente insistente não abandonou a consciência.

Sentiu mais um refluxo vermelho subir pela garganta e ele tremeu por inteiro. Suas pernas estavam fracas e seus braços tensionados, sem força nenhuma para resistir. Morrer apanhando parecia uma realidade horrível e ele desejou silenciosamente que nenhum dos seus órgãos internos tivesse rompido, tamanha era a quantidade de sangue que escorria por seus lábios.

— Argh... — O nobre não conseguiu evitar de grunhir de agonia. Ergueu a cabeça, encostando contra o corpo de Deandre, que mantinha suas mãos presas para trás. Maximilian inspirou entre os dentes, fazendo um som molhado. — E-eu... — tentou falar, mas a dor pulsava pelas suas cordas vocais. — Eu posso te dar a ch... — Ofegou, procurando forças para continuar. — Posso dar a chave para os supressores do meu Carnífice... — murmurou, abaixando a cabeça de novo, como se isso fosse ajudá-lo a respirar. — Prefiro que homens comuns o levem do que deixar que ele seja vendido a outros nobres que vão vencer os torneios à minha custa. — Conseguiu finalizar a frase. Seu corpo ainda tremia.

Os homens se entreolharam. Ambos pareciam desconfiados e interessados ao mesmo tempo. Contudo, Deandre se adiantou, mais cauteloso que o comparsa.

— Por que acreditaríamos nisso? Nós viemos matá-lo e você quer nos dar um presente desses? — O bandido que restringia os braços do Barão empurrou-lhe as costas, o fazendo endireitar a postura.

— Por que eu mentiria? Vou morrer, não vou?

— E onde está essa chave? É um dos seus anéis? — Vladmir perguntou, cruzando os braços e erguendo a cabeça para o nobre, mas Maximilian só conseguia ver sua silhueta.

— Chegue perto... — o Barão murmurou, com a voz propositalmente falha. — É... o a...n... — O que disse saiu tão baixo que não foi audível. Vladmir se aproximou, abaixando a cabeça perto do rosto do nobre para ouvir direito.

Assim que o bandido chegou próximo o suficiente, Maximilian abocanhou a orelha dele, feito um bicho raivoso. Colocou tanta força em seus dentes que estava disposto a quebrá-los se não arrancasse um pedaço.

Vladmir gritou, puxando a própria cabeça para trás, tentando se livrar da mordida. Berrava em desespero, agarrando os cabelos do nobre, mas, quanto mais puxava, mais dor sentia. Começou a xingar e chamar por Deandre, que acabou soltando os braços de Maximilian por reflexo.

Com as mãos livres, o nobre avançou erguendo o joelho e acertando o meio das pernas de Vladmir, que caiu no chão. O jovem Ashborne cambaleou junto, por todos os golpes que tinha recebido, mas apoiou as mãos na grama e começou a se levantar, cuspindo o pedaço da orelha de Vladmir que tinha ficado em sua boca. Contou com a adrenalina para aplacar a dor dos golpes e se virou para tentar se defender de algum jeito milagroso, mas viu a luz fraca da lua refletir em uma lâmina na mão de Deandre. Então, parou no lugar.

— Mate esse desgraçado! Mate-o agora! — Vladmir grunhiu do chão, com a mão na orelha mutilada, enquanto tentava ficar de pé.

O gosto do sangue do bandido em seus lábios não diferia muito do seu próprio e Maximilian cuspiu mais uma vez para se livrar dele. Ergueu os braços na frente do corpo, tentando simular uma pose de defesa, como se soubesse o que estava fazendo, mas não teria chances contra uma faca na mão de um mercenário lutando no escuro.

Deandre não hesitou muito e partiu para a ofensiva, erguendo a lâmina na direção da barriga do nobre, mas travou no lugar antes de completar o ataque. Seu rosto se contorceu em uma expressão de terror que Maximilian não era capaz de ver completamente. O grito do homem ressoou pela noite e o Barão assistiu enquanto o bandido se golpeava repetidamente com a própria arma.

Por fim, ele enfiou a lâmina no pescoço e caiu no chão.

— Arthur! — Maximilian gritou pelo Carnífice, ainda sem conseguir enxergá-lo por perto, mas ciente de que aquele suicídio surtado de Deandre tinha sido efeito do poder da Soberania.

A silhueta do Servo de Sangue apareceu ali. Porém, antes que o Barão pudesse correr para perto dele, foi puxado para trás. Vladmir arrancou a faca do corpo do comparsa e a empunhou contra o pescoço do nobre.

— Fique longe, Carnífice imundo, ou vou cortar a garganta do seu dono querido! — Vladmir forçou a lâmina na pele de Maximilian.

Arthur deu um desafiador passo para frente. Os dois conseguiam ver seus olhos azuis perfeitamente no escuro, como se emitissem luz própria. As íris refletiam qualquer lapso de iluminação. Algumas gotas de chuva começaram a cair.

— Pense bem, Carnífice. — Vladmir mudou de estratégia. — Você não passa de um escravo, certo? Ficará livre se me deixar matar seu dono! — O bandido agarrou a mão do Barão no meio do breu e, sem tirar a faca de seu pescoço, começou a arrancar todos os anéis do jovem e jogá-los no chão, na frente do Servo de Sangue. — Seu controle deve ser um desses! — O homem ia vasculhando e Maximilian hesitou quando Vladmir agarrou o anel correto, tentando fechar os dedos. — Achei! Perfeito! — Ele riu alto quando percebeu que o rapaz denunciou a joia certa. — Me dá isso! Agora eu é que vou controlar o monstro! — O homem riu, pronto para arrancar o anel do dedo do nobre e se tornar ele mesmo o dono do Carnífice. Contudo, Maximilian não cedeu.

Mesmo com a lâmina perfurando seu pescoço, o jovem Ashborne puxou a mão do agarro de Vladmir e arrancou ele próprio o anel do dedo, jogando-o na direção do Carnífice.

A joia rolou pelo escuro, até próximo dos pés de Arthur. A chuva rasa despencou como uma torrente.

— Você é louco, seu imbecil suicida?! — Vladmir berrou, sobrepondo o barulho da tempestade que crescia. Puxou Maximilian mais para perto de si, a faca já bem profunda em sua pele, que gradualmente se molhava com as gotas grossas que caíam. — Agora ele vai matar nós dois!

— Eu morro pelas mãos dele, mas não pelas suas! — O nobre grunhiu, erguendo os braços para tentar afastar a lâmina, mas o bandido o conteve.

O coração do jovem Ashborne batia cada vez mais rápido e as mãos ficavam dormentes de ansiedade. Ele via os olhos azuis de Arthur ao longe e tinha jogado para ele a única coisa que ainda o mantinha sob controle, se é que existia mesmo alguma forma de controlá-lo.

Os olhos cor de vidro do Luger encaravam o rapaz, que não enxergava nada mais do que uma expressão incógnita sob o temporal. Maximilian, porém, estava certo de que o Carnífice podia vê-lo com muito mais precisão, possivelmente notando o sangue em seu rosto e o corte recém-aberto em seu pescoço, além da clara expressão de medo estampada em seu olhar.

O que mais doía para Maximilian não era ter sua vida em perigo, nem os socos ou a lâmina em sua pele. Sofria por saber que Arthur estaria certo se decidisse partir e o deixar para morrer nas mãos de Vladmir. Os supressores impediriam que Arthur tentasse um ataque físico contra Maximilian, mas ainda era incerto se os braceletes se acionariam perante o poder da Soberania. Contudo, Arthur não precisava nem tentar. Sem o anel de controle nas mãos do nobre para evitar que o Luger tomasse a mente de qualquer um, bastava controlar Vladmir e o fazer matar o Barão de vez. Assim, o Carnífice estaria livre, também, do controle do sangue nos supressores. As possibilidades eram inúmeras e, naquele momento, o Carnífice estava completamente livre para fazer a escolha que quisesse.

Então, o Luger se abaixou, apanhando o anel de controle no chão molhado e Vladmir começou a abrir um sorriso.

— Muito bem! Entendi! Ainda precisa que eu mate seu dono para que você fique livre, certo? Vou fazer, mas, olha! Somos amigos, hein?! Estou te ajudando! — O homem falava com a voz vacilante. Voltou a enfiar a faca no pescoço do Barão. Maximilian grunhiu quando a pele cedeu ainda mais, se sentindo desesperado sob aquela lâmina. Porém, Vladmir parou.

O Barão abriu os olhos, percebendo a hesitação na facada, e seu coração descompassou. O homem que o segurava foi afrouxando o aperto que dava no corpo do jovem e caminhou alguns passos para trás. Depois, em um silêncio completo e assustador, se ajoelhou sobre o chão e, com a lâmina já manchada de vermelho, cortou os dois pulsos. Não dizia nada, estava inerte em sua morte. Por fim, lacerou a própria garganta e o sangue jorrou em pequenos jatos, acompanhando o batimento de seu coração, até reduzir para uma cascata vermelha e cessar completamente. Vladmir caiu, produzindo apenas o som pesado e abafado de um corpo acertando a grama úmida. A cena inteira se desenrolou com a facilidade de um trabalho rotineiro.

Maximilian ficou em choque. Agradecia mentalmente pela escuridão e a chuva terem-no privado dos detalhes daquela imagem. Lentamente, moveu o rosto na direção de Arthur, que estava sério e observava o corpo do homem ao chão.

A figura do Carnífice era amedrontadora, ainda mais naquele momento, em posse do próprio anel de controle. Os cabelos presos em um rabo baixo estavam molhados e os pequenos fios que ficavam naturalmente soltos da fita caíam pelo rosto branco do Luger.

Maximilian internamente tentava se convencer de que o sangue nas agulhas dos supressores era o suficiente para ativar o choque dos braceletes se Arthur tentasse feri-lo, mesmo mediante o poder da Soberania.

Eles se encararam no escuro. A respiração incrivelmente ofegante do Barão era audível sob a chuva, se misturando com o rumorejado das folhas da floresta de pinheiros ao redor da planície. Um raio cortou o céu, iluminando o par de olhos brilhantes do Luger na noite catastrófica que parecia o ápice de um pesadelo horrível, do qual o Barão era incapaz de acordar.

As lágrimas subiam para as vistas do nobre e ele lutava para não chorar, como se a menor intenção de movimento pudesse resultar em morte imediata. Mesmo assim, as gotas escorriam de seus olhos, misturando com a água que lavava o sangue do corte aberto em seu pescoço. Todos os músculos doloridos do Barão o alertavam para o perigo indiscutível que era o Luger de semblante predatório à sua frente e ordenavam que o rapaz corresse. Mesmo assim, Maximilian não conseguia sair do lugar.

O choro do nobre irrompeu fortemente e o soluço sobrepôs o som da tormenta. O Barão se apressou para tapar a boca com as duas mãos. Viu quando o Luger deu um passo em sua direção, respondendo com dois passos para trás, porém, tropeçou no cadáver de Deandre e quase caiu.

Viu o Luger encurtar mais a distância entre eles e cerrou os dentes. Novamente, Maximilian ergueu as mãos, num gesto claro de quem se prepara para se defender, mesmo que parecesse surreal se salvar daquela situação.

O corte em seu pescoço estava visivelmente aberto e ele tinha apanhado bastante. Porém, continuava resistindo. Arthur assistiu a cada um daqueles movimentos amedrontados, tentando impor força e respeito a todo custo. Ouvia o coração enlouquecido do nobre e via as lágrimas escorrendo pelo rosto dele, sem que tivesse controle. Então, lentamente, o Luger estendeu uma das mãos para o rapaz.

Maximilian observou o gesto, tendo um vislumbre do anel de lazúli que tinha dado a ele como presente de vitória do torneio. Sentiu um aperto cruel no próprio peito. Olhou para os dedos dele, estendidos amigavelmente, oferecendo apoio. Era impossível acreditar naquilo.

Ficou parado por um tempo, incrédulo, bombardeado por pensamentos e sentimentos de todas as fontes. Percebeu que não conseguiria chegar a lugar algum com aquele fluxo interminável de questionamentos silenciosos. Então, esticou a própria mão e tocou a do outro.

Arthur o trouxe para si, apoiando seu corpo ferido para que viesse. Maximilian não conseguiu evitar e o abraçou assim que chegou perto.

Mais uma vez, o comando silencioso da morte tinha aparecido, digno de uma assombração. A ordem nefasta vinha de dentro para fora de seu alvo, sem aviso e sem possibilidade de defesa. Depois, ia embora, deixando corpos espalhados pelo chão e, estranhamente, permitia que o nobre saísse intocado por ela. De novo, era essa monstruosidade que o socorria.

Maximilian fechou os olhos com força, enfiando o rosto no meio dos poucos fios dos cabelos do Luger que escapavam das amarras. Depois respirou fundo, tentando retomar o controle do próprio corpo, que tremia violentamente nas mãos do Carnífice.

Conforme sua mente desacelerava, o nobre refletia sobre o fato de que, em uma repetição assustadora, Arthur o tinha salvo de outro ataque anônimo, sem origem precisa e ao qual Maximilian claramente não sobreviveria, mesmo depois dos altos e baixos que tiveram.

No torneio, Arthur mantivera sua palavra e vencera sem tirar a vida de ninguém. Em sua casa, ele acompanhava o Barão com paciência e se fazia seu confidente todas as vezes que o nobre tinha medo de estar sozinho. Esses pensamentos, somados às dores que sentia, faziam com que mais um choro reprimido quisesse escapar dos olhos intensos do jovem Ashborne.

A adrenalina passava e o corpo do rapaz tonteou, mas Arthur não deixou que caísse. Ficaram abraçados em silêncio, rodeados por poças de água e sangue e pelos cadáveres. O nobre encarava as árvores, por cima do ombro do Carnífice.

— Por que não fugiu? — A urgência da pergunta se fez presente. O Barão apertou os dedos nas roupas molhadas do outro. — Você ainda pode. Eu estou ferido, se me deixar aqui com essa chuva, provavelmente não sobreviverei — atestou, voltando a fechar os olhos e encostando a face suja de sangue no ombro do Carnífice. — Você pegou o anel de controle. Os braceletes ficarão totalmente inativos se eu morrer.

— É isso que deseja? — o Luger questionou com sua voz baixa, que ressoava no corpo do rapaz como um trovão.

Um longo silêncio pairou pelos dois. O som do vento empurrando as árvores e o frio da planície corria como uma maldição ao redor da propriedade. A calmaria da morte os acompanhava e a natureza os lavava com a delicadeza de um açoite. Na mente do jovem, apenas arrependimento o envolvia. Maximilian não sabia exatamente o porquê de se imputar culpa, mas era o que fazia.

— Eu levei Annika Yohe para a cama na sua frente. Bem depois de te dar um choque. — O rapaz trouxe o passado de volta, denunciando do que sua mente confusa o acusava, alheia a toda a emergência da situação em que estavam. O Carnífice estreitou brevemente as sobrancelhas, algo que o Barão não era capaz de ver no escuro.

— Não é momento para esse assunto. Os outros homens seguiram na direção da casa. — Arthur o lembrou e Maximilian sentiu um gosto ácido na boca.

— Minha mãe! — O rapaz se situou de volta na empreitada sem fim. Virou-se, cambaleante. — Não podemos deixá-la sozinha!

Sem mais conversa, Arthur apoiou o corpo do nobre e caminhou com ele de volta para o casarão. Quando se aproximaram, avistaram janelas quebradas. O Barão tentou correr para chegar mais depressa, mas mal conseguiu se soltar do Carnífice. A dor refletia em todo o corpo e era difícil respirar. Náuseas fortes o acometiam e ele cuspiu no chão para afastar a sensação, sem parar de andar.

Capítulo 24

Assim que entraram na mansão, viram vários dos criados com as roupas desarrumadas. Alguns feridos estavam deitados no assoalho, em meio ao caos. Um de seus empregados segurava uma haste de ferro que servia para empurrar a lenha para a lareira e a tinha usado de arma para abater um dos bandidos, que estava morto e estirado na sala.

— Senhor Ashborne! — Os trabalhadores da mansão gritaram ao mesmo tempo. Vieram na direção do Barão ensopado e manchado de sangue, mas se detiveram assim que Camélia se aproximou correndo, com uma expressão de desespero.

— Valentin! Eles voltaram! — Ela gritou ao ver o filho que sempre confundia com o marido. Correu para segurar suas roupas. — Tire-nos daqui! — Ela olhou para Arthur. — Você precisa levar esse Carnífice embora! Eles vão continuar nos atacando enquanto ele estiver aqui!

Maximilian se aliviou ao ver que a mãe estava a salvo, apesar dos devaneios constantes. Arthur o soltou para que caminhasse até a mulher e o Barão seguiu. Ergueu uma das mãos e a tocou nos ombros.

— Do que está falando, mamãe? — Maximilian questionou com calma, ainda que estivesse imerso em dor.

— Os Aberdeen! Eles querem matar meu marido! Você me prometeu que mandaria o Carnífice embora! — Camélia gritou e o nobre balançou a cabeça negativamente, perdendo a paciência mais rápido do que gostaria. Aberdeen era o último nome que ele queria ouvir naquele momento.

— Levem-na para o quarto e preparem um chá — o Barão ordenou para dois dos criados que estavam aboletados no canto. — Vocês. — Apontou para outros dois que pareciam mais sãos. — O que aconteceu?

— Homens entraram aqui, mestre Ashborne — o empregado respondeu prontamente. — Nós conseguimos abater um deles e os outros fugiram, mas antes reviraram tudo!

Só então o nobre reparou ao redor e percebeu que grande parte de sua casa realmente tinha sido revirada. Os móveis estavam tombados, alguns rasgados, estátuas foram quebradas e lamparinas vazavam gás. Por sorte, os bandidos tiveram pouco tempo dentro da mansão, então o estrago não tinha sido tão grande quanto poderia.

— E os que fugiram, levaram alguma coisa? — o Barão questionou, tentando manter a pose altiva e controlada, mas precisou recostar em um aparador para sustentar o próprio peso.

— Não, senhor. Um deles tentou entrar no quarto principal, mas foi abatido antes. — O criado apontou o homem estirado no chão.

Maximilian concordou com a cabeça e respirou fundo, o que foi uma péssima escolha, já que seus ossos doeram tanto que ele achou que desmaiaria.

— Fui alertado que algo assim poderia ocorrer. Não é a primeira vez que atentam contra um vencedor de torneio. Eu deveria ter tomado atitudes prévias, ainda mais sabendo que estamos distantes do reino. — O Barão continuou falando, com a voz mais firme que conseguia. Passou os dedos nos cabelos para disfarçar qualquer instabilidade, mas a visão escureceu momentaneamente. Sua camisa estava mais escura no pescoço por conta do corte que não parava de sangrar. — Preciso reforçar a segurança. Dessa vez não encontraram o dinheiro, mas certamente vão voltar. — Ia falando, entretanto, sua consciência parecia querer abandonar o corpo.

Ele desencostou do aparador onde estava, se virando para caminhar até o quarto, a fim de não desmaiar na frente dos seus serviçais, mas tudo ficou escuro de uma vez.

O nobre cambaleou e os empregados correram para socorrê-lo. Rapidamente, a visão do rapaz voltou ao normal antes mesmo que caísse e ele levantou uma das mãos, indicando que estava bem. Depois, guiou os dedos até o pescoço, percebendo que seu ferimento pingava insistentemente.

— Vou esquentar a fornalha para encher a banheira! — uma das criadas avisou, correndo para dentro da cozinha.

— Vou preparar as toalhas! — Outros seguiram. — Peguem água e vinho para o Barão e deixem no quarto! Arrumem a sala e descartem os objetos quebrados! Levem chá para a senhora! — Eles davam ordens a si mesmos, rapidamente se organizando para atender ao dono da mansão.

Maximilian suspirou aliviado, vendo que seus trabalhadores eram leais e capazes de resolver tudo. Virou-se novamente para caminhar até o quarto e deu alguns passos pelo corredor. Então, sentiu a visão escurecendo de novo, um enjoo forte o invadiu e o fez pensar em Deandre e Vladmir mortos em poças de lama. Invariavelmente, sentiu o gosto do sangue de Vladmir pairando no fundo de sua garganta.

Apertou o passo até o quarto e entrou de uma vez no aposento, procurando por uma latrina, mas não enxergou nada de fácil acesso, então foi até a janela e a escancarou.

O Barão apoiou as mãos no parapeito e inclinou a cabeça para frente, sentindo o enjoo potencializar. Seus cabelos penderam junto, acompanhando o movimento. A chuva acertava a planície com força e o vento gelado incidia cruelmente no corpo molhado do rapaz. Duas gotas densas de sangue pingaram de seu corte, acertando as flores escassas sob o pé da construção. Ele fechou os olhos, acometido pelos espasmos da ânsia, mas nada veio, a não ser um sentimento horrível, um pouco de saliva e uma dor aguda nos ossos do rosto.

Maximilian abaixou a cabeça e novas gotas começaram a pingar. Dessa vez, eram lágrimas constantes que desciam dos olhos e escorriam pela ponta do nariz.

Então, como o acariciar de sua própria sombra, o nobre sentiu aquela mão, ainda mais gelada do que o vento da província, o tocar sobre o ombro.

— Arthur... — o rapaz murmurou no meio do choro. Estava de costas e com a voz tímida. — Por que não fugiu? — voltou a perguntar, sabendo que provavelmente não receberia uma resposta, como sempre acontecia.

— O banho está quase pronto. — O Luger se esquivou conforme o esperado. Seus olhos firmes se mantinham nas costas do jovem. Os canos do lavabo faziam barulho ao encher a tina dourada.

— Responda. — Maximilian apertou as bordas da janela, sentindo o ferro frio contra os dedos machucados. Todos os seus anéis tinham ficado no chão da planície, exceto por um.

— Deixe-me ajudá-lo com esse corte. — O Carnífice tornou a desviar do assunto. Sua voz, porém, não parecia tão distante e mecânica como de costume.

— Responda! — O nobre exigiu. Virou-se na janela, ainda apoiado ao parapeito com as mãos, mas, dessa vez, encarava o interior do quarto e, consequentemente, Arthur. — Não saio enquanto não me responder! Vou morrer aqui nesse batente! — o rapaz ameaçou, deixando que ele visse sua face manchada de lágrimas.

A maçã do rosto exibia uma coloração azulada em um dos lados, onde Vladmir o tinha acertado. Os cabelos molhados caíam pelos ombros do nobre como serpentes escuras e combinavam bem com os lábios arroxeados do frio. Maximilian lutava para não tremer, mas era maltratado pelo vento gelado que parecia cortar através de suas roupas úmidas.

O Carnífice encarou a imagem do nobre e não evitou reparar na sua resistência. Ele funcionava como uma arma de combate potente nos Palácios e Palacetes, atacando furiosamente com sua língua afiada e suas apostas cruéis. Mas era quebradiço feito a ponta de uma pena para o mundo fora dos salões decorados. Mesmo assim, Maximilian se mostrava forte demais.

Aquele rapaz de dedos finos e roupa de alfaiataria tinha enfrentado dois bandidos de rua totalmente sozinho, sem ceder ou pestanejar, a ponto de arrancar a orelha de um deles com os dentes.

Quem sabe estivesse tentando ganhar tempo para que seu Carnífice viesse salvá-lo. Talvez procurasse por uma brecha na mente fraca dos homens. Qualquer coisa que ele pudesse explorar em seu favor para vencer aquele embate. Ou, ainda, era provável imaginar que, no momento em que firmou os pés no chão pronto para combater o próprio Luger, ele só queria morrer lutando, sem nunca desistir.

Em outra vida, aquele nobre seria a base sobre a qual um batalhão inteiro se ergueria. Ele seria o soldado que dá o grito de ataque para o fronte, que se joga de peito aberto nas armas do inimigo. E vence.

Maximilian não era só uma faísca incandescente. Ele era um incêndio inteiro.

— Fale alguma coisa! — o rapaz repetiu, forçando aquela interação verbal a qual o Luger claramente não era acostumado. — Diga o que pensa, Arthur! Eu exijo isso! Preciso que fale comigo e pare de me torturar com esse silêncio! Eu quero ouvir qualquer coisa, pode até ser uma ofensa!

A voz de súplica do jovem não combinava em nada com a imagem magistral que Arthur compunha em sua própria mente e ele decidiu que não queria ouvir aquele tom desesperado sair daqueles lábios de novo.

— Eu fiquei porque quis — Arthur declarou, encarando diretamente os olhos do rapaz. — Em algum momento, espero que entenda que eu não sou seu inimigo.

As palavras fizeram Maximilian reprimir um soluço de choro. Ele levou uma das mãos ao rosto para ocultar sua expressão de agonia. Usou as poucas forças que tinha para desencostar do batente e se lançar por dois passos na direção do Luger.

Arthur o abraçou assim que ele veio ao seu encontro. Sentiu o peito frágil em suas mãos, arfando com o choro que não cessava. A parte ensanguentada da camisa de Maximilian manchava a roupa cinzenta do Carnífice. Seus cabelos escuros escorriam pelos ombros num balançar leve quando ele puxava o ar em um suspiro sofrido.

— Venha — o Servo de Sangue murmurou, a fim de acalmá-lo. — Preciso ajudá-lo com esse corte — insistiu o Carnífice, mas dessa vez o nobre se deixou ser guiado para o lavabo, enquanto continha os soluços e limpava os olhos.

Entrou no cômodo e Arthur veio despi-lo, revelando as marcas azuladas que surgiam sob a pele pálida por conta dos golpes. Na direita, perto da costela, uma maior estava vermelha, ralada, com uma sombra azul e verde ao redor, bem sobre os ossos que marcavam seu corpo pouco atlético. O calor do vapor perfumado do lavabo rapidamente penetrava na pele gelada do nobre, trazendo a cor de volta para suas faces, seus ombros e as pontas dos dedos.

No pescoço, o corte sangrava lentamente, em um filete contido, mas constante.

Com um tecido ao redor da cintura, Maximilian caminhou até a tina de metal e porcelana que se enchia e espalhava aquela sensação quente pelos azulejos pintados. Constatou o peso da briga nos músculos e dos sentimentos no peito. Ele precisava se lavar não só de corpo, mas de alma também.

Entretanto, Arthur o segurou, antes que pudesse entrar na banheira.

— A água quente vai agravar seus ferimentos. Ela dilata suas veias e faz mais sangue circular. Pode fazê-lo desmaiar — o Carnífice explicou enquanto molhava um tecido no líquido morno e cristalino que saía aos montes pelo cano aquecido. — Sente-se que eu cuido disso. — Com a mão livre, ele indicou uma banqueta de madeira.

Maximilian ouviu e a informação precisa o convenceu sem rodeios. O rapaz imaginou quanto conhecimento os Carnífices tinham sobre sangue, já que ele mesmo não fazia ideia daquilo. Sentou-se na pequena banqueta e viu Arthur se abaixar em sua frente, encostando um dos joelhos no chão e se inclinando para perto. O Carnífice limpou o rosto do jovem com o tecido molhado.

O toque em sua face machucada, ainda que superficial e gentil, fez o rapaz puxar o ar entre os dentes e encolher um pouco os ombros, em uma clara expressão de dor.

O Carnífice afastou a mão, notando o desconforto do nobre, mas Maximilian se forçou a relaxar e deixou que ele o tocasse de novo.

— Você está bem? — O nobre quebrou o silêncio enquanto o Luger limpava o sangue ressecado de sua pele. O anel de lápis-lazúli brilhava tenro na mão úmida do Carnífice. — Eles te acertaram com uma arma de choque — Maximilian completou.

— A eletricidade me desnorteou um pouco — Arthur respondeu com o olhar calmo, prestando atenção no que fazia. — Logo vai passar.

Mais um pouco de silêncio se fez enquanto Maximilian se dava conta de que estava despido e ferido nas mãos de Arthur, que o limpava com cuidado. O monstro capaz de comandar a morte silenciosa estava sobre um dos joelhos, bem na sua frente, preocupado em livrá-lo de pelo menos parte do incômodo que o acometia. As palavras do Luger ecoaram em sua cabeça por um momento: *eu não sou seu inimigo*.

— Forcei você a assistir enquanto eu rolava na cama com Annika, como se você não fosse nada além de um aparador de roupas. — Maximilian retomou o assunto, demonstrando o quanto isso ainda perturbava seus pensamentos.

— Não há nada demais nisso. Sou seu empregado — Arthur respondeu com simplicidade, sem tirar os olhos da pele machucada do rapaz, onde limpava com calma.

— Não. Não é — insistiu Maximilian, erguendo a mão para segurar a dele e interrompendo seu serviço. Forçou o Carnífice a encará-lo enquanto continuava falando. — Eu não sou capaz de controlá-lo ou comandá-lo. Você apenas me obedece por conveniência. Não há nada de servil nessa atitude. — O nobre deixou aquelas palavras escaparem ao mesmo tempo que se dava conta delas.

— Eu uso os supressores. — O Carnífice o lembrou calmamente, descendo o olhar para o próprio pulso, onde a mão do rapaz se fechava, logo abaixo dos braceletes. — E fui comprado.

— Eu sequer sei se os supressores se ativariam para me proteger do seu poder, Arthur — Maximilian declarou rapidamente. — E eu paguei por você porque achei que era assim que as coisas funcionavam. Eu acreditei que a fórmula para recuperar o prestígio da minha família jazia na simplicidade de ir ao leilão e arrematar uma mercadoria que me tornaria digno da companhia da alta casta. — Acabou suspirando, admitindo coisas que não gostaria. — Mas eu estava errado — finalizou, soltando o braço do Luger lentamente. — Você venceu o torneio sem que eu pudesse ajudar em nada. Venceu porque quis, ou porque pôde. Não sei sua motivação. — Maximilian passou os dedos de uma das mãos pelo ombro, como se quisesse brevemente abraçar o próprio corpo, em um gesto antigo que costumava fazer quando estava totalmente sozinho e se sentia abandonado. — Existe mais do que o torneio. Esses ataques não vieram do nada. Alguém os comanda e eu quero acusar todos que cruzam meu caminho. Eu os vi dizer em alto e bom tom que pretendiam me matar.

O rapaz fechou os olhos por um momento, depois voltou a abri-los.

— Eu estive lá no alto do palanque e nas graças do Rei. Os fogos de artifício estouraram em meu nome e, no momento em que virei as costas, uma faca entrou no meu pescoço. — O Barão deslizou os dedos do próprio ombro até o corte, que seguia derramando naquele gotejar incrivelmente lento e preguiçoso. — E eu nem posso me sentir protegido quando a morte em pessoa caminha colada nos meus calcanhares como se fosse minha própria sombra. — Maximilian ergueu os olhos, fixando as vistas diretamente no rosto do Luger.

— Qual foi a aposta que fez quando deu seu lance no leilão? — Arthur tinha um tom de simplicidade na conversa. Era raro que mantivessem diálogos mais longos, então Maximilian ouvia com cuidado as perguntas, para responder algo que não resultasse em outra das usuais evasões comunicativas do Carnífice.

— No momento, eu pensei que minhas chances eram tudo ou nada. — O Barão observou enquanto Arthur lavava o pano em um pequeno balde de água quente que tinha ao lado, sem interromper sua fala. — Mas eu vejo agora que eu não tive escolha. Demorei muitos anos ofertando meus últimos pertences até conseguir o dinheiro necessário para ir a um dos leilões. Quando finalmente tive uma boa quantia, só dois Carnífices de raça nobre estavam disponíveis. O primeiro foi arrematado por Nicksen a um preço absurdo. Você foi o que restou. — O rapaz tirou os cabelos de cima do ombro quando Arthur veio limpar ali. — Eu poderia tê-lo deixado e saído sem arrematar nenhum Carnífice, ou poderia ter arriscado toda a minha fortuna na única chance que apareceu.

— Então era mesmo tudo ou nada. — Arthur trouxe o pano de volta para o peito do rapaz, limpando mais uma vez o filete de sangue que descia do corte no pescoço pálido.

— Mas eu ainda não estou certo se você é a cartada do tudo ou do nada. — Maximilian não deixava de olhá-lo naquele ofício dedicado e tranquilo. Entretanto, o Carnífice parou e ergueu as vistas para ele.

— Temos um pacto de confiança. — Arthur não se moveu. Sustentou o olhar, sentindo o cheiro de sangue que se misturava com o aroma das pequenas miosótis azuis que boiavam na água morna. — Mas os dois lados têm que obedecê-lo.

O Barão ainda o observava, procurando algo mais do que frieza na expressão constantemente distante do Carnífice. Tornou a ficar consciente da mordida em seu pescoço, mesmo sob a dor do corte aberto que jazia logo ao lado dela.

— Você está com meu anel — Maximilian acusou, com o rosto mais sério. Arthur baixou as vistas para a própria mão, vendo a pedra de lazúli, mas o Barão o interrompeu. — Esse não. O outro.

O Carnífice ponderou sobre a joia de controle dos supressores que estava guardada em seu bolso, mas seus olhos se ergueram de volta para o rosto ferido do rapaz.

— Isso é verdade. — Ele ergueu a mão, tocando o corte de Maximilian e limpando novamente o filete de sangue que escorria ali. — E você não vai ordenar que eu o devolva — falou, calmamente, sem tom de ameaça.

Mais um momento de silêncio se fez e Maximilian desviou o olhar, pensativo. Era quase doloroso ouvir aquela assertiva, não pelo que significava ter um Carnífice solto, uma vez que já planejava soltá-lo desde o começo. Mas sim porque não achava que era o momento certo para isso. Em seu devaneio ambicioso, o nobre acreditou que um dia seria capaz de andar por aí com seu Carnífice treinado e obediente, livre dos braceletes de choque e totalmente vulnerável ao seu comando, motivado simplesmente por respeito e admiração. Porém, esse pensamento só fazia sentido quando ele entendia Arthur como um de seus cavalos ou cães.

    O que estava na sua frente não era um bicho adestrável feito um corcel recém-comprado. Era um homem complexo, intenso e circundado por uma parede fria, cruelmente inquebrável. Aos poucos, Maximilian entendia que Arthur não era uma peça que tinha adquirido para adicionar no seu lado do tabuleiro. Era outro jogador inteiro, com ideias próprias e artimanhas únicas.

    E não parava por aí. Já estava mais do que claro para o nobre que Arthur não era um simples jogador. Ele era do tipo que mantinha as expressões controladas e impassíveis, mesmo mediante a pior das cartadas. O Luger não tinha deslizes ou ansiedades que delatassem suas preocupações e abrissem espaço para um bom blefe. Ele era uma fortaleza de gelo com olhar distante e semblantes tão vagos que, mesmo ao confrontá-lo com a beirada do abismo, o máximo que se conseguia era arrancar um leve arquear de suas sobrancelhas.

    — Se você não me devolver, poderá fazer mal a qualquer outro que não seja eu. Os supressores, sem o anel, só respondem ao sangue. — Maximilian suspirou, sentindo mais uma vez os dedos gelados do Carnífice em seu machucado. A pele se agradou com o toque. — Se você agir erroneamente, serei culpado por sua causa. — O nobre voltou a olhá-lo. — Além disso, você poderá fugir se quiser. Ou soltar outros Carnífices.

    — Essa é a confiança que vai me dar. — Arthur levou os próprios dedos sujos de sangue até o pano e os limpou, sem desviar as vistas.

    O nobre encarava aqueles olhos cor de vidro, indiferentes e intensos, em uma dualidade constante e perturbadora. Ouviu e assimilou a ordem em tom de pedido que o Carnífice proferia e viu o pano manchado de vermelho. Deixou-se sentir a pequena ofensa que isso o causava. Mesmo diante de um ferimento aberto e um corpo vulnerável, depois de todas as humilhações que o obrigou a passar e das lutas insanas do torneio, o qual Maximilian ficou com todos os louros, o Carnífice não se rebelava. Não destratava o nobre com palavras ou gestos, nem sequer tentava tomar qualquer gota que fosse do seu sangue. A marca que o Luger chamava de pacto de confiança não tinha sido aberta novamente e a cicatriz decorava seu corpo como uma cartada mal dada em uma mesa de apostas altas.

Maximilian era quem tinha pedido por aquele selo. Ele tinha desnudado as veias para o Carnífice em troca de uma barganha fácil, acreditando pelas leituras que o Luger se escravizaria do gosto de seu sangue e, sempre que o nobre quisesse obter alguma coisa, ele não precisaria recorrer aos supressores, bastava oferecer espaço livre para os caninos afiados perfurarem sua pele. Porém, ele notava desgostosamente que aquela cicatriz servia apenas para que o Luger afirmasse sua posição de obediência, ao tempo que arrancava o que queria do nobre, sem tocar em nenhuma outra gota sequer, ainda que os filetes escorressem insistentemente pelo corte aberto logo abaixo da mordida.

— Você assistiu enquanto Annika Yohe gemia nos meus lençóis. — O rapaz voltou para o assunto, numa insistência juvenil enervante. — Você *viu* tudo.

— Eu não *vi* nada. Sentei no canto e fiquei de costas. — Arthur abaixou as mãos novamente. O vapor quente e cheiroso os envolvia como um pano finíssimo e confortável.

— Então ouviu. — O Barão fechou a cara um pouco mais. — Vai me dizer que não sentiu nada? Nem um lapso de irritação?

— Fez aquilo só para me irritar? — A expressão do Carnífice se tornou uma coisa nova, um pouco mais relaxada e entretida. Era possível até pensar que ele estava se divertindo, embora não houvesse o menor indício de sorriso em seu rosto.

A pergunta acusatória fez Maximilian se calar. O nobre desviou as vistas por um momento reflexivo. Não achava que fizera nada com o intuito de irritar o Carnífice, mas, certamente, queria chamar sua atenção. Entretanto, Annika era jovem e bonita e tinha sido sua prometida. Ele acreditava que deveria se casar com ela quando chegasse o momento certo. Contudo, era capaz de se lembrar perfeitamente do peso que sentira no peito ao dispensá-la de seu quarto. Aquele sentimento não era a dor de deixá-la. Pelo contrário. Era uma estranha culpa por querer que ela partisse.

— Não, não foi para te irritar — Maximilian respondeu, por fim, erguendo os dedos até o próprio corte e deslizando sobre a pele ferida. Olhou para eles, vendo as pontas manchadas de vermelho e atestando que sangue vivo ainda vertia do machucado. — Mas achei que se importaria ao menos um pouco.

O rapaz falou e não houve resposta. Maximilian ergueu os dedos manchados e lentamente os encostou na face do Luger. Ele sujou a pele fantasmagoricamente branca de Arthur e assistiu enquanto aqueles olhos gelados lutavam para decifrá-lo e ele os tentava decifrar de volta.

Os dedos finos do Barão escorregaram para os lábios do Carnífice, tocando a pele macia e deixando o rastro rubro ali. Mesmo assim, Arthur não passou a língua sobre eles. A mão do jovem se afastou e Maximilian abaixou a cabeça, incapaz de esconder a chateação de ser constantemente empurrado para fora daquela barreira de inverno invisível que pairava ao redor do Luger.

Com um gesto calmo, Arthur tocou o topo da cabeça de Maximilian, deslizando os dedos por dentro dos cabelos dele, fazendo o rapaz erguer o rosto e olhá-lo. A mão do Luger desceu dos fios do nobre até sua face, onde estava machucada, como alguém que vê um objeto querido que tombou da prateleira e se quebrou. O toque foi sutil e calmo, provocando um batimento doloroso no peito do Barão.

Maximilian voltou a tocar o próprio corte e ergueu os dedos para o rosto do Luger novamente, dessa vez indo direto para os seus lábios, e os pressionou um pouco.

— Beba — disse o rapaz, sem elevar o tom de voz.

— Não precisa. — Arthur sentiu o toque, mas se esquivou levemente. — Só vai deixá-lo ainda mais fraco.

— São só pequenas gotas — Maximilian insistiu. — Eu quero.

Arthur ouviu e abaixou os olhos para ver a mão pálida, com dedos manchados de rubro, que vinham servi-lo com aquele plasma quente e recém-saído de um recipiente vivo cujo coração batia rapidamente em ansiedade.

O Carnífice finalmente aceitou, entreabrindo os lábios, e pousou a língua sobre os dedos do nobre, sentindo o gosto férreo que se espalhava rapidamente pela boca. Os olhos de Maximilian se vidraram na cena e o corpo inteiro do rapaz reagiu. Era possível ver que seus pelos se eriçaram em um arrepio instigante e o Barão entreabriu levemente os próprios lábios, como se pudesse se tornar um pouco mais parte daquilo.

A língua do Luger tocava as unhas do jovem, que ficava hipnotizado ao ver os caninos longos transparecendo levemente no rosto sério do homem. Sem perceber, Maximilian se inclinou para frente na direção de Arthur, tirando os dedos por um momento, apenas para voltar a apalpar o ferimento aberto que tinha no pescoço. Manchou a mão mais uma vez e a levou de volta para os lábios do Luger, escorregando os dedos ensanguentados pela língua do Carnífice.

— Fique comigo — o nobre murmurou, novamente explicitando seus anseios, quase sem mover os lábios para falar. Seu olhar estava preso no rosto do outro. — Não vá embora.

Não houve resposta audível por parte do Carnífice. Arthur permaneceu encarando, sem desviar o olhar nem por um segundo. Entretanto, numa novidade estranha, murmúrios da própria consciência do Luger sussurravam sentimentos de conforto na mente do rapaz. Maximilian praticamente podia sentir a presença dele dentro de si, compartilhando parte de sua existência.

Por um momento, teve medo do comando silencioso da Soberania. Não conseguiu evitar de lembrar do seu cocheiro gritando no dia do assalto na estrada. Ele acusava a presença do Carnífice de estar por toda parte, mas Maximilian não tinha sentido nada naquela ocasião.

Contudo, ali estava o lapso do sentimento de outra pessoa invadindo sua própria essência. O Barão não sabia dizer como, mas ele replicava o sentimento de conforto e acalento. A marca da mordida em seu pescoço se tornava novamente evidente para ele, por mais que nada a estivesse tocando.

Arthur mantinha os olhos fixos nos do jovem enquanto apreciava a textura das poucas gotas que o alimentavam. Mas, mais do que o gosto que sentia em sua língua, ele saboreava aqueles lapsos de pensamentos que conseguia captar através da conexão do sangue. Bem lentamente, o Carnífice ergueu um pouco a cabeça, fazendo com que os dedos de Maximilian escorregassem de seus lábios, para fora de sua boca. Ele o encarou diretamente, enxergando espasmos de desejo pela névoa de desconfiança e medo que preenchiam a superfície tangível da mente do Barão.

O Carnífice largou o pano úmido e ergueu a mão, pousando-a sobre a coxa despida do jovem. Maximilian o encarou com lábios entreabertos e ansiosos. Estava corado do vapor e da situação que o envolvia. Deslizou os dedos uns pelos outros, sentindo-os molhados com a saliva do Luger. Depois, os ergueu para perto do próprio rosto, passando a língua sobre eles, provando o gosto do sangue que pouco antes estivera na boca de Arthur. Deixou que o outro admirasse a curvatura dos seus lábios se movendo.

Arthur pensou brevemente na insistência do rapaz em lembrá-lo de Annika Yohe aboletada em penteados e corpetes enquanto o Barão facilmente abria caminho para dentro das saias da dama. Ele realmente ouvira tudo. Do começo até o fim. Dos risos contidos até os gemidos abafados e o ranger insuportável da cama que, na hora, causou um fluxo constante de irritação, mas a essa altura despertava curiosidade. Perante aqueles lábios de aparência macia, entreabertos ao limpar a saliva dos dedos, o Luger se arrependia de não ter dado ao menos uma entreolhada.

Contudo, ele não saiu de onde estava. Sustentou as vistas, observando cada centímetro que se movia no corpo do jovem.

Por fim, Maximilian afastou a mão dos próprios lábios, mas sem abaixá-la por completo. Sentia a face quente e o peito em um princípio de euforia. Sua respiração queria acelerar, mas ele a continha.

Com olhos nos do outro, o Barão se inclinou para frente, tombando os joelhos no chão e avançando contra ele. Os braços seguraram em suas roupas e o nobre encerrou o espaço que ainda existia entre os dois.

Os lábios deles se tocaram no meio daquele vapor úmido. O cheiro adocicado de miosótis mascarava o do sangue, mas não abafava o seu gosto. Em meio à cortina de fios escuros que ocultava o beijo dos dois, Maximilian entreabriu os lábios e foi correspondido. Sentiu a língua dele tocar a sua e o sabor do sangue se intensificou.

Os braços do nobre, enfraquecidos pela luta, seguravam nos ombros de Arthur, ao passo que o Luger não o tocou em retorno. Apenas correspondia ao beijo de forma calma e sem pressa.

Uma infinidade de sentimentos se somava àquele gesto proibido em que estavam imersos e o Barão se perdia, ainda nervoso com a falta de reciprocidade. Apertou os dedos contra os ombros do Carnífice, sentindo a textura dos tecidos. Desceu as mãos, tateando os braços e alcançando os pulsos de Arthur. Fechou o aperto sobre os supressores, segurando firmemente nas pulseiras de ferro e fazendo as agulhas eternamente fincadas se movimentarem brevemente sob a pele do Carnífice.

De imediato, o Luger virou o rosto, se desvencilhando do beijo. Abriu as pálpebras rapidamente, encarando o rapaz que o olhava de volta tão de perto. Esperava encontrar uma expressão dominadora e opressora em Maximilian, mas só o que viu foi tristeza e insegurança. Arthur ponderou por um momento, vendo o semblante melancólico do rapaz. Ofendia-se com a lembrança dos braceletes de ferro, principalmente em meio a uma aproximação tão íntima.

— Eu confio em você — declarou Maximilian, ainda apertando as mãos sobre os supressores. — Independentemente dessa máquina, eu confio em você. — O jovem afrouxou o toque, soltando os braços do Luger. — Fique com o anel de controle o quanto quiser. Seja livre. — A encarada entre os dois permanecia. O Barão manteve a postura séria. — Só preciso que me prometa uma coisa. Não faça nada com as pessoas desta casa e, também, não tome ações contra outros nobres sem antes me avisar. De resto, está desprendido para agir como for da sua vontade.

O Carnífice permaneceu calado por um momento, observando os olhos azuis fumegantes do Barão. Depois de ter se permitido experimentar mais uma vez um lapso daquela mente complicada, ele tentava entender as intenções e sentimentos dentro daquele rapaz que mais parecia uma armadilha do que uma pessoa. Depois de um tempo de silêncio, Arthur assentiu com um gesto da cabeça.

Por fim, o Barão tornou a erguer a mão, tocando o corte em seu pescoço e voltando a manchar os dedos de sangue. Levou novamente o líquido rubro na direção do Carnífice, mas, dessa vez, foi Arthur quem segurou o pulso do jovem.

— Por que quer tanto que eu beba? — o Luger questionou, com o semblante sério e os olhos fixos nos do rapaz.

— Eu não quero… — o nobre respondeu, sendo pego de surpresa pela pergunta. Ficou em silêncio por um instante, quebrando a encarada e abaixando os olhos brevemente. — Eu só… — Maximilian não sabia como dizer. Era difícil ficar sem palavras, mas seu coração estava acelerado e sua respiração pesava. Cada músculo do corpo queria pular nos braços gelados do Carnífice e se entregar a ele, mas era como se um abismo enorme os separasse. Para Maximilian, o sangue servia feito uma ponte que permitia a aproximação.

Arthur soltou a mão do rapaz e ergueu os braços. Finalmente, tocou o rosto do jovem, o fazendo olhar para si.

— Não precisa de sangue para chegar perto de mim — o Carnífice respondeu, com a voz baixa e grave que tinha. Dessa vez, foi ele quem se aproximou, encurtando a distância, mas parando ao chegar bem próximo.

Novamente, Maximilian tomou os lábios dele com os seus.

O Luger ergueu os dedos e os deixou escorregar pelos cabelos escuros dele. Uma das mãos foi para a nuca do jovem, onde ele segurou com um pouco mais de firmeza, e a outra desceu até sua cintura, guiando o corpo do rapaz para perto do seu.

O gesto fez Maximilian se arrepiar por inteiro. Como um desidratado perante um copo de água límpida, ele se agarrou ao Luger, disposto a devorá-lo. O beijo se aprofundou e o nobre sentiu as presas afiadas raspando em seus lábios, de maneira instigante, o fazendo desejar tê-las novamente fincadas em si.

A mão grande do Luger apertava confortavelmente a pele fina do Barão, em um local onde ele não estava machucado da luta anterior. Contudo, era possível sentir como Maximilian se enfraquecia do sangramento. A falta de vestimentas e o ferimento o tinham deixado frio, mesmo com o vapor quente pairando ao redor. Arthur o envolvia em um abraço, ainda que não pudesse esquentá-lo muito.

Na intensidade do toque, Maximilian tonteou. Seu coração palpitava e fazia o corte em seu pescoço sangrar ainda mais. O Carnífice desviou novamente do beijo e, sem se afastar por completo, abaixou o rosto, tomando o corte nos lábios e deslizando a língua pela pele arrepiada, arrancando um suspiro do Barão.

O ferimento estancou facilmente, na simplicidade de um gesto que poderia ter sido executado desde o começo, mas que, por alguma pirraça ou hesitação, não foi. Sem se afastar, Arthur ergueu o rosto devagar. Roçou a pele da própria face na do jovem, escorregando lentamente a ponta do nariz pelo pescoço comprido de Maximilian, depois pela bochecha ferida, até a têmpora, onde Arthur parou, sentindo o cheiro dele. Estava de olhos fechados e abraçava o jovem confortavelmente.

O Barão de Ashborne se via envolvido por algo muito mais forte do que a serenidade que transpareciam os toques do Carnífice. Ele ofegava, agarrado aos tecidos da roupa do Luger como se fosse cair. Seu corpo inteiro reagia àquela proximidade e o nobre estremecia, desejoso para não se afastar dele.

— É melhor se vestir. — A frase que os separaria veio do Luger, como o Barão temia. O rapaz encolheu os ombros brevemente. Com um gesto gentil, o Carnífice começou a afastá-lo. — Vamos, antes que desmaie de novo.

Maximilian corou um pouco quando o outro fez menção de se levantar. O beijo certamente tinha causado efeitos visíveis nele, de modo que não queria ficar exposto. Porém, não achava que tinha muita escolha, já que sua visão realmente estava escurecendo e a fraqueza o incomodava, ainda mais naquela situação, onde tudo o que ele desejava era vigor.

Colocou na face a expressão mais casual que conseguiu e voltou a se sentar na banqueta. Puxou a toalha, cobrindo os quadris. Contudo, Arthur o encarou diretamente. O Carnífice olhou o rapaz dos joelhos até o rosto, notando cada detalhe abrasado em seu corpo e, depois, sustentou a típica encarada dúbia que tinha.

Maximilian não aguentou e seu rosto corou como o pavio de um foguete. Dessa vez, o rapaz desviou as vistas em vez de embarcar no jogo de olhares que sempre faziam. Nunca entendia aquela expressão curiosa e séria que o Luger costumava fazer e não estava disposto a tentar compreender naquele momento.

Arthur não disse nada. Apenas prosseguiu tirando as coisas do caminho para apoiar o jovem de volta ao quarto. Ajudou o rapaz a se vestir e se deitar.

Maximilian se deixou ser coberto pelos tecidos grossos e pesados. Ouvia o Luger fechando as portas dos armários e finalizando tudo para que ele dormisse em paz. Enquanto isso, o jovem Ashborne olhava para a lua do lado de fora da janela aberta, percebendo que estava mais calmo, apesar de sentir medo das lembranças do que tinha vivido na floresta. As dores ainda pulsavam fortemente em seu corpo. Além disso, a sensação pungente da língua do Carnífice contra a sua ia sendo engolida pelos sentimentos ruins e ele não queria se esquecer daquilo.

O Barão de Ashborne apertou os lençóis, vendo a sombra de Arthur refletida na parede.

— Deite comigo — disse o jovem com a voz baixa. Era humilhante depender da companhia do Carnífice sempre que vivenciava algo que o amedrontava. Mas não era só o medo do ataque. Ele também temia que Arthur partisse por aquela porta para sempre.

O Carnífice, por sua vez, já imaginou que seria ordenado a ficar. Na realidade, apreciou a ordem. Não hesitou e se ocupou em se retirar brevemente para os aposentos ao lado, trocando as roupas molhadas por novas, secas e mais leves. Depois, retornou até o quarto do Barão. Deitou-se ao lado dele e apagou as luzes. Tinha deixado as cortinas e as janelas abertas, permitindo que uma brisa fria envolvesse o espaço fora das cobertas. O som da chuva os embalava em um murmúrio lamentoso.

Maximilian se aproximou, puxou o outro para si e o envolveu, colocando os dedos entre os cabelos dele, que estavam soltos. Por fim, fechou os olhos.

Dessa vez, Arthur retribuiu o gesto e o segurou de volta, vendo o rosto do nobre na luz da lua. Notou como ele parecia desamparado em seus braços e sentiu um estranho ímpeto de acomodá-lo. O Carnífice não tinha intenção alguma de instigar aquele tipo de aproximação. Entretanto, sentir os lábios de um humano nos seus era algo inédito e cativante. O Luger afastou uma mecha que ocultava parte do rosto de Maximilian.

O Barão sentiu o toque, mas não ergueu as pálpebras para encará-lo de volta. Apenas arrastou a cabeça um pouco no travesseiro e tocou a testa na do outro. Arthur também cerrou os olhos, deixando que o jovem descansasse.

Capítulo 25

Um rompante empurrou Maximilian para fora do mundo dos sonhos. O rapaz abriu os olhos de uma vez, ao ouvir um ruído agudo. Demorou para focar as vistas e tateou a cama ao redor, notando a ausência de Arthur.

O quarto na penumbra era iluminado apenas pela lua cheia brilhante que descia no céu do lado de fora, bem diante do batente.

Maximilian viu Arthur parado perto da janela, com uma postura combativa, enquanto alguém se postava de pé na frente da cama. A pessoa empunhava uma pistola prateada e apontava diretamente para o Carnífice.

— Vá embora ou eu te mato bem aqui! — A voz que soava por baixo do capacete metálico era familiar.

— O que é isso, mãe?! Abaixe essa arma! — Maximilian se apressou para levantar. Porém, a dor lancinante dos ferimentos em seu corpo o invadiu como mil agulhas e o impediu de se erguer. Ele levou a mão até a costela quebrada.

Camélia tocou o sino que segurava com a outra mão. Ela parecia louca em seu ápice, com a cabeça enfiada dentro de um capacete decorativo tirado de uma das armaduras da sala, os olhos ocultos por óculos de lente escura, badalando uma campainha com uma das mãos e empunhando uma pistola com a outra.

— Vá embora, Carnífice! — A mulher repetiu em um tom gritado, para sobrepor o som do sino agudo que ela não parava de bater.

Arthur a encarava de longe, procurando seus olhos, porém, ela estava toda envolta naquele disfarce estranho que barrava o Luger.

— Mãe. Abaixe a arma. — Maximilian tornou a tentar se levantar. Ele mantinha o som da voz controlado, contudo, estava igualmente incomodado com o ruído estridente do sino. — Pare com esse barulho!

— Cale a boca, Maximilian!! — ela berrou de volta com ele, chamando-o pelo nome, em alto e bom tom. Puxou o gatilho, disparando na direção do Luger, mas acertou a cortina, fazendo um rasgo no tecido. Arthur repuxou o canto do lábio num meio rosnado. Ele deu mais um passo para trás, na direção da janela. Camélia prosseguiu aos berros. — Se ele não for embora, eu vou matá-lo! Não vou permitir que ele fique aqui nem mais um dia!!

Os empregados começaram a se amontoar na porta do quarto, porém, Maximilian rapidamente gesticulou para que ficassem do lado de fora.

— Mãe, o que está dizendo? Ele me salvou! Ele acabou de me proteger lá na colina! Bandidos invadiram a nossa casa e eu estou ferido! Por favor, pare com isso! — O rapaz foi tentando se aproximar da mulher, mas Camélia disparou de novo. Dessa vez, o tiro passou rente ao rosto do Luger, arrancando um filete de sangue de sua face.

Maximilian parou no lugar, totalmente tenso. Ele olhou para Arthur e depois para a mãe. Ela não estava sendo controlada pela Soberania. O nobre lembrou que o Carnífice tinha prometido que não faria nada contra as pessoas daquela casa e, pelo visto, estava cumprindo.

— Salvou?! — gritou a mulher, engatilhando a arma novamente. — Salvou de quê, se foi ele quem trouxe isso para nós?! Você é tolo como seu pai, Maximilian! Vai ser iludido pela promessa de um novo mundo e vai ser levado por esse homem para longe da sua casa? Da sua família?! Vai deixar que ele te mate?! — A sanidade estava brutalmente presente nas palavras dela. Não parecia devanear como sempre. Camélia começou a se aproximar de Arthur e o Carnífice deu outro passo para trás, até encostar a perna no batente da janela. Do lado de fora, as nuvens pesavam e uma nova tempestade começava.

— Pare de dizer essas coisas!! — Maximilian correu para onde a mãe estava, agarrando o braço que ela usava para empunhar a pistola e puxando. Outro tiro soou, acertando a parede. O nobre a segurou, mesmo em dor intensa. Ele a abraçou por trás, tentando afastá-la de Arthur.

— Quem é você, Carnífice?! Por que voltou para essa casa?! Por que matou o meu Valentin?! — a mulher gritou, derrubando o sino no chão quando o filho a arrastou para longe. Os óculos de sol também caíram do rosto.

As perguntas fizeram o sangue de Maximilian gelar. Ele ergueu os olhos rapidamente para o Luger, mas foi só a tempo de sentir o corpo de sua mãe ficar estático em seus braços.

O jovem assistiu mortificado enquanto a feição de Camélia se tornava mecânica e apática. Os membros dela ficaram no ar, paralisados. Imediatamente, Maximilian reconheceu os sinais de uma mente presa pelo poder da Soberania. E ele temia pelo que viria em seguida.

— Não... — disse o nobre, tremendo. — Não, mãe... não... Arthur, não faça isso! — O rapaz chutou a pistola para longe, com medo de que ela fosse usar aquela arma para ferir a si mesma. Em seguida, puxou a mulher para si, abraçando fortemente, mas ela não reagiu. Maximilian procurou desesperadamente o anel de controle em seus dedos, só para se lembrar de que não estava mais com ele. Ergueu os olhos marejados para o Carnífice. — Arthur... Arthur, solte ela. Solte ela! Por tudo o que é mais estimado por você! Deixe minha mãe! Deixe-a em paz!! — O Barão voltou a chorar, imerso no mais puro desespero.

O corpo de Camélia começou a pesar e ela foi desfalecendo, feito um balão quando murcha. Maximilian a amparou até o chão, enquanto suas lágrimas rolavam copiosamente.

— Mãe...? — murmurou ele com a voz fraca. Novamente, ela não respondeu. Então, como que em câmera lenta, o rapaz ergueu os olhos para o Luger, tomado por uma fúria abrasiva. Suas veias saltadas nas têmporas. — Você... prometeu que não ia ferir minha família....

— Ela não foi ferida — o Luger afirmou com firmeza, finalmente falando algo desde que tudo começara. Contudo, sua frase não surtiu efeito. Um grito grunhido escapou dos lábios de Maximilian, que levantou feito um animal raivoso, avançando para cima do Carnífice.

— Armas de choque!! Peguem armas de choque!! Tirem minha mãe daqui!! — berrou ele para os criados, enquanto agarrava as roupas do Luger.

Prontamente, os empregados obedeceram. Dois deles entraram para resgatar Camélia enquanto os outros corriam pelos corredores da casa.

Arthur conteve o avanço do nobre com uma facilidade lamentável. Maximilian estava ferido e fraco, mas tentava por tudo atingir o Luger com seu punho fechado.

— Ela está viva. Pare, você vai se machucar — o Carnífice repetiu quando os dois ficaram sozinhos no aposento. Ele segurava os braços do nobre, mas Maximilian o agarrou pelos cabelos.

— O que você fez com a minha mãe?! Foi você que matou meu pai?! Diga alguma coisa!! — Ele puxou os fios de Arthur entre os dedos, trazendo o rosto dele para perto do seu.

O Luger tentava segurá-lo e os dois cambaleavam para perto da cama. Um silvo dolorido escapou dos lábios de Maximilian, que recuou do avanço por reflexo, encolhendo enquanto gemia de dor.

O corpo do Barão de Ashborne não se sustentou e bateu no colchão, caindo deitado de lado. A dor o consumiu e ele permaneceu encolhido contra si próprio, abraçando a barriga, pressionando a mão onde a costela estava quebrada.

O som do choro do rapaz era agoniante. Os cabelos escuros espalhados pelo colchão e a posição retraída formavam uma cena que Arthur não queria presenciar.

— Eu não matei seu pai. — A voz do Luger saiu murmurada, tão baixa que quase foi sobreposta pelos trovões que irradiavam do lado de fora. — Eu não matei seu pai! — Arthur repetiu, mais alto.

Ergueu os dedos para tocá-lo, mas hesitou. Sem perceber, a respiração de Arthur estava acelerada também. Tornou a esticar a mão na direção do jovem, contudo, parou novamente. O som do choro do nobre era capaz de dar um nó em sua garganta. Sua outra mão alcançou o bolso da veste por reflexo e ele segurou seu anel de controle.

Quando chegara àquela mansão, tudo o que Arthur quisera era passar despercebido. Planejara ser eficiente o bastante para executar suas tarefas rapidamente e indiferente o suficiente para não servir de companhia. Porém, Maximilian o tinha puxado pelos calcanhares para o próprio mundo e plantado nele sementes de sentimentos que Arthur não conhecia. Esses brotos cresciam como inço imune à foice, mesmo que o Carnífice lutasse para exterminá-los. Arthur podia ouvir o som dos empregados se aproximando.

Ele mantinha os dedos parados no ar, próximos do rosto do nobre. Contudo, recolheu a mão antes de tocá-lo e se afastou, voltando para perto do batente.

Suas íris intensas fitavam o interior do cômodo e sua mente trabalhava rápido.

Maximilian notou o distanciamento e ergueu a cabeça, olhando na direção dele. Seu rosto estava banhado em lágrimas.

— Espera — falou o rapaz, sentindo o coração pular no peito. — Não... espera. — A voz dele saiu baixa, antecipando um desespero crescente.

O Luger o encarou como se pudesse dizer alguma coisa, mas seus lábios não falaram nada.

Os empregados entraram no quarto com rifles de choque já carregados e prontos para o disparo. Sem pensar demais, Arthur virou as costas e pulou pela janela, pisando na grama do jardim e correndo noite adentro.

— Espera!! — Maximilian gritou, novamente acometido por um aperto de dor. Mesmo assim, puxou o ar e cambaleou na direção do lugar por onde o Carnífice tinha saído. — Arthur!!

O vulto do Luger se tornou desfocado pelas gotas densas de chuva até que finalmente sumiu na escuridão.

— Saiam daqui — ordenou o nobre, sentindo as mãos trêmulas. — SAIAM DAQUI! — ele gritou com toda a força que tinha, como se a culpa da fuga do Luger fosse dos empregados. Afugentou-os para fora do aposento.

O rapaz berrou novamente, usando a dor que sentia como combustível. Em seguida, agarrou o batente da janela com as mãos.

— Mentiroso!! — exclamou para a noite. — Você disse que não queria partir!! — As lágrimas rolavam pelo rosto do jovem como a tempestade caía do lado de fora.

Maximilian se virou para dentro do quarto, empurrando tudo o que estava na escrivaninha direto para o chão, quebrando vasos de porcelana e se sujando com a tinta escura do porta-canetas.

— Aposta maldita! — ele gritou, de dor física e emocional. — A pior da minha vida!!

Sentiu uma pontada na lateral do corpo e sibilou feito uma ave machucada. Tropeçou nos próprios pés em direção à cama e, então, deixou-se cair sentado sobre o colchão.

Encarava o vazio, mas suas vistas não focavam em nada, já que eram um mar de lágrimas opacas. Os cabelos ocultavam parcialmente seu rosto, confundindo com as sombras do ambiente e formando vultos negros que Maximilian desejava serem monstros prontos para arrancá-lo daquela existência lastimável.

"Arthur partiu", ele pensou. "Atacou minha mãe e partiu."

O Luger levara consigo respostas preciosas, angústias mal resolvidas, sentimentos inexplicados e um pedaço do coração de Maximilian.

Ele se levantou, com a mão pressionada sobre a costela quebrada, e caminhou até a porta do quarto.

Uma das amas estava ali, na saída do corredor, sentada sobre um banquinho, aguardando para ouvir qualquer ordem. Ela se ergueu assim que viu Maximilian.

— Como está minha mãe? — o rapaz perguntou de longe, sem deixar o aposento.

— Apenas adormecida, senhor. Deve acordar em breve.

Maximilian concordou com um aceno de cabeça e voltou para dentro, fechando a porta. Retornou à cama e se sentou de frente para a janela, olhando o mundo escuro lá fora. As gotas de chuva caíam tão forte que a paisagem ficava cinza.

A mente veloz do Barão de Ashborne maquinava, procurando o motivo para que o Luger tivesse mudado de ideia.

Arthur dissera claramente que não partira antes porque não tinha vontade. Teria ele reconsiderado por conta dos guardas armados? O choque não o mataria, mesmo assim, Maximilian poderia impedi-los antes que disparassem. Ou foram os questionamentos de Camélia que o fizeram repensar?

— Ele concordou em não ferir ninguém — Maximilian falou sozinho.

O Barão viu o sino dourado jogado no chão, os óculos escuros e a pistola.

Todos aqueles objetos tão desconexos faziam sua mente acelerar. Camélia estava sã. Ela sequer tremera ao segurar a arma.

— Não foi por piedade que Arthur não a atacou... foi porque ele não conseguiu — concluiu Maximilian. Sentiu uma risada amarga brotando do fundo da garganta, que saiu como um deboche vindo do próprio inferno. — Minha mãe sabe como pará-lo. Ela sabe como deter o poder da Soberania.

O rapaz tornou a olhar para fora, como se pudesse enxergar a silhueta de Arthur espreitando de longe, mas não tinha ninguém ali.

Por fim, o jovem Ashborne se aninhou sobre a cama, sentindo o vazio gelado dos lençóis.

Seus dedos envolveram os tecidos e ele os abraçou, ciente de que, pouco antes, Arthur estivera ali, deitado com ele. A marca da mordida latejava em seu pescoço, mais presente do que todas as dores que sentia em seus ossos quebrados e músculos cansados.

— Aqueles homens não levaram meu dinheiro, seu canalha. Espere para ver e eu comprarei outro Carnífice para colocar no seu lugar. — Maximilian amaldiçoou o vento, esperando que aquelas palavras chegassem ao Luger de alguma forma.

Obviamente, não houve resposta.

O jovem Ashborne se virou, puxando a coberta para cima do próprio corpo dolorido. A cama ficava vazia sem o Carnífice. Seus braços não encontraram ninguém para envolver, então ele abraçou a si mesmo, encolhendo os ombros sob o vento frio. Provavelmente passaria a noite em claro, mesmo assim, fechou os olhos.

Ele só queria que aquela noite acabasse.